生活在他方

——新时期以来江苏作家乡下人进城小说研究

SHENGHUO ZAI TAFANG——XINSHIQI YILAI JIANGSUZUOJIA

XIANGXIARENJINCHENG XIAOSHUOYANJIU

盛翠菊◎著

◆ 徐州工程学院学术著作出版基金资助出版

◆ 2016年度江苏省普通高校学术学位研究生科研创新计划项目

◆ 2014徐州工程学院校级科研培育项目「新世纪乡下人进城的文学想象与新型城镇化」（XKY2014201）

◆ 2016徐州工程学院校级科研培育项目：新世纪城市「新穷人」叙事研究（XKY2016104）

◆ 江苏省「十三五」重点建设一级学科：徐州工程学院「中国语言文学」学科

◆ 「现代化的一种文学表征——百年「乡下人进城」小说研究」（KYLX16_1370）

知识产权出版社

全国百佳图书出版单位

图书在版编目（CIP）数据

生活在他方：新时期以来江苏作家乡下人进城小说
研究 / 盛翠菊著. —北京：知识产权出版社，2016.12
ISBN 978 - 7 - 5130 - 4617 - 6

Ⅰ.①生… Ⅱ.①盛… Ⅲ.①小说研究—中国—现代
②小说研究—中国—当代 Ⅳ.① I207.42

中国版本图书馆 CIP 数据核字（2016）第 285478 号

责任编辑：邓　莹　　　　　　　责任校对：王　岩
封面设计：张　冀　　　　　　　责任出版：刘译文

生活在他方
——新时期以来江苏作家乡下人进城小说研究

盛翠菊　著

出版发行：知识产权出版社 有限责任公司　　网　　址：http://www.ipph.cn

社　　址：北京市海淀区西外太平庄55号　　邮　　编：100081

责编电话：010-82000860 转 8346　　　　　责编邮箱：dengying@cnipr.com

发行电话：010-82000860 转 8101/8102　　发行传真：010-82005070/82000893

印　　刷：北京中献拓方科技发展有限公司　经　　销：各大网上书店、新华书店及相关专业书店

开　　本：880 mm×1230 mm　1/32　　　印　　张：12.25

版　　次：2016 年12月第 1 版　　　　　　印　　次：2016 年12月第 1 次印刷

字　　数：280 千字　　　　　　　　　　　定　　价：36.00 元

ISBN 978 - 7 - 5130 - 4617 - 6

目　　录

上　　编

下 编

绪　论

　　"新时期以来江苏作家乡下人进城小说研究"这一论题需要解释的是：研究对象包含"新时期""江苏作家"和"乡下人进城小说"三个关键词，此处的"新时期"指的是通常界定的1976年以后的中国当代文学，"江苏作家"主要是根据作家的籍贯、隶属的作家协会等因素综合考量来最终确定，取的是一个较为宽泛的概念，不单单局限于江苏作家协会的会员，有些作家隶属于中国作家协会，但又是江苏籍的作家，也一并纳入本书的研究范畴。作为特定区域的作家，他们与中国其他区域的作家相比必然会形成不同的观察视点与审美特性。"乡下人进城"小说这一概念肇始于学者徐德明，他认为"乡下人"这一说法"它最主要是作为都市/城里人的相对性概念，包含有身份悬殊，既得权利与分一杯羹者的竞争，它还是一个有悠久传统的历史概念，带有社会构成的一端对另一端的优势……颇有巴尔扎克的巴黎人与外省人区别的况味"。[1]乡下人进城务工（求学）现象作为一种潮流出现在20世纪80年代后期，进入20世纪90年代之后中国的"民工潮"居高不下，新型城镇化是当下中国最大规

---

　　[1]　徐德明："'乡下人进城'的文学叙述"，载《文学评论》2005年第1期，第106～111页。

模的乡下人进城。在某种意义上可以说,乡下人进城小说是中国乡土文学的延伸和拓展,是在全球化和城市化的新语境下,把乡下人的生存空间从乡村延伸到城市。

学术界相近的研究主要交叉出现于"农民工题材小说"(周水涛、轩红芹)、"底层文学"(蔡翔、刘旭);也有的学者把此类小说看成是乡土小说的延续,用"城市异乡人"来指称小说中城市的外来者(丁帆);还有的学者从小说创作主体的身份以及小说中塑造的人物形象角度,以"城市外来者"统称作者与小说中的人物形象(苏奎),以此作为视角展开研究。因此,关于"乡下人进城小说"的研究还需要厘清其与相关研究之间的"同"与"异"。其中,"农民工题材小说"指的是"20世纪80年代中期以来描写农民进城务工生活的小说"❶。"底层"一词出现在蔡翔的散文《底层》,但较为全面的阐述来自蔡翔、刘旭,他们认为"底层"指的是"经济资源占有不足直接导致他们在文化资源、组织资源两方面的不利地位,从而使他们在社会文化等领域处于失语的境地"❷。从新时期以来此类小说的研究现状来看,"乡下人进城"小说与农民工题材小说、底层文学之间在研究文本的选取以及研究的方法、视角等方面有交叉,农民工题材小说研究文本的范围最窄,是"乡下人进城"和底层文学最典型的分析文本,进城的乡下人不一定

---

❶ 周水涛:"新时期农民工题材小说研究现状及特征考察",载《小说评论》2008年第6期,第82~86页。

❷ 蔡翔、刘旭:"底层问题与知识分子的使命",载《天涯》2004年第3期,第3~13页。

都是农民工，也会有一些乡下人进城之后（如通过高考进城成为城市精英、富人，地主进城成为城市上层）进入城市的上流阶层，他们就不是农民工，也不是底层。底层的概念就更为宽泛，它要涵盖诸如城市和乡村的底层。"乡下人进城的叙述把现代社会人的空间转移引出的诸种可能性都包含在内，其包含民工、农民的概念自不待言。"❶此处的"城"与"乡"是一个相对的概念，从乡村进入县城是进城，从县城进入中等城市是进城，从中等城市进入大城市也是进城，"乡下人进城"因此涵盖了更大范围和空间的转移和流动。

从概念的厘清中可以看出，相比较而言，"乡下人进城"小说的概念较为宽泛，作为一种小说叙述话语，是一直贯穿中国现当代文学的一个创作母题。晚清韩邦庆的《海上花列传》"率先选用'乡下人'进城这一视角"❷，自此开始，此类小说创作伴随着中国现代转型的百年历程，呈现了中西、古今社会经济文化等各方面碰撞过程的冲突与融合，体现了文学在促进国家社会建设发展中的表现力和想象力。进入21世纪，随着我国新型城镇化进程的加快，这类叙述在社会转型的大背景下，已经成为一种"亚主流叙述"❸，正在发挥与中国当下社会历史对话的强大功能，这也正是本选题的意义之所在。

---

❶❸　徐德明："'乡下人进城'的文学叙述"，载《文学评论》2005年第1期。

❷　范伯群：《中国现代通俗文学史（插图本）》，北京大学出版社2007年版，第14页。

第一节 历史回溯：现当代文学乡下人进城 小说创作及研究概况

　　"乡下人进城"小说这一提法最初出现于2003年学者徐德明的《小城叙述：乡下人进城与城乡伦理冲突》❶，是作为"小城文学与小城文化"笔谈系列的其中一篇文章。而此类小说研究的真正命名应该肇始于2005年1月徐德明在文学评论发表的《"乡下人进城"的文学叙述》❷一文。据不完全统计，从2005年徐德明教授在《文学评论》发表的第一篇"乡下人进城"研究评论起，十多年来，学界关于"乡下人进城小说"的评论文章已有近百篇之多。通过中国知网文献分析发现，在文献分布部分的"机构分布"上，有多于1/4的文献来源于扬州大学，扬州大学当之无愧是乡下人进城小说研究的重镇。在文献分布部分的"年份分布"上，2007年是乡下人进城小说研究的高峰期，共有论文22篇。究其原因是2007年4月"乡下人进城：现代化背景下的城乡迁移文学"研讨会的召开，此次研讨会由扬州大学与中国现代义学研究会联合《文艺评论》《文艺争鸣》《文艺报》共同举办。本部分旨在全面扫描近十年来"乡下人进城"小说的研究文

---

❶ 徐德明："小城叙述：乡下人进城与城乡伦理冲突"，载《湛江师范学院学报（哲学社会科学版）》2003年第5期，第8～9页。

❷ 徐德明："'乡下人进城'的文学叙述"，载《文学评论》2005年第1期，第106～111页。

献，梳理此类小说的研究现状及存在的问题，进而探讨此类小说的研究趋势。

　　由"乡村"走向"城市"成为20世纪以来中国社会最突出的主题，"乡下人进城"也成为中国现当代文学的书写母题之一。20世纪以来的"乡下人进城"书写总体上经历了三个发展阶段：第一个阶段是现代文学阶段的"乡下人进城"书写，这一阶段是"乡下人进城"小说的肇始期：随着现代城市的兴起，以韩邦庆的《海上花列传》、孙振声的《海上繁华梦》、包天笑的《上海春秋》、朱瘦菊的《歇浦潮》、平襟亚的《人海潮》为代表的现代通俗小说开始涉及乡下人进城的书写，作品中的"乡下人"多为到欲望之城上海的观光者（赵朴斋、谢幼安等）和从事女"性"生意者（妓女），凸显对"罪恶的渊薮"——城市的控诉；现代通俗小说之外，外来资本的入侵和占据导致乡村自然经济的破产，加之战乱、自然灾害、统治当局的腐朽等因素共同促使破产的乡下人"向城而生"，潘训、王鲁彦、王统照、老舍、茅盾、丁玲、叶紫、沈从文等作家的笔下也出现了此类人物，代表性的作品有潘训的《乡心》、王鲁彦的《一只拖鞋》、王统照的《山雨》、老舍的《骆驼祥子》、许地山的《春桃》、茅盾的《子夜》《微雨》、丁玲的《奔》、叶紫的《杨七公公过年》、沈从文的《丈夫》等。这一阶段的"乡下人进城"书写多为自发书写，没有形成系统的创作潮流，但从时间的分布来看，较之20世纪20年代此类创作的初始，20世纪30年代是此类创作相对集中期，20世纪40年代因战争因素出现"城里人下乡"的逆向流动状态，乡下人进城小说创作随之减少。政治、经济视角是20世纪30年代左翼倾向作家乡下人进城书写最常采用的视角，小说多是作为乡村在外来资本盘剥下乡村破产的副产品，旨在批判和揭露资本的罪恶。当然，政治、经济视角之外，启蒙视角、文化视角也是老舍、沈从文等作家经常采用的视角，表现出城市文明对于乡村人性的腐蚀。

伴随新中国的成立，乡土中国开始向现代中国转型，现当代文学乡下人进城书写进入第二个阶段，"干部"进城叙事和"招工"进城叙事构成了"十七年文学"乡下人进城叙事的主要模式。萧也牧的《我们夫妇之间》、俞林的《我和我的妻》、孙谦的《奇异的离婚故事》、周而复的《上海的早晨》等就是典型的"干部进城"叙事。这类叙事更深层面上体现的是乡土中国对于"进城"的焦虑，其中始终纠葛着"消费的城市"与"生产的城市"的矛盾。随后的农村合作化小说柳青的《创业史》和工业题材小说艾芜的《百炼成钢》、草明的《乘风破浪》、浩然的《金光大道》等呈现出的是对于新型城市建设的想象，"重建新型的城市——稳定的、生产的、平等的、斯巴达式（艰苦朴素的）、具有高度组织性的、各行各业紧密结合的、经济上可靠的地方……调整城市发展方向，为农村地区服务，缩小'城乡差别'"。❶这些小说中进城的乡下人多服膺于这种"斯巴达式"新型城市建设的需求，把进城投身工业建设作为自身的追求。城市发展导致的城乡差异、乡村的自然灾害等因素导致20世纪50年代后期以来大量乡下人"盲流"入城，国家

---

❶ ［美］马丁·K.怀特："人民共和国的城市生活"，见《剑桥中华人民共和国史》（下卷·中国革命内部的革命1966—1982年），第679～680页。

为缓解城市就业压力，人为制定一系列限制乡村户口迁移入城的政策，1958年1月9日，全国人民代表大会常务委员会第九十一次会议通过《中华人民共和国户口登记条例》，❶该"条例"第十条明确规定了限制农村人口进城，中国特有的"城乡二元体制"逐步形成，乡下人进城通道被人为阻滞。

此阶段因地缘的关系，还应该包括台湾地区的"乡下人进城"书写（香港和澳门地区此类创作较少）。20世纪60年代以来，台湾地区的社会转型促使乡村人口向城市迁移，小说创作聚焦进城乡下人的生命旅程，它们与大陆20世纪80年代的此类叙事形成"进城同构"，除苦难叙述同质之外，更多表现对于个体生命价值追求的关注，反映社会变迁对乡下人个体生命的冲击，体现了文学与社会变迁之间的互动关系，探讨因地缘政治的不同所致小说呈现出的迥异风貌。代表作品有黄春明的《儿子的大玩偶》、王祯和的《小林来台北》、王拓的《妹妹，你在哪里》、杨青矗的《升迁道上》和曾心仪的《一个十九岁少女的故事》等，这些作品大多呈现出对城市化进程中工业文明的批判。

1978年的改革开放带来了新一轮的乡下人进城热潮，这一阶段是现当代文学"乡下人进城"书写的复归与创作潮流的形成阶段。20世纪80年代，在新启蒙思潮、现代化"梦想"召唤、改革开放导致的城乡差距的合力驱使"乡下人进城"。20世纪90年代，随着改革进程的加剧，城乡之间的经济差距进一步加大，这类叙述在社会转型的大背景上，已

---

❶　《中华人民共和国国务院公报》1958年第2期，第44～48页。

经表现出"亚主流的文化倾向",创作形成潮流。代表作品有路遥的《平凡的世界》、铁凝的《谁能让我害羞》、贾平凹的《高兴》、孙惠芬的《民工》、须一瓜的《雨把烟打湿了》、荆永鸣的《北京候鸟》、邵丽的《明惠的圣诞》、项小米的《二的》、刘庆邦的《麦子》、鬼子的《瓦城上空的麦田》、范小青的《城乡简史》、方方的《涂自强的个人悲伤》、李佩甫的《生命册》、东西的《篡改的命》等,当代文学的众多作家都参与了此类创作,小说创作也因创作主体不同的价值追求而呈现出丰富的主旨意蕴。

学术界对于中国现代文学阶段"乡下人"进城小说的研究相对较少,其中关于中国现代通俗小说中的乡下人进城研究更少,只是在一些书籍(范伯群《中国现代通俗文学史》)和研究论文中提及只言片语。对于此阶段现代通俗小说之外的乡下人进城小说研究,出现一些研究论文,最有代表性的是闫冬玲、史英红和梁波的3篇硕士论文。闫冬玲的《现代文学中的"乡下人进城"书写》以具体的乡下人进城小说文本为依托,对现代文学阶段的乡下人进城小说进行整体观照,分别探讨不同流派作家的"乡下人进城"书写,对现代文学阶段的此类创作进行重新发现和阐释。❶其余两篇为侧重于乡下人的主体——农民进城的研究,史英红的《"农民进城"的多重书写:以30年代小说为研究中心》❷

---

❶ 闫冬玲:"现代文学中的'乡下人进城'书写",载《中国知网优秀硕博士论文库》,郑州大学,2014年。

❷ 史英红:"'农民进城'的多重书写:以30年代小说为研究中心",载《中国知网优秀硕博士论文库》,曲阜师范大学,2007年。

以20世纪30年代描写农民进城现象的小说《骆驼祥子》《山雨》《杨七公公过年》《丈夫》《南北极》为文本，探讨了20世纪30年代农民进城小说与当代农民进城小说的关系。从政治经济角度阐释进城乡下人祥子的悲剧命运是此文的创新之处。梁波的《现代化语境下的"农民进城"叙事研究》❶以现代化语境为切入点，把20世纪的乡下人进城叙述作为一个整体进行研究，探讨此类小说创作的演变轨迹。

　　除此之外，本阶段的相关研究多是对一些经典文本进行重新解读的单篇论文，如邵宁宁的《〈骆驼祥子〉：一个农民进城的故事》❷就是从"乡下人进城"的角度重新诠释《骆驼祥子》。其他的研究多零星散见于一些相关的研究论文中，林虹的《"京海派"笔下的"进城"与"下乡"》❸就有部分涉及"乡下人"进城小说。此阶段的"乡下人"进城小说研究也交叉出现于研究其他相近的农民工题材小说以及城市外来者小说的研究中，逄增玉的《现当代文学视野中的"农民工"形象及叙事》❹侧重于从人物形象的角度研究中国现当代文学阶段的进城乡下人，此论文沿用20世纪80年代对于进城务工农民的命名，将他们也称为"农民工"。从最初"农民工"一词的内涵而言，此一称呼有欠妥之处。苏

❶　梁波："现代化语境下的'农民进城'叙事研究"，载《中国知网优秀硕博士论文库》，兰州大学，2008年。
❷　邵宁宁："《骆驼祥子》：一个农民进城的故事"，载《兰州大学学报（社会科学版）》2006年第4期，第14~20页。
❸　林虹："'京海派'笔下的'进城'与'下乡'"，载《河南社会科学》2010年第5期，第168~170页。
❹　逄增玉："现当代文学视野中的'农民工'形象及叙事"，载《兰州大学学报（社会科学版）》2008年第1期，第110~117页。

奎的《论中国现代文学中的"城市外来者"》❶也是从人物形象角度研究现代文学阶段的进城乡下人。

学术界对于新中国成立到新时期以前文学中出现的乡下人进城书写研究相对新时期而言较少,仅有的研究主要集中于对诸如《我们夫妇之间》《上海的早晨》《创业史》等经典文本的重新解读,相关论文有徐刚的《"十七年文学"中的"乡下人进城"》❷、冯波的《"乡下人进城"文学叙事的政治伦理遮蔽与还原——以〈我们夫妇之间〉〈霓虹灯下的哨兵〉为中心》❸和詹玲的《融入城市的忧思——从"十七年"到"改革开放30年"文学中的"乡下人进城"叙事考察》。❹

徐刚从城乡冲突的视角中分析"十七年文学"中的"乡下人进城"。冯波认为"当代城乡差异叙事逐渐剥离阶级、国家意识的遮蔽与替代转向不同身份的生命的'生'的个体差异"。詹玲与冯波的观点不谋而合,她从《我们夫妇之间》《霓虹灯下的哨兵》考察至当下的"乡下人进城"的文学叙述,认为城乡差异想象逐渐艰难地剥离国家、阶级、民

---

❶ 苏奎:"论中国现代文学中的'城市外来者'",载《文艺争鸣》2007年第1期,第84～89页。

❷ 徐刚:"'十七年文学'中的'乡下人进城'",载《文艺争鸣》2012年第8期,第36～45页。

❸ 冯波:"'乡下人进城'文学叙事的政治伦理遮蔽与还原——以《我们夫妇之间》《霓虹灯下的哨兵》为中心",载《中南大学学报(社会科学版)》2013年第1期,第218～221页。

❹ 詹玲:"融入城市的忧思——从'十七年'到'改革开放30年'文学中的'乡下人进城'叙事考察",载《杭州师范大学学报(社会科学版)》2010年第2期,第116～119页。

族巨大话语的遮蔽回到日常生活本身。

　　大陆学术界对台湾地区此阶段的乡下人进城小说的研究因地缘关系，研究极少，这与台湾地区创作的繁荣形成了鲜明的对比。目前仅见的文章有两篇：景娟的论文《乡下人进城——以六七十年代台湾文学为中心》❶以此阶段台湾地区"乡下人进城小说"为研究对象，探讨进城的乡下人价值取向的变化与当时台湾地区社会变迁之间的互动关系。岑灿的《爱恨交织的悲悯救赎——论黄春明笔下的"乡下人进城"书写》❷以黄春明的乡下人进城小说为研究对象，认为"黄春明通过这类写作，以期达到对台湾地区后现代性进程中城与乡、传统与现代、民族主义与新殖民主义的问题进行深刻反思，饱含着对人类自身生存境遇的救赎意识"。

　　与前阶段相比，新时期的相关研究较多，逐渐成为学界研究的热点，最具代表性的是2007年的"乡下人进城：现代化背景下的城乡迁移文学"研讨会，体现了批评的活跃。作为乡下人进城小说研究的首倡者和研究专家，徐德明一直关注乡下人进城小说所体现的城乡意识形态的冲突，他认为："流动迁移到城市中的乡下人生活障碍繁多，物质、体制层面而外，深层的文化障碍为'城乡意识形态'……体制可以改良，物质条件也可以改善，'城乡意识形态'却历久弥新，若不破除，流动迁移的中国城乡社会很难奏出和谐的天

---

❶　景娟："乡下人进城——以六七十年代台湾文学为中心"，载《华文文学》2015年第1期，第105～109页。
❷　岑灿："爱恨交织的悲悯救赎——论黄春明笔下的'乡下人进城'书写"，载《世界华文文学论坛》2014年第1期，第34～38页。

籁。"❶

从2006年至今,除单篇研究论文之外,"中国知网优秀硕博士论文库"还收录了9篇"乡下人进城"研究的硕士论文和苏州大学令狐兆鹏的1篇优秀博士论文。博士论文《九十年代以来"乡下人进城"小说的修辞与意识形态》❷注重文本分析,从小说修辞和意识形态两个方面着手分析20世纪90年代以来的此类小说创作,既关注小说本身的美学、叙事、情节等问题,也同时观照此类小说所受到的意识形态影响,其研究的创新在于把文学的内部研究和外部研究结合起来。此论文后充实完善成一部专著《作为想象的底层:当代乡下人进城小说研究》❸出版。9篇硕士论文中,2007年有6篇,其中4篇为扬州大学的硕士论文,凸显了扬州大学作为乡下人进城小说研究发起地与研究重镇的地位。张继华的《20世纪80年代以来"乡下人进城"叙事模式研究》❹以 20世纪80年代以来的"乡下人进城"叙事为依据,探究乡下人进城的原因,并细化为身体"进城"和精神"进城"两种模式。他认为"乡下人在身体'进城'后,面临的最大问题是如何实现从乡村到城市的精神进阶"。肖芹的《论"乡下人进城"

---

❶ 徐德明:"'乡下人进城'叙事与'城乡意识形态'",载《文艺争鸣》2007年第6期,第48~53页。

❷ 令狐兆鹏:"九十年代以来'乡下人进城'小说的修辞与意识形态",载《中国知网优秀硕士论文库》,苏州大学,2012年。

❸ 令狐兆鹏:《作为想象的底层:当代乡下人进城小说研究》,中国文史出版社2013年版。

❹ 张继华:"20世纪80年代以来'乡下人进城'叙事模式研究",载《中国知网优秀硕士论文库》,扬州大学,2007年。

的苦难叙事》❶对当下"乡下人进城"小说的"苦难"主题进行研究，论文分析了"苦难"主题在文本中的展开方式以及作家在苦难叙述中所持的立场和情感态度。刘虹的《乡下人进城：中西部农民向沿海都市迁移的文学想象》❷以2000～2005年以来《人民文学》等国内11种主要文学期刊中明确提到那些来自中西部地区农民进城的篇目为研究对象，从进城动因、进城后的生命展示、进城后对乡土的态度三个方面来研究中西部乡下人迁移的文学想象。晨曦的《疯狂：乡下人进城小说的一种心理与精神类型》❸通过分析进城后乡下人的"疯狂"心理，从而把握乡下人进城后所遭遇的种种冲突，借以展现城乡之间的巨大差异。

　　2007年的另外两篇硕士论文是孙波和谷显明的。孙波的《新时期"乡下人进城"的悲剧性叙事》❹从乡下人进城小说中的悲剧性人物形象入手，进行分类梳理并探究原因。论文认为："'乡下人进城'的悲剧性叙述丰富了乡下人的形象塑造，拓宽了乡土文学的领域，并且在人物塑造的同时折射出了中国城市化进程中的一系列问题与弊端，文学的现实性与深刻性得到加强。"谷显明的《游走在城乡之间——论

❶　肖芹："论'乡下人进城'的苦难叙事"，载《中国知网优秀硕博士论文库》，扬州大学，2007年。

❷　刘虹："乡下人进城：中西部农民向沿海都市迁移的文学想象"，载《中国知网优秀硕博士论文库》，扬州大学，2007年。

❸　晨曦："疯狂：乡下人进城小说的一种心理与精神类型"，载《中国知网优秀硕博士论文库》，扬州大学，2007年。

❹　孙波："新时期'乡下人进城'的悲剧性叙事"，载《中国知网优秀硕博士论文库》，南京师范大学，2007年。

转型期以来"乡下人进城"的文学叙述》❶梳理了新文学以来有关"乡下人进城"书写的历史嬗变轨迹，从主题形态和叙事特征两个方面重点对20世纪80年代转型期以来的此类小说进行研究。2007年之后，"中国知网优秀硕博士论文库"还收录了此类论文三篇。冯波的《"乡下人进城"小说中的"日常生活方式"研究》❷以城乡日常生活方式为切入点，探究"乡下人进城"小说的差异美学。王阿娟的《新世纪"乡下人进城"小说叙事模式研究》❸从主题确立、情节设置以及人物造型三方面来论述新世纪乡下人进城小说的叙事模式。李玉杰的《新时期"乡下人进城"叙事的"表述"偏颇》❹从农民形象、进城经验、批评与影视三方面探讨乡下人进城的表述偏颇。上述硕士论文主要着力于此类小说主题和人物形象的研究，研究时段集中于新时期以来，尤其是新世纪以来的此类小说创作。

对新时期此类小说创作的研究交叉出现于农民工题材小说、城市异乡人小说和外来者小说研究中。丁帆的《城市异乡者的梦想与现实——关于文明冲突中乡土描写的转型》认为："从90年代开始，乡村向城市迁徙和漂移的现象决定了中国乡土小说创作视点的转移。在农耕文明与工业文明、后

---

❶ 谷显明："游走在城乡之间——论转型期以来'乡下人进城'的文学叙述"，载《中国知网优秀硕博士论文库》，湖南师范大学，2007年。

❷ 冯波："'乡下人进城'小说中的'日常生活方式'研究"，载《中国知网优秀硕博士论文库》，安徽师范大学，2010年。

❸ 王阿娟："新世纪'乡下人进城'小说叙事模式研究"，载《中国知网优秀硕博士论文库》，陕西师范大学，2013年。

❹ 李玉杰："新时期'乡下人进城'叙事的'表述'偏颇"，载《中国知网优秀硕博士论文库》，郑州大学，2011年。

工业文明的文化冲突中，中国乡土小说的内涵在扩大，反映走出土地、进入城市的农民生活，已经成为作家关注社会生活不可忽视的创作资源。"❶周水涛、轩红芹等的《新时期农民工题材小说研究》❷是一部综合性研究论著，分别从创作主体、创作特色、艺术价值、整体缺憾等方面对新时期以来的农民工题材小说创作作总体的评价。陈一军的专著《生命迁流与文学叙述——当代农民工题材小说研究》❸从意识形态视域角度关照农民工题材小说，具有独创性。

　　综观近十年来的乡下人进城小说研究，有以下几个方面的特点。其一，整体性、历时性的研究不足，研究过于集中于当下时段，既有的研究成果主要集中在新世纪此类小说创作，缺乏一个历时的考察。不要说整体性的中国现当代乡下人进城小说史了，目前学术界从总体上研究中国现当代乡下人进城小说的论著较少，徐德明的《乡下人进城：城市化浪潮中的城乡迁移主题小说研究》❹是最具代表性的研究力作，令狐兆鹏的《作为想象的底层：当代乡下人进城小说研究》也只是对当代乡下人进城小说的梳理研究，相对较见功力的研究也只是忝列为相关研究专著的一部分。徐德明《中

---

❶　丁帆："城市异乡者的梦想与现实——关于文明冲突中乡土描写的转型"，载《文学评论》2005年第4期，第32～40页。

❷　周水涛、轩红芹、王文初：《新时期农民工题材小说研究》，社会科学文献出版社2010年版。

❸　陈一军：《生命迁流与文学叙述——当代农民工题材小说研究》，东北师范大学出版社2015年版。

❹　徐德明：《乡下人进城：城市化浪潮中的城乡迁移主题小说研究》，河北教育出版社2016年版。

国现代小说叙事的诗学践行》❶"第四部分 城乡穿越的文化诗学与意识形态"和《俗雅文津》❷"第四部分 世变风俗：乡下人进城"就是其中的代表。詹玲的专著《改革开放以来小说视域中的城乡问题研究（1978~2012）》❸的"第五章 现代性思考的转型与'进城乡下人'形象的变迁"也当在此列。这并非因为乡下人进城小说数量少、分量轻或精品匮乏，无法进行历时性的研究，而是研究者往往选取某个时段的经典文本做文本细读，尤其热衷于对新世纪此类小说的解读，极少做历时性的研究，这无形中造成了研究的重复与观点的雷同。

其二，既有的研究成果集中于个别作家和个别作品的细读，研究方法较为单一。20世纪90年代以来随着此类创作渐成热潮，有大批作家涉足此类创作，作品数量庞大，但总体而言精品数量与总数不协调，致使研究集中于路遥、贾平凹、孙惠芬、王十月、荆永鸣、刘庆邦、李佩甫、王安忆、铁凝、须一瓜等作家的乡下人进城小说，在总体研究不足的情况下却出现了某些研究的重复，研究者多从身份焦虑、启蒙视角、城乡文明冲突、跨文化生存等角度切入作品，观点难免有重复雷同之嫌，有待于在阅读阐释中不断挖掘更多的新质。学术界在乡下人进城小说的研究方面对西方新潮批评方法的借鉴颇多（如后殖民主义等），故很多作品极易被过

❶ 徐德明：《中国现代小说叙事的诗学践行》，社会科学文献出版社2008年版。
❷ 徐德明：《俗雅文津》，安徽师范大学出版社2014年版。
❸ 詹玲：《改革开放以来小说视域中的城乡问题研究（1978~2012）》，中国社会科学出版社2014年版。

度阐释，仅仅使用某一种或几种方法，把其作为放之四海皆准的理论去解读此类小说文本，这无异于将一部具有无限阐释可能的作品固化。从"身份焦虑"角度入手是其中最常见的研究方法，此类方法致力于探讨乡下人僭越时空所造成的"身份认同""身份的迷惘"和"身份的建构"问题，最终的结论无外乎理论预设而导致的先入为主的成见。

其三，文本的内部研究和外部研究相结合的问题。在此问题上存在两种极端的倾向：一种是强调纯文本（作家）本身的分析而轻视文本生成的社会文化语境，认为文学可独立于社会而存在，过分强调文本的解读，其中研究者最为关注的是叙事模式的研究。此种研究的好处是立足文本，但视野过于狭隘，有孤立文本之嫌。另一种则强调社会研究而放逐文学，研究中存在把小说作为社会研究的一种史料或西方现代性理论的素材来看待的偏颇，缺乏文本细读，有理论空谈之嫌。总体而言，学术界对于乡下人进城小说的研究已经不再单纯限于文本的内部研究，越来越多的研究者开始关注小说文本背后文化的因素。从研究的发展来看，文化研究以及社会学、政治学理论的介入成为此类关乎世情小说的研究趋势。

第二节　新时期以来江苏作家乡下人进城小说创作情况考察

新时期以来，乡下人进城小说的创作和研究呈现方兴未艾之势。究其原因，首先是因为中国乡村经济结构的巨变与城市工业化的飞速发展，带来了乡下人进城这一突出的社会现象。人口的大迁移必将会改变中国未来的社会结构，深刻改变中国几千年稳定的乡村社会形态。从更深层次而言，乡下人进城是一场深刻的文化变迁与精神变迁，而文学则是记录与思考这一社会、文化变迁的重要载体。当下小说叙述中"乡下人进城"的书写已成为表面上"亚主流"、实际上"主流"的表现方式。其次是当下国家顶层设计中对"三农"问题的关注和中国未来发展道路的规划，尤其是在构建和谐社会和新型城镇化的背景下，更多的作家和研究者涉足"乡下人进城"小说这一题材领域。

江苏作为全国经济发展较快的省，经济的发展离不开进城的乡下人，作为乡下人的输入和输出大省，2015年1月江苏获批成为国家新型城镇化综合试点省。与此相应的是，"乡下人进城"小说创作近年来也逐渐成为江苏作家小说创作的热点之一，学界对此的关注也日渐升温。以"乡下人进城"作为小说叙事对象的江苏作家可谓人数多、名头大——范小青、赵本夫、储福金、黄蓓佳等"老"作家，毕飞宇、苏童、陈武、王大进、徐玲、胡继风、王一梅、徐则臣、徐风、顾坚、李洁冰等中青年作家皆参与创作；他们的此类作品影响大、质量高。赵本夫、范小青、王大进、徐则臣等都有系列作品，这些作品在文坛产生了很大的影响，这也是本书展开研究的初衷和意义所在。

新时期以来，江苏作家中最早涉及乡下人进城的作家是高晓声，他的"陈奂生系列"小说的第二篇《陈奂生上城》中的陈奂生是最早出现在江苏作家小说中的进城乡下人形象，这部小说最初发表在1980年《人民文学》第2期，后被收入《高晓声1980小说选》和《高晓声小说选》，曾荣获

1980年全国优秀短篇小说奖。小说通过"漏斗户主"陈奂生进城卖"油绳"、偶遇县委书记、住进5元钱一晚的县招待所高级房间的故事，演绎了一段颇有点类似于"刘姥姥进大观园"的进城故事。这部小说中的乡下人进城只是"到此一游"的故事模式，尚不足以称之为真正意义的乡下人进城小说，但其间已经涉及城、乡之间的文化差异等乡下人进城小说的因素，陈奂生在县招待所的种种"行状"呈现出的是乡下人面对城市物质现代性的窘态。范小青发表于1995年第8期《青年文学》上的《城市陷阱》是江苏作家此类创作中较早的作品。小说中的进城者是大学毕业返乡教书的青年颗五，讲述的是一个因"寻找"而进城的故事，同时也是一个乡村女性进城的身体叙事。自此之后江苏作家的乡下人进城小说创作渐次增多，逐渐形成创作潮流。为研究的方便，下面按照现行的行政区划把江苏作家按照籍贯分成13个省辖市来进行考察。

一、苏州籍作家创作概况

在江苏省的13个省辖市中，苏州市作为江苏省长三角最发达的城市之一，是容纳进城乡下人较多的城市。正因如此，苏州籍从事乡下人进城小说创作的作家人数最多，创作也最丰厚。苏州从事此类小说创作的主要作家有范小青、苏童、朱文颖、荆歌、巴桥、王一梅、徐玲7位作家，创作了《在街上行走》《城乡简史》《城市之光》《城市的眼睛》《流动的花朵》等29篇（部）乡下人进城小说（见表0-1）。

表0-1　苏州籍作家的乡下人进城小说创作统计

序号	作家	小说	发表时间及期刊
1		《城市陷阱》	1995年第8期《青年文学》
2		《描金凤》	1999年第9期《上海文学》
3		《城市之光》	2003年8月，江苏文艺出版社
4		《平安夜》	
5	范小青	《南园桥》	《寻找失散的姐妹（1998～2005）》
6		《六福楼》	2010年5月，人民文学出版社
7		《回家的路》	
8		《在街上行走》	2004年第3期《上海文学》
9		《像鸟一样飞来飞去》	2005年第10期《上海文学》
10		《法兰克曼吻合器》	2005年第8期《作家》
11		《城乡简史》	2006年第1期《山花》
12		《这鸟，像人一样说话》	2006年第1期《人民文学》
13		《我就是我想象中的那个人》	2006年第5期《当代》
14	范小青	《父亲还在渔隐街》	2007年第5期《山花》
15		《茉莉花开满枝桠》	2009年第1期《山花》
16		《准点到达》	2009年第1期《小说月报》
17		《设计者》	2015年第3期《花城》
18		《碎片》	2015年第7期《作家》
19		《一九三四年的逃亡》	1987年第5期《收获》
20	苏童	《米》	1991年第3期《钟山》
21		《西瓜船》	2005年第1期《收获》
22	朱文颖	《蚀》	2007年第4期《作家》
23	荆歌	《爱你有多深》	2002年第3期《收获》

（续表）

序号	作家	小说	发表时间及期刊
24		《姐姐》	2001年第4期《收获》
25		《一起走过的日子》	2000年第4期《大家》
26	巴桥	《请大家保护自己的腰》	2002年第7期《作家》
27		《阿瑶》	2003年第4期《钟山》 2004年第5期《作品与争鸣》
28	王一梅	《城市的眼睛》	2009年4月，江苏少年儿童出版社
29	徐玲	《流动的花朵》	2011年1月，希望出版社

在苏州籍作家中，范小青的乡下人进城小说创作最具特色，有系列作品，呈现出作家对此类小说的持续关注。本书的上编将设专章探讨她的此类小说创作。从1995年的《城市陷阱》到2015年的《碎片》，范小青总共创作乡下人进城小说20余篇。范小青的乡下人进城小说以极具"苏式"色彩的语言，叙写乡下人的城市生活故事，形成独具一格的创作特点。她的乡下人进城小说大多以物为中心，围绕中心物展开故事；通过对乡下人形象的塑造以及对乡下人城市生活的叙写，表达对此类人群的温情关怀。城里人对乡下人的歧视、身份的焦虑和城乡文化的差异是范小青笔下乡下人进城以后普遍面临的困境，进城乡村学子的城市生存困境和价值迷失是近两年范小青乡下人进城小说关注的焦点。

朱文颖的小说《蚀》讲述乡下人王宝根和三凤夫妇进城的故事，叙写一个城市闯入者在城市喧嚣中灵魂的悸动和人性的裂变。王宝根和三凤夫妇进城打工，跟着老乡在一处建筑工地工作，三凤在工地旁边的小饭店当服务员。进城的长途火车上，王宝根的身份证丢失让他成了一个多疑的人，觉得城里"遍地是贼"。王宝根怀疑自己的工友是个杀人犯，恐惧恍惚中从建筑工地的高楼跌落，自此之后，那个"杀人犯"、三凤、墙上的美女及其关于她的种种想象，不断地在宝根的梦境和想象里重现，三凤的不断变化以及对于失去三凤的种种想象令宝根不安，侵"蚀"着宝根的内心。喜儿也是一个进城女性，老家是王宝根的邻乡，两年前和丈夫一起进城打工。喜儿背着丈夫做了一年多的暗娼，王宝根在与喜儿发生关系之后杀死了喜儿。他从喜儿的身上似乎看到了自己对于三凤的猜疑。小说中有三组相互映照的进城乡下人：三凤和妓女喜儿、王宝根和喜儿的丈夫、"那个杀人犯"和王宝根。小说最后，宝根杀死喜儿就如同杀死自己的妻子三凤，证实了自己与那个杀人犯相同的身份，而喜儿的命运也预示着三凤的必然结局，王宝根在对城市的恐惧中成为一个真正的杀人犯。

巴桥和荆歌的乡下人进城小说多为女性叙事，其中的女性在城市中通过出卖身体资本（性生意）来生存。在当下的小说创作中，很少有人能像巴桥一样关注"打工妹"的城市生存。《阿瑶》讲述的是洗头房里的妓女阿瑶、小群的故事。小说用冷静的口吻叙述了小群成为妓女的过程："小群和表姐一起出来打工，做死做活的，交房租还紧巴巴，表姐就先入了行，小群在旁看习惯了，两个月后也跟上了表姐。"[1]小说对于阿瑶为何从事性生意没有交代，只是一笔带过交代阿瑶来广州之前在重庆干过。对于进城谋生的乡下

---

[1] 巴桥："阿瑶"，载《钟山》2003年第4期，第7页。

女性而言，即使辛勤劳动也不一定能在城市轻松立足，相比于其他职业，性生意来钱快，身体资本可以很快转换成为金钱，这是小群、阿瑶们选择放弃传统贞操沉沦的原因所在。荆歌的《爱你有多深》也是一个进城乡村女性叙事，讲述的是一个被人捡来不受重视的城市倒霉蛋与一个被迫出入各种声色暧昧餐饮、发廊的乡下妹子马华的情感故事。马华嫁给了这个落魄的城市人，命运却让她身患癌症，临死想回家看看却没有路费，最终客死他乡。

王一梅和徐玲则关注儿童叙事，站在"城市花朵"立场，用儿童视角来叙写流动儿童的城市生存境遇。《城市的眼睛》和《流动的花朵》两部作品都是一家人举家到城里打工，而他们所面临的不仅仅是生存问题，更多的还有自己子女的教育问题。所不同的是，《城市的眼睛》用一种类似于童话的写法，以纯粹的儿童视角剖析流动儿童的城市生活境况。《城市的眼睛》主要描写三个不同家庭的孩子们的生活。其中最主要描写的是流动儿童秦雨青和毛威。小说中秦雨青的身份从流动儿童变成了城市儿童，秦雨青的爸爸秦冰洋是莫城大学的一名化学老师，是一名较为典型的进城乡村学子，秦雨青爸爸雨夜遭遇车祸使得秦雨青的城市生活陷入困境。毛威是不折不扣的流动儿童，他的父亲是四处漂泊的建筑工人。小说讲述了秦雨青、毛威与城市孩子相处的故事，是从儿童视角进行的关于城市融入的叙事。《流动的花朵》则是用一种较为现实主义的笔法写出城市对流动儿童王第和王华姐弟的关怀以及帮助，也是以儿童视角展开的城乡融入叙事。老师和同学对他们的友爱使得王弟和他姐姐王华对城市生活充满期望。

苏童的乡下人进城小说主要有《一九三四年的逃亡》《米》和《西瓜船》三部小说。《一九三四年的逃亡》和《米》是两部历史叙事，不是关于当下的进城故事，两部小说讲述的进城故事上推到现代时期（20世纪三四十年代）。《一九三四年的逃亡》讲述的是枫杨树故乡一个家族的进城故事，小说以后辈"我"来讲述我的祖辈陈宝年、父辈狗崽、"我父亲"的进城故事，是一个关于"我"的枫杨树故乡男人集体逃亡的故事。长篇小说《米》是苏童20世纪90年代的创作，故事采用的是一个非常典型的进城——返乡叙事模式，小说围绕五龙在城市的人性裂变展开叙事，是"一个关于欲望、痛苦、生存和毁灭的故事"。❶短篇小说《西瓜船》是苏童2005年的创作，小说讲述两个相互关联的故事：松坑乡下人福三带着他的"西瓜船"到城里香椿树街卖西瓜，因拒绝赔偿一个白瓢瓜（被冤枉）而被少年寿来杀死，福三的乡下母亲进城寻找西瓜船，香椿树街人自觉加入了寻找的队伍。两个故事都是关于人性和城乡的叙事，一个是城市人性恶的揭露，一个是城市人性在丧子乡村老母寻找中的回归，展示了城市人性中较为温情的一面。

二、连云港籍作家创作概况

连云港地处苏北，虽为最早开放的14个沿海城市之一，但地缘的关系使其经济的发展与苏南、苏中相差甚远，是进城乡下人的输出之地。连云港籍从事乡下人进城小说创作的作家共有4位，分别为陈武、李洁冰、徐则臣和李惊涛，共创

---

❶ 苏童：《米·急就的讲稿》，台海出版社2000年版，第3页。

作此类小说33篇（部）（见表0-2），在江苏的13个省辖市中创作居于第二。其中作家陈武的乡下人进城叙事和徐则臣的"北漂"系列小说颇见功力。陈武出身乡村，有进城打工经历，这些人生经历使得他的小说关注进城乡下人的城市边缘生活，尤其是像《换一个地方》中的于红红、蔡小菜、表姐等进城女性的城市遭遇。徐则臣自身的"京漂"身份使其创作始终驻足于这一类人群，讲述他们的北京故事，关注他们"到世界去"的精神追求以及"梦想"与现实的落差。由于陈武和徐则臣此类小说创作较为丰厚，后文将作专章的论述，此不赘述。

表0-2　连云港籍作家的乡下人进城小说创作统计

序号	作家	小说	发表时间及期刊
1		《啊，北京》	2004年第4期《人民文学》
2		《三人行》	2005年第2期《当代》
3		《西夏》	2005年第5期《山花》
4		《我们在北京相遇》	2006年第5期《大家》 2006年第11期《北京文学》（中篇小说月报）
5	徐则臣	《跑步穿过中关村》	2006年第6期《收获》；2007年第1期《小说月报》；2007年第11期《北京文学》（中篇小说月报）
6		《伪证制造者》	2006年《当代》中篇小说增刊
7		《把脸拉下》	2007年第3期《小说月报》（中篇小说） 2007年第6期《北京文学》（中篇小说月报）
8		《还乡记》	2007年第7期《当代》
9		《暗地》	2007年第20期《中国作家》

（续表）

序号	作家	小说	发表时间及期刊
10		《天上人间》	2008年第2期《收获》 2008年第8期《北京文学》（中篇小说月报）
11		《我的朋友堂吉诃德》	2008年第4期《大家》
12		《跑步穿过中关村》（中篇集）	2008年9月，重庆出版社（收录《跑步穿过中关村》《天上人间》《居延》）
13		《天上人间》（小说集）	2009年1月，新星出版社（《啊，北京》《我们在北京相遇》《天上人间》《伪证制造者》）
14		《居延》	2009年第5期《收获》 2009年第11期《小说月报》
15		《逆时针》	2009年第4期《当代》
16	徐则臣	《小城市》	2010年第6期《收获》
17		《如果大雪封门》	2012年第5期《收获》 2014年第10期《北京文学》（中篇小说月报）
18		《看不见的城市》	2013年第10期《北京文学》（精彩阅读）
19		《耶路撒冷》	2013年第6期《当代》 2014年3月，北京十月文艺出版社
20		《成人礼》	2013年第15期《作家》 2014年第1期《名作欣赏》
21		《凤凰男》	2014年第2期《天涯》
22		《哈利路亚》	2014年第7期《作品》
23		《啊，北京》（中篇集）	2015年8月安徽文艺出版社
24		《拉车人车小民的日常生活》	收录在小说集《阳光影楼》2001年6月，沈阳出版社
25	陈武	《宠物》	2003年第1期《钟山》
26		《换一个地方》	2004年第4期《青年文学》

序号	作家	小说	发表时间及期刊
27		《报料人的版本》	2006年第1期《钟山》
28	陈武	《丁家喜和金二奶，还有老鼠和屁》	2009年第1期《翠苑》
29		《回家过年》	2011年第7期《时代文学》（上半月）
30		《天堂入口》	2010年第6期《钟山》 2011年第2期《小说选刊》
31	李洁冰	《青花灿烂》	2009年8月，作家出版社
32		《苏北女人》※	2015年6月，江苏凤凰文艺出版社
33	李惊涛	《城市的背影》	1997年第2期《钟山》

　　※　此处把《苏北女人》放进此类创作，主要是因为妇女的乡村留守是因乡下男性进城而产生的故事。

　　李洁冰出生在连云港的赣榆县，她从1995年开始文学创作，与李雪冰是文坛上的姐妹作家。她在作品中比较关注生活在底层社会的人群，其中就包括进城务工的乡下人。她的乡下人进城小说有《青花灿烂》和《天堂入口》。《天堂入口》视角独特，讲述的是由一个乡村男性与城市女性的情感纠葛而引发的命案。小说采用采访手记的形式，以法学副教授肖孟琪的一项行为心理学方面的课题研究为切入点，穿插讲述了两个故事：一个城市白衣天使与一个乡村乞丐的命运纠葛，肖孟琪丈夫的发疯。仲开林是一个从矿场里死里逃生的乡村青年，流落到城里沦为乞丐，被城里姑娘娄晓敏搭救，最终又被娄晓敏伙同丈夫杀害。这是一个城与乡、男人与女人、幸福与困苦、天堂与地狱、乡下人与城里人的故事。乡村青年仲开林面对城市白衣天使的帮助，他努力地讨娄晓敏开心，并最终与娄晓敏产生了情感，随后仲开林产生了僭越身份的渴望，以"死"和"公开两人的关系"相逼娄晓敏嫁给他。仲开林的"搏命"追逐令白衣天使娄晓敏痛下杀手，娄晓敏最终才知道"这么多年的善举叠加，并没将她托到天堂。她走过九十九级台阶，却在最后一蹬拾级而上的时候，鬼使神差地跌倒，天堂以外的地狱之门，正朝她訇然洞开着"。❶娄晓敏最初对于仲开林的救助是出于善举，但随后情感的放纵让仲开林看到了希望，人性在欲望中裂变，仲开林的人性之恶源于对女性欲望的贪恋，娄晓敏的堕落也是源于情感的放纵。小说中的两个故事互相补充，揭示了人性的脆弱。

《青花灿烂》是李洁冰的另外一部乡下人进城小说。对于小说的创作初衷，李洁冰是这样说的：《青花灿烂》"以平民化的视角，直接切入社会的最低层，通过揭示20世纪90年代中后期，在改革开放及商品大潮的推动下，性，暴力，金钱以及权欲对苏北底层女子所带来的冲击和影响，勾勒一批匍匐在黄土地上的女子众生像"。❷小说讲述了一个乡村女性青花在城市的挣扎，也是一个关于进城女性的身体叙事。小说讲述的是两对夫妇之间的情感纠葛：北方小镇女子青花早年嫁给进城的民工葛建成，因性无能而受折磨，与镇联中教师郭秉文产生婚外情。青花在葛建成变态虐待和世俗压力下带着私生子艰难度日，后孩子丢失，为寻子来到银城，流落美容院。多年后，葛建成由建筑公司的泥瓦工混

❶ 李洁冰："天堂入口"，载《钟山》2010年第6期，第57~77页。
❷ 李洁冰："纵是青花也灿烂——长篇小说创作谈"，载http://www.jszjw.com/criticize/readspace/201305/t20130525_1585930.shtml。

成了包工头，有钱之后的葛开始报复出轨的妻子青花，借教改之机疯狂收购学校和幼儿园。郭秉文跟妻子刘小巧在此过程中双双落聘待岗，葛又故意造成郭秉文妻子车祸身亡，最终却被郭秉文杀死。葛建成从一个受害者变成了一个加害者，这个人物形象揭示了欲望之城对人性的侵蚀。青花的"灿烂"是以沉沦为代价的："一个底层与草根要想拯救自我，要想"成功"，就只能像青花这样堕落，先有堕落而后有"道德的"生活，先有灵魂的出卖才有体面的尊严。这是废墟之上生命之花的绽放抑或枯萎？"❶李洁冰的这两部乡下人进城小说中故事的发生地点都设置在"银城"，作者把"银城"建构成一座欲望之城，娄晓敏、仲开林、青花、葛建成等"进城者"都是其中的沉沦者。

　　李洁冰2015年的长篇小说《苏北女人》虽然专注的是留守乡村的妇女，但这种留守和留守儿童有同质之处，都是因为进城打工而出现的故事，因此放在此处稍作探讨，梳理时也把这部小说放在了乡下人进城小说里面。小说分为春、夏、秋、冬四卷，讲述苏北僻壤端木村自20世纪中叶至21世纪社会转型背景下柳采莲母女几代乡村女性的命运变迁。对于本书的创作初衷，李洁冰坦言："第一次引起我强烈好奇心的，是几个乡村女人牵牛耕地的故事。它颠覆了我对传统民间男耕女织的认知，而其背后所深蕴的信息含量也让我深思。今天的中国正处在几千年未有的变局里，从20世纪80年代伊始，成千上万的农民离开家园到城里谋生。乡村渐趋

---

❶　张光芒："废墟之上的绽放抑或枯萎？——读李洁冰长篇小说《青花灿烂》"，载《文学报》2007年6月28日。

空壳，时至今日未曾缓解。在乡村这片场域上，男人即已离席，妇孺只好披挂上阵。"❶这种关于"留守"的叙事与赵本夫的《即将消失的村庄》、陈武的《丁家喜和金二奶，还有老鼠和屁》都从不同的侧面表达了对于城市化过程中"乡村荒芜化"的隐忧。

李惊涛历任江苏省连云港市文联《连云港文学》编辑部副主任、主任以及文联秘书长。他的小说《城市的背影》中塑造了一个典型的进城女性形象——阮玉。小说讲述了阮玉的城市生活：阮玉是靠婚姻进城的乡村女性，随着丈夫旭生从盐场调进了金鱼城里。到了城里，她的工作成了大问题，求职时别人会问有什么专长，而阮玉什么都不会，她只会在盐场推盐，在求职过程中，上过当受过骗，差点被那个城里人胖经理占了便宜。后来在交纳了五千元保证金之后，才成为针织厂的正式工人。后因为针织厂被骗，针织厂不景气，员工们只能靠卖厂里的产品来补贴家用。小说从一个层面揭示了进城女性求职的辛酸、工作的辛苦和生活的艰辛。小说通过阮玉与丈夫的城市朋友老铁的交往来展开对城乡经济差异的叙事，诸如老铁带阮玉夫妇去"小观园美食厅"就餐，去"康平时装总汇"买衣服。对于乡村女性阮玉而言，结婚以来从来没有在这样气派的酒店和时装店消费过，老铁当晚的消费远远超过他们夫妻一个月攒的钱。花伞来金鱼市采访时受到的接待，更加对比衬托出阮玉一家在城市生活的艰

---

❶ 张光芒、李洁冰："为苏北大地上的'特殊物种'造像 ——张光芒、李洁冰长篇小说《苏北女人》文学对话录"，载http://www.jszjw.com/indexinc/criticism/201605/t20160531_16177009.shtml，2016年5月31日访问。

辛。在金鱼城里，阮玉的家庭是典型的工人和乡下人的组合模式，生活在底层，饱尝着生活的艰辛。李惊涛通过阮玉城市生活的种种细节，真实再现了阮玉这个进城女性在城市捉襟见肘的辛酸生活。

三、徐州、南京、盐城、宿迁籍作家创作概况

徐州、南京、盐城、宿迁四个城市从事乡下人进城小说创作的作家虽然不多，但却是重量级的作家，从作品数量和质量而言，决不逊色于连云港、苏州。徐州重量级作家赵本夫从事乡下人进城小说的创作，共发表此类小说7篇，其中最有代表性的作品有《无土时代》《天下无贼》和《即将消失的村庄》。《天下无贼》2000年荣获首届紫金山文学奖短篇小说奖，因电影改编的成功而为小说带来了更大的声誉。小说为进城打工的傻根建构了一个"天下无贼"的美梦。《即将消失的村庄》2005年荣获第二届紫金山文学奖短篇小说奖，勾勒出现代化进程中乡村的逐渐衰落。长篇小说《无土时代》2011年荣获第四届紫金山文学奖长篇小说奖，为读者建构了一个"乌托邦"式的充满勃勃乡村生机的"木城"，具体发表时间和期刊如表0-3所示。

赵本夫是地道的乡下人，出生于苏北农村，早年的乡村生活经验和自己本身作为进城乡村学子的身份令其在此类创作中着力表现城市化进程中出现的种种人性异化和发展弊端，传统乡村文明的逝去，"无土"之城的种种弊病，城乡文明和文化的冲突是其所要彰显的主旨所在。

表0-3 徐州籍作家的乡下人进城小说创作统计

序号	作家	作品	发表时间及期刊
1		《安岗之梦》	1997年第2期《太湖》
2		《天下无贼》	1998年第5期《作家》
3		《寻找月亮》	2000年第11期《作家》
4	赵本夫	《带蜥蜴的钥匙》	2002年第4期《红岩》
5		《即将消失的村庄》	2003年第2期《时代文学》
6		《无土时代》	2008年1月，人民文学出版社
7		《洛女》	2010年第5期《上海文学》

　　南京籍从事乡下人进城题材小说创作的作家主要有余一鸣，他出生于乡村，现从事教育工作，也是一位较为典型的进城乡村学子，是一个执着于乡下人进城小说创作的作家，从21世纪伊始一直持续此类创作，共发表此类小说16篇（见表0-4）。

　　余一鸣的乡下人进城小说较多，从2001年的《栖霞秋枫》到2015年的《稻草人》一直有持续的创作，表现出对该题材小说创作的关注。其乡下人进城小说不仅数量多，也不乏精品。中篇小说《入流》讲述的是长江上的一群淘金客（淘沙者）在欲望中逐渐"入流"，逐渐沉沦的故事，该小说荣获第三届"茅台杯"中国作协《小说选刊》2011年度文学奖。《不二》讲述了一群来自乡村的泥水匠如何一步步在城市中掌握成功的"不二"法门，成为建筑业中的成功者的故事，该小说荣获第四届紫金山文学奖。余一鸣的乡下人进城小说把笔墨更多地放在进城以后的成功者身上，较为关注建筑行业和长江上的淘金者，小说力图表现的是转型期进城乡下人在资本市场逻辑挤压下人性的嬗变。

表0-4　南京籍作家的乡下人进城小说创作统计

序号	作家	作品	发表时间及期刊
1		《栖霞秋枫》	2001年第8期《青春》
2		《淹没》	2007年第1期《钟山》
3		《城里的田鸡》	2008年第5期《花城》
4		《我不吃活物的脸》	2009年第4期《钟山》
5		《不二》	2010年第4期《人民文学》
6		《把你扁成一张画》	2011年第1期《作家》
7		《剪不断，理还乱》	2011年第1期《作家》
8	余一鸣	《入流》	2011年第2期《人民文学》
9		《拓》	2011年第3期《钟山》
10		《放下》	2011年第8期《中国作家》
11		《鸟人》	2012年第2期《北京文学》
12		《江入大荒流》	2012年第17期《作家》
13		《潮起潮落》	2013年第11期《北京文学》
14		《种桃种李种春风》	2014年第1期《人民文学》
15		《闪电》	2014年第6期《创作与评论》
16		《稻草人》	2015年第8期《小说月报》

　　盐城籍从事乡下人进城小说创作的作家主要有王大进，共有此类创作18篇。他自1995年至今一直关注进城乡下人，是一个致力于乡下人进城叙事的作家。其作品具体发表时间及期刊如表0-5所示。

表0-5　盐城籍作家的乡下人进城小说创作统计

序号	作家	作品	发表时间及期刊
1		《偶像》	1995年第4期《小说界》
2		《欲望之路》	2000年第5期《当代》 2001年3月，人民文学出版社
3		《错误》	2001年第1期《长城》
4	王大进	《青春力比多》	2003年第5期《时代文学》
5		《禅意》	2004年第3期《清明》
6		《兄弟》	2005年第2期《清明》
7		《地狱天堂》	2005年5月百花文艺出版社
8		《痛》	2006年第1期《安徽文学》
9		《花自飘零水自流》	2006年第4期《上海小说》
10		《寻仇》	2006年第20期《中国作家》
11		《金窑主》	2007年第1期《小说界》
12		《幸福的女人》	2007年第3期《当代》
13	王大进	《还乡记》	2007年第5期《山花》
14		《烟尘》	2008年第3期《清明》
15		《结局》	2012年第9期《山花》
16		《风好大》	2013年第9期《长江文艺》
17		《断》	2014年第15期《作家》
18		《纪念》	2014年第2期《化城》

　　王大进也出生于乡村，是一个典型的进城学子，他的乡下人进城小说涉及的乡下人比较广泛，既有进城的黑煤窑主金德旺，也有进城做妓女后被包养的"那个女人"以及"那个女人"的乡村兄弟们，也有留守乡村的留守儿童大秀、二秀。王大进笔下的进城乡村学子最多，主要有《欲望之路》

中的邓一群、《兄弟》中的大丁、《偶像》中的朱平、《地狱天堂》中的金建明和郑燕青等。王大进通过形形色色的进城乡下人形象的塑造，揭露欲望之中人性的沉沦，如金德旺在金钱欲望中沉沦，邓一群在权力欲望中堕落。

宿迁籍从事乡下人进城小说创作的作家是胡继风。胡继风也是较为典型的乡村学子、农裔作家，自小在乡村的生活经历使其对于身边的留守儿童较为关注，从2005年至今，胡继风总计创作了20多篇乡下人进城小说（见表0-6）。

表0-6　宿迁籍作家的乡下人进城小说创作统计

序号	作家	作品	发表时间及期刊
1		《我要像鸽子那样飞》	2005年第5期《回族文学》
2		《一地黄花》	2006年第2期《清明》
3		《想尿床的孩子》	2008年第2期《翠苑》
4		《姑苏城的爸爸》	2008年第3期《鸭绿江》（上半月）
5	胡继风	《想"留守"的孩子》	2008年第4期《北方作家》
6		《忘归》	2008年第11期《少年文艺》
7		《像豌豆一样突然消失》	2009年第5期《翠苑》
8		《鸟背上的故乡》	2009年第7期《延河文学月刊》
9		《跟小满姐姐学尿床》	2009年第8期《厦门文学》
10		《空课桌》	2009年第11期《少年文艺》

（续表）

序号	作家	作品	发表时间及期刊
11		《百合》	2010年第3期《凉山文学》
12	胡继风	《鸟背上的故乡》，黑龙江少年儿童出版社，2011年3月（小说集，收录小说18篇，有些小说已经单独发表，有些属于初次收录）	《鸟背上的故乡》《和冰冰一起私奔》《楼上的你和楼下的我》《空课桌》《不知要往哪里去》《一封写给妈妈的信》《跟小满姐姐学尿床》《想去天堂的孩子》《忘归》《一个人的城市》《急诊》《像豌豆一样突然消失》《给奥巴马叔叔的一封信》《害羞》《美丽的花衣裳》《最美有多美》《我哪里也不让你去》《大水》

自2005年以来，胡继风一直致力于以儿童的视角切入讲述乡下人进城故事，关注因父母进城而留守的儿童们所面临的生存问题和精神世界等。其短篇小说《想去天堂的孩子》2011年荣获江苏省第四届紫金山文学奖儿童文学奖；短篇小说集《鸟背上的故乡》2013年荣获第九届全国优秀儿童文学奖。较之江苏的其他作家，胡继风的儿童文学专注于留守儿童叙事，《鸟背上的故乡》建构了苏北一个特定村庄——小胡庄留守儿童的物质和精神世界。

四、无锡、泰州、南通、常州籍作家创作概况

无锡作为苏南经济较为发达的城市之一，也是江苏容纳进城乡下人较多的城市。无锡籍有储福金、夏正平、徐风、王涌津等4位作家参与了乡下人进城小说创作，共发表此类小说9篇，具体发表时间及期刊如表0-7所示。

表0-7　无锡籍作家的乡下人进城小说创作统计

序号	作家	作品	发表时间及期刊
1	储福金	《S形声音》	2011年6月，时代出版传媒股份有限公司、安徽文艺出版社
2	夏正平	《月光下的戏台》	2004年第2期《太湖》
3	徐风	《公民喉舌》	2003年4月，作家出版社
4		《浮沉之路》	2004年6月，作家出版社
5	王涌津	《夏萤》	收录在小说集《氿光塔》，2009年7月，作家出版社
6		《流浪脚手架》	
7		《心碎的青春》	
8		《秋千》	
9		《乌金泥》	

在无锡籍作家的乡下人进城小说中，最见功力的小说作品是储福金的长篇小说《S形声音》和徐风的两部长篇小说《公民喉舌》《浮沉之路》。储福金的《S形声音》是作者参加起点中文网举办的"全国30省（区市）作协主席小说"擂台赛的参赛作品，参赛时的小说名为《倾听到什么》，小说在线的阅读点击量在参赛作品中排名第一。《浮沉之路》和《公民喉舌》是江苏作家中关于乡村学子官场叙事的最经典文本：《浮沉之路》于2005年荣获江苏省第二届紫金山文学奖长篇小说奖，小说讲述了乡村青年田萌生的官场浮沉故事；《公民喉舌》以新闻的视角，围绕来自乡村的女记者恽晓芙展开叙事，讲述了乡村学子冷显诚和宋得坤的官场沉浮故事。两部小说旨在揭示官场对乡村人性的侵蚀，在本书的上编中将对这两部作品进行专章论述，在此不作

赘述。

储福金的小说《S形声音》以进城乡村青年乔耳若有若无的一段爱情经历为主线，讲述两个性格各异的进城乡下人乔耳和田丰收的城市生活，穿插其中的是进城沉沦的乡村女性黄莺的故事。乔耳是一个善良、朴素、勤劳的进城乡村青年，有着知识分子的形象外表，身材细长、皮肤细嫩、温文儒雅，虽身处城市却喜欢安静的生活，有"异于常人"的听力，喜欢倾听大自然的各种声音，也总能从声音中听出些什么。对于爱情，乔耳表现出的是一种默默守护的单纯，只希望黄莺能够幸福。城市中的乔耳最终失去了"异于常人的听力"，单纯的乔耳不再单纯，逐渐看清了城市。田丰收是一个外表看上去像打工仔实则懂得很多知识的进城乡下人形象，如果用安静一词来形容乔耳的话，那么用喧嚣一词更为适合田丰收。田丰收深谙城市的"暗黑"，仇恨城市和城市中的有钱人，利用黄莺敲诈城市里的权贵，最终在欲望的驱使下开枪打伤乔耳而被警察击毙。在乔耳与田丰收的由友情到反目的过程中，黄莺起到了关键的作用，她是"进城女性"中典型的"性"生意者，是城市金钱欲望的牺牲品。

王涌津《氿光塔》的第二辑《玉女吟》，讲述的是十五个名字以"玉"开头的女子身上发生的故事。每篇小说虽都不长，但各有风味，其中《夏萤》《流浪脚手架》《心碎的青春》《秋千》《乌金泥》讲述的都是进城乡下人的故事。这些故事中多用第一人称，较为细致地展现了进城乡下人和这些游走于他们之间的美丽女子之间的情感纠葛。作品或喜或悲，让我们窥见了进城乡下人的多样城市生活，而贯穿故事的美丽少女，就成为这些略显悲伤故事中一道"靓丽"

风景。

夏正平《月光下的戏台》唱响的是传统民间戏曲的挽歌，现代化的进程改变着乡村，改变着传统民间戏曲的命运，也改变着乡下民间戏曲从业者的人生轨迹："原先跟他在戏剧队唱戏的伙一个个先后都改行了。在戏剧队里敲小镗锣的明先是跟着妻舅跑供销，后来自己办一个环保设备厂，现在已是个千万身家的大款；跑龙套的阿平被抽调到乡机关不到两年，就被市里选送到党校去学习，毕业回乡后就被任命为副乡长，执掌全乡的财贸企管大权，最不济的阿霞，这个在戏剧队就喜跟男人发嗲抛媚眼的小媚子，也傍上一个包工头，住别墅，坐小车过得神气活现的，最后连兰兰也丢下心爱的戏台进城开店去了。"❶被现代化进城裹挟着的赵天生无奈进城谋生，但身在城市的"赵天生觉得唱戏的人就像风中的一粒灰尘，不管是乡村还是城市都没他们的容身之地"。赵天生在城市游荡的时候，邂逅了一个同样的"灰尘"——卖胡琴的汉子，他们是传统民间戏曲艺人的代表，乡村无人听戏，城市的交响乐也替代了戏曲，因此他们在城乡都是漂浮的"灰尘"，小说写出了城市化进程中现代资本对于乡村传统艺术的形塑。小说最后出现一个愿意跟赵天生学戏的"十三四岁模样的小女孩"，她的请求虽被赵天生拒绝，但这些许亮光照亮了赵天生，为读者留下希望。

泰州籍从事此类小说创作的作家有顾坚、顾维萍、毕飞宇和庞余亮。毕飞宇和庞余亮的乡下人进城小说专注于儿童叙事，顾坚和顾维萍的此类小说专注于青春叙事（见表0-8）。

---

❶ 夏正平："月光下的戏台"，载《太湖》2004年第2期，第22页。

毕飞宇的小说《哺乳期的女人》是江苏作家中较早关注留守儿童的作品，先后荣获1995～1996年《小说月报》奖、1996年全国十佳短篇小说奖、1996年《小说选刊》奖和首届鲁迅文学奖短篇小说奖，并于2010年改编成同名电影，由此给小说带来更大的声誉。小说着力讲述的是断桥镇传统文化对留守儿童旺旺和哺乳期的惠嫂母爱的情感阉割。庞余亮的《小鹿，小鹿》和《小母亲》也是关于留守儿童的小说。小鹿的父母在其很小的时候就外出打工，已经一年没有消息，也从没寄钱回家，他跟着唯一的亲人聋爷爷生活。小鹿爱吃雪，"孩子们不懂，觉得小鹿怪怪的""他成了最孤独的孩子，他一个人在操场上的双杠上，像一只孤独的鸟？"小说凸显的是留守儿童的情感孤寂。

表0-8　泰州籍作家的乡下人进城小说创作统计

序号	作家	作品	发表时间及期刊
1	毕飞宇	《哺乳期的女人》	1996年第8期《作家》
2	庞余亮	《小鹿，小鹿》	2013年第12期《少年文艺》（上旬刊）
3		《小母亲》	2007年第9期《少年文艺》（南京版）
4		《元红》	2005年9月，北京十月文艺出版社
5	顾坚	《青果》	2010年1月，昆仑出版社
6		《情窦开》	2012年7月，江苏人民出版社
7	顾维萍	《水香》	2011年3月，远方出版社

　　顾坚的"青春三部曲"《元红》《青果》《情窦开》专注于青春叙事，讲述了一群乡村青年丁存扣、赵金龙、朱

天宠、黄明娟等在城乡之间的成长故事。《元红》是顾坚的第一部小说，讲述水乡少年丁存扣从乡村走向城市的人生历程。这部小说以高考为叙事动力，展现乡村少年及其家庭为了高考进城而不懈的奋斗，是一个乡村学子进城叙事。与通常的进城学子叙事不同，小说不是把叙事的重点放在高考进城留在城市的融入过程，而是把笔墨落在"高考"，揭示"高考"对于乡村少年家庭的影响以及他们为之付出的努力。小说《青果》是"青春三部曲"的第二部，叙述的是高考落榜生赵金龙进城打工的故事。小说的叙事从乡村转到江南古城扬州，讲述两度高考落榜的失意少年赵金龙、宝根在古城扬州打拼的故事。《情窦开》是"青春三部曲"的收官之作，再一次把叙述的重点放回到乡村，讲述水乡少年朱天宠和少女黄明娟的成长故事。顾维萍的《水香》是一部叙述乡村女性水香在城乡之间的成长故事，小说叙述了乡村姑娘水香从13岁到33岁的成长经历，人生轨迹由乡村到城市再回归乡村，其中穿插水香与丈夫朱亚夫、杨镇长、校长王亚琪、王院长、民工保华、有钱人苏洋等男人之间的情感纠葛。作为一个乡村学子，水香的成长见证了乡村的发展。

南通籍从事乡下人进城小说创作的作家有陆汉洲、黄蓓佳、王春鸣和罗望子。陆汉洲的《沙暴》讲述了20世纪90年代社会大变革过程中西部荒原上的建筑工人多彩人生；黄蓓佳和王春鸣都是著名的儿童文学家，两位作家的乡下人进城小说主要关注流动儿童的城市生活状况；罗望子的《非暴力征服》讲述一个乡村学子通过征服女性进而征服城市的故事（见表0-9）。

黄蓓佳的《余宝的世界》以流动儿童余宝的视角，叙述余宝一家艰难的城市生活以及作为流动儿童所面临的生活困境和教育困境。11岁的余宝每天奔走在尘土飞扬的"天使街"上，路过一间间外乡人谋生的小店铺，蹚过污浊齐腰的雨水，绕过城市巨大的垃圾场，为寻找离奇失踪的爸爸而焦虑，为帮助辛劳的妈妈而操心，为姐姐余香和余朵的快乐而开心……余宝、孟小伟、罗天宇和成泰都是天使街上的流动天使，作为流动儿童，他们通常要面对与他们年龄不相符的生活压力。当爸爸离奇失踪后，余宝选择退学，要求即将就读的重点小学退掉他来报名的一万元钱。孟小伟在一场暴雨过后被颓墙击中，享受一场3D电影竟然要付生命的代价。王春鸣《淘宝的旋转木马》是关于流动儿童淘宝的城市生活故事，与余宝一样，淘宝同样面临着生存的困境，进城3年，连一次游乐场也没有去过，到游乐场坐真正的旋转木马成为淘宝的梦想。

表0-9　南通籍作家的乡下人进城小说创作统计

序号	作家	作品	发表时间及期刊
1	陆汉洲	《沙暴》	2000年1月，作家出版社
2	顾维萍	《水香》	2011年3月，远方出版社
3	罗望子	《非暴力征服》	2005年第3期（原创版）《小说月报》2005年第4期《中篇小说选刊》转载
4		《怎样活得好好的》	2011年第5期《清明》中篇小说专号
5	黄蓓佳	《余宝的世界》	2013年1月，江苏少年儿童出版社
6	王春鸣	《淘宝的旋转木马》	2013年第1期《少年文艺》（上旬刊）

罗望子的《非暴力征服》和《怎样活得好好的》讲述的都是乡村学子的进城叙事。前者更侧重于讲述锦标卫校毕业之后如何征服城市的故事，这种对于城市的征服又是通过征

服女人来完成的。后者讲述的是一个进城乡村学子"我"和"我"的同学、早年辍学进城打工的吴能的城市生活故事，"我"过着循规蹈矩的上班族生活，而吴能则过着"收放自如"的生活，这是一个不安分的生命，"不断地放弃他所拥有的一切，却从来没有放弃过他的理想"。

扬州籍从事乡下人进城小说创作的作家有黄国荣和王巨成。黄国荣和王巨成专注于儿童叙事，黄国荣的《城北人》[1]和王巨成《穿过忧伤的花季》[2]都是关于留守和流动儿童的叙事作品。《城北人》讲述的是女教师林佳玲帮助民工子弟的故事；《穿过忧伤的花季》以儿童的视角叙述花季少男少女之间纯真的兄妹感情，这种情感的需求正是对父母缺席之后情感的一种慰藉。2014年改编自扬州小说的同名电影《穿过忧伤的花季》荣获第13届电视电影百合奖优秀影片一等奖。小说控诉了乡村传统文化和身在城市的父母对留守少女陆星儿和留守少年陈军之间纯真兄妹情感的戕害。陈军、陆星儿与父老乡亲和父母之间的冲突主要是一种文化的冲突、一种价值观的冲突。

常州籍该题材小说的创作情况相对较少，老作家高晓生除了具有开先河意义的《陈奂生上城》之外，还发表了《陈奂生上城出国记》。另一个作家葛安荣的《都市漂流》[3]是一部建筑工人的城市漂流史，荣获江苏省"五个一工程奖"。这是作家的第一部长篇小说，讲述一支以陆天朗为首

---

[1]　黄国荣：《城北人》，花山文艺出版社2009年版。

[2]　王巨成：《穿过忧伤的花季》，明天出版社2008年版。

[3]　葛安荣：《都市漂流》，中国广播电视出版社2002年版。

的乡下人建筑队的都市生活故事，展示这群建筑工人在面对欲望都市的权力、金钱、女色时生活方式、价值观念的变化。葛安荣出生在"建筑之乡"金坛，家里的两个弟弟和妹夫都在北京建筑工地打工，这样的农民工家人为他创作《都市漂流》提供了有利条件。他经常到北京的建筑工地去采访，了解生活，后来他在工地上和从工人到经理各个阶层的人都混熟了，大家对他这个一样从家乡走出来的作家非常欢迎。而对于创作一部描写农民工的作品，他的这些经历以及农民工传递给他的信息是极其重要的。就是这样的生活，让他明白了农民工在工地的艰辛、在外打工的坎坷，这也坚定了他要为他们写一部长篇小说的决心。这就是葛安荣创作《都市漂流》的缘由。正如储福金笔下的另类进城青年乔耳一样，葛安荣笔下的建筑工人并非通常小说中的那般愚笨木讷，只知道出苦力。这些乡下人也有着他们的慧黠圆滑，不过他们不失淳朴善良，都有着对故土的一份眷恋；他们为了城市的建设在工地上辛勤工作，充满着艰辛，他们是那样的真实生动、令人敬佩。在小说中有这么一句话，"我们建造城市，城市使生活更美好；我们在城市漂流，城市没有我们的家"，这是进城乡下人走进城市后的自豪，也是他们不被城市接受所流露出的惆怅，葛安荣说他能理解建筑工人这份复杂的矛盾心理。

镇江籍、淮安籍作家中目前尚未发现有作家从事乡下人进城小说的创作。

目前学术界关于江苏作家小说的整体性研究不是很多，相关的研究专著仅见1995年费振钟的《江南士风与江苏文学》。❶这本书的研究范畴是20世纪一百年的江苏文学，以江南士风为切入点，把自曾朴、徐枕亚、叶圣陶、朱自清一直到汪曾祺、陆文夫、高晓声、苏童、叶兆言等的作家都纳入本书的研究框架，把江苏文学纳入江南文学之中。相关的研究文章主要有《小说评论》2007年第3期刊发的汪政、晓华、张光芒、贺仲明和何平的4篇研究论文。汪政、晓华的《多少楼台烟雨中——江苏小说诗性论纲》❷从江南文化的特质入手探讨此种文化在江苏小说中的体现。张光芒的《文化认同与江苏小说的审美选择》❸认为江苏作家"在全球化语境下从历史、神话与人性乃至地域文化追索中获取了安之若素的文化认同"。贺仲明的《传统的出路和去向——对当前江苏小说的思考》❹认为"对于今天的江苏作家来说，如何把握好对传统的度，如何既立足于传统又超越于传统，既保持自己独立的个性，又有深广的文化之根为支柱，是一个艰难而必须面对的课题"。何平的《复调的江苏——当代江苏文学的另一维度》❺认为"复调的江苏首先是地域文学景观的错杂"。

　　关于江苏作家乡下人进城小说的专门研究目前在学术界

---

❶ 贾振钟：《江南士风与江苏文学》，湖南教育出版社1995年版。

❷ 汪政、晓华："多少楼台烟雨中——江苏小说诗性论纲"，载《小说评论》2007年第3期，第23～28页。

❸ 张光芒："文化认同与江苏小说的审美选择"，载《小说评论》2007年第3期，第29～33页。

❹ 贺仲明："传统的出路和去向——对当前江苏小说的思考"，载《小说评论》2007年第3期，第34～37页。

❺ 何平："复调的江苏——当代江苏文学的另一维度"，载《小说评论》2007年第3期，第38～42页。

尚属起步阶段，现有的一些研究主要是针对某些作家作品的个案研究，研究的切入点大多不是"乡下人进城"，其中研究者着眼较多的有范小青、赵本夫、徐则臣、余一鸣等作家的小说，多为单篇作品的个案解读，但对于江苏其他作家的乡下人进城小说却很少有人专门论述，大多只是只言片语的提及。从研究的现状看，与勃勃生机的江苏乡下人小说创作相比，江苏乡下人小说研究则显得相对冷清，以"江苏"为一个整体的区域研究"乡下人进城小说"创作的论文更少，尚缺乏深入系统的论述，研究空间很大，这也是本书的价值所在。

第三节　写作思路与框架

正如中国作协副主席陈建功所说："关注打工文学，不仅仅是一种社会的责任，更包含了我们对劳动者的敬意和深情。"❶江苏作为当代中国一个容纳进城乡下人的重要区域，江苏作家作为当代中国文学的重要组成部分，为我们考察、分析乡下人进城提供了一个极其广阔的平台。以进城乡下人作为小说叙事对象的江苏作家可以说人数多、名头大，他们的此类作品影响大、质量高——像赵本夫《无土时代》、储福金《S形声音》、范小青《城乡简史》、徐则臣《跑步穿过中关村》、王大进《欲望之路》、徐风《浮沉之路》、苏童《米》、葛安荣《都市漂流》、王一梅《城

---

❶ 陈建功："打工文学是民族心灵史的一部分"，载《工人日报》2008年3月14日。

市的眼睛》、陈武《换一个地方》、余一鸣《我不吃活物的脸》、徐玲《流动的花朵》、朱文颖《蚀》、顾坚《青果》、罗望子《非暴力征服》、李洁冰《青花灿烂》、胡继风《鸟背上的故乡》、徐玲《流动的花朵》等作品都有很大的影响力。

新时期以来，江苏新老作家齐上阵，共同书写乡下人进城。总体考察一下江苏作家的乡下人进城小说创作不难发现，江苏从事此类创作的作家大多为"农裔作家"，这些作家出生在乡村，有乡村生活的经历，大多为进城乡村学子，也有城市生活的经验，其中陈武和王大进都曾经是进城打工者，也就是说，他们本身就是进城的乡下人，他们是在写自己或自己的兄弟姐妹，因此也就能更加真实地表现这一群体的城市生存状态。叙事主体（作家）的价值观念与价值取向直接影响作品的价值判断，作家身份的不同带来了进城书写的侧重点不同，甚至每一位作家的经历不同，创作的出发点也会各异。正如贺仲明所言："在经历了或考上大学，或参军入伍的经历，终于艰难地走出了乡村生活的时候，他们的感情和文化并不可能简单地走出去。虽然他们在城市生活中接受了现代文明的熏陶，意识到了乡村的黑暗和落后，并加深了他们对乡村的理性审视和情感批判，从而在理性上认同着现代文明，而且，他们幸运而不无偶然地走出乡村的生活经历，也使他们的心灵深处，始终存有着一种不无后怕的侥幸心理，但同时，他们曾受的乡村文化滋育成为他们真正接受和进入异质文化的深在障碍，正如他们心中始终的乡村生活关注，他们与现代文明（以城市为代表）有着天然的隔阈与距离。"❶正是因为不同作家笔下的乡村和进城乡下人故事的不同，本书采用上、下编的形式进行论述；上编是典型作家的个案研究，研究不同价值主体笔下的乡下人进城书写的独特性；下编是总体创作特色的探讨，以江苏这一地域为研究范畴，探讨新时期以来江苏籍作家在"乡下人进城小说"这一题材书写上所呈现出的共性。

一、上编：典型作家个案研究

本书的上编为个案作家的作品研究，主要选取赵本夫、范小青、余一鸣、王大进、徐则臣、苏童、徐风、陈武、胡继风9位作家作个案研究。之所以遴选这9位作家作个案研究的典范，一是因为这9位作家对此类创作的持续关注，有系列作品。还有一个原因是作品的影响，这里主要参照作品的获奖、读者及批评家的反映等角度来综合考量。在上编设专章论述的9位作家中，只有范小青、苏童是城裔作家，但范小青有上山下乡的经历，苏童的城市底层生存经验使得他在建构自己的"枫杨树故乡"也有类似于农裔作家的情感价值取向。其他几位作家都是农裔作家，陈武甚至自己在城市打过工，都是典型的进城乡村学子。

赵木夫是江苏的"老"作家，创作起步于20世纪80年代，以短篇小说《卖驴》而蜚声文坛，是徐州黄河故道文学的代表作家。他的乡下人进城小说数量上虽然不多，但篇篇是精品，先后三次荣获"紫金山文学奖"，这在江苏作家

---

❶ 贺仲明：《中国心像：世纪末作家文化心态考察》，中央编译出版社2002年版，第140～141页。

中也是不多见的。赵本夫是一位执着的乡土歌者，有浓郁的乡土情结。他的乡下人进城小说主题较为集中，批判城市文明对人性的腐蚀和浸染，批判"无土"之城带来的现代文明病，讴歌乡村传统文明，为即将逝去的乡村传统唱响挽歌。

范小青是典型的江南作家，来自江苏经济发达的苏州，是江苏容纳进城乡下人的大市。虽为城裔作家，但青年时期上山下乡的经历为其创作打下基础。范小青的乡下人进城小说在数量和质量上都较为突出，总计创作此类小说18篇，短篇小说《城乡简史》更是以"凸显了当代城乡变革中的人性复杂性"而荣获第四届鲁迅文学奖。范小青从1995年开始就关注此类小说叙事，并且创作一直持续，内容涉及社会发展的各个阶段和进城的各类人群，从普通的打工者王才到进城学子包兰，形象丰富。范小青笔下的乡村学子形象多为新世纪以来的大学生，从《设计者》中的城市新工人"设计者"到新世纪的"消费新穷人"包兰，同一类型人物的城市生存现状的差异凸显了现代化进程对进城乡村学子的形塑。

余一鸣出生于江苏高淳砖墙镇茅城村，是典型的高考进城的乡村学子。他的乡下人进城小说创作始于21世纪，在江苏作家的此类创作中较为突出的一点是对于建筑工人和长江上的采沙者这两类人群的关注。与通常乡下人进城小说苦难故事的叠加相比，余一鸣关注他们中间的那些成功者，关注资本对人性的拷问，这也就造成了其笔下的人物多为资本异化下的人。这些曾经贫穷的乡下人一旦进了城，有了钱，传统的伦理道德对他们就失去了约束力，人性在资本的欲望中沉沦。作为一名中学老师，余一鸣也更为关注教育资源的配置问题，《种桃种李种春风》这篇小说通过一个母亲大凤不择手段、以自我身体的沉沦来为儿子争取名校名额的故事，提出的是当下社会热议的教育资源分配不公以及资本的代际传承问题。

王大进同样是一个进城乡村学子，有务农的人生经历。王大进的乡下人进城小说偏重于欲望主题的书写，笔下有一系列在欲望中沉沦的进城乡下人形象，既有《地狱天堂》和《金窑主》中靠黑煤窑发财的金德旺，也有权利欲望之路上的学子进城邓一群（《欲望之路》），更有像《断》中的"小姐们"一样身体沉沦的众多乡村女性，这些进城乡下人在对金钱、权力、性欲的追逐中逐渐丧失人性。黑煤窑主形象的塑造是王大进的贡献，这一点有点类似于刘庆帮的《神木》。这类人群以为有了钱，进了城，就进入了天堂，殊不知地狱和天堂之间不是用物质来衡量的，道德和人性的沦丧只能把他们送入"地狱"之门。

徐则臣是典型的"京漂"知识分子，"京漂"经历对于其"京漂"系列小说产生了很大的影响。在江苏作家中，徐则臣是较为年轻的作家，被学界称为"70后作家"。他的"京漂"小说创作始于21世纪之初，笔下的人物呈现出多层性，既有北大的博士康博斯（《三人行》），也有来自苏北小镇的教师边红旗（《啊，北京》），还有普通的打工者"我姑父"（《假证制作者》）。他们是一群执着于"到世界去"的人，北京对他们而言，是一种完全不同于小镇或乡村的生活方式，尽管在北京居无定所，靠卖假证、卖盗版光碟等非法生意而生存，无法改变自己作为北京"他者"的身份，但他们没来由地"喜欢北京"，愿意留在北京。北京更深层面而言是一种自由、开放、宽容的生活方式，是一种精神层面的追逐。

　　苏童的乡下人进城小说研究主要围绕三部经典的进城文本展开，1987年的《一九三四年的逃亡》、1990年代创作的长篇小说《米》和2005年创作的短篇小说《西瓜船》。三部小说围绕城乡、人性的善恶展开关于乡下人进城的文本叙事，其中《一九三四年的逃亡》和《米》是两个历史叙事文本，故事发生的时间推至20世纪三四十年代，但故事的讲述时间是在新时期，因此也纳入本书的研究范畴。《一九三四年的逃亡》描述一个家族的兴亡史，是一个关于逃亡的故事，也是一个关于进城的叙事文本。1934年，"我"的祖父陈宝年在竹器城发迹，枫杨树有一半男人舍了田里的活计进城去赚钱，15岁的狗崽逃离枫杨树村进城找父亲陈宝年，环子流产后掳走父亲进城，祖母蒋氏进城追踪环子和父亲无功而返，陈宝年年底丧命，陈记竹器店易主。《米》是20世纪三四十年代一个乡村青年逃荒进城之后人性裂变的故事，小说中的城市作为罪恶之源，是造成五龙人性恶的根源。与《米》不同的是，《西瓜船》的前半段叙述的也是一个城乡对峙的恶性事件，进城卖瓜的福三被城市少年寿来杀死，城里人因为一个西瓜夺去了乡下人的一条人命，福三的乡亲进城讨说法未果。故事并未到此结束，福三的母亲进城寻找儿子的"西瓜船"，香椿树街人在善良母亲的感召下帮助寻找"西瓜船"，人性的善在寻找中回归。

　　徐风的乡下人进城小说数量较少，只有两部长篇小说。之所以选择设专章论述徐风，是因为他的两部长篇小说《公民喉舌》和《浮沉之路》叙事视角独特，把乡村学子进城叙述、官场叙事和女性叙事等角度融合在一起来展开，在城乡的大背景下来探讨城市官场对乡村人性的侵蚀。其中长篇小说《浮沉之路》于2005年荣获江苏省第二届紫金山文学奖长篇小说奖。这两部小说与王大进的《欲望之路》共同构成了江苏作家乡下人进城小说中的官场叙事系列。

陈武是连云港的作家,他的乡下人进城小说数量不多,但不乏精品,中篇小说《换一个地方》荣获江苏省第二届"紫金山"文学奖。以关注城市边缘人的底层生活而著称。《拉车人车小民的日常生活》中的车小民,《换一个地方》中的于红红、《宠物》中的孟清、《报料人的版本》中的"我"都是此类人物。他们居住在城市老城区的廉价出租屋或地下室,过着朝不保夕的生活。小说通过居住空间和饮食的差异来揭示城乡日常生活的差异。于红红作为女性还会受到男性的欺辱,女性身体叙事成为陈武此类小说关注的另一个焦点。与赵本夫的《即将消失的村庄》一样,陈武的《丁家喜和金二奶,还有老鼠和屁》用戏谑化的方式传达了作者对城市化进程中乡村破败的惋惜和哀叹。

胡继风是江苏作家中一直关注留守儿童和流动儿童叙事的代表作家,有20多篇此类小说创作。作为一个生于农村、工作在城市的典型进城乡村学子,他熟悉其笔下的留守和流动儿童,因此选择关注他们。其乡下人进城小说不仅数量多,获奖也较多(留守儿童因父母进城而留守,本书把留守儿童也作为乡下人进城小说):短篇小说《想去天堂的孩子》2011年荣获江苏省第四届紫金山文学奖儿童文学奖,短篇小说集《鸟背上的故乡》2013年荣获第九届全国优秀儿童文学奖。其乡下人进城小说以儿童的视角介入叙事,探讨由于父母的缺席或城市生活的艰难而给孩子带来的诸如生存、情感、教育和心理等方面的问题。

二、下编：总体创作特色探讨

本书的下编主要是针对新时期江苏作家乡下人进城小说的整体特色进行研究，主要是在绪论和上编系统梳理的基础上，选取从女性书写、儿童书写、学子书写、青春书写、意象叙事、城市理想、生活在他方7个角度展开探讨。之所以选择女性书写、儿童书写、学子书写和青春书写这四个视角进行整体性的研究，是因为这四个视角不仅是乡下人进城小说叙写的重点，在江苏作家的乡下人进城小说中，这四类书写也占据了相当大的比例，拥有一些典型的文本，最具代表性，因此设专章进行探讨。

女性视角是新时期以来乡下人进城小说最常采用的视角，从中国作协主席铁凝的《哦，香雪》❶中少女香雪的"在乡望城"，到女作家孙惠芬《歇马山庄的两个女人》❷中李平的城市沉沦之后返乡的"在城望乡"，到邵丽《明惠的圣诞》❸中进不去的城和回不去的乡的"城乡两难"，新时期以来的乡村女性用了三十多年的时间在"进城"却"一直在路上"，性别因素是其背后的主要原因。江苏作家笔下出现了大量的进城乡下女性形象，在这些女性形象中，既有在城市从事"性"生意的阿珍（巴桥《姐姐》）、阿瑶（巴桥《阿瑶》）、表姐以及红红红美容美发中心和水帘洞大酒

---

❶　铁凝："哦，香雪"，载《青年文学》1982年第5期。

❷　孙慧芬："歇马山庄的两个女人"，载《人民文学》2002年第1期。

❸　邵丽："明惠的圣诞"，载《北京文学（中篇小说月报）》2007年第12期。

店的"小姐们"（陈武《换一个地方》），也有靠自己的努力在城市奋斗的洛洛（赵本夫《洛女》）、银凤和春英（顾坚《青果》）、于红红（陈武《换一个地方》），更有一些跟随丈夫进城的妻子《潮起潮落》中的范青梅、杨美丽以及《剪不断，理还乱》中的大大、小小等。与男性进城者相比，女性进城者因性别特征要面对更多的尴尬与无奈，女性因此也就成为乡下人进城小说的叙述重点。这些小说既有物质上对乡村底层女性生存状态的关注，也有对乡村女性精神上的诉求，表现了生活在底层的乡村女性城市境遇的困窘。

乡下人进城之后，其子女或被父母留在乡村，成为留守儿童；或跟随流动的父母，成为流动儿童。当下进城乡下子女问题不仅是一个乡村家庭的问题，而且是一个社会问题。留守儿童（离开进城的父母，留守在乡村的进城乡下人子女）大多被托付给老人和亲戚照顾，像野草一样生长。在亲情和监管双重缺失的情况下，这些孩子的心理和生理容易发生畸变，甚至走向堕落。他们的父母本意几乎是一致的，进城赚钱给孩子提供优越的物质条件，而物质上的富裕换来的却是情感和精神上的荒漠化。而流动儿童（跟随父母来到城市的进城乡下人子女）在城市所面临的是教育（受教育机会不平等和教育资源匮乏）、城市适应性问题等。这些问题已经引起全社会的广泛关注，目前学术界已有不少学者从社会学角度出发对他们的生存状况进行研究剖析，江苏作家则通过小说对这一问题加以演绎。

在进城的乡下人中间，有一类人群是通过高考进城的乡村学子，他们依赖自身的文化资本在城市立足，在城市的生存现状有别于其他进城乡下人，因此也成为作家书写的对象。新时期以来的乡村学子进城真正应该肇始于路遥《平凡的世界》❶中的孙少平。孙少平高中毕业，在彼时的进城乡下人之中应该是一个知识分子形象，他的进城更多着眼于精神层面的追求，是20世纪80年代进城学子形象。真正意义上的高考进城在《平凡的世界》中也有提及，就是孙少平的妹妹孙兰香和金波的妹妹金秀，她们毕业以后顺利在城里找到工作。刘震云《一地鸡毛》❷中的小林是20世纪90年代进城的乡村学子，小林已经没有了孙少平的精神层面的追求，呈现出对世俗生活层面"一地鸡毛"的下坠倾向。到了范小青小说《碎片》中的进城乡村学子包兰、快递员、熨烫工、淘宝店主，生活呈现出"碎片"化，对服装、苹果手机、电子游戏、韩剧等的消费欲望让这些学子成为城市中的消费新穷人，消费欲望消弭了传统的家庭伦理。江苏作家笔下的乡村学子进城既有像王大进《偶像》中的朱平那样20世纪90年代社会转型期迷茫的知识分子形象，也有像徐风《公民喉舌》中的冷显诚、宋得坤、恽晓芙、史冲，徐风《浮沉之路》中的田萌生、田萌琴，王大进《欲望之路》中的邓一群等"欲望之路"上的追逐者，更有像陈武《宠物》中的孟清、范小青《设计者》中的"我"这样的城市新工人和《碎花》中的包兰、快递员、熨烫工、淘宝店主等城市消费新穷人，这些进城乡村学子与他们的父兄姐妹一样，他们努力想留在城市，甚至以婚姻和丧失尊严为代价。

　　青春与爱情和成长相关，当青春遭遇"进城"时，主人

❶　路遥：《平凡的世界》，北京十月文艺出版社2012年第2版。
❷　刘震云："一地鸡毛"，载《小说界》1991年第1期。

公的成长无形中会打上城乡两种文化的烙印。本章选取顾坚的《元红》《青果》《情窦开》以及储福金《S形声音》和顾维萍的《水香》作为青春叙事的典型文本进行研究。《元红》《青果》《情窦开》是顾坚的"青春三部曲",作品中的青春少年的成长都与"高考"有关:《元红》中丁存扣的成长中最为重要的事件就是高考和女性,小说的大部分笔墨是围绕丁存扣的学业与爱情展开,最终为了爱情,丁存扣弃教从商。《青果》讲述了高考落榜生赵金龙和宝根在扬州古城的爱情和打工经历,在高考进城之外,展示乡村青年在城市中的另类成长。《情窦开》把叙事的时间推向20世纪70年代末期,重在叙写乡村少男朱天宠和少女黄明娟的懵懂感情和青春成长,他们最终收获了爱情和学业,双双成为进城乡村学子。顾维萍的《水香》叙述的是乡村少女水香由乡村到城市,最终回归乡村的人生经历,其间穿插的是众多男性和水香之间的情感纠葛。储福金的《S形声音》是一个关于两个性格各异的进城少年乔耳和田丰收的城市成长故事。乔耳单纯,有异于常人的听力,对爱情抱有最美好的向往。田丰收世故,初恋受挫之后游戏人生,痛恨城市和城市中的有钱人。两个少年进城之初就成为朋友,最终因为一个进城乡村女性黄莺的出现而酿成惨剧。乔耳心目中的黄莺是单纯的,他爱上了黄莺;田丰收知道黄莺是一个"性"生意者,他利用黄莺敲诈那些城市男性。乔耳试图帮助黄莺摆脱田丰收,田丰收开枪打伤乔耳。乔耳失去了异于常人的听力,逐步看清了城市,黄莺消失在城市中,田丰收被警察击毙。三个乡村少年在城市的成长付出了沉重的代价,田丰收付出了生命,黄莺出卖了肉体,乔耳失去了天性的单纯。

　　江苏作家的乡下人进城小说作为一种小说叙事题材，必然会带有此类小说创作所具有的整体性创作特色，在上述四个较为集中的叙事探讨的基础上，下编选取"意象书写""城市理想"和"生活在他方"三个章节继续作整体研究。乡下人进城小说是"城"和"乡"两极之间的叙事，必然会出现城市和乡村两个文化空间。江苏作家的乡下人进城小说中多借助"城市"和"乡村"两类意象来完成对城乡两个文化空间的建构，在这些小说中，"城市"作为进城乡下人活动的主要生存空间而存在，"乡村"作为乡下人曾经的家园或隐或现地留在乡下人的前现代记忆中，或直接出现在小说中作为乡下人活动的另一个背景空间而存在。这些小说通过这两类叙事"意象"传达出的是乡下人的城市生存境遇，它们承载的是作家对进城乡下人生存困境的关注，意象背后蕴含的是丰厚的文化意蕴。

　　在江苏乡下人进城小说中，乡下人由前现代的乡村进入现代／后现代的城市，怀揣着"成为城里人""做人上人"的梦想，遭遇到的是"梦想"与"现实"的背离。乡下人进入的异质的文化空间，首先遭遇的是生存的困境，多从事一些城里人不愿意干的脏活、累活，居住在城乡结合部、老城区、车库、地下室等逼仄的空间，遭遇来自城市的歧视，梦想被残酷的现实击碎。即使他们中有人会像邓一群（王大进《欲望之路》）、田萌生（徐凤《沉浮之路》）一样进入城市的公共和私人文化空间，他们的乡村背景始终会成为他们仕途中的"软肋"，在城市生存的压力和上升欲望的诱惑之下，他们会选择以自我主体性丧失的方式屈从城市的价值观，人性在欲望之中沉沦。本章重在通过分析江苏作家乡下人进城小说中城市异乡人的城市"梦想",阐释这些各异的"梦想"难以实现的原因及其背后传达出的作家的创作初衷。

总体考察江苏作家的乡下人进城小说创作不难发现,"生活在他方"是进城乡下人的城市生存状况。不管是赵本夫笔下那个来自乡村的月儿(《寻找月亮》),还是苏童《米》中来自枫杨树故乡的五龙,抑或是徐则臣《小城市》中的"北漂"彭泽,他们在"别人"的城市中一直处于"生活在他方"的状态,物质生活的贫困是进城乡下人首先必须面对的问题,逼仄的居住空间、暧昧的工作场所、朝不保夕的工作,生存层面的困境使得进城乡下人经常面临一种"漂泊无依"的生活状态。物质层面的艰难已经让进城乡下人在城市举步维艰,精神的漂泊和身份的焦虑更是难以避免,他们始终是"城市的他者",城市也始终是"别人的城市",这种状态既与城市居民的歧视有关,也与进城乡下人的前现代乡村记忆有关,更与进城乡下人的自我身份认同有关。物质和精神层面的双重困境造成进城乡下人难以融入城市,始终"生活在他方"。

上　编

第一章 "无土"的城和"消失"的村：
赵本夫乡下人进城小说研究

20世纪80年代，赵本夫因短篇小说处女作《卖驴》而蜚声文坛，处女作《卖驴》荣获1981年全国优秀短篇小说奖。在此后的创作生涯中，赵本夫创作了不少乡下人进城小说，其中影响较大的有《天下无贼》《即将消失的村庄》和《无土时代》。赵本夫的乡下人进城小说创作较之苏北的其他作家数量上尽管不占优势，但多精品佳作，创作主题一以贯之，从失落的乡土文明中反思现代化，反思因"无土"而导致的城市文明病，唱响乡土逝去的挽歌。

从最初1998年在《太湖》杂志第2期上发表的《安岗之梦》到2010年在《上海文学》发表的《洛女》，新时期以来。赵本夫总计创作了7篇此类小说作品（见表1-1）。

赵本夫1947年出生于江苏丰县赵集村，是地道的农民，由于自小身处乡村环境，深受乡村文明的浸染，对生于斯长于斯的乡村有着深厚的情感依恋。赵本夫1961年考入丰县中学，1967年高中毕业后回乡务农，是典型的"高加林"式的乡村知识分子。重新返回乡村的赵本夫和父辈一样过着普通乡民"日出而作、日入而息"的乡村生活，这段重返乡村的生活对其后来创作影响较大。1971年，赵本夫到县城参加工作，担任丰县县委宣传部宣传干事，十年的宣传工作经历，为他提供了广泛接触社会的机会，为他以后的小说创作提供了丰富的素材。1984年，赵本夫考入中国作协文学讲习所（鲁迅文学院）。自此，赵本夫离开乡村，真正成为一名进城的乡村学子。

表1-1　赵本夫乡下人进城小说创作情况统计表

序号	小说	发表时间及期刊
1	《安岗之梦》	1998年第2期《太湖》
2	《天下无贼》	1998年第5期《作家》
3	《寻找月亮》	2000年第11期《作家》
4	《带蜥蜴的钥匙》	2002年第4期《红岩》
5	《即将消失的村庄》	2003年第2期《时代文学》
6	《无土时代》	2008年1月1日，人民文学出版社
7	《洛女》	2010年第5期《上海文学》

赵本夫是个执着的恋土者，他曾坦言："我不敢奢望自己的作品进入世界文库。但我愿象巴比松的画家们那样钟情于乡村和大自然。人类由野蛮走向文明，离开大自然是越来越远了，离开贫穷和乡村也越来越远了。的确，人不可能再回到森林里去。但我固执地相信，人必须在大自然里才能生存。对大自然、对乡村的爱恋，绝不是出于那种狭隘的农民观念，而是基于对人类前景的担忧。"❶在作者笔下，有两类乡下人形象：一类是向往城市生活，渴望被城市接纳，梦想成为真正的城里人，这类人群最终仍然是城市的"他

---

❶　赵本夫："寻找失去的自我"，载《徐州师范大学学报（哲学社会科学版）》1987年第4期，第63页。

者"，被城市拒绝，如《安岗之梦》和《带蜥蜴的钥匙》中的毛眼、《寻找月亮》中的月儿等。另一类人群与城市格格不入，不停地与城市对抗，他们虽然身处城市，却心系乡村，留恋故土，渴望回归"山高林密飞鸟成群、溪流清澈空气清新"的乡村，对城市怀有强烈的"他乡"意识，此类人物以《无土时代》中的石陀、天柱为代表，此类人物呈现出赵本夫对现代化进程中"城市文明病"的批判。

第一节　城乡两难：进不去的"城"和不愿回的"乡"

在赵本夫的乡下人进城小说中，有一部分小说表现了走出贫瘠土地、进入城市打工的乡下人在城市步履维艰的生活。他们虽生存艰难，但不愿意返乡，基本生存状态为进不去的"城"和不愿意回去的"乡"。《安岗之梦》《带蜥蜴的钥匙》《洛女》和《寻找月亮》就是其中最有代表性的小说，这些小说反映了乡下人进城之后，渴望融入城市，被城里人接受和认同，但自身的乡下人身份却始终无法改变，因此遭受来自城市人的侮辱和损害，"身份"呈现出"非城非乡"的两难，"成为城里人"是他们的追求，但身份的两难困境却始终难以摆脱，由此揭示了当下中国城市化进程中，城乡之间所存在的文化认同与身份焦虑问题。

《安岗之梦》《带蜥蜴的钥匙》和《洛女》这三部小说从城市边缘人——拾荒者形象入手，探讨此类人群在城市面临的身份尴尬。拾荒者一般都居住在城市边缘的垃圾场，依赖城市的垃圾而生存，城市的垃圾是他们眼中的"宝贝"，而他们自身却被看成是城市的"垃圾"。赵本夫是较早开始关注城市拾荒者这一群体的,这要从1998年的《安岗之梦》算起。贾平凹则是从2007年的小说《高兴》开始,算起来赵本夫要早得多。只不过贾平凹是想从"拾破烂的群体"的"生存状态和精神状态里触摸出这个年代城市的不轻易能触摸到的脉搏"。❶而赵本夫却想从拾荒者的个体入手来管窥一般。《安岗之梦》和《带蜥蜴的钥匙》用感伤的笔调叙写了进城乡村青年——毛眼的"城市梦"。《洛女》讲述的则是南京城内一对"捡破烂父女"——疯老头和弃婴洛洛的故事。无论是毛眼还是洛洛,他们进城之后都渴望获得城市认同、融入城市、找到归属感,做着"成为城里人"的美梦。"对于乡下人来说,现代化的城市是一个无形的堡垒,体制而外,防守它的城门的最为有力者就是'城乡意识形态'。进了城的乡下人,大都无法改变他们的身份,他们即使努力认同城市生活的价值观,也无法把这种努力变成一个可逆性过程,城里人并不认同他们。"❷

毛眼是赵本夫最早塑造的城市拾荒者形象,他从八九岁开始就流入城市,以乞讨为生,渐大以后想攒点钱,就开始捡破烂。毛眼在"定居"安岗之前有一个"癖好",就是"专挑那些新建好还没人住的新楼去住",因为"毛眼不满意","这个城市就像个巨大的建筑工地,到处都在盖楼,只是没有毛眼的份儿"。两三年间"这个城市所有新盖的楼房差不多让毛眼住了个遍",并把这些房子称为"旧房"。

---

❶ 贾平凹:《高兴》,作家出版社2007年版。
❷ 徐德明:"'乡下人进城'叙事与'城乡意识形态'",载《文艺争鸣》2007年第6期,第51页。

过足了"乔迁"之瘾后，毛眼找到了自己的新居——安岗（一个废弃的交通治安岗），他把安岗称为"我的房子"，并对小伙伴们说："等大家落下脚，咱们就是这个城市的人了。"他憧憬建立一个垃圾清理公司，"把咱们的城市打扮地干干净净"。为此，他去买了一套新衣服，当他看到卖衣服的姑娘冲他笑时，毛眼"深刻地感到他已经是这个城市的一员了"。此后的毛眼就把城市当成了自己的家，并努力为美化这个城市尽自己的一份力。"捡破烂不再翻检得尘土飞扬""有时发现死猫死狗，便挖个坑埋上""像个市长一样在考虑问题（城市的垃圾问题）""时常在马路上搀扶一些老人过街"以及为外国人指路，等等。所有的一切都说明毛眼在努力追寻城市的认同，极力想使自己成为真正意义上的城市人，但事与愿违，毛眼扶老人过街反被诬陷为小偷。见义勇为之后还是被作为"盲流"清理出城市。听到必须离开的消息之时，毛眼"如五雷轰顶。顿时陷入绝望之中。他意识到他的一切努力包括对这个城市所有的好心好意都成了一厢情愿。他并不属于这个城市"。❶这就是《安岗之梦》中的毛眼。城市成了毛眼一个美好的梦，梦醒之后的残酷现实是：毛眼被押上了一列火车，送到了黄海边的一个农场。毛眼就像"安岗"外的野狗一样在城市中游荡、无家可归、没有归属感，野狗的最终命运是为了救一对路遇歹徒的恋人而牺牲，孤独地躺在警车里，这与毛眼见义勇为之后被扫地出门的命运是契合的，毛眼始终是城市的一条"野狗"，城市弃之如敝屣，这种城市"他者"的身份终究难以改变。

---

❶ 赵本夫："安岗之梦"，载《太湖》1998年第2期，第5页。

　　《带蜥蜴的钥匙》可以说是《安岗之梦》的续篇，赵本夫继续为毛眼编织他的"城市梦"。被遣送到农场之后的毛眼，虽衣食无忧，但"没打算留在农场"，尽管他不愿承认还想着那座城市，然而"理智就像大河表面的冰层，无论如何经不住冰层下激流的冲击"，毛眼给自己找到了一个回去的借口——一把捡到的、属于那座城市的、带蜥蜴的防盗门钥匙。毛眼坚信："在这座城市，你拥有一把钥匙，你就能打开一扇门，就说明你有一处房屋，有一个可以安身的家。"❶应该说对于毛眼而言，城市有一种"故乡"的感觉，他的所有记忆都与这座城市有关，此时的毛眼更加迫切地想融入这座城市。但毛眼不再是《安岗之夜》中那个幼稚的毛眼了，在经历了被城市扫地出门的绝望之后，他不再把城市当成"咱们的家"，"他想自己不会再像市长那样考虑这座城市的垃圾问题了。这座城市用不着他操心"。他"又重新入住高楼"，住进了一套毛坯房。接下来的毛眼经历了一次奇妙的城市春梦之旅：用带蜥蜴的钥匙打开了一扇防盗门，偶遇了一位年轻而孤独的女人，因为孤独和婚姻的失败，女人把命运交给了天意，故意扔掉防盗门的钥匙，寻找自己未来的依托，毛眼的到来让二人完成了一次美丽的邂逅。梦醒之后的毛眼仍然相信"说不定真有这个地方呢"，毛眼的城市梦还在继续。此时的毛眼已经不再是城市忠诚的朋友——狗，而是游走在城市之间的一只冷血而厚皮的蜥蜴。城市的抛弃让他绝望，但这并没阻止他对城市梦的追逐，他依然游荡于城市的大街小巷，继续着他的"癖

---

　　❶ 赵本夫："带蜥蜴的钥匙"，载《红岩》2002年第4期，第63页。

好"——入住毛坯房，因为毛眼觉得"只要在城市里面拥有一套住房"，你就是真正的城里人，殊不知这种"他者身份"不是一套住房就能解决的问题。

与《带蜥蜴的钥匙》和《安岗之梦》不同，《洛女》讲述的是一对捡破烂父女的故事。洛洛是一个弃婴，由捡破烂的疯老头抚养长大，和毛眼"住新楼"的"癖好"一样，洛洛"每晚捡垃圾回来，都要洗个澡"。洗完澡之后洛洛会去过"另外的生活"——城市生活。"她会换一身干净的衣服去逛街，手腕上带着那块精致的小金表，雪白的脖子上挂着那件翡翠观音，衣着打扮和街上的女孩子并无二致。"晚上的洛洛俨然一个城市人。当她的朋友无意间发现了她的身份之后，"他们愤怒了"，"骂她是个骗子、贱货，说以前吃过她买的东西恶心，现在想起来就想吐，说她根本就不配和我们做朋友"。洛洛和毛眼一样，城市不能接纳他们，仅仅因为他们是"捡破烂的"，"乡下人""脏""拾破烂的"是城里人贴在他们身上的无形标签，一直如影随形地跟着他们，这种乡村的底色短时间内无法去除。疯老头死后，"洛洛还是捡垃圾为生"，"她在网上交了很多网友。有人说要娶她"，洛洛的条件是和她一同捡垃圾，"至今还没有哪个男孩子答应她"。"洛洛每天都要洗澡，一年四季都洗。"洗澡已经成为洛洛捡垃圾生活和城市生活的分水岭，洛洛以为只要洗净满身的尘污，她就是个城里人。但有一天当洛洛的朋友发现了她的身份以后，还是嫌她"脏"，不配与他们做朋友。所以洛洛回来之后"在自己的隔间洗澡，哗啦哗啦的，洗了很长时间"。洛洛完全可以靠疯老头留下的七八十万积蓄而成为一名名副其实的城市人，但她却选择继续拾荒。由此可见，城市的同龄人并不能接受洛洛的"拾荒者"身份，所以洛洛尽管漂亮、善良，却只能近乎无望地等待自己的姻缘。身份成为洛洛和城市男性之间的一道难以逾越的鸿沟，更深层次而言是一种价值观念上的认识，这不是单纯金钱、住房可以解决的问题。

作为城市拾荒者这个特殊的群体，他们经常出现在城市的街头巷尾，以捡垃圾为生，在脏、臭、乱中过着常人难以想象的生活。"垃圾生活既能够概括一部分乡下人在都市里的真实生活，也是一个具有象征意味的喻象。就其真实层面而言，乡下人往往在城市担负着清除垃圾的重任，大量的都市人生活产生的垃圾是靠乡下人来处理。……其象征意味在于：城里人的垃圾也是乡下人的宝贝，乡下人只是城里人眼中的垃圾。"❶ "垃圾生活"是毛眼、洛洛、疯老头的城市生活的真实境遇，他们被城里人"弃之如敝屣"，洛洛的城市"朋友"之所以"耻于洛洛为伍"，根源不在于洛洛的穿着和消费观念，在这些层面上洛洛与城市女孩无异，"垃圾"身份才是根源。因此"垃圾"自然更是城市拾荒者的身份象征，更深层面而言也是城里人眼中的"在城"乡下人，他们对城市的供养和城市对于他们的厌弃形成悖论。

《寻找月儿》是一个关于寻找的故事，乡村的月儿在寻找"城市"，城市的钱坤在寻找乡村的"月儿"。月儿是一个山野女孩，为逃婚进城打工。钱坤在密林中救了月儿，此时的月儿一路上都在没完没了地说着有关她和她家乡的事

---

❶ 徐德明："乡下人的记忆与城市的冲突——论新世纪'乡下人进城'小说"，载《文艺争鸣》2007年第4期，第15页。

情，此时的乡村依然在月儿的心中。刚到钱坤家的月儿"拧开水龙头大口大口地喝水、狼吞虎咽地吃馒头、睡觉时不脱鞋"，完全是一个懵懂天真的乡村女孩。就是这样的一个乡村的月儿一心想做城里女孩。"变成城里女孩"是月儿追寻的梦，这是她的城市梦。为了成为城里女孩，她对着镜子刮腋毛，甚至刮出了血也不在乎。三年中，月儿变了，她不再是当初那个懵懂天真的女孩了，她利用自己的肉体来追逐她的城市梦——娱乐中心的舞女。但她始终没能成为城里女孩，她的城市梦没有实现。在城市某种文明的腐蚀下，月儿再也不是当初那个单纯的女孩了。城里人看到这样带有山野气质的女孩感觉很新鲜，他们正是看上了这一点拿她挣钱的。月儿最终成了城市文明的消费品，可是她并没有放弃城市梦，她对钱坤说："我一定要做城里的女孩子，等我挣足了钱就能做城里女孩子了。"不管受到怎样的挫折，她始终不曾放弃过自己的城市梦。可是城里人不让她做城里的女孩子。月儿就是这样一个靠自己的肉体来追逐城市梦的悲剧女子，她的城市梦注定无法实现。在这里，城乡相遇而对峙，"乡"以"城"的标准追逐"城"的认同，但"城"无法认同，"城"看中的正是"乡"的淳朴，二者之间存在无法弥合的悖论。城市男人钱坤喜欢乡村的月儿，而乡村的月儿急于变成城市的"月儿"，才能去喜欢城市的钱坤，如此的二元悖论暗喻了城与乡相遇之后融合的艰难。

第二节　城乡对峙：乡村淳朴人性的呼唤

作为一个进城的乡村学子，赵本夫的乡下人进城小说多表现出对于乡村文明的留恋和城市文明的批判。作家通过形形色色的进城乡下人故事，意在表现"城""乡"文明的对峙，揭示乡村人性的淳朴和城市文明对人性的侵蚀。在这里，生命的高贵与卑贱、屈辱与尊严糅合在一起，彰显出城乡二元对立背后的人性差异。

赵本夫笔下的拾荒者却让我们重新审视这一特殊群体：他们虽终日与垃圾为伍，但却不乏高尚灵魂。毛眼爱这个城市，并努力美化这个城市。尽管城里人对他仍是冷漠与鄙视，他却毫不在意。他清理垃圾时会埋掉死猫死狗、为外国人指路、搀扶老人过马路等。一天半夜当发现一对恋人路遇歹徒时，"毛眼大叫一声从山岗冲下"，用瘦弱的身体背起受伤的小伙，"一直陪送到小伙子家""人家要给他钱，他没要"。因为毛眼认为"咱们都是这个城市的人"，一切都是自愿的，一切都是发自内心的。当警察把五十块钱感谢费给毛眼时，"毛眼说我不要钱，我又不是为了钱"，说"这钱就捐给希望工程吧"。这就是一个游走于城市之间的边缘人的心声，由此我们感受到了一颗朴素灵魂的高尚，这种震撼并不亚于英雄们的豪言壮语。城市人那些异样的眼光和行为都没有影响他内心的热情，这样一种冷漠与热情的巨大落差，让读者感到几分心酸，也让我们窥见了这个卑微小人物对于城市的一颗赤子之心。但城市人对于他们的拒绝让我们在感叹这份人性美的同时，又不得不正视他们融入城市过程中所遭受的无奈和辛酸。

疯老头以捡垃圾为生，他不是那种打人、要蛮的武疯子，有点痴呆和文气，有时会坐在垃圾堆旁读废报纸。从不和人说话，对人有点警惕的样子。正是这个常人眼中的"疯子"，却作出了一些常人无法做到的事情，他不仅收养了一群流浪狗，给它们一个家，还收养了弃婴洛洛，并把这个弃婴视如己出，把爱倾注于这个弃婴身上，"十几年，他一直微笑着捡垃圾，微笑着把洛洛拉扯大了。"当洛洛遇到危险之时，"疯老头这次成了武疯子"，并最终因为误认为自己杀人而自缢身亡，所有这一切都是为了一个与他并无血缘关系的弃婴。更令人不可思议的是，疯老头原本是一个山区的中学老师，因师生恋而辞职来到这座古城，为了等待心中所爱一直以捡垃圾为生，"一等就等了四十多年，从一个小伙子等成一个古稀老人"，尽管最后疯老头放弃了等待，然而这份对爱的执着足以令人为之动容。疯老头外表疯痴，但事实上却像他捡的那把锈迹斑斑的青铜剑一样"依然锋利"，岁月的锈蚀终究无法掩盖其国宝级文物的身份——一件战国时期的青铜剑，这就是疯老头形象的最好诠释。

洛洛是疯老头收养的一个弃婴，长大以后，"洛洛懂得孝敬了"。当爷爷让她去城里找一份工作时，洛洛不走。"她舍不得离开爷爷。她笑着说捡垃圾是世界上最好的职业，我会捡一辈子垃圾。"爷爷临死前，"他让洛洛离开旧城墙，用他存下的钱去城里买一套房子，好好生活"。但"洛洛读完爷爷的遗书，已经作出一个决定，就是替爷爷继续等下去"。当洛女最终出现，带走了疯老头的积蓄和洛洛的首饰盒之后，洛洛"心里有点疼，不是因为她背走了钱"，后来洛洛把青铜剑送到了博物馆，"博物馆奖励洛洛一万元，但洛洛没要"。在洛女和洛洛之间，我们看到了人性的美与丑。尽管疯老头等来的是世俗的肮脏和龌龊（洛女），他却养育了一个在最困苦的环境下成长起来的最顽强的生命——洛洛，她就像那棵枝叶繁茂的香樟树一样挺拔而丰满，这是疯老头呵护下的最美的生命，洛洛成为疯老头生命的延续。

《天下无贼》中的傻根也是一个进城打工的乡村青年，单从名字来看，很多人都会认为傻根肯定是一个傻子，不过读过小说《天下无贼》或看过电影《天下无贼》之后，大家都会被傻根的"傻"所感动。傻根是由村里人共同抚养长大的，他喝过很多女人的奶水，什么事情都不用他操心，包括他的年龄也有人帮他记着，正是这样一个成长环境使傻根养成了没心没肺的性情。当傻根执意带着6万元现金回家时，村长不放心，找民工陪着，弄得傻根很生气。傻根认为自己不可能连6万元现金都带不回去，因为傻根不相信有贼，他坚信"天下无贼"。他的老家在一个民风淳朴的偏远山区，他说他从小就没碰到过贼。所以当村里人说路上有贼时，傻根怎么也不相信这个世界会有贼。当傻根在火车站问"谁是贼"时，我们见识了傻根之"傻"。其实小说从头到尾都处在赵本夫为傻根编织的一个"天下无贼"的梦里，傻根其实就是一个逐梦者，他追逐的就是"天下无贼"的梦想。当然，傻根的梦里有劫贼，只是傻根自己不知道。当王薄、王丽两个劫贼从当初想打傻根那6万元钱的主意到一路保护傻根的帆布包时，王丽承受了许多压力，王薄付出了血的代价。到最后，王丽让警察别告诉傻根刚才发生的事情。这是两个劫贼在圆傻根"天下无贼"的梦，他们也不想去破坏这个梦。

"'天下无贼'是人类社会最美的心灵体现，《天下无贼》感动一切，你看，连江洋大盗都有着人的良知，何况我们这些有正义感的当代人。"❶赵本夫通过小说想要表达的是，坏人其实也可以被好人的善良所感化，人的内心其实都有着善良的一面，这是赵本夫在呼唤人性、呼唤良知、呼唤乡村传统中那种淳朴民风的回归。因此，"天下无贼"不仅是傻根的梦想，也是赵本夫的梦想。

第三节 "无土时代"："乌托邦" 之城的建构

对于众多乡下人进城小说中出现的千人一面的"农民工"形象，赵本夫有自己的看法："过去我们写的农民工，只有两种面孔，一种是很卑微的，一种是善于阴谋和钻营的。两种面孔其实有着一样的内心，都在寻找与城市的认同感，他们对于城市是仰视的。"但他认为，这种仅仅把他们作为一个弱势阶层来写的视角并不全面。❷2008年1月，由人民文学出版社发行的长篇小说《无土时代》，叙述的就是与上述两种面孔不同的另类乡下进城民工形象。他们对土地有着狂热的爱（以天柱为首的来自草儿洼的农民工），身在城市，却试图以乡村的方式来改造城市，在木城的大街小巷种满庄稼，因此"木城"是赵本夫通过想象建构的"乌托邦"之城，城乡融为一体，体现出城市的乡村化倾向。小说通过

---

❶ 程宏宇："略谈赵本夫的短篇小说"，载《江海纵横》2007年第2期，第48~49页。

❷ 郑媛、赵本夫："农民工有城市人做不到的从容"，载《北京青年报》2008年4月27日。

"木城"这一城市空间的建构，展示的是人与土地、人与自然的关系，叙述的是人们如何把一个钢筋混凝土结构、夜晚就着火（城市灯光）的现代都市改造成一个庄稼飘香的自然之城的过程。

从故乡江苏丰县迁居到南京十几年来，在赵本夫的内心深处，城市对于他来说，还是那么陌生。然而，命运让他在城市里生活下去，所以他只有在写作中寄托自己对农村、对土地的那份感情。在赵本夫的记忆中，"城市像吃了无数吨化肥，日日呼啸着猛长，一是往高处长，二是往横里长。/城市本以为铺上水泥路面，大地就不存在了，本以为有了高楼大厦，就不再需要大地。/城市几乎忘记了，大地是城市的本源，是城市的祖先，只有大地才能托得起它沉重而庞大的身躯"。❶正是因为如此，他才创作出了《无土时代》。赵本夫通过《无土时代》中一群另类进城乡下人形象的塑造，来抒发他们眷恋乡村生活，身在城市却心系乡土的价值追求。"赵本夫说过，迄今为止，他最钟爱的一部长篇小说，也是他生命中最重要的一部，就是——《无土时代》。"❷

正如《无土时代》的题记所言，"花盆是城里人对土地和祖先种植的残存记忆"。《无土时代》是一个关于"寻找"叙事，寻找失去的"城市"，寻找失去的"身份"。它以现代文明高度发展的木城为背景，以村长方全林进城寻找失踪的天易为线索展开叙述，是一群乡下人的进城故事。方

---

❶ 赵本夫："城市记忆"，载《城乡建设》2005年第1期。

❷ 韩小蕙、赵本夫："我的小说卖的是血不是水"，载《光明日报》2009年2月13日（B1）。

全林是草儿洼的留守村长。大多数人都去城里打工了，方全林就负责留守草儿洼照顾留下的那些老人和妇女们。村长方全林一个人在农村的顽强留守，体现的正是乡村文明的强大力量和坚韧性，也是方全林的一种精神追求。方全林决定进城是为了寻找天易，一方面是因为这个承诺，另一方面他要去看看草儿洼的其他人。方全林是个单身汉，他老婆死了以后，他就一个人带着儿子过日子。草儿洼的留守女人们一个个都耐不住寂寞，都想勾搭村长，并且和他睡觉。方全林是个正直的村长，他知道是因为大伙信任他，所以外出打工的男人们才会把自己的老婆和孩子交给他照顾，他不可以作出不轨的事情，要做个称职的好村长。这是一种坚守，坚守住进城男人们对他的信任，坚持做个好村长，这是方全林值得称道的地方。

　　方全林在赶往木城的途中住在地下室，他发现地下室走道不干净就扫了。到第二天结账的时候，老板娘因为他扫过走道而要少收他一块钱。方全林觉得这事非常奇怪，因为在草儿洼，邻居之间互相帮忙是相当平常的事，可城里人居然可以把人情和钱混在一起算。人情是何其珍贵的东西，又岂是钱可以换的。金钱不是万能的，它买不来人情。城里人之间竟会以这种方式来处理人情和钱的关系！在方全林眼中，人情是买不来的，而在城里人眼中，人情却变得如此廉价。事情虽小，却是两种文化的差异。方全林虽然去了木城，但只是暂时的，他最终还是要回草儿洼的。方全林觉得他和天柱以及草儿洼的其他人都变得生疏了，待在木城的那段日子里，他清楚地知道自己已经不是他们的村长了，他不属于这个遥远而陌生的城市。"对于草儿洼来说，他是重要的，而在这座陌生的城市，自己什么都不是。"方全林带着自己对草儿洼的坚守走了，他觉得自己只属于草儿洼。那边的土地才是熟悉的，那边才是他的根，他的归宿。

赵本夫塑造的方全林这个留守村长的形象其实是一个乡村文明的坚守者形象，在这一人物身上体现出了赵本夫所向往的乡村文明，方全林的回归与坚守也正是作者所期待的乡村文明的回归。这也是赵本夫对乡村文明、对根的一种坚守。《无土时代》中方全林在整个故事里不仅仅代表了村长身份，更体现了对乡村文明的一种坚守精神。在全村的青壮年劳力都已涌向城市，开始另一种完全不同的生活时，他是唯一留守乡村的男性，他的守土观念、土地情节与明达的处事态度令人敬佩。开会是在方全林到城里看望乡亲们时天柱提出来的，以前在大集体生产时，大会小会大家都不把开会当回事，"天柱就因为开会和方全林闹翻过脸"，而开会的时期已经过去，纷纷进入城市的他们却主动要求开会。开会这一事件体现了在外奔波的乡下人对家乡的思念，对故土的一次灵魂回归，也是一次对于传统文化的祭奠仪式。

天柱是《无土时代》中的一个典型进城乡下人，他始终以一个乡下人的身份在努力唤醒城市人对土地的记忆。在面对城市主体时，大柱有自我独立的意识。天柱有一次在酒店路见不平拔刀相助，看到小米的爸爸被人打得满口鲜血，天柱就上去帮忙了，对方不肯服软，不知道他是什么人。天柱笑道："我们就是些农民工，我手底下有一千人，要是打架不够，木城的农民工有三百万人，可以都叫来，吓得对方撒腿跑了。"天柱可以笑着说出自己就是农民工，可见他并不觉得农民工就低人一等，这在通常的乡下人进城小说中是不多见的一个人物。他是城市的开拓者，带领绿化队在城市绿地里种麦子。他觉得像木城那么多土地就应该种上点庄稼，种那么些绿草就浪费了大片土地的价值了。冒着被领导发现的危险，天柱决定将责任揽在自己身上。究其本质，这是乡下人对土地、对庄稼的热爱。正是因为天柱的开拓精神，最后木城的大多数草坪上都种上了麦苗。

石陀是一个迷失自我但却钟情于土地的人，他是木城杂志出版社总编，木城政协委员，热衷于砸开水泥路面寻找灵魂的根——土地，此处的"土地"就其实质而言是乡村和土地的代称。在每年的政协会议上，石陀都会提出很多议案，内容都是像"拆除高楼大厦，扒开水泥地，让人脚踏实地，让树木花草自由的生长"。他把木城人所有身体和精神上的疾病都归结为不接地气。他觉得水泥地和高楼把人和大地隔开了，"才有了种种城市文明病，才有了丑陋的城里人"。对于这样的提议，城市里的很多人都无法理解，指责说他的行为是在污蔑城市人，是在否定城市文明。石陀本就是天易的另一个身份，在现在这个身份上还是如此迷恋土地，也就是说天易没有忘本，石陀没有忘本。为了实现这一主张，他一有机会就拿着一把小锤头到大街上敲击路面，他想给城市开拓出另外一条路。

"让城市接地气"是石陀的一份坚持、一份对土地热恋到疯狂的坚持、一种精神追求，这又何尝不是赵本夫的精神追求！赵本夫借石陀来说出自己的心声，他虽然生活在城市里，可是却从来不曾迷恋城市生活，对于城市里土地的慢慢消失、城市文明对人的腐蚀，赵本夫很是忧虑，他希望有像石陀那样的人来为城市开拓出新的道路。在石陀等人的努力下，木城出现了月亮、麦田、玉米地和大大小小的树木，整座城市沐浴在天光之下。小说的结尾是《木城晚报》两则消息，一是数万只黄鼠狼现身木城街道，二是中国十多个大中城市相继发现玉米、高粱和大豆……小说为我们建构了一个乌托邦形式的"无土之城"。"《无土时代》是荒诞的，却表达了另一种真实，那就是我们对土地由衷的怀念和对生态文明的深刻反思。"❶

第四节　即将消失的村庄：乡村逝去的挽歌

　　赵本夫在对城市批判的同时，也唱响了乡村破败的挽歌。面对日益破败的乡村和崩塌的传统伦理道德，恋土者赵本夫开始迷失。正如孙惠芬所言，"我迷失了家园，我不知还该向何处去，城市不能使我舒展，乡村不能使我停留，我找不到宁静，没有宁静"。❷贾平凹表达了同样的看法："农村的变化我比较熟悉，但这几年回去发现，变化太大了，按原来的写法已经没办法描绘。农村出现了特别萧条的景况，劳力走光了，剩下的全部是老弱病残。原来我们那个村子，民风民俗特别醇厚，现在'气'散了，我记忆中的那个故乡的形状在现实中没有了。农民离开土地，那和土地联系在一起的生活方式将无法继续。"❸赵本夫2003年发表的

---

　　❶ 赵本夫："'无土时代'：一个盛世危言"，载《四川文学》2015年11月，第113页。
　　❷ 孙惠芬：《街与道的宗教》，陕西师范大学出版社2002年版，第134页。
　　❸ 贾平凹、郜元宝："《秦腔》和乡土文学的未来"，载《文汇报》2005年4月10日。

短篇小说《即将消失的村庄》就是一首乡村的挽歌，相似的故事在其长篇小说《无土时代》的第九章"即将消失的村庄"也重复出现，人物由村长老乔换成了"方全林"，地点由"溪口村"变成了"草儿洼"，但基本叙事单元一样，是同一个故事的重复再现。

　　短篇小说《即将消失的村庄》讲述了新时期以来溪口村在城市化进程中中国乡村的破败史，是一首土地的恋歌。小说为我们展示了乡下人进城之后的乡村景观。溪口村作为中国乡村的一个象征，它的破败和消失是乡土中国消失的寓言化书写。赵本夫借助溪口村的历史来书写新时期以来中国乡村的发展史。十几年前，人们开始外出打工，打工挣钱回来的第一件事就是盖屋。"造房子是庄稼人一辈子的事业，房屋是庄稼人的衣胞，是栖息和生活的地方，是养儿育女的场所。其重要性也就仅次于拥有一片土地。"❶随着城市化的发展和外出务工人员的增多，建房的速度变慢并逐渐停止。"十年了，村里没建过一座新房，老屋却倒了几十座。溪口村大部分是几十年上百年的老屋了，还会不断倒塌。也许有一天，溪口村会整个消失。历史上，溪口村有过多次灾难、瘟疫、饥饿、匪祸。但那是灾难，灾难过后，人们还会回来，不管逃离多远，还会扶老携幼回到溪口村重建家园。这一次算个什么事呢，那么多人外出发了财，总不能说是灾难吧。可发了财村子却空了，剩下的都是老弱残疾，老屋一座座倒，老人一个个死……"❷这是溪口村近十年的发展史，

---

❶❷　赵本夫："即将消失的村庄"，载《时代文学》2003年第2期，第80页。

进城打工的村民已经不再像十几年前一样回村盖屋。溪口村的年轻人对建房失去了兴趣,对土地失去了兴趣。溪口村变成了一个没有生机的死气沉沉的村子,村中弥漫着衰败和死亡的气息。"村里年轻人都走了,溪口村的老人们都感到了孤独。但他们不说,也不抱怨,只是沉默着,偶尔向村口唯一通向山外的那个路口张望一阵。"❶城市的飞速发展并未带动乡村的同步发展,城乡之间呈现背道而驰的状态。

村长老乔是村庄的守护者,他小心的守护着溪口村的老屋,是乡村的最后守护者。小说中的老乔从刘猛家的废墟里扒出一张发黄的土地证,小心把它折好,揣进怀里。"土地证"是土地的象征,是土地所有者、使用者享有土地所有权、使用权的法律依据。我国从1951年开始发放土地证,这意味着农民拥有了土地所有权,而废墟中的土地证已经发黄,进城的农民不再需要土地。老乔是溪口村的村长,是乡村权力的象征。老乔守护的溪口村太安静了,没有骡马嘶鸣,没有人语喧嚣,没有孩子打闹,是一个死寂的村庄。这个乡村和土地的最后守护者是否能够坚守呢?小说通过老乔和两个女人的故事来完成对这一问题的阐释。一个是寡妇刘玉芬,她是溪口村最后的年轻逃离者,她貌似是一个乡村的坚守者,但实质却是一个乡村伦理的背叛者。她只是想借助老乔证明自己是一个完整的女人,没毛病可以生孩子,然后就去流产或者引产,外出打工去,不再回溪口村。老乔在刘玉芬看来只是"人种",就像公猪、公羊一样。这是对老乔乡村男性身份和村长身份的一次挑战。

---

❶ 赵本夫:"即将消失的村庄",载《时代文学》2003年第2期,第81页。

老乔的第二次挑战来自一个城里的女人，是一个来自城市的乡村入侵者。老乔在对刘玉芬的气愤之下"强奸"了城里女人，在"城"与"乡"的博弈中取得了"胜利"。一封来自南方一座大城市的信封和一篇《回归原始》的文章让老乔彻底失败。如果说在面对乡村伦理的背叛者刘玉芬时，老乔尚能坚守乡村的价值伦理，那么在面对这个叫"麦子"的城市女人时，老乔的价值伦理崩塌了，向城市投降。"对麦子的那篇文章，老乔几乎每天晚上都要看一遍，看完就躲进被窝里，呻吟着叫唤麦子麦子麦子。那时，山风正呼啸着掠过窗外，溪口村又一座老屋倒塌了。"❶城市女人"麦子"作为一个城市欲望象征符号，彻底摧毁了乡村的伦理道德，溪口村的最后一位坚守者"村长"老乔被来自城市的欲望俘获。小说前后出现三次关于"老龟"的叙事。"老龟"是溪口村的另一个象征符号，它自溪口村建村伊始，每10年回来一次，但现在已经32年没有回过溪口村了。"老龟"是传统乡村的象征，这个传统的符号已经被关进了城市的动物园，如此神性的乡村自然神物，却被赋予现代观赏价值，被城市现代性所征用。千年"老龟"的最终逃离或许是古老乡村的一丝希望，但村长老乔最终没有关注到这条"这座城市动物园走失一只千年老龟"的新闻。他已经不再是乡村的"坚守者"，无人守护和坚守的乡村只能被城市现代性裹挟前行，这成为一种无法选择的状态。

---

❶ 赵本夫："即将消失的村庄"，载《时代文学》2003年第2期，第84页。

第二章 像鸟一样飞来飞去：范小青 乡下人进城小说研究

范小青是一位勤勉、高产的作家，近年来，范小青创作了大量乡下人进城小说，在文学界产生了很大影响，短篇小说《城乡简史》更是以"凸显了当代城乡变革中的人性复杂性"而荣获第四届鲁迅文学奖，成为江苏唯一的获奖作品。从1995年的《城市陷阱》到2015年的《碎片》，范小青总计创作了18部乡下人进城小说（见表2-1）。

范小青是苏州人，是典型的知青作家。与路遥和贾平凹等知青作家不同的是，范小青是城市下乡的知青，是城裔作家。范小青1955年生于上海松江，1969年随父母下放苏州吴江县农村，1978年高考返城，1980年开始文学创作，现为江苏作协主席。独特的人生经历、地域文化背景和审美追求造就了范小青细腻而又独特的写作风格。她的小说创作在驻足当下社会现实的同时，又不失"苏州"独特的地域文化特色，呈现出吴文化特有的温婉。综观范小青的乡下人进城小说，她的这类底层创作逐渐淡化了吴文化的标识，更加切近现实，但仍以温情化的笔触叙写着乡下人进城的悲喜人生，把目光聚焦于这些小人物的庸常人生，忧戚于他们的喜怒哀乐，揭示城乡的差异与对峙，建构了一部乡下人进城的"城乡简史"。

表2-1　范小青乡下人进城小说创作情况统计表

序号	小说	发表时间及期刊
1	《城市陷阱》	1995年第8期《青年文学》
2	《描金凤》	1999年第9期《上海文学》
3	《城市之光》	2003年8月，江苏文艺出版社
4	《平安夜》	
5	《南园桥》	收录在范小青短篇小说精选集第三辑《寻找失散的姐妹》（1998～2005），2010年5月，人民文学出版社
6	《六福楼》	
7	《回家的路》	
8	《在街上行走》	2004年第3期《上海文学》
9	《像鸟一样飞来飞去》	2005年第10期《上海文学》
10	《法兰克曼吻合器》	2005年第8期《作家》
11	《城乡简史》	2006年第1期《山花》
12	《这鸟，像人一样说话》	2006年第1期《人民文学》
13	《我就是我想象中的那个人》	2006年第5期《当代》
14	《父亲还在渔隐街》	2007年第5期《山花》
15	《茉莉花开满枝桠》	2009年第1期《山花》
16	《准点到达》	2009年第1期《小说月报》
17	《设计者》	2015年第3期《花城》
18	《碎片》	2015年第7期《作家》

　　对于缘何关注此类人群，范小青如是说："现在回想起来，却不是我主动将目光投向他们的，而是这个群体扑上门来了，它急切而全面地扑上来了，它轰轰烈烈地扑上来了，你想躲也躲不过，你生活的方方面面都无法跟他们分开

了。"❶诚如其所言，进城务工的乡下人在城市的角角落落随处可见，工地里的工人、送水公司的送水员、搬家公司的员工、街道小巷中的旧货收货人、饭店里的厨师、小区里的保安、饭店的服务员，等等。范小青乡下人进小说中的主人公就是这样一个庞大的群体，有进城务工的郭大和郭大牙、收旧货的老王、保安班长王大栓、保安小万、业主宣梅、娟子消失的父亲、进城务工的青年田二伏、进城务工的王才一家、搬家公司的吉秀水，等等。范小青之所以能以如此细腻、真实的笔法叙写他们，与她个人上山下乡的知青经历不无关系。"我当过几年农民，知道农民一年中最重要的时候是在交公粮前，他们期盼着有几个好天气，有大太阳，把稻谷在场地上晒了晒，翻了又翻，就怕不够干燥被粮站退回来。"❷

第一节　离乡进城：城市现代化性的追逐

在范小青的乡下人进城小说中，乡下人进城的原因各异，但总体而言，土地意识的逐渐淡化、城市文明的召唤以及向城求生的愿望这三个方面的因素占主导。在传统农耕社会，乡下人与土地休戚相关，土地是万物之源，是乡下人安身立命之本。它不仅为乡下人提供生存的空间，也为乡下人提供吃食。因此，传统社会中的乡下人安土重迁，他们世代在土地上耕耘播种、安居乐业，从更深层面而言，他们把土

---

❶ 范小青："目光投向农民工"，载《人民日报》2009年3月7日。
❷ 范小青：《像鸟一样飞来飞去·自序》，春风文艺出版社2007年版。

地看成是一种信仰。肇始于20世纪之初的中国现代化进程，将乡村裹挟前行，传统的农业社会向工业社会转变。土地已不能更好地满足乡下人的生存需求，不能承载追逐现代脚步的乡村人群的希冀，随之而来的是传统意义上的土地意识的逐步淡化，他们纷纷离土离乡，向城而生。

土地意识的淡化在范小青的许多小说中都有体现。《像鸟一样飞来飞去》中的开头这样写道："开春以后，村长把大家叫到一起，跟大家说，我们不能再焐在家里了，要出去打工了，不然老婆也找不到，找到了也要跑掉，孩子也念不上书，以后怎么办？"❶这里面提及的不是单个人进城打工的事，而是整个乡村的人口迁移趋势，土地既无法满足乡下人的当下需求，亦无法对其未来的婆妻生子和后代教育提供保障，进城因此成为必然。《城乡简史》中，王才因为看到来自城里的一本账本而猛然发现自己当下乡村生活的"拮据"，他带领全家进城，想看一看那"种一年地也种不出来"的"香薰精油"，去看一看"城里人过的什么日子"，土地已无法束缚乡下人进城的脚步。王才把"种一年地的收成"与城里人一瓶"香薰精油"的价值对比，土地一年的收成竟然无法购买城里人的一瓶消费品，如此巨大的物质反差令王才毅然放弃土地，进城去过城里人的日子。

随着城市化的发展，乡村已经不再是传统意义上的自足性空间，城市文明的触角已经通过电视、收音机、公路、汽车、火车等现代化的方式影响到乡村，它对乡下人产生巨大的吸引力，像香雪的铅笔盒一样召唤着乡下人进城。《城市

---

❶ 赵本夫："像鸟一样飞来飞去"，载《上海文学》2005年第10期，第34页。

之光》中田二伏就是靠一只现代商业文明的产物——"收音机"来了解城市的。电台节目里的广告宣传、法律知识宣传、招聘广告、家具广告、城里针灸医生的电话号码、美食烹饪热线等，这些城市的元素吸引着田二伏，使他对城市充满向往，"打个电话去电台"在他成为"极度有意义"的事情。堂叔的"荣归故里"更让他艳羡不已，田二伏觉得城里打工归来的二叔"像个干部"。"干部"一词在以土地为生、官本位思想极重的乡下人看来是了不得的，是乡下人艳羡的对象，现代之"城"的诱惑和吸引成为他其后随堂叔进城谋生的主要动因。《城乡简史》中王才一家的进城源自城里人自清的"账本"。账本中关于一瓶"香薰精油"的记载改变了乡下人王才一家的命运。"城"的诱惑让王才对自己眼前的乡村生活状况心生不满。"王才想，贼日的，我枉做了半辈子的人，连什么叫'香薰精油'都不知道，我要到城里去看一看'香薰精油'。"❶"香薰精油"作为一个引子，诱使王才举家进城，从某种程度而言，"香薰精油"就是城市的高消费，是一种高品质的城市生活的隐喻和象征，在此也可以看成是城市文明的一种，因此，王才的进城和田二伏的进城都是因城市文明的召唤。

"向城求生"也是范小青笔下乡下人进城的原因之一。"长期以来，中国社会可以看作是被一分为二：城市和农村，与此相联系的是城市人和农村人，城市户口和农村户口，工人和农民。他们之间存在着一条明显的界线，分别被纳入到不同的制度和体制之中……这就从根本上使工人

---

❶ 范小青："城乡简史"，载《名作欣赏》2008年第15期，第10页。

和农民、城市人和农村人具有不同的身份和待遇，从而具有不同的社会地位，而且存在着这种身份和地位的不可转换性……" ❶乡下人无论是在社会权利、占有资源，还是社会地位、社会声望等方面，都处于社会的底层，政府、社会的一些"潜规则"把乡村人口阻隔于城市社会资源之外。新时期以来，随着农村经济体制改革的进行，生产方式逐步改变，加之家庭联产承包责任制的实施，农村出现了大批剩余劳动力。城乡之间的差距随着城市改革的推进而逐渐加大，相对于经济和文化较为发达的城市而言，乡村的凋敝让乡下人纷纷选择进城，向城而生成为新时期以来乡村人群进城的一个重要缘由。《回家的路》中吉秀水进城是为了挣钱还债，虽然乡下的父母妻儿在黑夜中等着他回来，但仍未还清的债务使他只能在城里继续打拼，凑钱还债。《像鸟一样飞来飞去》开头村长的那段话，直奔主题，进城打工是为了生计问题，因为不进城就会找不到老婆，找到了也要跑掉，孩子念不上书。《父亲还在渔隐街》中娟子"消失"的父亲也是被生活所迫才进城打工的，如若不是娟子的母亲生了病，娟子要上学，父亲可能还是做着剃头匠，而不是进城多挣点钱以供开销了。不管是郭大、老胡的进城致富，还是吉秀水、娟子父亲的被迫进城，"向城而生"已然成为当下许许多多乡下人的进城动因。

---

❶ 苏奎："永远的异乡人——论'农民工'主题小说"，载《当代文坛》2005年第3期，第39页。

第二节　身份焦虑：城市"他者"的境遇

大量的乡下人背井离乡，一如范小青小说中的郭大、郭大牙、吉秀水、老胡，他们满怀希望进城，以期能摆脱乡村的物质贫困，他们在城里干着最繁重的体力劳动，从事的基本上都是城里人不愿做的"低等"职业，如保安、建筑工人、旧货收货人、搬运工、废品收购人员等。他们付出了比城里人更多的汗水，付出了更多的时间和辛劳，但现实的收获却差强人意，城市并非"梦幻之地"，"城市之光"只是海市蜃楼而已。城乡之间的生存差别、文化差异使得进城乡下人很难融入城市，进城不仅是生存方式的改变，城乡文明冲突引起的精神焦虑尤甚，城市人的拒绝以及"有色"眼镜使他们面临物质和精神的双重困境，成为游离于城乡之间的游魂。

身份的焦虑是范小青笔下乡下人进城以后普遍面临的困境。《像鸟一样飞来飞去》讲述的是一个身份错位的故事，"郭大牙"因为错拿了同村"郭大"的身份证，从而引发的一个关于身份焦虑的叙事。正如鬼子《瓦城上空的麦田》❶中"李四本人"与"身份证"的关系一样，李四城里的儿女只认"身份证"，认定父亲已死，他们心里知道眼前的"拾破烂"老头就是他们的父亲，但却难以承认他的"拾破烂"身份，因此拒绝承认"父亲依然活着"。乡村传统的家庭伦

---

❶　鬼子："瓦城上空的麦田"，载《人民文学》2002年第10期。

理在遭遇城的价值伦理时已经不堪一击，李四在对乡村伦理的坚守中独自死去。与鬼子把"身份"问题放置于家庭伦理层面不同，郭大牙遭遇的是一个社会身份的认同焦虑。郭大牙从最初坚持自己的身份而不被承认，处处碰壁，即使开了证明却依然不能取信于人。只好以"郭大"的身份找工作，但有时候自己又会觉得不踏实，当他向薛经理解释自己身份时，反被说成"乡下人，脑子拨不清，说话也说不清"。范小青通过小说传达的是进城乡下人的身份焦虑问题。"身份证"在城乡之间的重要性不同更多的是基于城乡社会的不同。乡村是熟人社会，人们之间的关系更多的是基于血缘和地缘关系而建构的，比起身份证，生命个体本身更为重要，人们相互熟悉，不需要身份证来证明身份，它只是一个偶尔可以用到的身外之"物"而已。城市则是一个陌生人的社会，"身份证"是一个人唯一的身份证明，生命个体本身在此让位于外在的物——"身份证"，所有社会关系的产生都是基于"身份证"所证明的身份。正是城乡之间的这种身份错位令郭大牙无所适从，一直处于身份尴尬的困境之中，明明自己是郭大牙，却只能承认自己是身份证上的郭大，城市只认他的城市身份"郭大"，而其真正的乡村身份郭大牙却遭到质疑。郭人牙始终是一个城市的文化"他者"，乡村的身份郭大牙和城市的身份"郭大"让他始终处于两难境地。

进城的乡下人渴望融入城市，但城里人对乡下人的身份定位，让乡下人很难摆脱厄运。乡下人带着梦想来到城市，期望用自己的辛勤劳动来完成自己的城市梦，想以城市人的身份来分享现代化的成果，他们参与到城市的建设与发展过程之中，如保姆、饭店服务员、建筑工人、卖早点、修水管、踏黄鱼车、打扫卫生等日常脏活、累活都离不开乡下人，但乡下人对于城市的贡献并未换来城里人的认同和尊重。城市人把乡下人等同于"贼"，在城里人的价值伦理判断中，"穷"就会偷，乡下人被他们贴上的标签就是"贼"，其中的歧视性态度是不言自明的。《城市之光》中的田二伏、《我就是我想象中的那个人》的老胡、《这鸟，像人一样说话》中的外乡人都是因为乡下人身份被当做"小偷"。《城市之光》中，田二伏被冤枉偷车子时，城里人主要是通过"乡下人""外地人"的身份来判断田二伏是不是"贼"，而不是田二伏是否偷车，这是一种源自身份的歧视。《我就是我想象中的那个人》中"居民丢了东西不问青红皂白就怪到农民工头上，他们用当地的方言说农民工很多坏话，老胡虽然听不懂，但老胡看得懂他们的目光，穿过小街的时候，他们的目光让老胡芒刺在背，他尽量让自己不去看他们。但他越是不让自己看他们，心里就越慌，好像自己真的偷了他们的东西，他脚步踉跄仓皇地逃过去"。❶因买赃车而被误认为是"贼"，老胡随后的城市生活就一直处于城里人的这种歧视性目光凝视之下，只要身边发生偷盗事件，老胡就会怀疑别人会怀疑自己，甚至听到警车响就紧张，把报纸上的杀人事件想象成自己所为，终日处于精神奔溃的边缘，一生不得安宁，变成了自己"想象"中的那个人。

老胡的悲剧最终是因为城里人对乡下人的歧视性行为，进城乡下人所面临的歧视还源自他们先期进城的"父兄"，

---

❶ 范小青："我就是我想象中的那个人"，载《当代》2006年第5期，第181页。

他们成功变成城里人之后，以"后天"城里人的身份优势歧视后来的进城者。《这鸟，像人一样说话》是一个因刘老伯家的偷窃案引发的故事。小区业主刘老伯打着城市原居民的旗号怀疑和盘查着每一个外来人口，尤其是那些乡下人，小区周围有很多外来人口，如回家过年的收旧货的老王、业主宣梅和她的男朋友、保安班长王大栓、保安小万等，小说最后真相大白，原来刘老伯也不是真正的城里人，因为"他老年痴呆发病时说了大家都听不懂的偏远地区的方言"。小说中也描写了其他一些城里人对待外来人口的心态，他们认为外地人都是小毛贼，都是偷儿，每家每户逢过年都要把东西收收好"门窗锁锁好"，以防止外地人回家过年时"在城里捞一票"。这种歧视性的态度加剧了乡下后来者身份转变的难度。

乡下人自我身份认同也是其城市"他者"身份生成的原因，其中涉及的是一个关于"我是谁"的问题，乡下人个体如何看待自我有时比他人对其身份定位更为重要。王才和王小才因一瓶香薰精油而进城。"一个星期天，王小才跟着王才上街，他们经过一家美容店，在美容店的玻璃橱窗里，王才和王小才看到了香薰精油，王小才一看之下，高兴地喊了起来，哎嘿，哎嘿，这个便宜哎，降价了哎，这瓶10毫升的，是407元钱。王才说，你懂什么，牌子不一样，价格也不一样，便宜个屁，这种东西，只会越来越贵，王小才，我告诉你，你乡下人，不懂就不要乱说啊。"❶王才对于王小才的身份定位就是"乡下人"，这也是对于自我的定位，其

---

❶ 范小青："城乡简史"，载《山花》2006年第1期，第12页。

潜台词就是我们是乡下人，我们懂得的事情比城里人少，这种自我的"他者"定位更进一步阻碍了乡下人城市身份的获得。

第三节　温情书写：底层无奈中的温暖

沈从文先生曾经说过，"很多生活中的苦难，并不一定是一滩血和一把泪，一个聪明的作家写人类的痛苦，同样也可以用微笑来表现的"。●范小青便是这样一位睿智的作家，她的乡下人进城小说并没有很多残酷的血淋淋的现实和灾难，也没有宏大的叙事结构，只以温暖细腻的笔触，带着人文主义的关怀，深入到人物的内心世界，用温暖的人性展现乡下人的城市生活。范小青曾坦言："我写的农民工可能也有苏州人的心态，可能与你们碰到的农民工不一样。农民工也是各种各样的，很多的人写农民工是讲他在社会上受到的不公平的待遇，找不到工作，要不就是写农民工的犯罪，我写的农民工就是我的农民工，就是一种无奈，一种默默地承受现实，就像《城乡简史》里王才的那个满足感。"●

小说《城乡简史》中乡下人王才一家因为城里人自清无意间夹在捐赠书中的一本账本而举家迁居城市。城市中的生活对于王才一家而言是艰辛的，进城之后的王才一家租住在

● 沈从文：《沈从文文集（第11卷）》，广州花城出版社，香港三联书店1984年版，第45页。
● 范小青、于新超、江帆："现代传统下的当代作家写作"，载《西部华语文学》2008年第2期。

一个车库里，做的是收旧货的工作，天气炎热时，王才和妻子在太阳底下捆扎收购来的旧货，满头大汗，破衣烂衫都湿透了。面对这样的生活，王才是满足的，他认为："城里真是好啊，要是我们不到城里来，哪里知道城里有这么好，菜场里有好多青菜叶子可以捡回来吃，都不要出钱买的。王才的老婆平时不大肯说话的，这时候她忽然说，我还捡到一条鱼，是活的，就是小一点，鱼贩子就扔掉了。"❶王才一家"感谢这本账本改变了他们的生活，让他们从贫穷的一无所有的乡下来到繁华的样样都有的城市"。与城里人相比，王才一家的城市生活是捉襟见肘的，范小青并没有着力于叙写王才一家辛酸的生活境遇，而是赋予王才一家积极的人生态度，其一家作为小人物的满足最为动人。他们对城市生活的美好憧憬，让这最底层的一家子生活得其乐融融。

《在街上行走》收旧货的那个人始终在城市的车水马龙中来来去去，忙碌的身影没有片刻的停息。城市生活的快节奏让他始终在街上行走着，辛辛苦苦收到的日记本在废品收购人员眼中只是废纸而已，但人心的温情却给了收旧货的人难得的快乐，日记被旧书店的店主高价买走了。这件事只是收旧货的人生活中的一个小插曲，他有着简简单单的愿望："积累着资金，等枳得多一些了，他就到邮局去汇款，他的老婆和两个孩子在家里等着他汇钱回去，他的老婆将他寄回去的钱藏起来，准备以后造房子用，两个孩子以后还要念书呢，他希望他们都能考上大学。"❷他在城市的街道忙碌地

❶ 范小青："城乡简史"，载《山花》2006年第1期，第12页。
❷ 范小青："在街上行走"，载《上海文学》2004年第3期，第16页。

穿梭着，偶尔发笔小财，偶尔去洗头房让珠珠洗个头，这就是他的享受，这就是他的人生，简单中有着充实，充实中带着希望，希望中存着温情。小说用零散的笔调汇聚成对温暖人性的赞美，虽然农民工与城市生活格格不入，但小说却蕴含着对农民工们淳朴品质的赞美。

　　范小青乡下人进城小说偏爱用平静的笔调来叙述乡下人的城市生活，平凡的生活、平凡的故事和平凡的人物，苏州文化的温婉彰显于小说之中。范小青的乡下人进城小说的主人公或是收旧货的，或是搬水工，或是厨师，境况好些的也不过如吉秀水一样经营一家小小的搬家公司，都是我们生活中司空见惯的小人物。对于这一点，范小青自己也曾提及："我从来不会写也不习惯写惊天动地的人物和事件，更愿意在平淡的叙述中带给读者阅读的韵味，这也是我的文学追求。"❶她一方面致力于叙写平凡人的平凡故事，另一方面又尽力将苦涩饱含在字里行间，发人深省，引人反思。《回家的路》叙述了一个简单的搬家故事。乡下人吉秀水开了一家搬家公司，城里退休工人彭师傅一家找到吉秀水的搬家公司准备搬家，却因彭师傅的痴呆儿彭冬离家出走而生意失败。到此应该结束，但小说并未就此止步。吉秀水没有因为生意的失败而沮丧埋怨，而是时刻关心着彭冬是否回家，彭师傅一家过得如何，这是一种超越人性的美。这种美在吉秀水身上得到充分展现，是范小青赋予吉秀水的更高层次的人格。尽自己的力量去帮助别人关心别人，尽自己的努力去经

---

❶　何雯："江苏省作协副主席范小青做客：写作需要天真"，载http://video.xinmin.cn/zuoke/2010/08/13/6289944.html，2010年8月13日访问。

营好自己的小小搬家公司，这就是小说主人公吉秀水身上展现出的温暖人性。

第四节　"物"的魔力：结构背后的意蕴

范小青的乡下人进城小说偏爱以"物"来结构全篇，贯穿小说。每部小说几乎都是由某一"物"引发的叙事。《城乡简史》中的账本、《城市之光》中的收音机、《像鸟一样飞来飞去》中的身份证、《法兰克曼吻合器》中的法兰克曼吻合器、《父亲还在渔隐街》中的汇款单、《在街上行走》中的日记等，不但在小说中承担了叙事功能，其背后同样承载着深层的文化意蕴。"物在许多短篇小说大师的笔下被赋予神奇的魔力，以致许多年过去了，当时阅读的印象已渐渐朦胧，那些篇名佳构也如雪泥鸿爪依稀莫辨，但那些物件却因为岁月的暗淡而更加熠熠生辉，像记忆长河里的坐标，引导我们时时飞向那审美的星空。物是小说家们叙事的线索，是作品寓意的象征，也是人物性格的外化。我们每天生活在物的世界里，与物相处，与物对话正是因为人与物的这种亲密而多样的关系，给艺术世界里的人与物奠定了基础，可以说，还没有一篇无'物'的小说，我们完全可以对小说中的物深信无疑，予以足够的审美的信任。"❶

城里的一本"账本"是《城乡简史》中引发王才一家的进城原因。城里人自清喜欢记账，这账本俨然被赋予了另一

---

❶ 汪政、晓华："天工开物——范小青短篇小说札记"，载《当代作家评论》2008年第1期，第2页。

种意义寄托，它是自清的自我人生，是日记的另一种形态。"有时候会超出账本的内容，也超出了单纯记账的意义，基本上像一本日记了，他不仅像大家一样记下购买的东西和价钱，记下日期，还会详细写下购买这些东西的前因后果，时代背景，周边的环境，当时的心情，甚至去哪个商店，是怎么去的……甚至在购物时发生的一些与他无关、与他购物也无关的别人的小故事，他也会记下来。"❶自清捐书之举无意间改变了乡下人王才一家的命运。不经意将账本捐出，账本似命运一般，被分配到了王才的家中，本以为一无是处的账本却因王才看见账本中记载的一个名词"香薰精油"而成为小说中的关键牵引线，冥冥之中似乎是注定的，王才一家生在乡村，他们不懂为何这"香薰精油"竟要475元钱。这一份好奇，开启了王才一家对城市的向往，也引发了后来王才一家的进城故事。账本可以说承担的是全文的引线作用，而自清、王才等人物就是这部小说的演员，文中写了自清城里的账、自清乡下出差的账、王才在城里的账（到了城里王才也学着记起了账）。一本账本，勾连起了城乡两个世界、两个家庭，引发了一个进城故事，因此也改变了王才一家的命运。

"身份证"在小说《像鸟一样飞来飞去》中同样承担了叙事功能，是一个因身份证缺失而造成身份混乱、无法证明自我的进城故事。郭大牙与郭大是同村人，郭大牙因错拿了郭大的身份证，进城打工之后而无法确认自我身份。城里人只认身份证，郭大牙每次拿着郭大的身份证去找工作都要说

---

❶　范小青："城乡简史"，载《山花》2006年第1期，第10页。

明自己不是郭大，结果都是闭门羹，最后无奈之下郭大牙只能冒充郭大，最后竟然连身份证上的照片也被说成是郭大牙本人的。小说通过"身份证"这一常见的物品来揭示城市与乡村文化的差异，乡村是熟人社会，无须身份证，城里人是只认证不认人。对于城里人来说，身份证是身份的象征，是城里的通行证。范小青通过"身份证"这一人们最习以为常的物品，揭示出的是乡下人在异质文化空间城市中身份认同的困难，城市与乡村的文化差异造成了进城乡下人在城市生存的举步维艰。

乡下人进城打工，长期离家，汇款单和银行卡是唯一能联系这乡村与城市的一个物品。小说《父亲还在渔隐街》中的汇款单就成为了娟子和父亲的唯一联系。娟子的父亲是个剃头匠，从前在家乡小镇上开剃头店，收入勉强够过日子。后来娟子的母亲生了病，娟子又要上学，家里的开销眼见着大了起来，靠父亲给人剃头刮胡子已经养不了这个家了。父亲决定到城市里去多挣点钱。父亲进城的开头几年，还经常回来看看妻女，后来回来的次数渐渐少了，只是到过年的时候才回来。再往后，父亲连过年也不回来了。汇款单和银行卡就成为城乡之间、父女之间唯一的联系。母亲去世后，上大学的娟子决定进城寻找父亲，来到城里，却早已物是人非，凭借银行卡在银行守株待兔却也是茫然，父亲在哪？如今过得如何？这一系列问题的答案就如银行卡一般无从查询，亲情也只能依赖"银行卡"来维系，"金钱"成为城市与乡村之间仅有的一丝联系。

第五节　"三高一低"："城市新穷人" 的"贫困"

　　《设计者》《碎片》是范小青2015年的两篇进城小说，之所以把两篇小说并置阅读，是因为它们都是关于乡村学子的进城叙事。21世纪以来，城乡差距的进一步加大（20世纪80年代是1：1.8，90年代1：2.5，现在是1：3.3**❶**）使来自乡村的学子不愿意回到乡村，他们聚居在城市，成为"三高一低"人群。他们"来自乡村或来自边远地区，每天晚上做着在大城市落脚生根的梦，每天早晨醒来面对的是三高一低的现实，高房价高消费再加父母亲朋的高期望，配以连自己都难养活的低收入，就这样，理想和现实，像两条长短不一的腿，支撑着瘸子们奋勇前行"。**❷**有的如《碎片》中的包兰、快递员、"他"、熨烫工一样沦为"城市新穷人"。"他们同样是全球化条件下的新的工业化、城市化和信息化过程的产物，但与一般农民工群体不同，他们是一个内需不足的消费社会的受害者。他们通常接受过高等教育，就职于不同行业，聚居于都市边缘，其经济能力与蓝领工人相差无几，其收入不能满足其被消费文化激发起来的消费需求。除了物质上的窘迫，学者们也常用所谓"精神贫困"、价值观

---

　　❶　任玉岭："国务院参事：缩小'四大差距'比涨工资重要"，载《中国经济周刊》2012年1月3日。

　　❷　范小青："设计者"，载《花城》2015年第3期，第151页。

缺失等概念描述这一人群（即便描述者的精神并不比其描述对象更为富足）。这类贫困并不因为经济状态有所改善而发生根本变化，他们是消费社会的新穷人，却又是贫穷的消费主义者。"❶

乡村学子进城叙事肇始于路遥《人生》❷中的高加林。高加林虽然是高中毕业生，但对于20世纪80年代的乡村而言，他就是一个典型的乡村学子。与高加林不同的是，今天的乡村学子不再被城乡的二元体制所限制，他们可以在城乡之间自由流动。《设计者》中的"我""学姐"只是名誉上的设计者，名牌大学的毕业证并未能改变他们的乡下人身份，他们只能像自己的父兄一般干着泥水匠的工作。"我"虽然是名牌大学的"设计者"，但还是被进城务工的哥哥所"设计"，骗去了学费和薪酬。乡村的道德伦理在面对城市时已经变质，兄弟、父母、子女都是用来"设计"的，设计的目的是钱，欺骗成为人们生活的常态，人们生活在虚拟的时空中，电话、网络、QQ等网络和社交媒体成为人们日常交流的主体，传统的家庭伦理道德被虚拟世界所肢解。

《碎片》中的包兰、快递员、"他"和熨烫工都是进城的乡村学子，他们虽然拥有体制化的文化资本——大学文凭，但依然与自己的父兄姐妹一样干着一样的工作，与《设计者》中的"我"不同，他们依靠"啃老"而成为"城市新穷人"。小说中有四对父（母）子（女），爱买衣服的包兰

---

❶ 汪晖："两种新穷人及其未来——阶级政治的衰落、再形成与新穷人的尊严政治"，载《开放时代》2014年第3期，第53页。
❷ 路遥："人生"，载《收获》1982年第3期。

和洗衣妇妈妈、废品收购老板和商贸公司上班的熨烫工韩剧迷女儿、卡车司机和快递员"果粉"儿子、收废品的妇女和开网店的"骨灰级"游戏玩家儿子，一条网购链条把这几个家庭的"碎片"化的生活联系在一起，貌似不可能的巧合连接起四个进城乡村学子的家庭，恰似一条流水线。这些乡村学子的父母进城打工仅仅是为了满足毕业留城子女的高消费欲望，亲情在此被城市欲望所"消费"。

包兰大学毕业不愿意回老家，觉得没面子，在城里工作很有面子，但老家人不知道她"住着合租的旧公寓房，每个月的收入刚够自己紧着花"。包兰的妈妈是个洗衣妇，"她在小地方生活，虽然下了岗，但生活开销也低，日子也不是过不下去，只是为了支持在大城市生活的女儿，她要出来挣钱"。❶包兰的消费方式就是在网上不停地买衣服淘汰旧衣服。包兰把旧衣服卖给收废品的妇女，收废品的妇女把旧衣服卖给废品老板，废品老板雇佣卡车司机把旧衣服运到旧衣周转市场，包兰的妈妈洗衣妇清洗包兰卖的旧衣服，洗好的衣服被卡车司机运往废品老板女儿上班的商贸公司，废品老板的女儿熨烫旧衣服，收废品的儿子开网店的"骨灰级"游戏玩家拍好包兰旧衣服的照片，包兰在网上下单购买，司机的儿子快递员"果粉"给包兰送货，那件碎片"旧衣服"重新回到包兰手里。在这条消费的"流水线"上，进城的乡村学子在城市的高消费欲望让他们在无情地"消费"着亲情。手机、银行卡成为维系父母与子女之间亲情的纽带，这些"城市新穷人"被城市欲望所驱赶，亲情被物化，他们消费

---

❶ 范小青："碎片"，载《作家》2015年第7期，第51~57页。

的不仅是金钱，而且是父母的亲情。

范小青2015年的这两部关于乡村学子的进城叙事提出了一个乡村学子的就业问题和消费欲望问题。与《设计者》相同的叙事也出现在方方2013年的小说《涂自强的个人悲伤》❶中。和《设计者》的"我"一样，涂自强同样来自贫困的乡村，也是21世纪的大学毕业生，毕业之后的他也像"我"一样，干着一些不需要技术含量的零工，没有医保，涂自强"从未放弃，也从未得到"，最终连在城市立足这样的基本生存愿望都无法满足。范小青的这两篇小说和方方《涂自强的个人悲伤》提出的是一个当下必须面对的问题——"知识能否改变命运"？随着中国高考的扩招，越来越多的乡村学子无法通过高考在城市立足，知识已经无法改变进城的命运，城市给乡村学子的只是无尽的消费欲望。"城市新穷人"已经成为社会学和文学共同关注的话题。

---

❶ 方方：《涂自强的个人悲伤》，北京十月文艺出版社2013年版。

第三章 资本逻辑下人性的拷问：余一鸣 乡下人进城小说研究

余一鸣是江苏高淳砖墙镇茅城村人，是典型的高考进城的乡村学子。近年来，余一鸣一直关注进城乡下人，陆续在《人民文学》《钟山》《作家》等杂志发表了不少有关乡下人进城的小说。其中《不二》发表于2010年第4期《人民文学》，后先后被《小说选刊》《中华文学选刊》《中篇小说选刊》转载，先后荣获江苏第四届紫金山文学奖中篇小说奖、《中篇小说选刊》双年奖（2010~2011）。发表于2011年第2期《人民文学》的中篇小说《人流》荣获第三届"茅台杯"中国作协《小说选刊》2011年度文学大奖。从2001年的《栖霞秋枫》到2014年的《闪电》，余一鸣总计创作了15部乡下人进城小说（见表3-1）。

综观余一鸣的乡下人进城小说，会发现资本市场逻辑一直贯穿于此类小说创作，小说着力表现的是转型期进城乡下人在资本市场逻辑挤压下人性的嬗变。正如余一鸣所言："都在说转型，乡村向城市转型，农业文明向城市文明转型，计划经济向市场经济转型，可我们时常忽略了一个最重要的转型，那就是我们内心的风景。在动笔写《不二》时，我内心的风景依然是亲情——那些打着农业文明烙印的亲情，我并没有刻意去审视资本，也没有刻意去审视市场，然而，随着《不二》的深入，我吃惊地发现，我内心的风景早就不是那个样子了。"[1]余一鸣的乡下人进城小说主题鲜明，揭露转型期欲望之城对乡村人性的侵蚀。正如《潮起潮落》中所言，"这年头乡下的风气已大变，男人钻完洗头房可以公然讨论婊子的奶子和屁股，女人傍上有钱男人可以招摇过市"，[2]乡村的传统伦理道德和淳朴人性在城市金钱的腐蚀下异化。小说旨在通过进城乡下人的城市生活故事揭露城市生存的潜规则："一个人要成为人上人，前提是不把自己当人；成功，从不拿自己当人开始。"[3]因此，在余一鸣的小说中我们会发现两类截然不同的进城乡下人形象，命运迥异。尚未失去乡下人质朴善良天性者只能陷入困境（物质的抑或是精神上的），结局悲惨，非死即伤。而道德沦丧的"入流"者才能在城市真正过上"人上人"的日子，拥有财富的同时具备一定的社会地位，在城市里混得"人模人样"，但"身体进城"并未让他们的"精神"同时进城，这些城市异乡人大多会陷入身心两难的境地。

---

[1] 余一鸣："作者自白"，载《小说选刊》2010年第5期。

[2] 余一鸣："潮起潮落"，载《北京文学》（中篇小说月报）2013年第11期，第23页。

[3] 王彬彬："余一鸣小说论"，载《当代作家评论》2012年第4期，第155页。

表3-1　余一鸣乡下人进城小说创作情况统计表

序号	小说	发表时间及期刊
1	《栖霞秋枫》	2001年第8期《青春》
2	《淹没》	2007年第1期《钟山》
3	《城里的田鸡》	2008年第5期《花城》
4	《我不吃活物的脸》	2009年第4期《钟山》
5	《不二》	2010年第4期《人民文学》
6	《把你扁成一张画》	2011年第1期《作家》
7	《剪不断，理还乱》	2011年第1期《作家》
8	《入流》	2011年第2期《人民文学》
9	《拓》	2011年第3期《钟山》
10	《放下》	2011年第8期《中国作家》
11	《鸟人》	2012年第2期《北京文学》
12	《江入大荒流》	2012年第17期《作家》
13	《潮起潮落》	2013年第11期《北京文学》（中篇小说月报）
14	《种桃种李种春风》	2014年第1期《人民文学》
15	《闪电》	2014年第6期《创作与评论》
16	《稻草人》	2015年第8期《小说月报》

第一节　人性的沉沦："淘金者"的生存"潜规则"

与通常乡下人进城小说过多关注进城"失败者"的叙事不同，余一鸣的乡下人进城小说把笔墨更多地放在进城以后的成功者身上。之所以选择关注此类人群，余一鸣认为："我选择写这个群体的成功人士，是因为我身边有很多当年的小伙伴现在发迹了，有钱有势却依然痛苦，城市化进程的心理过程是复杂而坎坷的，仇富者有仇富者的愤怒，富人也有富人的焦虑。有的人你给他财富，其实是把他架在火上烤。我觉得这个群体最能体现转型社会的时代特征，现实主义强调的矛盾冲突在他们精神世界鲜明凸显。我以后的小说人物避不开他们。"❶余一鸣的中篇系列《人流》《不二》和《放下》后被收入小说集《淘金三部曲》，是一群进城成功者的故事，是对乡下人进城生活潜规则的集中揭示。阅读余一鸣的小说通常会被小说的标题所吸引，余一鸣也曾坦言自己是小说的"标题党"，❷"淘金三部曲"中的《不二》《人流》和《放下》三个标题语出佛教用语。余一鸣说："当初选择这几个题目，是为立禅，只是我觉得立禅必须和日常生活相融合，这三个题名既源于佛义，又成为当下生活的口语，才有普世价值。"❸三篇小说讲述的三个故事都围绕一个佛教用语展开，题目因此成为理解小说的关键。

　　"不二"原为佛家修行的最高境界，在小说中却用在一群进城发迹的泥水匠身上，他们一直在追逐欲望的"不二"法门，在欲望中追寻自我，最终迷失的却恰恰是自我。《不二》中的"师兄弟"本是贫寒的泥水匠，为了在城市生存，积聚财富，他们只能不把自己当人看，在财富的尺度上衡量，他们无疑是成功者，是"城市潜规则"的入流者。但在道德的天平上，他们每个人或多或少都已失重。这群泥水

---

　　❶　余一鸣、何同彬："对话：文学与现实"，载《小说评论》2014年第3期，第128页。
　　❷❸　余一鸣："我的小说作为小说"，载《扬子江评论》2013年第3期，第67页。

匠在成功的路上每走一步都会丢失一次淳朴的乡下人天性。
而导致他们堕落的原因便是内心无止境的欲望，在欲望中他
们渐渐迷失了自我，肆无忌惮地挑战着道德的底线，暴露出
了人性的劣根性。东牛和孙霞便是这个特殊群体中的代表人
物，他们在物欲横流的城市中萌发了可贵的爱情，然而他们
的感情是脆弱的。在东牛宴请行长的饭席上，行长挑选了孙
霞上楼陪他"休息"，东牛为了能够获得行长的投资，亲手
将心爱的女人送出去。小说通过一个爱情故事的破裂，让我
们看到了人性在面对金钱欲望时的不堪一击。

　　"入流"也是一个复杂的佛教用语，小说中用以指涉长
江上那些成功的采沙者丧失人性的生存规则。故事中的陈拴
钱和陈三宝是兄弟，他们是固城渔业大队的渔民，因围湖造
田而致无法打渔为生，改行到长江贩沙。小说通过对一群在
长江上采沙、运沙的乡下人故事，揭露了这些乡下人在金钱
资本的驱使下道德的沦丧和人性的异化。乡下人陈三宝为向
信用社的信贷员沈宏伟借钱，不惜让自己的妻子小小委身沈
宏伟，而致妻子小小遭受肉体和精神上的双重折磨，最终导
致小小惨死。更可悲的是，妻子死后，陈三宝唯一关心的是
他应得的保险，这是一个因金钱而异化的人、一个为了钱不
择手段的人。更具讽刺意味的是，陈三宝最终死在自己的亲
哥哥陈栓钱故意设的"撞船的阵"中，沦为陈栓钱"入流"
的牺牲品。在这群长江上的运沙人中，首先"入流"的白脸
郑守志，他在事业上很有成就，但在道德方面却已经丢掉了
做人的基本准则。另一个跟他结局相同的是陈栓钱，他最初
只是一个没钱的渔民，后来从造钢板船起步，最后做了船老
大。表面上看他很成功，但这一切的得到却付出了很大代

价，他亲手杀死了自己的弟弟，乡村亲情伦理在面对金钱、权力欲望时消失殆尽。

"放下"同样是一个佛教用语，意为放下外物羁绊，方能生死轮回之意。小说讲述的是一个乡村代课教师谢无名发达之后返乡养殖蝲蛄的故事，也是一个因人的贪欲而引发的乡村过渡开发的叙事。穿插其间的是谢无名的两个学生刘和尚和刘清水的故事，两个人一"黑"一"红"。刘和尚是当地的黑社会老大，靠放高利贷发家。刘清水是靠身体上位的一方父母官。不管是谢无名，还是刘和尚、刘清水，三个人都深谙城市的潜规则，尤其是谢无名，他是刘清水的中学老师，也是刘清水的"官场导师"，引导她逐渐适应了官场的潜规则。刘清水最终靠色相成为乡长，结婚生子，丈夫是县机关的一位公务员。谢无名的小店做成了省城最大的书画公司，娶了一个城里的女人，生儿育女。两个人最终都成了"龌龊无耻"的人。小说中发迹之后的谢无名回家乡养殖蝲蛄，发现养殖对于环境的危害，本想"以卵击石"，拯救污染的葫芦湖，但为了刘清水的仕途，他最终绝望地选择"放下"，而刘清水最终也选择了"放下"，与谢无名共同完成了对于"放下"的主题阐释——放下权力和欲望，"让故土故水恢复生态"。与《不二》和《入流》相比，此篇小说的结局给我们些许希望，刘清水与谢无名共同选择"放下"，一起完成了人性的回归。

关于《我不吃活物的脸》的小说题目，余一鸣自称："我的短篇《我不吃活物的脸》，先是因为寄住在我家的一个美国小女孩，白人，在我任教的学校读初二，我家做饭的阿姨喜欢做鱼头鸭头，小女生不吃，用英语说，我不吃动物的脸，我留下了印象。后来去湖南凤凰玩，进了饭店，常常面对一张张悬挂的脸，是猪脸。江浙一带也腌猪头，但保持原生态，而凤凰那里的猪头却被捶扁了，那猪脸就真是一张脸了，让你不敢正视。我回来后就觉得，能弄成一篇小说了。"❶小说从建筑工人沈事的"超死"（超过工地的死亡率，需要私了的工伤事故）写起，围绕着赔偿引发故事。小说中的建筑公司办公室主任丁良才和阴阳大师赵先生都"不吃活物的脸"，是尚未丧失人性的进城乡下人，他们同情经受丧子之痛的沈事父亲，尽力为其争取赔偿款。而"陈律师"（乡下人对他的尊称，在进城之前，他在乡司法做临时工）、村长、沈事的两个兄长、村人都是一群"吃活物的脸"的人。在沈事的赔偿事件时，他们关心的不是沈事的死，而是各自能拿到多少钱。尽管工程负责人丁良才极力破解陈律师的诡计，最终仍以无法避免赔偿款被瓜分的结果。由此我们窥见了以"陈律师"为代表的乡下人为了金钱丧失人性，面对一位失去儿子的父亲，不但没有同情，反而去骗取赔偿金，乡村人性淳朴让位于金钱逻辑。

余一鸣偏爱叙述建筑工地的故事，故事的主人公多为工头，他们进城以后由泥水匠变成了老板，伴随财富积聚的是道德和人性的沦落。《淹没》中的李金宝无疑是一个"城市潜规则"的入流者。他圆滑世故，善于投机取巧，投地方官员所好，善于权钱交易。他为了使自己的建筑公司获得款项，找人假装跳吊塔；因老婆生不出儿子便找漂亮的女研究生借腹生子。《剪不断，理还乱》中大大的男人"董事

---

❶　余一鸣："我的小说作为小说"，载《扬子江评论》2013年第3期，第66页。

长"和小小的男人木木以及李金宝一样，都是城市建筑行业的"入流者"，他们发迹之后，贿赂官员、包二奶、借腹生子。《潮起潮落》中的张大东和祖栋梁也是城市建筑行业的"入流者"，他们靠溜须拍马，贿赂官员而发家致富。张大东发家之后不仅包二奶，不顾伦理纲常，还与自己妻子的侄女在一起。这群发家之后的泥水匠既有根深蒂固的封建传统思想（传宗接代），又违背传统伦理，背弃结发妻子，在金钱和欲望中迷失，在他们身上，更多呈现的是社会转型期人性的裂变。相比张大东而言，祖栋梁虽然也贿赂官员，怂恿妻子陪官员打牌，也无奈陪官员嫖娼，但当他发现国营地产汤总欺负自己的妻子时，仍不失一个男人的本色，痛打汤总，是一个尚未完全沦落的入流者。

上述余一鸣笔下的这些乡下人已经不再是沈从文笔下淳朴善良的那一群。在城市这个物欲横流的地方，他们身上的劣根性暴露无遗。小说中的这些人物不管成功与否，他们作为乡下人身上的传统道德因素无疑都已失落，是一群物质上的成功者、精神上的堕落者。与这类权钱上成功而丧失人性的成功者相比，余一鸣笔下尚有一类仍不失其善良本性的人物，他们因无法"入流"而结局悲惨。《淹没》中的木木一直没有丧失乡下人善良淳朴的本性，他进城寻找自己的妻子和儿子，最终发现儿子是别人的。自己同情的女研究生陈洁为了钱借腹为别人生子、"绑架"自己的儿子，发现真相的木木被城市所"淹没"。他最终选择开车驶入江中，以死亡来抗争城市的"恶"，完成自我向乡村传统的皈依。《栖霞秋枫》中的木水，钟情城市女大学生陈茗，为了陈茗，他忍受病痛，将自己的胆结石"养大"取出来送给陈茗，却不想时过境迁，昔日的

"栖霞秋风"不在。乡村少年的执着，并未换来城市少女的爱恋，爱情终究无法弥补城乡之间的差距，"栖霞秋风"终究是一场梦。《我不吃活物的脸》中的丁良才尽管极力帮助死者沈事的父亲保住赔偿款，但仍无法阻止"陈律师"之流的瓜分，唯一能做的就是"不吃活物的脸"。

第二节　女性的"陷落"：被资本 "淹没"的身体

余一鸣不仅通过小说中的乡村男性展开资本对于人性异化的拷问，也通过一群进城乡下女性形象的塑造来探讨资本对于女性的挤压。她们是乡村城市化过程的牺牲品，小说大多呈现的是这些乡村女性在资本和权力挤压下价值观和人性的沦落。无论是《淹没》中的大兰子、小香，《不二》中的孙霞，《剪不断，理还乱》中的大大、小小，《潮起潮落》中的杨美丽、范青梅和范家惠，《放下》中的刘清水，还是《入流》中的小小、《江入大荒流》中的小小、《闪电》中的潘春花，抑或是《种桃种李种春风》中的大凤，她们无一例外都是以出卖肉体来实现自我的某种欲望，沦为男性、资本或者城市的消费对象，难怪有学者指出"妇女的处境随着资本主义的发展变坏了"。❶这种变坏的"处境"是城市化造成的，它裹挟着乡村女性进入城市，成为"消费品"。

乡下人进城需要资本，男性大多出卖体力，如孙惠芬

---

❶　[美]艾里斯·扬："超越不幸的婚姻———对二元理论的批判"，见李银河主编：《妇女：最漫长的革命》，生活·读书·新知三联书店1997年版，第93页。

《民工》中的鞠广大父子，做建筑工人之类的体力活。而女性进城者由于自身在体力方面的弱势，多从事一些如保姆、发廊女、妓女等工作，大多是一些出卖肉体的"性"生意，以身体资本为生。关于个中原因，大兰子回答木木"为什么要做这一行"的话或许可以作为注解。大兰子说："你以为我们乡里女人喜欢做这下三烂的生意，你也不替我们想想，乡下女子没学历、没后台，到工地上做小工都没人要，在这城里立个脚跟容易？我和小香这样年纪的女人，在这城里能做什么活人？每天提心吊胆过日子，警察要抓，地痞活闹鬼要敲诈，小姐们还担心要惹上脏病，谁心里不是苦出黄连水。"❶原本大兰子和小香进城是为了追求她们的"幸福"，城市没有给她们向往的"幸福"，生活的挤压却让她们为了生存而选择出卖肉体，生活的境遇比乡下更为艰难，沦为城市消费的对象。

余一鸣着墨最多的不是此类纯粹的"性"生意者，而是一群围绕在成功"入流者"身边的那些结发妻子们。大大、小小、范青梅、范家惠、杨美丽这几个女性都是随自己的丈夫一起进城，自身缺乏独立意识，往往依附于男人，成为男权话语下家庭的牺牲品。《潮起潮落》中的范青梅离婚后经济独立，但她觉得"女人就是女人，钱再多也填不满心里的空洞洞，女人再强大，心里没个男人撑着还是一空壳。范青梅前半生的支柱是张大东，后半生的支柱就是儿子了。"❷杨美丽为了祖栋梁去陪汤总睡觉，她自己觉得"真看不出这

❶ 余一鸣："淹没"，载《钟山》2007年第1期，第78页。
❷ 余一鸣："潮起潮落"，载《北京文学》2013年第11期，第32页。

进城有什么好。杨美丽想念固城的日子，可一个乡下女人，嫁鸡随鸡，嫁狗随狗，只能绑在男人的车轱辘上。她杨美丽陪吃陪喝陪牌局，除了这些，她还能为这土匪分担些什么？"范家惠弃家庭伦理道德于不顾，傍上自己的姑父。当《剪不断，理还乱》中的大大、小小姐妹两个知道自己的老公在外面借腹生子、养小三时，她们最终选择了忍气吞声。"性权力受政治权力、经济权力同化后，性权力与政治权力和经济权力之间建立了一种强化关系。男人如同资产阶级，是一个统治和支配的集团；女性如同无产阶级，是一个被统治被支配的集团。这种性支配关系的根源在于妻子需要依靠丈夫获得经济支持。"❶这些女性在面对婚姻、爱情和金钱时，缺乏自我独立的经济地位和价值观，无法摆脱对于家庭和男人的依附。

在余一鸣笔下的女性形象中，《不二》中的孙霞是较为独特的一个女性。孙霞出生于县城，是一名知识女性，师专毕业后回到乡村中学，后来辞职到省城一家建材公司推销钢材。孙霞对自我的评价是："我想着的是赚钱，赚钱买洋房买靓车，赚钱周游世界去夏威夷马尔代夫。只有有了钱，我才能为所欲为，成就我想做的一切。"❷孙霞和建筑行业那些"入流"的男人一样，深谙建材市场的潜规则。为了钢材生意，靠性贿赂周旋于杨秋生、东牛、红卫之间，独立门户开了自己的建材公司。孙霞的悲剧在于把自己"桃花源"般的爱情寄希望于东牛身上，结果被东牛当成礼物送给行长，

---

❶　周远清：《性与政治》，武汉大学出版社2005年版，第63页。

❷　余一鸣："不二"，载《人民文学》2010年第4期，第106页。

成为权钱交易的"祭品"。孙霞没能获得自己的爱情的"桃花源",据说是去了"桃花村"（省艾滋治疗中心），成为建材市场潜规则的牺牲品。

余一鸣的小说《闪电》荣获2014年《创作与评论》年度奖，小说塑造了扬州修脚店里的一个足疗女春花的形象，她是"南边扫黄逃散"回来的妓女。"东莞扫黄"是小说的现实背景，春花的穿着虽然令人难以分辨她是城里人还是乡下人，但一开口的家乡话（一种难懂的方言）暴露了其土得掉渣的身份。春花在遇到修脚师傅和生之后完全可以"从良"，但金钱的贪欲令她委身王总，最终导致王总包养的小三"闪电"自杀。小说中的"闪电"是一个符号化的书写，她是春花给足疗店窗外广告牌上美女的称呼，也是当下人们对美女身材的指称——"瘦的像道闪电"，在小说中最终指向的是一个被男人包养的女人。她本身就是一个矛盾的统一体，既追求自尊，对感情有所寄托，又委身做男人（王总）的情妇。她在得知王总和春花在一起后选择自杀，以死亡来抗争王总对情感的背叛，一定程度上是女性对自我独立价值的追求。这道"闪电"对于整个小说作品来说是比较亮的一笔，是一种女性对人性和自我价值的坚守。和生和春花同县城开了一个养身中心，但停电的夜晚和生惧怕"闪电"，"闪电"是一种人性的拷问力量，令和生惧怕。作为一个男人，他无法和"闪电"一样保持自尊，他明知春花是妓女，和他在一起之后仍死性不改，但物质欲望的追求让他容忍了春花的滥情，在金钱和物质欲望（养身中心）下迷失人性。

《放下》中的刘水清是余一鸣笔下的另类女性形象，这一进城女性形象在新时期以来的乡下人进城小说中也是不多见的。刘清水是一个被官场潜规则的女性，靠身体在官场上位。小说中的谢无名是刘清水的中学老师，是一个深谙为官、为商之道的生意人，他在刘清水的官场人生中充当了"导师"的作用。当刘清水第一次被乡党委书记罗书记潜规则来找谢无名时，谢无名说："要奋斗就会有牺牲，从你选择到乡政府开始，就注定了你的付出要比别人多。官场有官场的规则，朝中无人莫做官，无人怎么办？于是有了行贿，有人用钱铺路，有人用女色搭桥。"❶"女色搭桥"成为无权无钱官场女性上位的潜规则。对于刘清水而言，她熟知官场的这种女性潜规则，默认这种潜规则并自觉迎合，是一个为了权力欲望而沦落的官场女性。小说结尾处，谢无名的多篇关于养殖蝲蛄污染的论文、谢无名的患病、父亲的死、侄子刘涛等孩子招飞体检的不合格唤醒了刘清水，她选择"放下"官场的一切，实现了人性的回归。

小说《种桃种李种春风》中的大凤是余一鸣笔下又一个另类女性形象，这是一个为了孩子能上重点中学而不惜出卖肉体的母亲形象，作者借助这一形象提出了当下社会存在的教育资源配置不公的问题。大凤是一个乡村女性，为了进城五次参加高考都失败，多次进城失败的经历使她把希望全部寄托在儿子身上，为了给儿子争取上名校的机会不择手段。为了儿子，大凤到退休干部家做保姆，出卖肉体委身于学校大厨、老师，一个母亲为了儿子能上县城最好的中学，无所不用其极。大凤作为一个进城的乡村女性，身体资本是其为儿子争取教育资源的唯一筹码，小说对大凤沦落的叙事

---

❶　余一鸣："放下"，载《中国作家》2011年第8期，第17页。

背后是对教育资源分配不公的揭示。小说中小陈书记的儿子海波却不用为进县城最好的中学发愁，因为他有一个更优质的资源可以享用——出国留学，由此揭示的是教育资源在城乡之间的代际传承，有权有势的孩子可以"拼爹""拼权力""拼钱"，无权无势的底层人群只能拼身体。教育的目的本应该如小说题目"种桃种李种春风"，如果种出的只能是"不公平"，那我们的社会该往何处去？

在余一鸣的乡下人进城小说中还出现了一类女性学子，小说并未说明其城乡身份，但金钱逻辑却始终左右她们的追求，从小说依稀透露的信息中可以推断这些女性大多来自乡村。如果说大兰子、小香因为没有资本而被迫出卖肉体求生存的话，那么《淹没》中的"研究生"陈洁和《剪不断，理还乱》中的"大学生"婊子，她们卖的不仅是肉体，还有自身的文化资本。她们的身份已经被附加了文化资本（大学文凭）的价值，正是因为这个附加的文化资本，陈洁才成为刘金宝"借腹生子"的对象，陈洁出卖自己的身体为刘金宝延续后代只是为了"钱"，后又因为"钱"而"绑架"自己的儿子，而这些"钱"成为她进一步出国深造的教育资本，如此的资本循环最终是否会提高陈洁自身的"文化素质"？同样也是因为婊子的"大学生"身份，小小才决定对木木的出轨行为让步，"一个星期小小占四天那婊子三天。大大想，那根狰狞的东西以后会更加嚣张。小小说，姐，我们能有什么办法，比青春我比不过人家，比文化那婊子还是大学生，只有认命"。❶具有讽刺意味的是，高等教育的本意是让女

---

❶　余一鸣："剪不断，理还乱"，载《作家》2011年第1期，第90页。

性摆脱男性和身体的束缚，但当文化资本附加于女性身体资本之后，却成为女性依附男性、获取金钱的手段，如此的高等教育没能达成"高等"之目的，而是使女人更加"低等"，自甘堕落，成为男性新一轮生育和泄欲的工具。

第三节　城里的"田鸡"：艰难的身份认同

余一鸣乡下人进城小说中的乡下人几乎都来自一个叫"固城"的地方，这些固城的乡村泥腿子离开了乡村的土地和亲人进城，无论他们在城市最终的命运如何，"入流"抑或"不吃活物的脸"，他们都无法摆脱背后的乡村羁绊，无论是原本土生土长的东牛还是县城出生的孙霞，他们的身份始终是模糊的，非城非乡，是徘徊在城乡之间的不安灵魂。余一鸣通过这些在城乡下人的前现代乡村记忆来展现他们的这种"在城念乡"的尴尬处境。

在余一鸣的此类小说中，我们经常会遇到操着固城方言的进城者。东牛和泥水匠师弟们在一起时都说的是家乡话，"这土话据说是古方言，外人听不懂，老家县里为这土话成立了一个申请世界非物质文化遗产的班子"。❶这些来自乡下的建筑公司老板之所以用方言放肆地交流，是因为他们觉得各自所带的"二嫂"（小三）听不懂方言，也就不清楚他们的谈话内容，"固城人欺负外地人听不懂，在这样的场合放肆地用方言调笑，有一种小小的快乐和得意"。❷这种

---

❶❷　余一鸣："不二"，载《人民文学》2010年第4期，第94页。

"得意和快乐"更多得是一种对于家乡的情感，也只有通过方言才更能表达他们作为"城市"他者的自我存在。在《淹没》中，乡下人李新民在南京的公司汇恒集团机关里，大家虽然都着西装，坐同样的办公桌，但语言能让你很快分辨出两类人，"一类是跟着李总从乡下一步一个脚印打拼出来的老乡，一类是学校毕业出来的大学生、研究生。尽管墙上规定上班时间必须说普通话，但是俩村里人在一起憋着嗓门刚用普通话聊上一句，第二句就会在乡亲们的笑骂声中复辟成方言。晚上回到宿舍，更像是没离开村里，过道里碰到的都是村里的熟面孔"。❶《城里的田鸡》中王来电一说话就被老头猜出是固城人，方言让这些乡下的"青蛙"尽管进城变成了田鸡，仍然透着乡村的底色。

　　这些进城的乡下人是乡里人眼中的"城市人"，因为在乡下人眼里，金钱和权力是身份的象征，有权有钱就是城里人，乡村的这种价值逻辑让进城的成功人士变成了异于乡里人的"城市人"，这是乡下人对于他们的身份定位。而真正的城里人却不这么看，在城里人看来，乡下人就是乡下人，并不能因为他们有钱就变成了城里人。正如《不二》中的"大师兄"东牛对孙霞说的："乡里人把我当城里人，有钱有势。城里人把我当暴发户，吃了你的，拿了你的，转过脸骂你是个土包子。"❷同样，出生于县城的孙霞对自我的身份定位同样是两难的："在夏天的时侯像你们一样脱光了衣服在草地上打滚在河里游泳，可我父母不准，说我是城里

---

❶ 余一鸣："淹没"，载《钟山》2007年第1期，第72页。
❷ 余一鸣："不二"，载《人民文学》2010年第4期，第109页。

人。我是城里人吗？孙霞冷笑，在这座城市我无房无车没户口，受人欺受人骗，打落了牙齿往肚里咽。"❶城里人的歧视是导致乡下人难以认同城市身份的原因，这种自我认同的困境与金钱无关又与金钱有关，对于东牛而言，有房有车有事业但城市的歧视使其无法认同自我身份。而对孙霞这样无房无车无户口的"城里人"而言，反而因金钱的关系无法认同自我身份。

　　无论是以东牛为代表的暴发户，还是名存实亡的城里人孙霞，他们都感受到在这城市的旋涡之中，自我身份确认的困难。东牛驾车驶入东郊宾馆的林间公路的一段感受最能阐释他们进城之后的自我确认，在城市古树居高临下的俯视之下，东牛觉得自己渺小如一只蚂蚁。"蚂蚁"在"城市"丛林之中非常之渺小，虽然东牛的办公室高居在这所城市的地标大厦上，但在城市参天林立的大树中，他依然觉得自己只是一泡鸟屎中偶尔拉下的一颗缠树藤的种子，爬得再高，也长不成这森林中的一棵小树。城市不属于他们，他们永远不可能成为一棵树。这些异乡人只能通过一些源自乡土的、前现代的记忆来面对真实的自我。红卫喜欢把自己的床放在在建楼的顶楼楼板上，只要不刮风下雨，红卫都要扯掉活动板房的顶，躺在床上看满天的星星。这是在追寻乡土的记忆，正如在乡间夜晚爬到草垛顶看村上人家的灯火。大师兄东牛选择周日关机在别墅劳作，寻找童年的童趣，自己打理草坪，吃司机专门从老家送来的豆腐青菜草鸡蛋，"乡村""劳作""童趣""老家""自家产的青菜鸡蛋""隔

---

❶　余一鸣："不二"，载《人民文学》2010年第4期，第109页。

壁的豆腐"构成一幅前现代的乡村图景，这与红卫喜欢看星星一样，是一种前现代的乡村记忆，这种记忆让身处城市的乡下人暂时找到一种自我心灵的平静，这也是一种对自我乡村身份的短暂确认。

东牛为了自己的生意把孙霞送给行长"消遣"之后，自己到工地砌了一个猪圈，没门，也没窗，四堵墙围得严严实实，黑咕隆咚的像是矗立的一座碉堡。因为东牛只有一手掌砖，一手握泥刀"才能平定波动的心境"，这是一种自我的回归。东牛一边砌，一边述说着自己进城的心路历程，20岁进城时的东牛是一只蚂蚁，渺小得不堪一击，城里人鞋跟一踩就变成粉末，25岁在城里的东牛是一只公鸡，但却是一只被阉了的公鸡，城里人一根一根拔光他的羽毛，做成毽子踢来踢去，30岁时城里的东牛是一头羊，但却被城里人将下羊毛做成羊毛衫、羊毛被温暖全家，40岁的东牛觉得自己是一头大象，亮着象牙、迈着象步无人敢阻挡，却发现自己还是城市里的一头猪，只配在泥浊里、粪堆上打滚，这段自述可以作为进城"入流"的东牛们的痛苦的心灵之旅。东牛们在城市生意慢慢做大，自认为由"蚂蚁"变成了"大象"，但却始终是一个城市的"他者"，不管他们如何成功，他们仍然是来自乡村的一头"猪"，只配在粪堆里面打滚。金钱和地位的积聚并未能从根本上改变他们的乡村身份。

余一鸣的乡下人进城小说立足当下，关注现实题材。对于为何会如此选择，余一鸣说："我的小说大多取材于当下，是因为我个人认为，作为一个小说家，有责任有义务对当下现实进行思考和揭示，只要我们的时代还允许作家独立思考，还能让作家的批判精神有存在空间，那么，我们就不必回避。有句老话，作家是社会的良心。当然，最关键的一点是，作家本身最适合写什么，这是作家自己要拎得清的。格非在香港的讲座《什么是文学的经验》中说，一个作家拥有乡村小镇的经历，大都市的经历，或其他更多的经历，对写作是很有帮助的。我相信这种说法，我从乡镇到县城再到都市，教职之外涉历过其他行业，我觉得生活给了我比别人更多的体验和感悟，有话想讲出来，有字可写下来，所以我的小说题材都来源于这几年的生活。"❶

余一鸣善于将他的生活经历大量地融入到他的作品中。他是从老家高淳到省城南京的，他的小说中的一些人物大部分都是他身边的熟人。如《不二》中的东牛、红卫等一批建筑承包商就是余一鸣老家的那些兄弟们。在塑造这些人物的过程中，他能够把握他们身上的核心特征，描写他们最贴近生活的一面。因此写起来比较得心应手，或者说是比其他作家更占优势。然而面对熟悉的事物和人物时，在叙述时更能考验作家驾驭生活的能力，余一鸣在这一点上把握得非常好。小说笔触犀利，用大胆的想象、反讽的语言在生活的细微处揭露人性的扭曲和精神的破裂，讽刺城市的生存规则。他的乡下人进城小说总的着力于写"恶"，写进城乡下人本身存在的人性的弱点，写城市这个大染缸的"恶"，不过他在描述现实中的"恶"时，又担心他所塑造的人物被"恶"完全吞噬，于是他又为这些人物设想了救赎的途径，惩恶扬善是他的创作初衷。

---

❶　余一鸣："我的小说作为小说"，载《扬子江评论》2013年第3期，第67页。

第四章 "欲望之路"上的众生相：
王大进乡下人进城小说研究

王大进1965年出生于江苏射阳县一个农民家庭，当过农民、代课教师、新闻干事、报社编辑。1994年进入南京大学中文系作家班学习，后为江苏作协创研中心专业作家，丰富的社会阅历和文字工作经历为他以后从事乡下人进城小说创作打下了坚实的基础。从1995年的《偶像》到2014年的《桥》，王大进总计创作了19部之多的乡下人进城小说，具体篇目和发表时间、期刊统计如表4-1所示。

表4-1　王大进乡下人进城小说创作情况统计表

序号	小说	发表时间及期刊
1	《偶像》	1995年第4期《小说界》
2	《欲望之路》	2000年第5期《当代》 2001年3月，人民文学出版社
3	《错误》	2001年第1期《长城》
4	《青春力比多》	2003年第5期《时代文学》
5	《禅意》	2004年第3期《清明》
6	《兄弟》	2005年第2期《清明》
7	《地狱天堂》	2005年5月百花文艺出版社
8	《痛》	2006年第1期《安徽文学》
9	《花自飘零水自流》	2006年第4期《上海小说》

（续表）

序号	小说	发表时间及期刊
10	《寻仇》	2006年第20期《中国作家》
11	《金窑主》	2007年第1期《小说界》
12	《幸福的女人》	2007年第3期《当代》
13	《还乡记》	2007年第5期《山花》
14	《烟尘》	2008年第3期《清明》
15	《结局》	2012年第9期《山花》
16	《风好大》	2013年第9期《长江文艺》
17	《断》	2014年第15期《作家》
18	《纪念》	2014年第2期《花城》
19	《桥》	2014年7月18日《光明日报》

正如小说《欲望之路》的标题一样，王大进的乡下人进城小说偏重于欲望主题的书写，小说塑造了一系列在欲望中沉沦的进城乡下人形象。这些形象大致可以归为几类，其一为进城的乡村学子，主要有《欲望之路》中的邓一群、《兄弟》中的大丁、《偶像》中的朱平等。对于此类人物，王大进关注的是他们在城市生活中精神的裂变，邓一群在对权力欲望的追逐中人性逐渐堕落，朱平在繁华城市的欲望生活中迷失自我，大丁在对弟弟丁二的内疚痛苦中挣扎。其二为不择手段暴富的进城乡下人，代表性的人物有《地狱天堂》和《金窑主》中靠黑煤窑发财带领全家进城的金德旺（两部小说的煤窑主都叫金德旺），王大进着力刻画金德旺之流在物欲中迷失的暴富者貌似进城过上了天堂的日子，其实质却坠入万劫不复的地狱。除了欲望之路的沉沦者之外，王大进的小说也着力塑造了一群因物质的贫困而进城打工的乡下人，

《还乡记》中的那群背尸还乡的进城乡下人、《禅意》中的赵小槐、《寻仇》中的陈根发、《断》中的于二等，对于此类人物，王大进首先关注的是他们的物质贫困，贫困的乡村生活让他们不得不背井离乡，城市的打工生活往往使他们深陷物质和情感的双重困境。王大进此类小说中还有一类人物是进城的堕落女性，《幸福的女人》中孙克检包养的年轻女人、《结局》中的黄小玲、《断》中的"小姐们"、《禅意》中的李梅、刘红艳、小陶红，这些进城的乡村女性多在发廊、洗浴中心、按摩房等消费场所从事性生意，她们或被人胁迫，或自愿，小说通过此类女性揭示了城市和男性对于女性身体的消费。

第一节　学子进城："欲望"之路上的挣扎

新时期以来，因"文革"中断十年的高考恢复，重新为乡村学子打开了一条体制化的进城通道。此后小说中就不断出现大量求学进城乡村学子形象。王大进的笔下也出现了此类人物形象。《欲望之路》中的邓一群、《兄弟》中的大丁和《偶像》中的朱平、《地狱天堂》中的金建明和郑燕青都是通过高考进城的乡村学子。《欲望之路》叙述了邓一群在权力欲望和人性之间的挣扎，《兄弟》叙述的是大丁在兄弟亲情和法律之间的挣扎，而《偶像》中的朱平在城市游手好闲、无所事事，体现了社会转型期知识分子的内心空虚。正如王大进在《欲望之路》的"后记"中所言："这部作品集中地反映了我能感受到的这些年社会某一隅的发展变化。我对邓一群这样的人比较熟悉，他代表了某一类人——每年都有从农村来的毕业生留在了城市，虽然他们接受了高等教育，但内心两种文化的冲突却随时发生，他们深深地感受到了压迫并有强烈的上升的愿望。他个人的野心和欲望，其实也不仅仅是他那种身上打上阶级烙印的人才有的。20世纪80年代以来，当经济改革冲击我们中国社会旧有体制的时候，新的道德价值观没有建立，而传统的观念受到挑战，他这样的心态是必然的。"❶

王大进1995年创作的《偶像》是一部乡村学子进城叙事，小说塑造了一个20世纪90年代社会转型期进城知识分子形象。朱平多年前一个人背着一床棉被，把乡亲们焦渴的目光留在身后，头也没回，怀揣着那张录取通知书，在晨雾里登上了长途公共汽车，从此踏上了进城的路。从华南理工大学毕业之后，朱平也像邓一群一样，选择留在了城市，被分配到城市里一家公司做事，但机关改革之后公司分崩离析，有关系的人都调走了，对于朱平这样的乡下人，他也想换个单位，但没有关系的他只能无奈留下。乡间年迈的父母以为他在城市干大事，而朱平事实上却整日无所事事，内心空虚寂寞，因为"自己的那点青春容颜渐衰，原来的那点壮志豪情日渐萎败"。这是一个未老先衰的城市知识青年形象，正如朱平自己所言"我们是这个时代里最为疯狂的饮食男女，我们贪婪地享受一切，最后只配腐烂发臭"。❷他的消遣方式就是观看楼下路上的行人，观看窗外橱窗的偶像。"偶像"作为一个隐喻性标题，更多是一种对于现实的想象，是

---

❶ 王大进：《欲望之路》，人民文学出版社2001年版，第540页。
❷ 王大进："偶像"，载《小说界》1995年第4期，第126页。

一种物欲的象征性符号，是商业对人的宗教般的"驯化"。在朱平与端静的男女关系中，一个能出国的丈夫是端静的"偶像"，端静看重的并不是朱平这个人，而是他能不能出国，对一个更大的城（出国）的欲望成为婚姻的筹码，是一种情感的物化。

　　长篇小说《欲望之路》讲述了20世纪80年代末期一个进城的乡村学子在仕途和情感上的欲望之路，正如王大进在《欲望之路》题记中引用巴尔扎克的话所言"一部灵魂史其实就是一部社会史"。这部小说就是20世纪80年代末期以来中国的社会史，小说展开的时代背景是"整个中国社会都在国门的渐开中，小心地摸索着前进。一切都具有不可预料性，谁也不知道它将来会是一副什么样子。新的旧的，好的坏的，保守落后与先锋进步等等矛盾相互纠缠，冲突、碰撞，各种势力在交锋，明争暗斗。而巨大的社会就在这各种矛盾的冲突与交锋中向前推进（虽然有些缓慢，但它的确在朝前运动）"。❶高考似乎让四年之前的邓一群获得了人生中通向另一个阶级（干部阶级）的通行证，但毕业之际，"让他再次感受到阶级出身的悲哀"。和大多数进城的乡村学子一样，四年的城市生活让邓一群"强烈感受到故乡（四年的大学生活，他已经从心里把这里称作故乡，而不是家乡）与外面世界的巨大反差。这里差不多是苏北大平原上最贫困的地方，偏僻、落后，几十年面貌不变。"❷他再也不愿意回到故乡，留在城里，拥有城市户口，吃上国家供应的

---

❶ 王大进：《欲望之路》，人民文学出版社2001年版，第3页。
❷ 同上书，第7页。

粮食，成为邓一群毕业之后的奋斗目标。在这一点上，邓一群和当下小说中的如涂自强（方方《涂自强的个人悲伤》）是一样的，城市的大学生活让他们无法适应贫穷落后的乡村生活，留在城市成为他们共同的梦。

《欲望之路》的出版封面印有法国诗人圣琼·佩斯《远征》里面的一句话："世界的条条道路，其中一条跟随你。权力就在大地的所有记号上。"对于邓一群而言，急于改变命运的强烈愿望和对权力欲望的追逐令邓一群从一开始就走上了一条道德与人性沦丧的灵魂不归路。邓一群出卖肉体和灵魂，一次次低声下气去求虞秘书长，甚至出卖年轻的身体与年老色衰的虞秘书长老婆邓阿姨发生关系，对于乡村知识分子邓一群而言，他与邓阿姨发生关系，只是在出卖色相求发展，是一种赤裸裸的交易，这是邓一群堕落的开始。在新时期以来的乡村学子进城叙事中，乡村男性知识分子总是借助于婚姻实现其在城市私人空间的立足。这种模式自路遥《人生》❶中的高加林就已经初露端倪，高加林与黄亚萍的爱情虽无果而终，但其最初的尝试意义犹在。此后李佩甫的《送你一朵苦楝花》❷中的"我"、刘震云《一地鸡毛》❸中的小林都是采用这种叙事模式。

邓一群也是借助于婚姻实现其进城的目的，但其看中的不是肖如玉的长相，"肖如玉有一米六零的个子，脸上素素的，单眼皮，鼻梁有点塌，戴一副度数浅浅的眼镜。可以

---

❶ 路遥："人生"，载《收获》1982年第3期。
❷ 李佩甫："送你一朵苦楝花"，载《莽原》1989年第3期。
❸ 刘震云："一地鸡毛"，载《小说家》1991年第1期。

说，她的长相是平常的"。肖如玉的长相并不能吸引邓一群，对于邓一群而言婚姻是有社会性的，"像他这样的一个青年，进入了城市，呆在省级机关里，默默无闻，正需要一个可以帮助他递进的跳板和台阶。现在，机会来了，就在他眼前"。❶因此我们说，邓一群看中的并不仅仅是肖如玉的城市身份，而是肖如玉父亲、哥哥的官场关系。在邓一群与肖如玉的无爱婚姻中，除了利用肖如玉背后的家庭社会关系之外，邓一群在肖如玉身上更多实现的是其对于城市的征服，这在小说他们结婚返乡时有一段描述："这个乡村的夜晚，是属于他邓一群的。在这个村里，他是一个人物。肖如玉是个城市女人，可现在她孤身一个在这万分宁静的乡下，她所有的优势都不在眼前了。他是一个乡村王，尽管他不再生活在这里了，但毫无疑问，他却是这个村里的灵魂人物，一个出类拔萃的佼佼者。"接下去的描述让我们看到的更是一个乡村征服者，"他骑在她的身上，让他有一种勇士的感觉。他是征服者，他是成功者。在她家里，他时刻感受到自己的弱小，自己的卑微，而现在却全然不同，他是强大的，他是王，他有支配她的权利，她只是他的俘虏"。❷此后的邓一群利用关系搞掉老潘，引诱言子昌嫖娼……一步步从一名小小的科员做到了省级机关的一名副处级干部，随着其权力欲望的不断膨胀，人性在逐渐沉沦。

《兄弟》也是一个关于进城乡村学子的叙事，与前面两个小说不同的是这篇小说没有过多关注乡村学子大学毕业之

---

❶ 王大进：《欲望之路》，人民文学出版社2001年版，第179页。

❷ 同上书，第245~246页。

后的生存状态，而是着力揭示由于乡村的物质贫困造成的兄弟两个的悲剧命运。大丁考上了大学，为了支持哥哥上学，丁二辍学进城打工，供哥哥上学。大学里的大丁穿着单薄而寒碜的衣着，简直和一个在城市里混迹的打工仔一般无二。"在哥哥的宿舍里，他看到哥哥的铺上是最寒碜的。一床棉被，几套简单的衣服，两双鞋，一只水瓶和两只饭盆。他不像别人那样，有大大小小的箱包，有崭新的衣服，高档的消费品和各种时髦的玩意儿。哥哥的衣服是旧的，袜子是破的，鞋是脏的。他的一条洗脸毛巾已经烂了许多洞了，可他还在用。其实丁二打工时也这样。可是，在这里，不是打工仔的工棚，而是一所堂堂的大学宿舍。丁二能感觉到一些同学看哥哥时的别样眼光，也许只是他多心了。"❶目睹大学中贫富差距的弟弟铤而走险，抢了一家超市两万多元，当丁二把钱送给哥哥大丁时，大丁报警抓了丁二，在亲情和法律之间，大丁选择了法律，成了一个"最不道德"的兄长，这让丁二一直不能原谅大丁。在弟弟丁二入狱期间，大丁一直处在自责之中，在把自己的一个肾移植给了丁二之后病死。乡村的物质贫困毁掉了原本成绩很好的两个兄弟，城乡在物质生活上的巨大差异充斥于字里行间。

与上述进城的乡村学子相比，《地狱天堂》中的郑燕青是一个积极进取的乡村学子形象。郑燕青出身贫寒，家里有姊妹三人，父亲郑三在金建明父亲的黑煤窑受伤而没有得到赔偿，一直上访。上大学之后的郑燕青靠勤工俭学维持自己的日常生活开支，拿出多余的钱贴补家用。郑燕青自立要

---

❶ 王大进：《兄弟》，载《清明》2005年第2期，第46页。

强，刻苦勤奋，不卑不亢，拒绝别人的帮助。她一个人打三份工，一份在食堂择菜，一份在图书馆整理书目，一份在学校的物理系大楼里面当清洁工（打扫厕所），用自己的劳动证明自己，赢得同学的尊重，用快乐感染别人，正是这样一个进取的女孩赢得了金建明的爱情。比起上述小说中的其他来自贫寒家庭的乡村学子，金建明的家庭是富裕的，但他在学校很低调，从不炫富，是这个为富不仁家庭的一个异数。郑三最终因瓦斯爆炸死在金德旺家的窑里，一对情侣变成冤家。郑燕青与他断绝了关系，在学校中的金建明处处感受到一种压力，他最终的自杀把这个家彻底送进了地狱。

第二节 "黑"煤窑主："天堂"与 "地狱"之间的沉沦

在王大进的乡下人进城小说中，有一类较为特殊的人物——不择手段暴富之后进城的黑煤窑主，他们在乡下靠黑煤窑发财，在对金钱的追逐中迷失人性。暴富之后他们举家进城，在城里买房，貌似进了天堂，变成了城里人，但过往敛财所犯下的罪恶最终把他们送入万劫不复的地狱。长篇小说《地狱天堂》中举家进城的黑窑主金德旺和中篇小说《金窑主》中最终被仇家杀害的金德旺就是他们中最具代表性的人物。两部小说的主人公都叫金德旺，身份和经历有诸多相似之处，应该是作者有意为之，把"金德旺"作为黑煤窑主这一类人的一个统称，他们是一群在天堂和地狱之间挣扎沉沦者。

《地狱天堂》是一个黑煤窑主金德旺一家两代人和讨薪

人郑三一家两代人的故事。金德旺是一个暴富的黑煤窑主，一个在金钱欲望中沉沦的人。他为了发财不择手段，贿赂乡里的各级官员，对于窑上的工人很苛刻，甚至不惜牺牲儿女的情感（为了依附权贵，逼二儿子与父亲是处长的朱碧在一起）来谋取自我的利益。金德旺是一个精明的乡下人，因为发的是不义之财，暴富之后，金德旺首先想到的转移资产。他先是在城里买下了一个工厂，让二儿子金建设首先进城工作。然后又在城里买了一栋联体别墅，把大儿子建军一家、二儿子建设的户口都迁到城里。在金德旺看来，有了钱就过上了富人的生活，进了城就进了天堂。在金家的四个儿女中，女儿金巧云和三儿子金建明是这个家庭比较另类的两个，是小说中的一点亮色。金巧云是一个善良的乡村女孩，同情窑上的工人，最终与父亲窑上的一个工人私奔，两人一起到南方打工，自食其力。金建明是典型的乡村学子，他通过高考进城，是金德旺的骄傲。

小说中的金建明有点像曹禺《雷雨》中的周冲，如果说"周冲是这烦躁夏天里的一个春梦。在《雷雨》郁热的氛围里，他是一个不调和的谐音，有了他，才衬出《雷雨》的阴暗"，❶那么金建明就是金家地狱中最亮的一笔，正是金建明的出现和最终自杀，进一步把金家从他们自认为的"天堂"打入了"地狱"，也更进一步揭示了这地狱的阴暗和罪恶。小说通过窑工"小越南"的视角对金建明这个大学生作了一番描述，"小越南"觉得金建明"应该是个异类"，

---

❶ 曹禺：《〈雷雨〉序》，见《曹禺全集》第1册，花山文艺出版社1996年版，第12页。

"他和他们是完全不同的人"，小说在煤窑黑色调的背景下，凸显了一个干干净净的个体形象，"白白净净的，戴着一副眼镜"，一身白色调为主的衣服，"身上穿了一件白衬衫，连裤子也是白的，脚上皮凉鞋也是白的"，头上戴着一顶鲜红的太阳帽，"手腕上的手表在阳光下亮灿灿的，刺目得很"，红色、白色与黑色形成鲜明的反差。这段描写让我们很容易联想到《雷雨》中周冲的出场，金建明之于金窑主一家正如周冲之于周朴园一家，"窑上到处都是黑炭，根本没有白颜色的存身之处"，这句话带有强烈的象征性隐喻色彩，也暗示了金建明最终的死，正是这样一个最美好形象的毁灭，其残忍进一步证实了金钱地狱的罪恶。

《金窑主》中金德旺和《地狱天堂》中的金德旺一样，早年也是靠小煤窑起家，赚了很多昧心钱，欠下很多人命债。遇到闹事的窑工，他一方面借助乡政府和派出所的行政权力打压，另一方面找人教训闹事的家属，把事情摆平。在五年前小煤窑坑道的瓦斯爆炸之后，金德旺一走了之，成了死难窑工家属口中的"潜逃犯"，从穷山沟搬到了大城市里的别墅，过起了天堂的生活。但金德旺不喜欢城市，他"感觉在这个城市里，像是浮悬在半空里的，不踏实。如果依他个人的心愿，他更愿意生活在老家那个穷山沟沟里。"金德旺不想进城，但没有办法，这不失为一种退路。进城之后的金德旺噩梦缠身，总是做梦被人追杀。

进城之后的金德旺不喜欢洗桑拿，喜欢到小浴室泡澡，与金德旺有一样喜好的还有十几个窑主，"他们都把家安在了这数千里外的大城市，而实际上还操控着老家西山的煤窑"。"看上去，他们都是一个比一个土气，但谁也猜不透他们到底有多少家底。当然，他们全都保持着低调，就像这城里的任何一个吃最低生活保障金的贫困老头一样。""这些人都是貌不惊人却又飞扬跋扈的有钱人。他们张狂。他们张狂，是因为他们有钱。""一方面，他们可以挥金如土，一顿饭就吃掉好几千；另一方面，他们也可以锱铢必较，惜钱如命，比如在支付一些窑工工钱或赔偿的问题上。"这些人比金德旺"更能干，更狡猾，更一工于心计。他们见过的世面比他广，识字多，有心计。在社会上呼风唤雨，神通广大。在县里、乡里，编织了一张密不透风的网，把所有需要的人都网罗进去，进行利益的最大化"。❶也就是说，"金窑主"不止有一个，金德旺只是其中的一个，他最终被杀呼应的是小说开始时"一个做窑的老板被人绑架勒索致死"事件，在情节上的这种首尾呼应预示的是金窑主们最终躲不过惩罚。

　　与《地狱天堂》中金德旺的痛失爱子不同，《金窑主》安排了一个复仇的结局，金德旺被死难窑工的儿子三指人和修脚工枪杀。以一种"以恶制恶"的方式结束了金窑主的生命。与死去的金窑主相比，活着对于《地狱天堂》中的金德旺而言是一种更残忍的惩罚方式。两部小说中的小煤窑主很多，两个命运结局不同的金德旺只是他们中的一个代表，这些进城乡下人在金钱的欲望中逐渐丧失人性，出卖儿女的情感，和自己的侄媳妇通奸，视窑工生命如草芥。他们都期望通过金钱构筑天堂，最终却被金钱送入地狱，沦为金钱的牺牲品。王大进通过此类小说揭示的是金钱欲望驱使下乡村人

---

❶　王大进："金窑主"，载《小说界》2007年第1期，第58~59页。

性的裂变。

第三节　逃离的女性：乡村伦理的崩塌

相比于进城乡村学子和暴富的黑煤窑主，王大进的乡下人进城小说还有一个典型的情节模式——"寻找"叙事。小说《结局》《风好大》和《断》都是一个因寻找而进城的叙事，并且都是一个男性进城寻找"堕落"女性的故事。《风好大》和《断》两篇小说讲述的是丈夫进城寻妻的故事，而《结局》讲述的是一个青年男子"我"进城寻找自己暗恋的女孩的故事。城市现代化的发展召唤着乡村，越来越多的乡村女性不愿意再固守传统相夫教子的生活，她们和男性一样，渴望进城去看看。但女性进城和男性不同，男性多依赖自身的身体优势而从事一些如建筑、搬运等体力活，而女性进城大多与"性"有关，干着卑微而下贱的工作，她们在城里服务着"上帝"，"但她伺奉的却并不是教堂里的上帝，而是'顾客'。顾客自己号称是上帝。谁都得听'上帝'的。其实谁都明白，真正的'上帝'也不是他们顾客自己，而是钱。钱才是上帝。充其量，他们只是'上帝'的拥有者……是在城里的洗浴中心、按摩房、足浴店里的男人……或者说穿了，那些人就是一群各种各样的嫖客"。❶这段关于"上帝""顾客"与"钱"的论断是对城市物欲中身体沉沦者的批判，这其中既有对进城乡村女性的批判，也有对城

---

❶　王大进："断"，载《作家》2014年第8期，第85页。

市男性的讽刺。

王大进此类小说中塑造了一系列进城的堕落女性,《幸福的女人》中孙克检包养的那个年轻女人、《结局》中的黄小玲、《断》中的"小姐们",这些进城的乡村女性多在发廊、洗浴中心、按摩房等消费场所从事性生意,她们或被人胁迫,或自愿,小说通过此类女性揭示了城市和男性对于女性身体的消费,正如《风好大》中的李二所说"你们城里人都是我们乡下人养活的……我们辛辛苦苦种的大米,给你们城里人吃。现在乡下的女人,却都要往城里跑……" ❶《结局》中的"我"不愿意外出打工,但乡村不允许"我"这样,不出去打工就等于垃圾。当得知自己暗恋的女孩进城打工之后,"我"开始进城寻找黄小玲。"我"在网吧的视频聊天室看到一个裸露上身的女孩,很像黄小玲,但我不相信真的是黄小玲。在很长时间之后,"我"在瓦房镇遇到了黄小玲,她的模样大变了,变得白皙了,也更洋气了。同乡刘嫂的丈夫房大胖子带"我"去一家洗头房,"我"发现黄小玲是个妓女。对于黄小玲所有的美好想象都被现实击碎,当李刚提议绑架房大胖子搞点钱时,"我"同意了,最终"我"和李刚银铛入狱,"我"的最终"堕落"是基于"梦中情人""黄小玲"形象的破灭,这种"理想"破灭的毁灭性的打击让我选择彻底"堕落"。

小说《风好大》以一个怀疑自己可能患癌症的城市男人乔锡民的眼光叙述了来自乡村的李二"进城寻妻"不得而自杀的故事。小说的巧妙之处在于"怀疑自己患病的城里成功

---

❶ 王大进:"风好大",载《长江文艺》2013年第9期,第73页。

男人"乔锡民这一视角的使用，通过这一身处城市的男人来透视一个闯入者、外来者，乔锡民的"患病"隐喻的是城市的"病态"。李二一直在外面打工，在遥远陌生的城市里，累得像一条狗一样，可一想到老婆孩子，觉得值得。但家里的妻子抛下两个孩子，跟邻村一个贩鱼的人跑了，李二进城寻找妻子。当李二找到妻子时，妻子和鱼贩子倒像一对夫妻，他倒成了一个"闯入者"。喝醉的李二与妻子和那个鱼贩三人同床而眠，这令李二羞于提及。后来女人回来了，但在三年后又跑出来了，这次是独自跑出去了。他从一个城市找到另一个城，千辛万苦找到妻子，她却死也不愿意回去。城市的"风太大"，这个"风"是一种城市的物质欲望，这种欲望诱惑着李二妻子一样的乡村女性，使她们无法抗拒而又沉沦其间。但对于李二而言，"城市就是钢筋和水泥扎堆的地方，它们结构成形状各异、高高低低的建筑，建筑与建筑之间都划成无数个块块，里面的道路四通八达，各种机器轰鸣……人是以自我为中心的，以为主宰着生活的全部。但他知道其实不是。与冰凉坚硬的水泥钢筋相比，人是过于软弱了"。❶于是李二最终选择从楼顶跳下。现代城市的"诱惑"之风太大，它刮走了乡村的女性，也带走了李二，乡村男性李二以"跳楼"的决绝方式来反抗城市。

与《风好大》中的李二妻子一样，《断》中于二的妻子也逃离乡村进城打工，小说同样讲述了乡下丈夫进城寻找自己可能在城市"堕落"的妻子的故事。于二的媳妇赵远梅漂亮能干，但结婚后一直没有生育，村里的人总是用一种异样

---

❶　王大进："风好大"，载《长江文艺》2013年第9期，第69页。

的眼光看她，因此赵远梅不愿意待在家里，说是出去打工，但真正的目的就是离开村子，离开家。她特别渴望到外面的世界去看看。她相信自己不怕吃苦，打什么工都行，到城里就没有什么她干不了的活。赵远梅开始出去时，在南方的一个服装厂，后来嫌累又去了一个饭店当服务员，再后来就有了关于赵远梅做"小姐"的各种传闻。对于赵远梅，于二对她其实没有太多的要求，只希望她一人在外能够平安，不做那种低贱的坏事，挣不挣钱都无所谓。于二进城寻找赵远梅也是因为怕赵远梅会从事"性"生意。因此于二无数次地进出过城郊的那些洗头店和足浴保健中心。两年多来，他寻找过无数的地方，越来越绝望，最后决定放弃寻找，做一回嫖娼者。于二在嫖娼时遇到一个被拐骗的女子，为救女子于二报警，从拘留所出来的于二接到老浦的一个电话，说一个女的找他，随后电话断电了。《断》的结尾给我们留下充分的想象空间，这个女子也许是赵远梅，也许是于二救下的那个女子，不管怎样，小说给我们一丝温情的念想，让我们看到乡村人性的善良尚存，依然没有"断"。

王大进通过此类小说揭示的是城市化所带来的现代性对于乡村社会的影响之大，它不仅带走了乡村的女性，而且侵蚀着乡村传统的伦理道德，城市在飞速发展，乡村却呈现颓败之势。《断》中有这样一段话："这些年村里的人越来越少了，许多青壮年和年轻姑娘都去城里打工，守在屋里的大多是一些老人和孩子。大片大片的农田里，有时都看不到什么人影。偶尔，能看到一两个老人扛着农具或是背着田里刚收割上来的什么，蹒跚着走在村头的小路上……"❶这与赵本夫《即将消失的村庄》有异曲同工之妙，城市化带走了乡村的人口，使得乡村呈现一片萧条，毫无生气。不仅如此，城市化也冲击着乡村的家庭伦理道德，"这些年里，四乡八村的，留守在家的女人们也有一些发生过或多或少的男女情事，和本村的，外村的。有和邻居的，甚至和本家兄弟的。无论它多不光彩，甚至是有些龌龊，但最终也会在村里人的议论与谈笑中，慢慢消失在接下来仍然枯燥与艰辛的日常生活里"。❷在中国的城市化进程中，城市不仅诱惑着乡村女性进城，也迅速瓦解她们源自传统文化的道德伦理，使得她们的身体成为城市的消费品。城市化同样带走了乡村男性，乡村男性主体的缺席让留守的乡村女性的道德伦理也随之崩塌，原有的乡村伦理和道德理念再也无法平抑乡土的躁动，悄无声息地消解于"枯燥与艰辛的日常生活"之中。

第四节　乡村叙事："还乡"与"留守"

在王大进的乡下人进城小说中，有几篇较为特殊的小说文本有必要单独探讨，其中《还乡记》虽然是一篇乡下人进城小说，但也是一篇"背尸还乡"的小说叙事，小说着力探讨的是乡村人性在极端处境中所彰显的淳朴。《花自飘零水自流》和《断》是两篇留守儿童叙事，《花自飘零水自流》讲述的是留守儿童贫困的生存处境和亲情缺失所造成的"命

---

❶ 王大进："断"，载《作家》2014年第8期，第88页。
❷ 王大进："风好大"，载《长江文艺》2013年第9期，第63页。

案"。《断》讲述的是母女两代"逃离"乡村的故事。《还乡记》特殊之处在于用死者"我"的视角来叙述"我"死后被一群同村打工的乡亲"背尸还乡"的故事。小说中的老李、陈厚树、乔二、刘大河、张乙和"我"一起出去进城打工,"我"意外从建筑工地摔下身亡。"我"的哥哥刘大河决定送"我"回家,张乙、陈厚树、老李和乔二先后加入了"背尸还乡"的队伍。小说写出了乡村人性的善良与淳朴。哥哥刘大河在"我"出事之后,毅然承担了作为一个哥哥的责任,表现出的是骨肉至亲的亲情。而另外几个非亲非故的同乡自愿加入"背尸还乡"的队伍,更多的是出于道义责任,出于老乡的义气,是乡下人淳朴的天性使然。他们没钱买车票,也无法带着"我"坐车,只能一路搭一些短途的便车,主要靠双脚走着回乡,"他们的脚底板全起泡了。我哥的双脚比他们有更多的水泡,旧的破了,还没结好茧,新的水泡又产生了。但他咬着牙,不吭声。他不能叫苦。应该说,别人比他更没有忍耐力。人家没有理由要遭受同样的罪啊"。❶路途中间有一段搭乘火车时还被乘警当成"杀人犯"关起来。一开始只有哥哥背"我",后来大家轮流背"我",在半夜搭乘运猪肉的小卡车时,阴差阳错地把"我"与"宰杀了半边的猪肉"混淆,背回来的不是"我",而是"宰杀了半边的猪肉"。小说的结局非常戏剧化,以一种狂欢化的叙事手法完成了一个沉重主题的书写,乡村淳朴的人性在如此极端的"背尸还乡"的疯狂举动中彰显。

---

❶ 王大进:"还乡记",载《山花》2009年第5期,第49页。

在乡村世界中，随着中、青年的进城打工，乡村世界变成了"386199"部队，留守的妇女、孩子和老人成为小说关注的焦点。王大进的《花自飘零水自流》与毕飞宇的《哺乳期的女人》一样，也是一个关于留守儿童的叙事。《哺乳期的女人》是由"旺旺咬了惠嫂的奶"而引发的关于旺旺是"流氓"的叙事，成人世界的世俗和乡村传统文化的劣根性让旺旺对母爱的期许变性。《花自飘零水自流》是由"一袋饼干引发的两条命案"。但与《哺乳期的女人》中旺旺处境不同的是，留守儿童大秀、二秀除了要面对"残酷"的成人眼光之外，她们还要面对生存的困境，正是这种生存的极端困苦导致悲剧的发生。故事中大秀、二秀的父母外出打工，他们一心一意在外面打工、挣钱，但并未从本质上改变女儿们的物质生活。11岁的大秀和9岁的二秀与多病的奶奶相依为命，花季少女大秀独自面对生存的困境。事件的起因是二秀拿了店主黄桂英的一袋饼干，大秀被黄桂英谩骂羞辱，进而被诬陷"偷钱"。面对成人世界的污蔑，花季少女大秀无法独自面对"残酷的现实"。为了证明自己的清白，姐妹二人留下一封遗书，双双跳水自尽。对于花季少女大秀、二秀而言，她们无法应对突如其来的"偷钱"事件，父母的缺席让她们无所适从，本应该在父母呵护下盛开的生命随水飘零。小说传达出的是对于乡村留守儿童"亲情缺失"的担忧。

王大进2014年的《桥》也可以看成是一篇关于留守儿童的叙事。小说把叙事的视角聚焦于一个乡村留守女孩小美，由小美的视角来展开对"妈妈进城"这一事件的叙述。小说中的"桥"是一种象征，是连接现代与传统的纽带，桥的那一边是繁华的国道,国道上车来车往,一片繁忙,是通往"现代之城"的方向。桥的这一边是传统的乡村,静得谁家有一声公鸡叫,都显得格外的嘹亮,就像是军营里的号声,是一种了无生机的死寂。从另一种意义而言,桥的那一边是逃离乡村进城打工的母亲赵珍贞,桥的这一边是固守乡土的父亲刘火生。小时候的小美不理解母亲为何抛下乡村的家进城打工,长大后的小美却像母亲一样毅然逃离乡村进城,重走了母亲逃离乡村之路,这种代际传承的"乡村逃离"从一个侧面折射出乡村的破败和城市现代化的诱惑,这种诱惑是无法抗拒的,城市化进程中乡村的破败是无法规避的。小说最终母亲与小美在新建成的桥上"背道而驰",或许是母亲累了,在经历了现代化城市的洗礼之后重新选择回归传统;或许是母亲想念小美和弟弟了,无论怎样,现代和传统之间的桥已经建成,传统乡村最终都会走向现代城市,这是历史前进的趋势,任何力量都无法阻止这种传统乡村向现代城市进发的步伐。

第五章　到世界去：徐则臣乡下人进城小说研究

　　近年来，徐则臣创作了大量乡下人进城小说，尤其是他的"京漂"系列小说在文学界产生了很大影响，其中《如果大雪封门》获第六届鲁迅文学奖短篇小说奖，《耶路撒冷》获第五届老舍文学奖、第九届茅盾文学奖提名奖等。对于徐则臣的乡下人进城小说创作而言，"乡下人"只是一个相对的概念，更大层面上指的是一群由"小城"（小城市、乡镇抑或村）而进入"大城"（北京）的远行者，他们是一群执着于"到世界去"的人。从2004年的中篇小说《啊，北京》到2015年结集出版的小说集《啊，北京》（收录关于北京的中篇小说八篇《啊，北京》《西夏》《伪证制造者》《我们在北京相遇》《三人行》《把脸拉下》《逆时针》《浮世绘》），徐则臣总计创作了二十多部乡下人进城小说，具体篇目和发表时间、期刊（出版社）统计如表5-1所示。

　　徐则臣的乡下人进城小说基本上以"北京"为叙事空间，因此被评论家称为"京漂系列小说"（他还有一个系列小说创作是"花街系列小说"）。与通常乡下人进城叙事不同的是，在徐则臣的此类创作中，京漂们大多是受过高等教育的知识分子，他们在自己的家乡过着颇为安逸的生活，但"到世界去"的冲动让他们远走北京，但北京的生活并不如意，基本上处于边缘人的位置，大多干着卖盗版光碟、卖假证、卖假文物等无法见光的职业，租住在地下室或城中村的逼仄空间中，物质上经常处于困顿状态。但这些京漂却对"北京"很迷恋，不愿意返回故乡去过安逸的生活。对这些京漂而言，精神的求索过程要远大于物质的满足，徐则臣没有把笔触仅仅停留于物质层面的描写，而是更为关注于这些进城乡下人的身份认同和精神焦虑。当然，徐则臣的此类小说也不仅仅聚焦于此类进城知识分子的描摹，他的笔下也有普通的体力工作者，如卖假文物的民工、到北京的普通打工妹等，呈现了较为芜杂的多层性。

徐则臣的京漂系列小说有一个贯穿始终的主题"到世界去"，在他看来，"到世界去"已经成为当下年轻人生活的常态。不管是《啊，北京》中执着的北漂边红旗，还是《跑步穿过中关村》的敦煌、《耶路撒冷》中的初平阳、《小城市》中的彭泽，抑或是《三人行》中的宋佳丽，他们都是一群远离故乡而"到世界去"的人。但在《耶路撒冷》中则演绎为一群远离故乡多年的"回乡者"。正如徐则臣自己所言，在《耶路撒冷》之前的作品中，"到世界去"是"远离故乡的'空间和内心的双重变迁'，那么在《耶路撒冷》中，我突然意识到，'回故乡之路'同样也是'到世界去'的一部分，乃至更高层面上的'到世界去'。"❶

---

❶ 游迎亚、徐则臣："到世界去——徐则臣访谈录"，载《小说评论》2015年第3期，第113页。

表5-1　徐则臣乡下人进城小说创作情况统计表

序号	小说	发表时间及期刊
1	《啊，北京》	2004年第4期《人民文学》
2	《三人行》	2005年第2期《当代》
3	《西夏》	2005年第5期《山花》
4	《我们在北京相遇》	2006年第5期《大家》
5	《跑步穿过中关村》	2006年第6期《收获》；2007年第1期《小说月报》
6	《伪证制造者》	2006年《当代》中篇小说增刊
7	《把脸拉下》	2007年第3期《小说月报》（中篇小说）2007年第6期《北京文学》（中篇小说月报）
8	《还乡记》	2007年第7期《当代》
9	《暗地》	2007年第20期《中国作家》
10	《天上人间》	2008年第3期《作品与争鸣》；2008年第8期《北京文学》（中篇小说月报）
11	《我的朋友堂吉诃德》	2008年第4期《大家》
12	《跑步穿过中关村》（中篇小说集）	2008年9月，重庆出版社（收录《跑步穿过中关村》《天上人间》《居延》）
13	《天上人间》（小说集）	2009年1月，新星出版社（收录《啊，北京》《我们在北京相遇》《天上人间》《伪证制造者》）
14	《居延》	2009年第5期《收获》；2009年第11期《小说月报》
15	《逆时针》	2009年第4期《当代》
16	《小城市》	2010年第6期《收获》
17	《如果大雪封门》	2012年第5期《收获》
18	《看不见的城市》	2013年第10期《北京文学》（精彩阅读）
19	《耶路撒冷》	2013年第6期《当代》；2014年3月，北京十月文艺出版社出版单行本
20	《成人礼》	2013年第15期《作家》；2014年第1期《名作欣赏》
21	《凤凰男》	2014年第2期《天涯》
22	《哈利路亚》	2014年第7期《作品》
23	《啊，北京》（中篇小说集）	2015年8月，安徽文艺出版社

第一节　京漂的"多层性"：同样的梦想和境遇

　　徐则臣的乡下人进城叙事不仅仅关注于某一类进城乡下人，而是通过形形色色的京漂来呈现进城乡下人的多层性。从职业和知识层面而言，徐则臣小说中的京漂，既有北大的研究生如孟一明（《啊，北京》）、北大博士康博斯（《三人行》）和初平阳（《耶路撒冷》），也有卖假证的边红旗（《啊，北京》《我们在北京相遇》）、周子无和周子平（《天上人间》）、易长安（《耶路撒冷》）、敦煌（《跑步穿过中关村》）、歪头大年、山羊（《暗地》）、我姑父（《伪证制造者》）、洪三万（《如果大雪封门》），更有北大的厨师小号（《三人行》）、宁长安（《浮世绘》）；既有成功的商人段总（《逆时针》），也有普通的打工记者秦端阳（《逆时针》）、通过考研留在北京的记者彭泽（《小城市》）、普通打工妹子宋佳丽（《三人行》），更有进城的探望子女的乡下父母老段和老庞（《逆时针》），等等。当然，徐则臣的小说中也不乏像来自上海、毕业于中国艺术学院、做着明星梦、格格梦的王绮瑶之流的人物。作者通过各色京漂故事写出了京漂的多层性。

　　徐则臣写的最多的就是卖假证的京漂，他们进城之前的身份各异，既有像边红旗一样的教师，也有像子午、敦煌、山羊一样的进城务工青年，也有人到中年想进京赚大钱给儿子到北京读书的"我姑父"，更有像"我"一样的北大中文系毕业生、作家，他们大多因为生活难以为继，又不愿意干一些收入微薄的体力活而涉足这一行业，最终他们的京漂生涯基本上是非死即进监狱。周子午死于卖假证时的敲诈、敦煌、边红旗、山羊和"我姑父"最终都锒铛入狱。他们的悲剧命运源自他们的个人选择，一个是"留在北京"的选择，另一个是卖假证的职业选择。卖假证是一个无法见光、为法律所不容的灰色职业，这让他们始终游走在北京的大街小巷，游走于法律的边缘，随时都有被抓的危险。

周子午靠卖假证起家，从一开始他只是想在北京立足，到后来想找个北京户口的女朋友，再到后来因为想要更多的钱来证明自己的能力、来给爱人提供更好的物质生活，贪欲使其一步步以身试法，开始敲诈，最终在准备和爱人闻敬去民政局登记那天死于敲诈，他原本打算是干最后一次然后收手……北京物质生活的诱惑让他的贪念一步步膨胀，最终滑入欲望的深渊而惨死北京。而敦煌的悲剧也是源自他职业本身，办假证、卖盗版碟的职业让他游走在道德与法律边缘，随时会入狱。在故事的最后敦煌为了成全怀孕的夏小容夫妇不被抓把盗版碟全算在自己身上却根本没想到被抓的那一刻他的女友也被检查出怀孕了，一个巧合却让故事的悲剧色彩更浓重。他们的职业让他们永远无法看到未来的希望。边红旗又何尝不是如此，由苏北边缘小镇的中学教师变为骆驼祥子一样的现代三轮车夫，到最终成为卖假证的京漂，生活的逼仄让他们选择以触犯法律来维持生计，但最终的结局只能离自己理想的北京生活越来越远。

"卖假证""卖盗版光碟""卖假文物"这种职业通常

是打一枪换一个地方，流动性非常强，收入不固定，没有合法地位。这些人是城市的流动人群，经常出没的地点是火车站、天桥、市场、公交车站、地铁站等人群流动大的场所，是派出所严打的对象，"进局子"是他们生活的常态，这种职业特征也象征性隐喻了"京漂"们在北京的身份，就是周子平的感慨一样，"一个人在这浩瀚无边的城市里待了无数年，还将再待无数年。一个人像一只蚂蚁。像沙尘暴来临时的一粒沙子。这种多愁善感的时候我就特别感谢子午，他在我身边；但同时也为此愤怒，他也待在这里，是一只蚂蚁旁边的另外一只，是沙尘暴中一粒沙子身边的另外一粒。我的表弟，像我一样，早早地被这个城市淹没了"。[1] "蚂蚁"和"沙子"都是大家司空见惯之物，多、渺小而又无法引人注意，这就是不计其数的"京漂"，他们始终如"一粒沙子"一样在风中漂浮，没有着落，又如"蚂蚁"一样渺小，一直爬行在"北京"的街头。

对于评论界所谓的底层叙事，徐则臣本人则不以为然，他认为把此类小说"说是底层叙事，有点过于简单了。将办假证的边红旗，与读法律的研究生孟一明扯到一起，这里的滑稽、荒诞、荒谬，固然是一种粗糙、混乱、芜杂的底层景观，但似乎又不可以这么简单地归为底层叙述。类似的还有《三人行》，博士生、食堂师傅、来北京的打工妹，就这样走到了一起，演绎了人性的复杂，也不仅仅是底层叙事能够

---

[1] 徐则臣："天上人间"，载《作品与争鸣》2008年第8期，第31页。

涵盖全部内涵的"。❶京漂是多层的，人性是复杂的。小说《啊，北京》中合租在一起的四个京漂职业不同，进城前的边红旗是乡村教师，进城后的边红旗自称是一个民间诗人，也是一个卖假证的二道贩子。"我"是一个"没事写点小说和豆腐块的小文章"的大学毕业的京漂，"我"的大学同学孟一明是北大法学院的研究生，业余给一个民办高校代课，赚钱养家糊口，孟一明的老婆沙袖无业。四个人共同租住在一个房子里面，尤其是北大法学院的研究生孟一明和卖假证的边红旗，二者之间的身份本身就是一个悖论，作为中国最高学府殿堂北大的法律研究生孟一明，其身份是一个法律的捍卫者，而乡村知识分子边红旗来北京后竟然成为一个违法乱纪的卖假证贩子，小说中的他们却成为好朋友，共处一室，有时候孟一明、沙袖和"我"竟然会成为边红旗的"帮凶"（帮助边红旗写一些证件），并心安理得地享受卖假证所得"赃款"（吃水煮鱼）。如此的人物混搭颇具讽刺意味，类似"警匪"一家的桥段，既有对现实的讽喻，也写出了人性的复杂。

这种多层性和复杂性在小说《三人行》中同样有所呈现。《三人行》中同行的三个京漂身份各异，租住在一个院子里，一个是北大食堂的厨师小号，热爱文学，另一重身份是诗人，喜欢在新锐文学学术网站左岸文化网发表诗歌；一个是北大的在读博士康博斯，正在准备做论文，女朋友在上海读研究生；还有一个是普通打工妹宋佳丽，高二辍学来北

---

❶ 徐则臣、姜广平："每一代人都有自己的精神和叙事资源"，载《青春》2009年第5期，第98页。

京，8年中不停地换工作。三个人的知识层次差异较大，却因租住在一起成为朋友，康博斯和小号同时爱上了宋佳丽。三个人的"在北京或想留在北京的目的本质上是相同的，只不过方式不同而已"。对于他们而言，多年漂泊只是疲于奔命，并没有过上什么好日子，但"待在这个地方"成为他们共同的追求和"信仰"。在徐则臣看来，"很多人，他们来了（大城市），扎不下根，又走了，位移上是零，但这对他们的一生很重要。他没做是一回事；做了，没做成，是另一回事；尽力而为了，这事才算了结，否则永远心不甘"。❶因此，边红旗在随妻子离开北京时虽心有不甘，但来北京"漂过"至少对他自己而言是一个交代。

第二节　人与城：京漂心中的"北京"

正如徐则臣所言，"在这个系列的小说里，我看重的就是城市与人的关系，看看他们在这样一个所指复杂的城市里，身份和认同的焦虑"。"我想看一看在当下中国，人与城市的关系；被负载了更多意义的人与被负载了更多意义的城市之间的关系。"❷对于京漂而言，"北京"不是一个实体的城市形象，更多的是一种理想的生活状态。无论是对边红旗而言，还是对边嫂而言，想象的"北京"和现实的北京相去甚远，苏北小镇的美术教师边嫂在见到自己画了那么多

---

❶❷ 王晓岭："新浪文化专访徐则臣：中国人并非没有信仰"，载《新浪历史—新浪文化——人物专访》第7期，载http://history.sina.com.cn/z/Xuzechen/，2014年5月30日访问。

年的"北京"后潸然泪下，"北京"在边嫂的画笔之下更多呈现出的是一种复杂的内涵，对于边红旗而言又何尝不是如此，北京更多隐喻的是一种"别样的生活"方式。对于像边红旗一样热爱北京、执着于漂着的"京漂来"说，他们对于"北京"的想象只是一种理想，一种生活的追求，其实质是一种难以企及的生活状态。

　　对于《啊，北京》中的边红旗、"我"和孟一明、《三人行》中的宋佳丽而言，"北京"是个"做事"的地方。边红旗是苏北小镇上的一个中学语文老师，老婆是小学美术老师，刚结婚没两年，正是甜蜜的小日子没过够的时候。边红旗的北京生活从物质层面而言并不比苏北小镇的日子好，初来北京的边红旗租住在巴沟村的一户小院里的平房，那时的海淀完全可以说是荒凉，和他生活的那个小城的郊区没有任何区别。但边红旗没来由就喜欢北京，觉得北京更适合他，能做出点事来，其中精神层面的追求显然居于首要位置。同样，小说中的"我"和同学孟一明也都莫名其妙地喜欢北京，他们都认为北京是个"做事"的地方，是个机遇遍地的地方，只要你肯弯腰去捡，想什么来什么。他们都希望在这里生根发芽，大小做出点事来。边红旗最终遍体鳞伤地回归了家庭，他不属于北京，只属于苏北小镇。《三人行》中的宋佳丽从高二辍学到北京8年以来，生活并不如意，但"一离开北京心里就不踏实了"，北京在她看来就是"一切都有可能的地方"，"成就事业最好的去处"。她的愿望就是把弟弟带到北京，再把父母接到北京……宋佳丽最终和边红旗一样，无奈之下只能选择回归故乡，他们不属于"北京"，北京也不属于他们，北京于他们而言充其量是一个漂泊之地，他们始终是北京的"他者"，无法融入的痛苦始终内在于"京漂"的精神之中。

对《暗地》中的歪头大年、山羊而言，北京是开放的、自由的，是世界性的，是个有无限可能的地方。歪头大年来北京5年，一直从事"卖假证"工作，"两年下来，他喜欢上了北京。他觉得北京是个他妈的好地方，要什么有什么，大街上碰破脸的都是洋鬼子，女人不打扮看起来也漂亮，而且想着能跟那么多电视里的大人物生活在一个地方他就心动过速"。●5年之后歪头大年倒插门做了北京人的上门女婿，娶了一个瘸子姑娘，成了真正的北京人。山羊觉得北京自由，"在老家娶媳妇，然后生孩子，他哪里还能像现在这样自由自在地待在北京，不被困死在老家就造化了"。●宁愿留在北京过着"漂泊"的生活，也要"自由自在"不受拘束，北京的"自由"是山羊选择漂着的原因。

对于《如果大雪封门》高考落榜的乡村青年"我"、宝来、行健、米萝和林慧聪而言，北京就是一个美好的青春梦，尤其是对单纯的林慧聪而言更是这样。对此，徐则臣在采访中曾经说过："不过既然年轻，也要给他们做梦的机会和权力。"●林慧聪高考落榜到北京投奔二叔，林慧聪的爹认为儿子到了北京就能"过上好日子"，"北京"在某种意义上对于这些京漂的父母而言就是"过上好日子"。然而事

● 徐则臣："暗地"，载《中国作家》2007年第20期，第176页。
● 同上书，第177页。
● 李晓晨、徐则臣："发现人们最真实的处境和内心"，载《成都文艺网访谈列表》，http://www.cdwenyi.com/detail.php? cid=43&id=2445。

与愿违，林慧聪在北京找到的只不过是一份勉强维持生计、在广场上喂鸽子的工作，但林慧聪的鸽子在一天天变少，居住的平房冬天连个暖气也没有，但林慧聪只是觉得北京"就是有点冷"。他的愿望就是看一看大雪封门的北京是个什么样子，希望"那将是白茫茫一片大地真干净，将是银装素裹无始无终，将是均贫富等贵贱，将是高楼不再高、平房不再低，高和低只表示雪堆积得厚薄不同而已——北京会像童话里的世界，清洁、安宁、饱满、祥和，每一个穿着鼓鼓囊囊的棉衣走出来的人都是对方的亲戚"。❶林慧聪的"北京"是基于其乡村经验想象性建构，对于林慧聪而言，大雪封门的北京只是一个童话般的梦。这部小说荣获第六届鲁迅文学奖，颁奖词是这样诠释这篇小说的："徐则臣以几位青年打工者在北京的生活为底子，以精细绵密的语言和出人意表的想象，讲述了一个梦想与现实、温情与伤害、自由与限度相纠结的故事，如同略显哀伤的童话。"❷

"北京"于《小城市》中的彭泽而言终是"异乡"，一直无法心安。彭泽原来是一个小城市中某大学中文系的一名教师，他去北京完全是因为在小城市待腻了，抱着想透一口气、"到世界去"的理想主义而毅然辞职。在彭泽的眼中，北京就是一个"好地方，大都市，机会多，弯腰就能捡到钱，文艺和思想的前沿，理想主义者的大本营……"❸彭泽在北京混了两年，考上研究生毕业后进了报社，在北京有了

❶ 徐则臣："如果大雪封门"，载《收获》2012年第5期，第192页。
❷ 同上书，第189页。
❸ 徐则臣：《通往乌托邦的旅程》，昆仑出版社2013年版，第340页。

工作，有了北京户口，有了家，但他从不认为这样就是扎下了根，他不觉得自己是个北京人。每次回家乡，乡里人都羡慕他混得好，在北京生了根。但他却依然有漂浮感，觉得"无法让自己像一枚钉子楔入北京这块大木头上"，在他看来，北京就是一个城市，"大得要命，忙得要死，对个人，没任何生活质量可言"，"满满当当""喧嚣"是他对北京的感觉。他热爱小城市，向往小城市的整洁、安静和祥和，但又离不开北京，这种身份和精神的两难令彭泽焦虑和痛苦。对于彭泽而言，"这些年他在地球上跑来跑去，早觉得即便故乡，也失掉了认同，此心安处是吾乡，他自认为到哪里心都不安，所到之处皆为局外人"。❶家乡人称他"彭主编"，他却清楚自己只是个临时负责副刊的编排，没有那么多的盛名在外、名声显赫，这样的夸奖和赞美让他的灵魂不得安宁、羞愧、自责，这两者间的真实差距让他茫然、无力并产生了深刻的自我怀疑。在小说结尾处，祖母骨折后仅仅需要一块平地的真实需求让他终于明白，有的时候我们所一直想要追求的可能都不一定有意义，倒不如那一块"平地"更为实在、可靠。

"北京"对于《逆时针》中的北漂"我"、文小米和老段、老庞而言意义不同。对于老段和老庞而言，在乡村远距离遥望的"北京"是儿子上大学、工作和生活的地方，而近距离接触的北京却"太大"，北京的儿媳是自己的，但始终不亲，北京儿子的家不是自己的家，因此"北京"是异乡，即使最终"中风"在床，老段也念念不忘回乡。对于"我"

---

❶ 徐则臣：《通往乌托邦的旅程》，昆仑出版社2013年版，第335页。

和文小米而言，"北京"是一个寻梦的地方，是一个"到世界去"的梦，到北京去是源于一种"透透气"的冲动，小说最后"我"做了一个梦，"一半的梦中出现一条小路，越走越窄，让人担忧；另一半梦里，很多人像瓶塞一样挤在电梯口要进去，电梯门却迟迟不开"。❶这个梦象征性地隐喻着"我"这样的京漂们的生活，跻身北京，"路"越走越窄，迟迟找不到出路，但又不愿意离开。

第三节　精神焦虑：自我救赎之旅

新时期以来的乡下人进城叙事更多驻足于进城乡下人的物质层面的书写，苦难叙事较多。徐则臣的乡下人进城小说在书写京漂们所面临的物质困窘的同时，更为关注京漂们的精神困窘。徐则臣认为"物质上的问题在他们其实没有我们想象的那么恐怖，好像就剩下一张饥饿的大嘴和一个瘪钱包了。生活怎么都可以过下去，关键在于，如何能让自己心安，这显然是精神问题。我们总是想当然地忽略和低估所谓的'底层'的精神焦虑"。❷对于边红旗、宋佳丽、初平阳、易长安等人而言，"世界意味着机会、财富，意味着响当当的后半生和孩子的未来，也意味着开阔和自由，后者往往被我们忽略。生存固然是我们活着的第一要务，不过我们一定也知道，在当下无穷动的年轻人中，出门，出走，到世

---

❶　徐则臣："逆时针"，载《当代》2009年第4期，第173页。
❷　徐则臣、姜广平："每一代人都有自己的精神和叙事资源"，载《青春》2009年第5期，第98页。

界去，毋宁说源于一种精神的需要"。❶北京是"世界"，耶路撒冷是"世界"，同样花街也是"世界"，到世界去"透透气"已经成为当下进城乡下人的一种生活状态，这是一种与待在家乡完全不同的生活，这种生活不仅仅是物质层面的，更多的是一种精神方面的诉求。

徐则臣在《耶路撒冷》这部小说中把叙事的焦点集中于探讨20世纪70年代这一代人的精神困惑，小说采用双线交叉进行的方式，以北大博士初平阳返乡为线索，奇数章以人物命名，讲述20世纪70年代出生的初平阳及其同伴舒袖、易长安、秦福小和杨杰"到世界去"的故事，偶数章是初平阳给报社写的专栏，专栏文体不一，根据内容而自由变换。小说以初平阳们19年前自杀的同伴《景天赐》一章为中心前后对称，专栏的内容和主体故事的叙事之间结构上互相穿插，内容上互为补济，在主体故事叙述之余集中探讨20世纪70年代人所面临的一系列如"到世界去"的精神诉求、婚姻与爱情、念旧等问题，作者"希望在梳理每个人的来龙去脉时探察到他们内心最幽深的隐秘，找到这一代人精神深处的'执'与'信'"。❷小说的标题"耶路撒冷"是一个隐喻性的标题，耶路撒冷被誉为犹太教、基督教和伊斯兰教三大宗教的圣城，这座城市本身就是一个精神的象征，小说用"耶路撒冷"来象征20世纪70年代人精神的求索和自我救赎之旅。

❶ 徐则臣：《耶路撒冷》，十月文艺出版社2014年版，第29～30页。
❷ 游迎亚、徐则臣："到世界去——徐则臣访谈录"，载《文学评论》2015年第3期，第114页。

　　读到小说《耶路撒冷》，让人很容易想到新文学初期鲁迅的《故乡》。《故乡》中的知识分子"我"多年前离乡，在城市中接受了现代文明的洗礼后重返故乡，发现心中的故乡不在，黯然离去，是一种典型的"离去—归来—离去"的叙事模式。小说《耶路撒冷》中的京漂初平阳、舒袖、易长安、杨杰和秦福小都是从"花街"到世界（北京）去的年轻人，故事从初平阳的归乡开始讲起，勾连起的是舒袖、易长安、秦福小和杨杰的集体返乡，叙述的也是一个"离去—归来"的故事。这群数年前离乡到世界去的花街青年纷纷返乡，虽然原因各异但却殊途同归，无论是初平阳的返乡卖房求学，还是秦福小的返乡安家，"返乡"最终使得初平阳们灵魂暂时找到了栖息之地。这与鲁迅《故乡》的书写方式不同，"花街"之于徐则臣颇有点"湘西世界"之于沈从文的意味，"花街"成为初平阳等京漂一族的精神原乡。这种把"故乡"作为精神原乡的意识在《小城市》中也有同样的体现，小说中的京漂知识分子彭泽在一次返乡中找到了自己的灵魂归宿，为自我在北京和故乡都是"客"的精神漂泊找到了皈依。

　　这一点一反此前徐则臣的京漂小说中"北京"和"故乡"的位置设置，在此前的一系列小说如《啊，北京》中，"北京"始终是京漂一族的精神归宿，他们尽管在北京过着远不如家乡的生活，但精神层面上觉得活出了自我，对于边红旗而言，苏北结发妻子"边嫂"和北京情人"沈丹"实质上就是"故乡"和"北京"之间的两难。从情感层面而言，边红旗更倾向于故乡的妻子，但从精神层面而言，他又不愿意离开北京。因此边红旗一直在两个女性之间徘徊，小说最后落魄的边红旗跟随边嫂离开北京时，"边红旗对着太阳和天空眯起了眼，眼泪哗哗地下来了"，眼泪中透露的是边红旗的不舍和无奈，他的身体可以随边嫂回到苏北小镇，但其精神却始终在北京漂着，是一种"身""心"分离的痛苦。

第四节　人在囧途："漂"无所依的北京生活

　　徐则臣京漂系列小说虽专注于"京漂"们精神层面的叙写，但作为城市边缘人的"京漂"们无法改变作为饮食男女所要面对的种种问题。小说中的这些"京漂"们经常是居无定所，居住在狭窄、逼仄的廉价出租屋内，从饮食上而言，他们经常出入的是小食店、拉面馆、路边摊，时常以馒头、挂面、咸菜廉价食品果腹，偶尔也会"下馆子"，到一些相对廉价的小酒馆享受一下四十元一份的"麻辣水煮鱼"，这是一种饮食的"盛宴"，令他们欲罢不能。流动的"出租屋"和五味杂陈的"麻辣水煮鱼"是"京漂"身份的象征，他们在北京的生活始终是五味杂陈的，"漂"是他们生活的常态。除去饮食和居住层面，徐则臣也叙写了这些饮食男女在"色"方面的种种表现，"京漂"们会像边红旗一样徘徊在故乡的妻子和北京女人之间，也有像康博斯、班小号与宋佳丽同是"京漂"男女之间的情感纠葛，还有京漂像周子无与北京女孩之间的男女关系，最终这些感情基本如"京漂"的生活状态一样，"漂"无所依。

　　"京漂"最典型的特征是居无定所，多人合租在旧楼、平房等简易出租房内。《啊，北京》中的边红旗初来北京时与亲戚一起租住在巴沟村的一户小院的平房。后来和

"我"、孟一明和老婆合租在北大承泽园里的一栋破楼里三室一厅的房子。《三人行》中的康博斯、班小号、宋佳丽租住在一家小院的平房里。《逆时针》中"我"租住的房子就是典型的"京漂"的出租房，小说通过一个外来者段总父亲老段的视角来叙述"我"的住房："老段戴着老花眼镜歪着头在院子里到处看。没住过这种大杂院的人都会觉得新鲜，屁大点地方竟然能住七家。户主其实只有两家，他们尽量把自家人都塞在一两间屋里，空出来的房间租出去。这还不算。我租的那家还在旁边自己动手盖了一间，单砖跑到顶，压两块楼板，再苫上石棉瓦，就算房子了。一样能租出去。在北京，你把猪圈弄敞亮了也能租个不错的价钱。"这些"京漂"的居住场所与"猪圈"无异，对于他们而言，只要有地方住就已经很满意了。

不止是居住环境的逼仄，"京漂"们的日常饮食也是处于相对清贫的状况。边红旗初到北京找到亲戚时，"亲戚正在煮面，小桌子上摆着三四个馒头和一碟咸菜。亲戚三下五除二吃了半锅面，抓起外套就走了。"边红旗拖着一大包行李挤进了亲戚的小屋里。亲戚的居住和饮食完全颠覆了他在苏北小镇的天真想象，"亲戚混得实在不怎么好"，人们常说的"到了北京狗也是个人物了，现在看来，狗还是狗"。这些京漂只是北京大街小巷的流浪狗而已，并没有成为他们自己想象的"人物"。"馒头""咸菜""逼仄的出租屋""非法营运的破旧三轮车"构成的北京亲戚让边红旗的"北京梦"回归现实。最终乡村教师、知识分子边红旗在北京也只是和他的那个"亲戚"一样，成为一个当代的"骆驼祥子"，应该说边红旗还不如祥子，祥子拉车是靠自己的劳动正经赚钱,而边红旗的三轮车是非法的,随时都有被警察取缔的"风险"。亲戚家中出事,无奈返回家乡,"义无反顾"地走了。把唯一的一个"破三轮"留给了边红旗,那是他唯一的赚钱工具,那个亲戚临走时跟边红旗说了实话:"待在北京几年了,他一直都不服气,希望能有所起色,心里恐惧着,希望着,但是现在,他语重心长地说,他服了。就这样,他把房子留给边红旗,自己组装的那辆破三轮也给了他,希望他不要一直把这个破三轮蹬下去,蹬到他离开北京的那一天。"❶亲戚的"无奈却义无反顾"的离去是边红旗归宿的一种隐喻,预示着未来边红旗的无奈离去。

除了"居无定所"之外,"京漂"们的工作也是流动性的,多从事一些临时性的或不合法的工作,《啊,北京》和《我们在北京相遇》中的边红旗、《天上人间》中的表兄弟周子无和周子平、《耶路撒冷》中的易长安、《跑步穿过中关村》中的敦煌、《暗地》中的山羊、《伪证制造者》中的"我姑父",这些人无一例外干的都是无法见光的职业:卖假证、卖盗版光碟,这也让他们的生活处在一种"衣食无着"的状态,还随时有被警察抓住的"危险",对于这些"京漂"而言,下一秒钟就有可能就"局子",这让他们成为一群"无法见光"的一族,成为"北京"阴暗面,由此也让我们看到这些"京漂"们面临的物质困窘,留在"北京"的执着让他们宁愿选择生活在"阴暗"处,也不愿意返乡。初来北京的边红旗也曾去找工作,无奈之下也想靠自己的劳动(蹬三轮,虽然违法,但是属于自食其力)养活自己,并

---

❶ 徐则臣:"啊,北京",载《人民文学》2004年第4期,第60页。

自诩是一个快乐的车夫，好景不长的是三轮车被警察收走，最终入行卖假证，应该说这些"京漂"选择卖假证、卖盗版光碟也实属无奈，是生存境遇所逼。

第五节 城乡对峙：家庭伦理层面的城与乡

与通常乡下人进城小说同质的是，徐则臣的乡下人进城小说也叙述了城乡两种文明之间的对立与冲突，这在《逆时针》《凤凰男》《夜归》（小说《耶路撒冷》的专栏内容）等有较为突出的表现。三个故事都是把城乡的冲突放在家庭层面上展开，《逆时针》讲述的是老段和老庞进北京帮儿子看孩子的故事，由此展开的是城市媳妇和乡村公婆之间的家庭伦理冲突，把城乡的冲突放在城市背景下进行。《夜归》则采用相反的模式，是进城的儿子带着城市的媳妇和孙子返乡的故事，把城乡的差异叙事放在乡村层面上展开。《凤凰男》则以婚姻为纽带把城乡并置，通过进城的乡村男性与城市女性的婚姻来进行城乡叙事，充斥其间的是城乡价值观念的冲突。

中篇小说《逆时针》以第一人称"我"（秦端阳）的视角讲述了两对夫妇和一对乡村父母的故事。段总和我是北京某大学的校友，段总来自苏北小镇，大学毕业后留在北京，成为报社的部门老总，是个典型的凤凰男，娶了一个有哥嫂在澳大利亚定居的北京妻子，是较为成功的北漂。"我"和妻子文小米在苏北小城有固定的工作，前年头脑一热辞职来北京，是较为典型的"到世界去"的一类年轻人。到北京之后，"我"和妻子有半年之久找不到工作，租住在一间光秃秃的13平方米的平房里，和房东共用一个露天的水龙头，洗澡需要去公共澡堂，上厕所只能去巷口的公共厕所。后来"我"在段总工作的报社找到了记者工作，小米在一家出版社找到一份杂志兼校对的工作，日子才稍稍安定下来。段总的妻子怀孕待产，父亲老段和母亲老庞从苏北小镇来到北京帮助儿子看孩子，小说把城乡的冲突置于家庭伦理层面，重在叙述进城的儿子、城市的儿媳和乡村的父母在价值观念上的冲突。

城乡之间的冲突首先从居住问题展开，段总住在21层的一个160平方米的大房子里，给进城的父母租住在一个一居室的平房里。"大房子"与"平房"本身就暗示着一种身份的城乡的差异。在接下来的"医院保胎"事件和"孩子起名""母乳与进口奶粉"事件中，牵扯出的是婚姻双方的由资本差异而带来的决定权问题，"进医院保胎"是远在南半球的岳父岳母的遥控指挥，孩子的大名叫段郑悉尼，小名叫牛顿，孩子出生后进口奶粉喂养，"悉尼""牛顿"和"进口奶粉"是一种强大的资本符号。在段总的婚姻中，有一个隐形的外国资本（澳大利亚的岳父母和大舅子）时刻在操纵着，甚至孩子的出生也是因为资本的力量——股票的下跌导致孩子的早产。"珍宝蟹事件"和"两只鸡事件"彰显地是城乡在生活观念方面的差异，"短暂休克"和"中风"之后的老段依然想着回家。"北京"对于段总、"我"和小米而言和对于老段、老庞而言具有不同的意义，年轻一代眼中的"北京"是一种机会，一种遍地是机会的地方，但对于老人而言，"北京"太大，生病了也要返回乡村的家，如此的"逆时针"流动呈现出两代人不同的价值追求。

"凤凰男"是一种标签，指的是集全家之力、发愤读书终于进城变身"凤凰"的一类进城乡村男性，他们进城以后娶了"孔雀女"（城市女性），但其乡村身份的烙印难以去除，城乡之间的冲突呈现在男女之间的婚姻关系上。在乡下人进城小说叙事中这种婚姻模式很多，尤其是在进城乡村学子叙事中，刘震云《一地鸡毛》❶中的小林夫妇、须一瓜《雨把烟打湿了》❷中的蔡水清和钱红、王大进《欲望之路》❸中的邓一群和肖如玉、徐风《浮沉之路》❹中的田萌生和魏虹虹等都是这样一种婚姻。在徐则臣的乡下人进城叙事中，《逆时针》中的段总和妻子也是一种类似的婚姻模式，但其叙事的重点放在城市媳妇（及其背后的家庭）和乡村公婆之间城乡冲突，而短篇小说《凤凰男》直接把城乡的冲突放在夫妻之间来进行叙述，讲述了一个"凤凰男"的婚姻故事。小说中的师兄是在大学里面教书，这两年就该升教授了，总共有三段婚姻，大嫂、二嫂是"孔雀女"。大嫂是北京城的"孔雀女"，与师兄是大学同学。婚后两人的差异首先是生活习惯上，师兄开始向"文明人"靠拢，改掉了如吃葱、吃蒜、吃饭吧唧嘴、饭后剔牙、饭后不刷牙、抖腿等"毛病"，没事不往老家跑。但婚姻最终在第5年结束，主要是源于大嫂对于师兄背后乡村家庭的莫须有的"恐惧"，她害怕师兄成为那个乡村的家和乡亲们的"救世主"，害怕他

<hr>

❶ 刘震云："一地鸡毛"，载《小说家》1991年第1期。

❷ 须一瓜："雨把烟打湿了"，载《福建文学》2003年第1期。

❸ 王大进："欲望之路"，载《当代》2000年第5期。

❹ 徐风：《浮沉之路》，作家出版社2004年版。

们会分掉师兄的爱，害怕他们打扰自己的生活，城市对于乡村与生俱来的"成见"断送了他们的婚姻。

　　二嫂是师兄的同事、博士、武汉人，也是一个典型的"孔雀女"。师兄与二嫂的婚姻破裂是因为对于"钱"的流失的"恐惧"，是一种"潜在"的输出不平衡。其实质还是一种城市对于乡村与生俱来的"成见"，城市的二嫂认为，出生于经济不发达乡村的师兄，有一个需要负担的大家庭：鳏夫父亲、姐姐、两个叔叔、三个姑妈、年老的祖父祖母……二嫂对于师兄金钱输出的莫须有恐惧断送了第二段婚姻。两段婚姻的破裂都是因为师兄的"凤凰男"身份，这种身份是与生俱来的，即使"凤凰男"们进了城，这种烙印也会如影随形。师兄与大嫂、二嫂的婚姻从更深层次而言，是一种乡村熟人社会和城市的陌生人社会的差异，是一种世界观和伦理观的差异。乡村社会的开放式空间和生活，让乡村人相互依赖，守望相助。而城市的隔绝式生活让居住在一起的邻居也有可能老死不相往来，各人自扫门前雪，不管他人瓦上霜。因此师兄的第三段婚姻选择了同样来自乡村的小嫂子，大嫂、二嫂与师兄文化层次、才华和能力相当，小嫂子无法与大嫂、二嫂相提并论，是报社的临时工，但相同的乡村背景显然超越了知识文化层次的差异，"身份"弥合了"兴趣"的差异。

　　在徐则臣的乡下人进城小说中，无论是从《凤凰男》《逆时针》中对于城乡文化冲突的揭示，还是《耶路撒冷》《小城市》中对于"花街"和"故乡小城"精神原乡的建构，都可以很容易发现作家的审美追求，青年一代"到世界去"的精神求索固然值得称颂，但故乡小城、小街、小镇的价值也不容忽视，其精神原乡的价值是无法替代的，无论年轻的"花街"年轻人们走多远，北京也好，耶路撒冷也罢，故乡"花街"最终才是"到世界去"的初平阳们的精神皈依。

第六章　人性与城乡：苏童乡下人进城小说研究

苏童是苏州作家，是个典型的城裔作家，出生于城市底层家庭，"我父母除了拥有四个孩子之外基本上一无所有。父亲在市里的一个机关上班，每天骑着一辆破旧的自行车来去匆匆，母亲在附近水泥厂当工人"。❶正如学者王德威所言，"苏童小说中有两处主要地理标记：枫杨树村及香椿树街。前者是苏童想象的故乡，后者则是故乡父老移居（逃亡）落籍的所在，一处江南市镇中的街道。枫杨树与香椿树构成了巴赫汀（Bakhtin）所谓的时空交错（chronotope）的地缘背景；历史及社会的力量在此交相为用，肇始了各色的人间故事。而从枫杨树到香椿树所形成的动线，又似乎呼应了现代史由乡村到都市的政治、经济力量转移现象"。❷对于苏童而言，他的笔墨一直在城乡之间书写着不同的人生，城市的丑恶和乡村的美好交替出现在他的"枫杨树故乡系列"和"香椿树街系列"小说中，他小说中那些从枫杨树村逃亡至城市的人们与当下的乡下人进城小说是同质的，

---

❶　苏童：《河流的秘密》，作家出版社2009年版，第76页。

❷　王德威："南方的堕落与诱惑"，见汪政、何平编《苏童研究资料》，天津人民出版社2007年版，第410页。

因此，本章选取《一九三四年的逃亡》❶《米》❷和《西瓜船》❸三部小说来探讨苏童的乡下人进城小说。《米》讲述的是20世纪40年代的乡下人进城故事，之所以把这部小说也放到新时期以来乡下人进城小说这样一个研究体系中进行研究，是因为这部小说"讲述故事的时间"（小说创作时间）是在新时期，必然会打上新时期的时代烙印，因此把这部小说放在新时期以来乡下人进城小说研究的框架中自有其合理性。

第一节　《一九三四年的逃亡》：城市"创业梦"

苏童的小说《一九三四年的逃亡》是一部新历史小说，小说描述了一个家族的兴亡史，是一个关于逃亡的故事。小说的讲述方式有点类似于莫言的《红高粱》，由后辈"我"来讲述我的爷爷陈宝年和我的父亲一九三四年的"逃亡"故事。此处的"逃亡"不像苏童的另外一部小说《米》中五龙的"逃亡"。五龙的逃亡更大层面上是一种"向城而生"，是乡村的水灾迫使五龙不得不离开他热爱的枫杨树故乡而进城逃生。而《一九三四年的逃亡》中的"逃亡"则具有另外一层意义，"《一九三四年的逃亡》发表于一九八七年，这里的逃亡饶富经济史因素；学者如唐小兵已指出，陈宝

---

❶ 苏童："一九三四年的逃亡"，载《收获》1987年第5期。
❷ 苏童："米"，载《钟山》1991年第3期。
❸ 苏童："西瓜船"，载《收获》2005年第1期。

年的由乡村转往都市，预示了一种新的人口流动及生产模式的趋势。而一九三四年的躁郁不安似也折射了新时期的政经局势。然而比照前述的论辩，我要说逃亡不再只是'逃入'另一个历史的阶段或命定时期，更是'逃出'历史本身的必然与应然"。❶陈宝年的"逃亡"是一种进城谋生，是由乡村进入城市的经济生产，因此其进城模式更类似于今天乡下人的进城创业，是一种由乡下人而成为城市小生产者的创业模式。

我们说小说《一九三四年的逃亡》是一个进城叙事，是因为小说中有一系列进城故事，可以说整个小说叙述的就是"我"的枫杨树故乡的乡亲们在城乡之间的迁徙生存。陈宝年是枫杨树故乡中的最早逃亡者，是第一个进城的枫杨树人，进城之前的陈宝年就是一个为了钱背弃伦理道德的乡下人，他用自己的妹妹小凤换了十亩水田，把妹妹嫁给了自己的族人陈文治为妾。小说对于他的进城是这样描述的："传说祖父陈宝年是婚后七日离家去城里谋生的。陈宝年的肩上圈着两匹上好的青竹篾，摇摇晃晃走过黎明时分的枫杨树乡村。"❷陈宝年的进城是带着手艺进城的，他凭借枫杨树乡村的竹子在城市开了竹器店，开始了他的城市生活。小说对于陈宝年的城市发迹史是这样交代的："一九三四年我的祖父陈宝年一直在这座城市里吃喝嫖赌，潜心发迹，没有回过

---

❶　王德威："南方的堕落与诱惑"，见汪政、何平编《苏童研究资料》，天津人民出版社2007年版，第412页。

❷　苏童：《苏童中篇小说选》，上海社会科学院出版社2004年版，第88页。

我的枫杨树老家。"❶作为枫杨树第一个进城者，陈宝年成功地在城市立足，城市发迹的陈宝年抛弃了乡村的蒋氏，在城市中放纵自我。

陈宝年作为一位最早进城创业的乡下人，他在城市的成功对于枫杨树故乡的人们来说具有了示范引领的作用，随后，"我的枫杨树老家湮没在一片焦躁异常的气氛中"，"这场骚动的起因始于我祖父陈宝年在城里的发迹。去城里运竹子的人回来说，陈宝年发横财了，陈宝年做的竹榻竹席竹筐甚至小竹篮小竹凳现在都卖好价钱，城里人都认陈记竹器铺的牌子。陈宝年盖了栋木楼。陈宝年左手右手都戴上金戒指到堂子里去吸白面睡女人临走就他妈的摘下金戒指朝床上扔呐"。❷陈宝年在城市的成功发家，引发了枫杨树一轮大规模的进城浪潮，"一九三四年枫杨树乡村向四面八方的城市输送二万株毛竹的消息曾登在上海的《申报》上。也就是这一年，竹匠营生在我老家像三月笋尖般地疯长一气。起码有一半男人舍了田里的活计，抓起大头竹刀赚大钱。嗤啦嗤啦劈篾条的声音在枫杨树各家各户回荡，而陈文治的三百亩水田长上了稗草"。❸

小说叙述的进城模式具有现代性色彩，"进城经商"和现代传媒《申报》的宣传就是其中的现代性因素。与传统的乡村农耕相比，经商来钱快，陈宝年在城市拥有的金钱和消费刺激了枫杨树乡下人。这一次的进城不是一个人的进城，而是139名新老竹匠的进城，竹匠们渐渐踩着陈宝年的脚后

---

❶ 苏童：《苏童中篇小说选》，上海社会科学院出版社2004年版，第92页。
❷❸ 同上书，第103页。

跟拥到城里去了。他们都顺流越过大江进入南方那些繁荣的城镇。就是这139个竹匠点燃了竹器业的火捻子在南方城市里开辟了崭新的手工业。枫杨树人的竹器作坊水漫沙滩渐渐掀起了浪头。一九三四年是枫杨树竹匠们逃亡的年代，据说到这年年底，枫杨树人创始的竹器作坊已经遍及长江下游的各个城市了。陈玉金作为第139个工匠，也是最后一个离开枫杨树的男人，他的离开是以一种决绝的方式进行，他挥动竹刀砍杀了阻拦自己进城的女人，"我的家族中人和枫杨树乡亲密集蚁行，无数双赤脚踩踏着先祖之地，向陌生的城市方向匆匆流离。几十年后我隐约听到那阵叛逆性的脚步声穿透了历史，我茫然失神。老家的女人们你们为什么无法留住男人同生同死呢？女人不该像我祖母蒋氏一样沉浮在苦海深处，枫杨树不该成为女性的村庄啊"。❶苏童笔下的女性村庄和今天连云港作家李洁冰《苏北女人》❷中女性的村庄何其相似，这种男性进城打工，把乡村和苦难留给女性的情况在今天的乡村我们依然能够看到，对于这些乡村女性而言，"她们在中国社会转型期，男人们在乡村舞台上退场或萎顿的情况下，撑起了农耕、家庭与族群的天空，做出了以前似乎只有男人才能做到的诸多大事，使艰困暂得纾解，使血脉能够代序"。❸

陈家第二代的进城是一种"逃离"，狗崽带着对于城市

---

❶ 苏童：《苏童中篇小说选》，上海社会科学院出版社2004年版，第105页。

❷ 李洁冰：《苏北女人》，江苏凤凰文艺出版社2015年版。

❸ 张光芒、李洁冰："为苏北大地上的'特殊物种'造像——张光芒、李洁冰长篇小说《苏北女人》文学对话录"，载http://www.jszjw.com/indexinc/criticism/201605/t20160531_16177009.shtml. 2016年5月31日访问。

的向往逃离极度贫困与丑恶的乡村，摇篮中的"父亲"被陈宝年的小妾环子掠去城市。狗崽的进城带有少年进城的叙事特征，15岁的狗崽逃离枫杨树村，进城找他的父亲陈宝年。15岁的乡村少年狗崽对于城市的幻想源自两个东西："一双胶鞋"和"一把锥形竹刀"，这两样东西的指向都是城里的父亲陈宝年。狗崽想让城里的陈宝年买一双胶鞋回来，被陈文治以一双胶鞋夺取了童贞。外乡人捎来的"锥形竹刀"让狗崽触摸到了"富有刺激的城市气息"，让他想象那竹匠集居的城市，想象那里的房子大姑娘洋车杂货和父亲的店铺。对于城市生活的渴望让乡村少年狗崽逃离乡村，最终命丧城市。陈宝年将城里怀孕的小女人环子送回枫杨树村，祖母蒋氏下药致使环子流产，环子掳走了摇篮中的父亲进城。祖母蒋氏的进城是一种寻找，她进城追踪环子和父亲一个冬天无果。

　　苏童《一九三四年的逃亡》在对父辈自乡村到城市"逃亡"追叙中最终透露出的是一种"回归"意识，父亲喜欢干草，我从十七八岁起就喜欢对这座城市的朋友说我是外乡人，"干草"是对枫杨树故乡的祭奠，"外乡人"的意识让"我"和"我的父亲"一直是一个枫杨树故乡的逃离者，就像"流浪的黑鱼回归的路途永远迷失"，在城市中逃亡。从乡村到城市"逃离"，在城市异乡的漂泊让异乡人回望故乡，精神始终在漂泊之中。

第二节 《米》：米龙的"向城而生"

《米》是一个较为特殊的乡下人进城小说文本，从讲故事的时间来看它属于新时期的乡下人进城小说，是苏童20世纪90年代创作的一部长篇小说。但从故事的讲述时间来看，她显然属于现代时期的乡下人进城小说叙事，讲述的是一个像老舍笔下祥子一样的乡村青年在城市沉沦的故事。对于这部小说，苏童是这样说的："《米》，我的第一个长篇小说，1990年冬天写到1991年春天。朋友们不难发现这是一个远离作者本人的故事。我想这是我第一次在作品中思考和面对人及人的命运中黑暗的一面。这是一个关于欲望、痛苦、生存和毁灭的故事。我写了一个人具有轮回意义的一生，一个逃离饥荒的农民通过火车流徙到城市，最后又如何通过火车回归故里。五十年异乡漂泊是这个人生活的基本概括，而死于归乡途中又是整个故事的高潮。我想我在这部小说中醉心营造了某种历史，某种归宿，某种结论。"❶

小说中的五龙5岁成为孤儿，因为家乡枫杨树遭遇洪灾，被迫爬上了一辆运煤的货车逃亡到城市。小说中对于五龙的漂泊的目的地城市只是用了一个模糊的指代"城市"，不像故乡，一直有一个具体的名称"枫杨树"。但小说开始即通过五龙的视角向读者展示了五龙进入的"城市"，"五龙转

---

❶ 苏童：《米》，台海出版社2000年版，第3页。

过脸去看墙上花花绿绿的广告画，肥皂、卷烟、仁丹和大力丸的广告上都画有一个嘴唇血红搔首弄姿的女人。挤在女人中间的还有各种告示和专治花柳病的私人门诊地址。五龙不由得笑了笑，这就是乱七八糟千奇百怪的城市，所以人们像苍蝇一样汇集到这里，下蛆筑巢，没有谁赞美城市但他们最终都向这里迁徙而来。天空已经很黑了，五龙从低垂的夜色中辨认出那种传奇化的烟雾，即使在夜里烟雾也在不断蒸腾，这印证了五龙从前对城市的想象，从前有人从城市回到枫杨树乡村，他们告诉五龙，城市就是一只巨大的烟囱"。❶这是一个欲望之城，女人、苍蝇、蛆、烟雾是五龙对于城市的最初感官印象，充满消费欲望的现代城市。五龙在大鸿记米店落脚以后，觉得冥冥中向往的也许就是这个地方"雪白的堆积如山的粮食，美貌丰腴骚劲十足的女人，靠近铁路和轮船，靠近城市和工业，也靠近人群和金银财宝，它体现了每一个枫杨树男人的梦想，它已经接近五龙在脑子里虚拟的天堂"。❷

　　进城之后的五龙遭受了来自城里人的各种欺凌，地痞阿保的侮辱、米店老板父女的嫌弃、冯老板的雇凶杀人、恶霸吕六爷的威胁等，面对城市的"恶"，五龙人性中的"恶"爆发，开始了对于城市的疯狂征服和报复，借六爷之手杀死阿保，炸死六爷，溺死八名导致他染上脏病的妓女，最终死在知云和六爷的儿子抱玉之手。五龙与城市的关系是从女人开始的，五龙对于城市的征服也是从征服女性开始。正如美

---

❶ 苏童：《米》，台海出版社2000年版，第4页。
❷ 同上书，第23页。

国学者卡罗尔所说："对妇女的征服是男人把自己的占有欲和统治权扩大到自己的直接需要之外所必须采取行动的一个例证。"❶

　　与通常的乡下人进城小说一样，五龙首先通过与城市女性发生关系来占有城市，五龙征服的第一个女性是大鸿记米店冯老板的大女儿知云，知云对于五龙的吸引更多的在于"米店老板的女儿"这一身份，对于自小经历极度饥饿的五龙而言，"米"的意义是生存层面的，占有了知云，就等于占有了米店，就等于有了"米"。因此，"织云与他的通奸是他从城市手中得到的第一件东西，在织云身上，他既感到了精神价值的实现，又有一种对城市实施报复的快感"❷。五龙答应娶与六爷、阿保有染且怀有身孕的知云不是因为感情，而是获取进入城市的通行证。五龙征服的第二个女性是米店冯老板的二女儿绮云。冯老板死后，知云生子之后跟六爷走了，五龙强迫绮云嫁给自己，此时的绮云对五龙有着特殊的意义，米店只剩绮云自己，拥有了绮云等于拥有了米店，占有了绮云就等于征服了城市。当五龙渐入壮年并成为地方一霸时，瓦匠街的米店对于他也失去了家的意义。五龙带着码头兄弟会的几个心腹，终日出没于城南一带的酒楼妓院和各个帮会的会馆中，一个枫杨树男人的梦想在异乡异地实现了。实现了城市"梦想"的五龙最终患上了脏病，生殖器的溃烂预示着五龙男性生命的结束。

---

❶　[美]卡罗尔·帕特曼：《性契约》，社会科学文献出版社2004年版，第114页。
❷　吴义勤：《长篇小说与艺术问题》，人民文学出版社2005年版，第70页。

身处城市的五龙始终处在身份的焦虑之中，这种身份的焦虑一方面是源于城里人的歧视，无论是阿保、六爷，还是冯老板、知云、绮云，他们都是把五龙看成是"要饭的""逃荒的""乡巴佬"，这是五龙融入城市的外在因素。五龙身份的焦虑还源于自我的前现代记忆，小说中五龙有六次类似于冥想和梦境，内容都是自己在大水淹没的枫杨树故乡漂泊，临死前准备"买下枫杨树的一千亩水稻地，一千亩棉花田，还有祠堂、晒场和所有房屋"，甚至幻想着能衣锦还乡。正如五龙自己感觉的一样"他的心灵始终仇视着城市以及城市生活，但他的肉体却在向它们靠拢、接近，千百种诱惑难以抵挡，他并非被女人贻害，他知道自己是被一种生活一种梦想害了"。五龙的"梦想"只是征服和占有城市，征服之后最终还是要回到故乡。因此即使成了城市霸主，他还是属于乡村，对于五龙，他所在的地方永远是火车的一节车厢，总是在颠簸、震动中，最终五龙死在了返乡的火车上，无法回到他的枫杨树故乡。

第三节 《西瓜船》：温情人性中的城乡融合

与《一九三四年的逃亡》和《米》相比，《西瓜船》是一个当下的乡下人进城叙事，也是一个城乡相遇而对峙最终走向交融的故事。小说叙述的是因一个白瓤西瓜而引发的命案和一个乡下母亲进城寻找丢失的"西瓜船"的故事。"西瓜船"指的是从松坑乡下来香椿树街卖西瓜的船，松坑乡下人福三带着他的"西瓜船"到城里香椿树街卖西瓜。香椿树街上的陈素珍买了一个不熟的白瓤西瓜，精明、算计的陈素珍没有找到卖瓜的张老头的船，想诓一下看似老实的福三，被福三看破，回到家的陈素珍和儿子寿来抱怨，暴力少年寿来杀死了福三，城乡之间的对峙开始，城以暴力夺去了乡的生命。福三的家人松坑人来城里讨公道以失败告终，城乡第二次对峙，城最终以国家机器（警察）的权力压制了乡的反抗。事情似乎到此结束，但福三的乡下母亲进城寻找福三丢在城里的"西瓜船"，香椿树街人纷纷帮忙，城乡在人性的温情中走向融合。

小说《西瓜船》是一个关于城乡关系的叙事，陈素珍和福三之间的交锋是城乡之间的一个对峙。陈素珍从松坑乡下人张老头那儿买到一个白瓤西瓜，等回来找时，张老头已经走了，陈素珍以城里人的惯常思维认为"乡下人，总是要骗人的"，其中城市对于乡村的歧视性态度在话语中隐现。在面对城市主体城里人陈素珍的"欺诈"时，乡村主体福三表现出很强的自我主体性，他讽刺挖苦陈素珍："你要是买了只鸡不好，难道还要拿根鸡毛来换鸡？""你这个人，把乡下人都当傻子"。面对福三的讥讽，陈素珍说"好你个福三，长了一副老实人模样，没想到这么精明的……不换就不换，算我倒霉好了，你们乡下人呀，总要骗人的。"

陈素珍对福三的乡下人歧视直接带来了福三的反击："大姐你不该这么说话，乡下人怎么了，没有乡下人，你们天天吃空气去。"作为乡村主体的福三在面对城市人的歧视时，自我主体性是高扬的，让读者很容易想到高加林[1]在面对同学克南母亲歧视时的态度，乡村对于城市的供养却遭到

---

[1]　路遥："人生"，载《收获》1982年第3期。

城市的歧视。

陈素珍和福三之间的城乡交锋以城市主体的失败而结束，话语交锋之后是城市对于乡村的暴力掠夺，17岁的香椿街少年寿来因为一个西瓜杀死了乡下人福三，正如同船的乡下人小良所言"乡下人的一条命只值一个西瓜吗？"城市的暴力引来的是乡村对城市暴力抵抗，福三的乡下亲人从松坑来了，十几个满腿还带着泥巴、拿着锄头、镰刀的乡下人来寿来家复仇，他们要求一命偿一命。面对乡村的暴力反抗，乡村的道德伦理遭遇的是现代城市的法律，城市人借助的是警察、民兵和枪，闹事的人被公安带上卡车时，他们那受惊吓、被威慑的脸和茫然无助、恐慌、楚楚可怜的眼神。面对城市的强权，乡村始终是无法抵抗的，道德伦理上的优势无法抵御法律的威严。

小说中也潜藏着城乡之间的物质和文化差异，对于寿来杀人一事，小良无法理解为什么杀了人不到18岁就不需要偿命吗？"乡下人的命就抵一只瓜？"小良认为城里人骗人，"17岁就可以随便捅人？那好呀，让我们松坑不满17岁的都来捅人，捅死人不偿命嘛！"❶小良的不理解和福三的乡下亲人集体来找寿来抵命都是源于城乡之间的文化差异，乡下人生存在一个传统道德伦理的体系中，他们认为杀人偿命，天经地义，而城市是一个现代法律的体系，未成年人犯罪只需劳教，两种文化的差异造成城乡之间的隔阂。小说中这种城乡之间的隔阂也体现在物质层面："福三的兄弟瞪着她的枕头，还有柳师傅早晨放在枕边的一包饼干，说，你还

---

❶ 苏童：《白雪猪头》，上海文艺出版社2012年版，第186页。

在吃饼干啊。那人一定是福三的兄弟，他撩起陈素珍身体下面的印花床单，看看床单下面的草席，他说，你把床单铺在席子上睡，这么睡才舒服？福三的兄弟用手里的锄头柄敲敲整个漆成咖啡色的床架，你睡这么高级的床，就养了那么个畜生出来？他讥讽的语调忽然激愤起来，眼睛里的怒火熊熊地燃烧起来，是你养的儿子不是？我娘在家里哭了三天三夜了，一滴水都没进嘴，你还在家里睡觉，你还躺在床上吃饼干！" ❶

从上述文字我们可以看出，"饼干""印花床单""席子""咖啡色床架"这些城市的物质因素在松坑乡下人看来是一种享受。他们很难理解拥有这些"高级"东西的母亲却生出一个杀人的儿子，儿子杀人之后母亲竟然还在高级的床上"睡觉"。由此我们可以发现这其中潜在的城乡差异，除了物质层面的巨大差异之外，还有一种文化的差异，两个母亲表达情感的方式也是截然不同的。因此我们说《西瓜船》为我们讲述的是一个城乡之间相遇而对峙的故事，但小说并未就此止笔，而是接下来继续叙述了另一个相关的"进城"故事——失去儿子的福三母亲进城寻找丢失的西瓜船。这时的"西瓜船"成为联系城乡的纽带，城乡再次相遇，面对虚弱、悲伤的老母亲，城市不再用冰冷的法律来对待乡村，越来越多的香椿树街人开始帮助寻找西瓜船，当福三母亲摇着西瓜船离去时，城乡在人性的温情中走向融合。

---

❶ 苏童：《白雪猪头》，上海文艺出版社2012年版，第188页。

第四节　意象叙事："城""乡"
文化空间的建构

苏童的乡下人进城小说创作延续了苏童小说的意象叙事传统，以意象的建构来拓展小说的表现空间，增加小说的创造力、想象力和审美价值。尤其是《一九三四年的逃亡》《米》这两篇小说通过意象来讲述城乡故事，建构"城市"与"乡村"两个文化空间，"枫杨树故乡"和"香椿树街""城市"形成两个巨大的审美和叙事空间，陈宝年、狗崽、父亲、"我"、五龙穿行于其间，这些城市异乡人逃离乡村进入城市，始终处于身份的焦虑之中，无法忘怀精神的故乡"枫杨树"，又难以融入"城市"，精神一直处在漂泊状态。

在苏童的《一九三四年的逃亡》和《米》这两篇关于城乡之间的叙事文本中，我们会发现一些关于乡村的意象。《一九三四年的逃亡》里那座陈文治居住的、始终矗立的黑砖楼、巨蟒般的黄泥大路、陈文治的白玉瓷罐、干草堆、一九三四年枫杨树周围方圆七百里的乡村霍乱、无数新坟、死人塘、《米》中枫杨树茫茫的大水、五百里被淹没的稻田和村庄、散发着隐隐的腥臭的死猪死狗、像雨点密布在空中的男人和女人的哭声等。这些意象显然已经不再是沈从文《边城》中山水田园诗般的乡村写照，在苏童的笔下，两部小说中的"枫杨树故乡"到处是丑恶、痛苦和灾难，迷惘和混乱充斥其间，如狗般狼狈、下贱的枫杨树人纷纷逃离丑恶的乡村，向城市"逃亡"。

枫杨树乡村的父老逃亡的目的地城市是否是天堂呢？我们同样可以从两部小说的城市意象来看枫杨树人逃入的城市。《一九三四年的逃亡》中修建在竹器城的木楼小屋、陈记竹器铺的小阁楼、红竹轿、大头竹刀、妓院、通体幽亮发蓝、窥视家中随日月飘浮越飘越浓的雾障等，《米》中肥皂、卷烟、仁丹和大力丸的广告画上那个嘴唇血红搔首弄姿的女人、死尸、空气中粪便和腐肉的臭味、沉闷的机器声、妓院等，我们从这些意象中看到的不是美好的现代之城，而是一个污浊的、充满欲望的罪恶之源。五龙在走近生命终点时曾有一段文字集中描述城市，"城市是一块巨大的被装饰过的墓地。在静夜里五龙多次想到过这个问题。城市天生是为死者而营造诞生的，那么多的人在嘈杂而拥挤的街道上出现，就像一滴水珠出现然后就被太阳晒干了，他们就像一滴水珠那样悄悄消失了。那么多的人，分别死于凶杀、疾病、暴躁和悲伤的情绪以及日本士兵的刺刀和枪弹。城市对于他们是一口无边无际的巨大的棺椁，它打开了棺盖，冒着工业的黑色烟雾，散发着女人脂粉的香气和下体隐秘的气息，堆满了金银财室和锦衣玉食，它长出一只无形然而充满腕力的手，将那些沿街徘徊的人拉进它冰凉的深不可测的怀抱。"❶小说用一组意象组合出了"城市"，这是一座现代工业文明造就的冒着工业的黑色烟雾城市，是一个充满凶杀、疾病、散发着女人脂粉的香气和下体隐秘的气息、堆满了金银财室和锦衣玉食的欲望之城，对于城市"他者"五龙

---

❶ 苏童：《米》，台海出版社2000年版，第271页。

而言，城市最终是一个棺椁，引诱着枫杨树乡村的逃亡者。

除了这些呈现城乡的意象之外，《米》《一九三四年的逃亡》中还有一些意象也颇具象征意味，《米》中的"米"意象、"火车"意象、《一九三四年的逃亡》中的"黑鱼"意象等。民以食为天，"米"在小说中象征的是"食"的欲望。五龙自小父母死于大饥荒，五龙的"逃亡"也是因为枫杨树的水灾，金黄的稻田被大水淹没，抵达城市的五龙已经三天没有吃饭，"饿坏了"的五龙因为食物而遭受了阿保的侮辱，进米店打工也是因为食不果腹，因此我们就能理解"米"对于五龙的意义。"火车"给人的感觉是漂泊、动荡、一直在路上，"黑鱼"为了生存和繁衍后代一直在迁徙之中，这两个意象恰好契合了进城乡下人的身份和城市处境，他们从乡村"逃亡"城市，身心一直处于漂泊之中。

第七章　乡下人的官场浮沉：徐风 乡下人进城小说研究

　　徐风少年辍学，早年当过工人，办过小报，江苏宜兴人。1983年开始发表作品。长篇小说《公民喉舌》和《浮沉之路》是徐风仅有的两部乡下人进城的小说。两部小说分别于2003年和2004年由作家出版社出版，其中《浮沉之路》于2005年荣获江苏省第二届紫金山文学奖长篇小说奖。相比于赵本夫、范小青、徐则臣、王大进等作家而言，徐风的创作或许不够丰厚，在此之所以设专章论述徐风的乡下人进城小说，是因为《公民喉舌》和《浮沉之路》选取了较为独特的叙事视角，把乡村学子进城叙述、官场叙事、女性叙事等角度结合起来，在城乡的大背景下来探讨城市官场对乡村人性的侵蚀。

　　《公民喉舌》出版于2003年，小说以新闻角度切入，采用"三部曲+尾声"的结构形式，讲述了一群进城乡下人的官场人生沉浮。故事围绕乡村女青年恽晓芙展开，不安于乡村生活的恽晓芙进城打工，得到同样是来自乡村、官场失势的商人冷显诚的资助，到北京某高校学习电视节目制作，期间与进城乡村学子史冲产生情感纠葛。学成归来的恽晓芙在冷显诚的帮助下进入家乡的韵州电视台，从而卷入了冷显诚与同是乡村学子的韵州常务副市长宋得坤之间的官场与情感纠葛。小说通过两个乡村学子在官场上的斗争展现了现代官场的腐败以及对乡村人性的腐蚀。《浮沉之路》出版于2004年，小说延续的是徐风在《公民喉舌》中使用的进城叙事和官场叙事套路，通过乡村青年田萌生的城市官场沉浮故事，穿插期间的是进城乡下人官为民、田萌琴、郭慧玲、莫效忠等人的城市浮沉之路，与《公民喉舌》一样，小说也是通过乡下人的城市官场沉浮揭示权力欲望对淳朴乡村人性的侵蚀。

第一节　新闻视角：乡村学子的官场沉沦

　　《公民喉舌》是徐风的第一部长篇小说，小说除了尾声之外，总计26小节，分为萌芽、嬗变、较量三部，采用三部曲的形式完成了一个官场故事的叙述。小说触及的是一个经济发展与环境保护之间的关系问题，是一个人性善与恶的问题，是一个个人权力欲望与集体利益的关系问题。小说以乡村女性恽晓芙的城市蜕变历程为线索，从恽晓芙的视角来透视官场人性的沉沦。小说第一部萌芽是恽晓芙北京进修的故事，其中穿插的是恽晓芙与史冲的爱情。第二部嬗变是恽晓芙化蝶为蛹、成为一个新闻人的故事，期间穿插叙述了她与冷显诚的情感纠葛以及冷显诚的故事。第三部较量是正邪两方力量的斗争故事，叙述的是冷显诚、史冲和恽晓芙终于战胜了贪官宋得坤的故事。这部小说的主要人物恽晓芙、史冲、冷显诚、宋得坤、盛帼英等都是进城的乡下人，这些出生贫寒的乡下人，在城市物质和权力欲望的考验中，人性的美与丑、善与恶得以彰显。

恽晓芙是恽家村人，父亲早殁，母亲多病，哥哥老实无用。恽晓芙的乡下名字叫恽小富，与贾平凹《高兴》中的刘高兴进城更名一样，恽小富进城前送给自己一个礼物——新名字，"从进城那天起，她就决心把那个土气的名字和所有的背景留在恽家村"。但她始终如李佩甫《生命册》中的吴志鹏一样，是一群背着土地行走的人。"改名"更深层次而言是一种身份的宣言，成为城市人，改变自己的乡村底色成为恽晓芙的追求，这也是支撑其城市奋斗的原动力。与刘高兴一样，恽晓芙是有主体自觉性的进城乡下人，她是高中毕业生，差一点就考上大学，因为家境贫寒没钱复读而辍学，是较为典型的进城知识分子。进城之后的恽晓芙虽然在酒店做服务员的工作，但她懂得如何包装自己。首先用几百块钱买了一张函授业余大专文凭，也懂得如何抓住机会，报名参加韵州电视台主持人甄选。由此可以看出恽晓芙的野心，正如她自己说的"刚进城的时候，只想有一只饭碗，可有了一只饭碗之后，又有新的念头了"。

甄选失败的恽晓芙接受了"书画商人"冷显诚的资助，到首都广播学院电视系进修，从小城韵州进入了一个更大的城——北京，有了一段京漂的生活经历，期间与同是来自乡下的史冲相爱。北漂期间母亲生病，恽晓芙短暂返乡，以一个远行归来的知识者反观乡村，恽晓芙发现了城市化进程中乡村的破败，发现了村里各家住房悬殊之大。村里大多数老老实实的种田户住屋是灰头土脸的，在外混出头的小老板们的房子高高大大，发点大财的到城里买房了，老村长的院子是村里最好的。在返乡期间，恽晓芙得到了老村长的儿媳乡办江南化工厂厂长盛帼英的帮助，由此与盛帼英及江南化工厂发生了千丝万缕的联系。毕业之后的恽晓芙在冷显诚帮助下进入韵州电视台，成为冷显诚揭发宋得坤贪污腐败的一枚棋子。母亲不愿花钱治病而喝药自杀，哥哥恽大富因江南化工厂污染患肝癌去世，这一切都没能压垮恽晓芙，在与官商勾结而引发的环境污染、民间非法集资的斗争中，恽晓芙与史冲始终保有一个乡下人的良知，坚守记者作为公民喉舌的职责和道义，彰显了乡村传统道德和人性的美好。

冷显诚和宋得坤是两个典型的进城乡村知识分子形象，两个人是好朋友，大学毕业一起分到一个市级机关，先当秘书，没几年就当上科长，各自成家，家庭幸福。后都作为支边干部赴西藏，宋得坤高原反应提前返城。冷显诚代替宋得坤完成了西藏支边。在西藏期间与一个藏族姑娘发生感情，得知冷显诚不会回来之后藏族姑娘自杀。返城之后的宋得坤不仅勾引了冷显诚的妻子并致使其发疯，而且检举冷显诚西藏期间的生活作风有问题，彻底毁掉了冷显诚的仕途。宋得坤青云直上，最终成为韵州市的常务副市长。小说着重叙述的是冷显诚揭发宋得坤贪污腐败的复仇故事。

冷显诚从小家境贫寒，出生于官本位思想的汪洋大海——农村，从小就熟知一个村长就能让全村人趴在地上。跳出农门考上大学的冷显诚多年奋斗之后好不容易弄了个副处级，最终仕途和家庭都毁在了自己的好友宋得坤的手里，冷显诚万念俱灰。如果说冷显诚最初的动机只是报一己之仇的话，那么最终却带有了为民除害的民间英雄特色。宋得坤与冷显诚有着相似的成长背景和权力欲望。从小失去母爱，母亲在三岁时跟一个货郎跑了，父亲是村里有名的酒鬼，叔叔是个乡村干部，这也使得宋得坤初识权力的重要性。大学读书的宋得坤内向稳重。进入官场的宋得坤开始一步步沉沦，勾引朋友之妻、陷害朋友、玩弄女性、贪污巨款、与黑社会势力"斧头帮"勾结、利用职权追杀举报人、为了自己的政绩不顾百姓生命、欺上瞒下……这样一个贫苦出生的乡村学子何以最终成为一个贪污腐败的贪官呢？

冷显诚认为宋得坤的堕落多半与官场习气有关。在最终远走他乡留给恽晓芙的心中，冷显诚发出这样的疑问："如果我坐在宋得坤的位置上，我能抵御那种种的诱惑吗？我们有着几乎一样的成长背景和权力欲望。都曾经把做一个好官当作人生的最高追求，但做一个好官谈何容易？如果权力不退出市场，谁又能保它永不变色呢？即便是诅咒腐败的人，到了具体办事的时候，也会尽一切可能找关系，走捷径。不知不觉大家都成了腐败的温床，可见腐败的民间基础是何等深厚！"❶ "冷显诚之问"直指当下官场腐败的根源，如果这种根源不除，抓了一个宋得坤，还会有许许多多的"宋得坤"。冷显诚在远走他乡之前去了反贪局，想捐十万元设立一个"举报贪官奖"被婉拒。远走他乡对于冷显诚而言既是一种逃避，也是对当下官场的担忧，小说因此具有了强烈的现实批判意义。

史冲是小说中一个积极的正面形象，是一个现代媒体新人形象，他也是一个进城的乡村学子。大学毕业以后进了电视台，在北京进修时遇到了恽晓芙，两人之间产生了真挚的情感。史冲原是一个地方电台的小记者，他懂得运用媒体的力量把自己做大，靠杨飙帮助和自己的实力成为中央电视台

❶　徐风：《公民喉舌》，作家出版社2003年版，第248页。

一个名牌栏目的骨干记者。同是出身寒门的进城学子，史冲始终不失乡村最淳朴自然的人性和作为一个"公民喉舌"的道德良知，他一直在背后默默地支持恽晓芙，《愤怒的大运河》是史冲对自己爱情的献礼，也是史冲对韵州城千万百姓的献礼。这是一个精明的媒体人，他善于利用自己手中的资本，为韵州市制作《新生的大运河》表现的就是其媒体人的精明。

除了恽晓芙之外，《公民喉舌》还成功塑造了一个进城女性盛帼英的形象，与通常乡下人进城小说中的女性不同的是，小说中的盛帼英是一个女企业家的形象。作为女人，她的婚姻是不幸的，是一个守活寡的女人。丈夫恽守鑫是个花花肠子，在外面做生意亏了一屁股债，和妓女鬼混得了梅毒。躲在外面不敢回来，没钱用了就打电话胡搅蛮缠。在盛帼英与宋得坤的男女关系中，盛帼英以为自己找到了一个可靠的男人，可以和他白头到老，没想到自己只是宋得坤的钱袋子和发泄性欲的对象，最终被宋得坤杀人灭口。作为一个企业家，她是成功的，刚开始办江南化工厂时的盛帼英根本不懂废水污染要毁田死人，但她"上了一条船，就下不来了"，那么多的贷款、集资款、利息付不起，最终陷入恶性循环。盛帼英深谙做生意之道，她利用恽晓芙的媒体身份为自己做宣传促成与日本的虚假合作、民间集资，攀附权贵，贿赂官员，寻求官方保护，实现官商勾结，利用政府机构作为自己企业的保护伞。作为一个人，盛帼英失去了道德的底线和最基本的人性，明知自己的企业会害死人，为了自己的利益不惜牺牲环境，牺牲父老乡亲的生命，在对金钱的贪恋中逐渐沉沦。

第二节 婚姻与官欲：进城学子的人性裂变

《浮沉之路》是徐风继《公民喉舌》之后又一篇探讨乡下人在官场人性裂变的小说。在小说的扉页上徐风是这样写的"谨以此书——献给所有从农村进入城市并永远自强不息的人们！"❶因此，进城乡下人的城市奋斗故事是这篇小说讲述的重点。与《浮沉之路》的相同之处在于小说的着眼点仍然放在官场，不同之处在于《公民喉舌》是以女性进城为主线，以新闻角度切入，由高中毕业生恽晓芙的进城故事勾连起整个的官场叙事，讲述的是政府与企业的官商勾结。而《浮沉之路》是以男性进城为主线，以高中毕业生田萌生为故事主线，讲述了银行系统官场上的腐败。

田萌生是田家村人，乡下对于田萌生而言是一个深刻的背景。田萌生是76届高中生，父亲田阿坤是生产队的队长，在田萌生9岁时被雷电击中而死。二伯田根大是田家村副大队长，从小就对权力崇拜至极。他曾对妻子魏虹虹说："六十年代，闹饥荒的时候，在他们山区饿死了许多人，只有大队书记和会计家里没有断粮，而能当上一个生产队长，锅里的粥也比别家的稠些，定工分、分口粮都是他一张嘴；家里和地里的活有人帮着干，有时还能到公社里开个会，吃顿红烧肉呢。"从这段描述我们可以看到田萌生的官本位思想萌芽

---

❶ 徐风：《公民喉舌》，作家出版社2003年版，扉页。

的乡村土壤，作为一个偏僻山村生产队会计的田萌生很早就知道，"出人头地，得上面有人"。田萌生高中毕业没有考进大学，初恋女友相约他一起进城打工，田萌生说："我可不想去城里做一个被人看不起的三等公民。要进城，就要堂堂正正。"田萌生所谓的堂堂正正进城在当时只有三个途径：招工、当兵、上大学。几次体检都没通过首先粉碎了当兵进城的梦想。当时"工农兵"大学学员的名额极少，竞争很激烈，为了争取大学指标，田萌生讨好自己并不喜欢的大队书记的丑女儿，拒绝了初恋女友慧玲之约，结果名额被城里有一个局长亲戚的青年夺走。他后来的进城颇具戏剧性，田萌生在河边救了一个落水的老人——公社书记的生母，因此得到了公社书记的推荐，获得了一次例外的招工机会。从田萌生的进城记我们可以看出权力在期间的运作，因此进城对田萌生而言只不过是换了一个更大场域而已，并未阻挡其对权力追逐的步伐。

　　和通常进城的男性乡村学子一样，田萌生进城之后开始了其在权力场的角逐。小说描述他第一次见到市工商银行行长宫复民时是这样说的"心里竟生起一种朝圣的感觉"。一个对权力极端崇拜者的形象跃然纸上。与魏虹虹的婚姻只是田萌生权力角逐的跳板，他看中的是魏虹虹的身份，劳动局副局长的千金，市工商银行行长宫复民的外甥女，为此他付出的代价是"结婚以后，一个灿烂的笑容对田萌生来说是多大的奢侈啊，为了保住并且一点一点提升自己的职位，他硬是用自己的两个膝盖，一寸一寸爬上来的……他的每一次升迁，都是一次沉沦……他的每一次窃喜都伴随着难言的惆怅"。❶权力早已成为田萌生自身的一种心理奖赏。没有什么比失去权力更痛苦的。因此田萌生才会一次次突破底线，徇私舞弊、侵吞公款、花钱买官，传统的伦理道德和淳朴人性在权力欲望下沉沦。

宫复民也是《浮沉之路》沉沦的进城乡下人，他也是一个农民的儿子，早年出来当兵，才混成个人样，成了市工商银行行长。与田萌生不同，田萌生"每一次窃喜都伴随着难言的惆怅"，也就是说田萌生的内心是矛盾的，他的道德良知让其在权力欲望和道德底线之间徘徊，他充其量是一个"入政界狼性不足，进佛门六根不净"的"农民"，也就是说田萌生还是一个人。而宫复民就不同，他是一个彻底沉沦的贪官，玩弄女人、收受贿赂、利用职权发放贷款、利用公款买官，等等，是一头彻头彻尾的"狼"。

与通常乡下人进城小说中女性叙事不同，郭慧玲和田萌琴是小说中塑造的两个善良淳朴的进城女性，她们勤劳、正直、能干，既是传统的贤妻良母，也是现代新女性。郭慧玲是田萌生的同学，初恋女友，是一个非常有主见的乡村女性，嫁给了一个警察进城开了一个饭馆，是一个有情有义有志气的女子。在田萌生需要钱时，她拿出了自己所有的积蓄帮助田萌生。在负心的丈夫被捕后靠沿街卖豆腐花养活自己和儿子，从不抱怨，不肯接受别人资助，也怕连累别人，最后被黑社会所害瘫痪回乡。田萌琴是田萌生的妹妹，中专毕业后没教几天书，就自作主张去了一家有名的乡镇企业做会计，后又到城里应聘考工，是一个非常有主见的乡村女孩，

❶ 徐风：《浮沉之路》，作家出版社2004年版，第30页。

嫁给了市检察院反贪局的副局长沈志国，最终因为担心哥哥被抓而出车祸，死在城里。这两个女性有非常强烈的自主意识，有田萌生所不具备的傲骨，她们最终的悲剧命运是对城市罪恶的控诉，郭慧玲的悲剧是城市暗黑的牺牲品，而田萌琴的悲剧却是因为哥哥田萌生对于权力的贪欲，两个美丽、善良乡村女性的死亡和伤残是对城市罪恶最有利的控诉。

第三节　"去乡村化"：资本形塑下的权力空间

与传统乡土小说对于乡村"湘西"式书写不同，两部小说中的乡村已经不再是传统意义上田园牧歌式的乡村社会生活，"这与中国乡村社会现代转型中的'去乡村化'的总体趋势有关"。❶这里的恽家村和田家村已经慢慢被现代性所浸染，逐渐褪去乡村传统的"晨兴理荒秽，带月荷锄归"的诗意外衣，呈现出传统与现代之间的斑驳。小说采用了祛魅化的书写方式，呈现了城市化进程中城市对于乡村的掠夺与城市资本对于乡村世界的形塑，但期间也传达出乡村权力对于此空间的控制，"权力在乡村中国至今仍是最高价值"。❷

城市化通过资本对乡村空间进行形塑，其中对乡村最典

---

❶　丁帆：《中国乡土小说的世纪转型研究》，人民文学出版社2013年版，第6页。

❷　孟繁华："乡土文学传统的当代变迁——'农村题材'转向'新乡土文学'之后"，载《文艺研究》2009年第10期。

型、最直观的影响就是住房和环境。《公民喉舌》中对于乡村空间恽家庄的描述是通过进城返乡的恽晓芙的视角来发现村里各家住屋的悬殊之大："老老实实的种田户，住屋还是灰头土脸的，这在村上占大多数；在外混出头的小老板，房子就高高大大的了，气派的琉璃瓦，花岗岩，在夜里也发着暗光；锃亮的不锈钢防盗门，像把什么都捆住了；农民一有钱，就圈地造房，哪怕房子里空空荡荡的。若是发了点大财的户头，更是把大门一锁，到城里去买新的豪宅了。"❶

对于传统乡下人而言，住房最能代表他们的经济实力。房屋的"三六九等"是城市现代资本对传统乡村的形塑，恽家庄的居住环境显然已经不再是传统的"狗吠深巷中，鸡鸣桑树颠"的传统乡村，现代化的触角已经深入乡村，在带走乡村的青壮年劳力的同时，也让他们携带的资本反过来改变乡村。除了居住环境的改变，乡镇企业的出现应该是现代化对乡村最典型的形塑，小说通过恽晓芙的眼睛把盛帼英的江南化工厂呈现在读者面前，"矗立在一片农田中的江南化工厂，远远看去像一个热气腾腾的工地，几排整齐的主体车间机器轰鸣，尚未竣工的配套用房，被一层层的脚手架和安全网围绕着，高大的行车正在起吊水泥楼板。恽晓芙的目光最后停留在厂边的河里，这里泊着一些装货的船，工人们正在忙碌地搬运。不远的河岸上，几根从不远的河堤上，几根从厂区蜿蜒而来的粗皮管，正在排放绿黑色的废水。毫无疑问，河水的颜色已经泛黑了"。❷寥寥几笔，透露的是城

---

❶ 徐风：《公民喉舌》，作家出版社2003年版，第40页。

❷ 同上书，第41页。

市化和现代工业对传统乡村的侵蚀。工厂、机器、废水，这些现代化的产物已经改变了传统依赖运河水运的恽家庄的风貌。小说从恽晓芙——一个接受现代大城市洗礼的现代媒体人的视角来透视现代化进程中资本对乡村的形塑以及由此带来的乡村裂变。

尽管现代化对传统乡村恽家庄产生了很大的影响，但传统乡村权力的因素依然存在。小说通过老村长恽洪德家的院子来展示这种乡村权力的因素："他们的院子当然是全村最好的。""村长"是乡村的最高权力者，但小说没有写现在的"村长"，而是过去的"老村长"，并且说"他们的院子当然是最好的"，原因不止因为恽洪德老汉是老村长，是过去乡村的行政权威，另一方面还因为老汉的一个儿子在乡里做"人武部长"，一个在外"做生意"，二儿媳承包了乡里面的"江南化工厂"。我们看到，这已经不是一个传统的"村长"之间，而是一个现代与传统的交融，外来的权力资本和金钱资本已改变了这个村长之家，这是一个典型的官商结合之家，因此"当然"是最好的，期间透露出的既有乡村政治权力的色彩，也有现代化资本的质素。

"恽家庄"从某种意义而言是一个典型的乡村政治文化空间，生活在其中的乡民权力意识很强，是中国传统乡村的典型，这可以从人们对北京返乡恽晓芙的看法中窥见一斑。在恽家庄人看来，恽晓芙在恽家庄，乃至韵州都是一个"人物"，因为大家在中央电视台《新闻联播》看到了恽晓芙，在权力崇拜的乡村人看来，中央电视台是政府的喉舌，新闻联播是最权威的话语权力，恽晓芙出现在其中，代表的就是最高话语权力。恽家庄人把"北京""中央电视台""新闻联播"这几个词和恽晓芙勾连在一起，恽晓芙就成了"一个人物"，一种最高话语权力的象征。

　　与恽家庄相比，小说《浮沉之路》把田家村同样建构成为一个乡村权力的空间。生产队长、大队长、会计、村长掌握了乡村的资本分配，定工分、分口粮都是他一张嘴；他们不仅可以比其他人占有更多的物质资料，喝到更稠的粥，甚至于在20世纪60年代的大饥荒年代饿死无数的情形之下家里也不断粮。而且掌控了当时极为紧缺的进城资源——"上大学"和"招工"的名额，田萌生的进城就是因为乡书记的一个招工名额，这是一个权力崇拜的王国。从小在这样一种权力崇拜的环境中长大，田萌生深知权力所带来的好处。

　　进城当官之后的田萌生每次回家都会受到乡亲们的礼遇，乡亲们表现出的对官场的反感和对权力的崇拜令田萌生惊讶，他们一面骂当官的，一面对有权的人却又敬若神明，乡亲们对他手中权力的"尊崇"进一步强化了田萌生的权力意识：

　　　　得过他好处或者受过他恩惠的人，则都盘算着请他吃饭，咸肉烧笋干，板栗煨鸡，葱爆野兔，雪菜炒地台……都是山珍呢，当然还有自家浸的青梅酒，那可是醇香的啊。/望着一双双渴望、虔敬的眼睛，田萌生感到权力真是世间任何东西都无法替代的一杯烈酒，男人的成功要么有权力，要么有钱，无权无钱的名气也不顶用，现如今的人只认权钱二字……❶

---

❶　徐风：《浮沉之路》，作家出版社2004年版，第56～58页。

正是这样一个乡村文化空间才孕育了田萌生、宋得坤、宫复民、冷显诚这样的"进城学子"。冷显诚和宋得坤都出生于"权力崇拜"的贫穷乡村，冷显诚从小目睹乡村的最高权力者"村长""能让全村人趴在地上"，宋得坤从乡村干部身份的叔叔那里初识权力所带来的利益，权力欲望自小根植于这些乡村学子的血脉之中，这也是他们进城之后对权力欲望追逐的深层次原因。

第四节　家庭层面：性别场域中的城乡关系

对于乡下人进城小说，伴随城乡流动迁移的是乡下人和城里人共处一个空间（公共空间和私人空间），由此产生的种种歧视自然难以避免，其间必然涉及城乡关系问题。其中有城里人如何看待乡下人问题，也有乡下人如何看待自我的问题，后一个问题显然更为重要，这是一个乡下人在面对城市时的主体性问题。城乡关系问题在《公民喉舌》中没有正面具体地展开，小说主要关注的是一群乡下人进城之后的官场斗争。而《浮沉之路》与通常乡村学子进城叙事相同的是从城乡男女婚姻的角度展开城乡关系叙事，从性别场域切入，把城乡关系置于家庭层面进行。这种模式在新时期以来的乡村学子进城叙事中较为常见，路遥《人生》[1]中的高加林与黄亚萍是这类叙事的最初尝试，王大进《欲望之路》[2]

---

❶　路遥："人生"，载《收获》1982年第3期。
❷　王大进："欲望之路"，载《当代》2000年第5期。

中的邓一群与肖如玉，须一瓜《雨把烟打湿了》❶中的蔡水清和钱红，《一地鸡毛》❷中的小林夫妇等都是此类叙事。

乡村学子进城以后，往往会凭借自己的文化资本而在乡村公共空间完成身份的建构，但私人空间的身份建构以及未来城市公共空间的生活尚需有所凭借，在此类小说中，乡村学子通常会以娶来城市女性来完成这一转变。这种婚姻模式有点类似于近年来人们经常谈论的"凤凰男"和"孔雀女"，徐则臣小说《凤凰男》专门探讨了城乡之间的这样一种婚姻模式。田萌生和魏虹虹的婚姻、邓一群与肖如玉的婚姻是一样的，都是一种无爱的婚姻，是乡村学子实现进城和官场上升的一个跳板。从主体性层面而言，城乡之间的关系是不平等的，乡（田萌生）在城（魏虹虹）面前是无主体性的，这一点颇似《雨把烟打湿了》中的蔡水清和钱红之间的关系。魏虹虹是城市干部子弟，当初魏虹虹看上田萌生是因为刚刚失恋，被田萌生"以总分第一名荣膺电大状元"的光环所吸引。因此，在魏虹虹和田萌生的恋爱中，文化资本——电大文凭起了很大作用，田萌生看上魏虹虹的主要是其城市身份和当工商银行行长的舅舅。两人之间的婚姻从一开始就是一种资本的博弈，而魏虹虹的失恋是因为更大的海外资本在起作用，前任男友、同事况斯文傍上了一个有海外背景的华裔爱尔兰女人，对方提供他去英国的全部费用。在资本和爱情、婚姻的博弈中，资本的作用解构了爱情和婚姻的神话。

---

❶　须一瓜："雨把烟打湿了"，载《福建文学》2003年第1期。

❷　刘震云："一地鸡毛"，载《小说家》1991年第1期。

魏虹虹根本看不起田萌生，在她眼里，田萌生就是个乡下佬，她讨厌他那改不了的生活习惯，如洗脸毛巾老是有股味儿，晚上老是提醒了才能刷牙，一出汗的衣服特别难闻，吃饭时的大声咀嚼，睡觉时的大声呼噜，出差不会给她买满意的衣服，至今不知道她喜欢什么牌子的口红和香水……这是一种城乡在生活习惯、价值观上的根本差异。在跟田萌生回田家村时，魏虹虹才知道什么是"乡下"，田家村是闭塞、落后、肮脏的，尤其是臭烘烘的露天粪缸和黑漆马桶令魏虹虹难以忍受，她无法理解乡下人对粪水的看重竟然仅次于粮食，而让她趴在粪缸上方便，还不如杀了她。城市在物质层面的差异让魏虹虹在田家村只住了一夜，就逃命般回了城里。在婚姻关系层面，魏虹虹认为"田萌生能有今天，她魏虹虹是功不可没的"。田萌生在婚姻和家庭中的地位是以丧失自我主体性为代价的，如此的"精神奴役"不仅因为魏虹虹的"孔雀女"身份，还有一个原因是舅舅宫复民的工商银行行长身份。

婚姻还牵扯城乡两个家庭，牵扯城乡之间"这些人与那些人"[1]的关系。魏虹虹看不起田萌生及其乡村的家，在田萌琴进城之后，魏虹虹拒绝田萌琴住进家里。田萌生的母亲在城市儿媳妇面前是没有主体性的，"有一次，是个星期天，田萌生和魏虹虹逛菜市场，田萌生突然发现卖菜的人群中里，有一个太熟悉的苍老而单薄的身影，一闪身却不见

---

[1] 此处借用杨索散文《这些人与那些人》：杨索的这篇散文主要讲述的是"插枝"台北的云林人和"留守"云林的云林人。选自《我的赌徒阿爸》，联合文学出版社股份公司，2013年第2版。

了。田萌生走上前去，一眼看到水泥案板上铺着的那张熟悉的蓝塑料布，那一堆白白嫩嫩水灵灵的豆芽，只能是母亲的杰作！豆芽堆旁，是母亲用来放钱的不知补过多少回的蓝布袋，母亲是怕他难堪，难过，故意避开的啊！"❶田萌生的母亲进城卖豆芽从来不在儿子家吃一顿饭，哪怕是歇一歇脚，她怕城里的媳妇，她怕给儿子添麻烦，但儿子装修房子母亲一次给了2万元。她说只要还有一口气，就还要孵豆芽，她要给儿媳置一个大金戒指，给孙子打一把纯金的长命锁……"豆芽""蓝布袋"与"2万元""大金戒指""纯金长命锁"，如此的反差与对比令人心酸，乡村母亲的善良和城市媳妇的冷漠揭示的是城乡人性的差异。母亲生病住院，田萌生看到母亲的目光在儿媳妇面前突然变得有点慌乱。也就是说在家庭关系层面，乡村在城市面前完全无主体性而言，魏家人根本看不起田家人，因此一个微笑对于婚后的田萌生来说都是一种奢侈品，城乡之间的关系通过婚姻表现出来。

魏虹虹和田萌生之间的婚姻体现的是城乡关系的不平等，田萌生有求于魏虹虹，权力欲望的追逐是以丧失主体性为前提的。在魏虹虹及其家人面前，田萌生的自我认知是低人一等的，这种自我的认知主要是从官位的高低而言的。田萌生第一次见到魏虹虹的舅舅官复民之所以有一种"朝圣"的感觉，是因为对权力的顶礼膜拜。田萌生在婚姻中对于魏虹虹的屈从也是对其背后家族权力的屈从，是权力在背后操作他们二人之间的婚姻。

---

❶ 徐风：《浮沉之路》，作家出版社2004年版，第140页。

而对于田萌琴和郭慧玲而言，她们在面对城市时主体性是高扬的。田萌琴在城里主要靠自己的努力工作生活，在城市嫂子魏虹虹面前从不示弱，她与沈志国的婚姻关系也是建立在互敬互爱的基础上。郭慧玲也是这样，她和莫效忠结婚只是图他人老实，当时莫效忠就是一个穷警察，一张破竹床，两只纸箱子。郭慧玲靠炸油条、烘烧饼、卖豆腐花养活自己，即使是后来莫效忠被捕以致最终瘫痪，郭慧玲都是自尊自立的。两个进城乡村女性所彰显的是乡村最美好的品性，但两人一死一伤的结局隐喻着罪恶之城对乡村美好人性的扼杀。

第八章 "换一个地方"生存：陈武乡下人进城小说研究

陈武是江苏东海人，1985年开始文学创作，先后发表了《拉车人车小民的日常生活》《换一个地方》《宠物》《报料人的版本》《回家过年》《丁家喜和金二奶，还有老鼠和屁》等多篇乡下人进城小说。其中，短篇小说《拉车人车小民的日常生活》入选"二十一世纪中国文学大系"、《2001年中国最佳短篇小说》和《2001年中国年度最佳短篇小说》；《换一个地方》荣获江苏省第二届"紫金山文学奖"中篇小说奖并入选《2004年中国中篇小说精选》。具体发表时间及期刊如表8-1所示。

表8-1　陈武乡下人进城小说创作情况统计表

序号	小说	发表时间及期刊
1	《拉车人车小民的日常生活》	2001年第5期《延河》；2001年第7期《小说选刊》；后收录《阳光影楼》，沈阳出版社
2	《宠物》	2003年第1期《钟山》
3	《换一个地方》	2004年第4期《青年文学》
4	《报料人的版本》	2006年第1期《钟山》
5	《丁家喜和金二奶，还有老鼠和屁》	2009年第1期《翠苑》
6	《回家过年》	2011年第7期时代文学（上半月）

陈武1963年生于东海平明上房村一个农民家庭，高中毕业后进城打工，做过多种职业，做过苦力活。这些进城打工者的经历以及他自小生活的乡村环境，为他后来的乡下人进城小说创作奠定了基础。作为一位农裔进城作家，他的乡下人进城小说更加贴近生活，贴近笔下的人物，这些人物更像是作者的父兄姐妹。"陈武说，关注小人物、关注城市边缘人，这不仅仅是文学的任务，实际上是整个社会的责任。比如短篇小说《拉车人车小民的日常生活》写的就是一个城市边缘人——拉板车的车小民。这些边缘人，不管从事什么样的职业，每个人的内心都不一样，但那是很辛苦的。人的欲望是无边的，这些小人物和城市边缘人的遭遇容易让读者感同身受，苦难、死亡……这类内容容易体现出文学的色彩，也更容易写出让人心灵为之一动的东西"。❶

第一节　底层关注：城市边缘人的生存窘境

陈武的乡下人进城小说关注进城以后的城市边缘人的生活，这一点早在2001年创作的《拉车人车小民的日常生活》中就已经初露端倪。车小民不算一个真正意义上的城市边缘人，充其量只是一个每天进城打短工的底层乡下人，他居住在贫穷的乡村，每天进城只是为了拉板车。从故事中关于"提留款"、车小民为孩子起的名字"招兵""买马"可以判断，这是一个关于20世纪80年代的乡下人进城故事。与

---

❶　《江海星光——当代江苏文化名人录》编委会："陈武 关注贫民生活"，见《江海星光——当代江苏文化名人录》第二辑，江苏文艺出版社2006年版，第51页。

我们通常所说的进城叙事不同的是，这篇小说有点类似于高晓声的《陈奂生上城》，只不过陈奂生进城是去卖油绳买帽子，车小民只是每日进城拉板车维持生计，家里有生病的妻子包明珍，还有两个饥饿的孩子招兵和买马，每天的拉车收入，就是他一家的生活来源。小说中贯穿始终的就是一个字"钱"，"挣钱""缺钱""数钱"一直贯穿着整个的小说叙事，拉车人车小民的日常生活都是在对钱的"算计"中渡过的。小说开头有这样一段描写：车小民手里拿一块石子，在地上胡乱地写字。别人不认识他的字。他自己认识。那些圈圈点点、曲里拐弯、奇形怪状的字都是"钱"。

小说中堆砌着大量的数字，这些关于"钱"的数字充斥着拉车人车小民的日常生活。小说着力刻画的是车小民捉襟见肘的日常生活，面对贫困的日常生活，车小民并没有抱怨，只能每天算计着过日子，对生活充满希望。他为能吃到一块钱一碗的辣汤而兴奋，为能给老婆买二斤油糖果子和五毛钱糖块而兴奋，数"钱"更令车小民和妻子包明珍兴奋：

> 车小民钻进屋，从裤裆里掏出钱，把钱数得嚓嚓响。其实他已经数了好几遍了，不会多，也不会少。不过，数钱的滋味真好。嚓，嚓，嚓，钱的声音和别的声音不一样，钱的声音像糖，像蜜，是甜的。就是说，数一遍钱，就等于吃一块糖，就等于喝一口蜜。难道不是吗？车小民的脸上比吃一块糖还甜，他的笑，就像喝了一大碗蜜。车小民当着包明珍的面，把钱数了两遍，在第三遍数到一半时，车小民把手停下来。他看了眼包明珍。包明珍眼里有闪闪发光的东

西。车小民把钱朝包明珍怀里一塞，说："让你数一遍！"

包明珍脸红一下。她接过钱，手指头放进嘴里沾一点口水，一张一张地数。显然，她没有车小民会数。她数钱的动作有点笨拙。❶

"八十四块四毛钱"令这对夫妻兴奋，生活的贫困和对钱的渴望跃然纸上。一次"六块钱"的拉车收入令车小民"牙都喜掉了"，中午破例喝了一块钱一碗的辣汤，拉着板车的车小民买了"二斤金灿灿的油糖果子和五毛钱花生糖"出城回家，一声刺耳的呼啸打碎了车小民"喜气洋洋的憧憬"，各种车轮碾碎了车小民卑微的梦，车小民死在了城郊的人民桥上。这是一个当代的"骆驼祥子"，与骆驼祥子不同的是，车小民的愿望非常卑微，只是价值五块钱的"二斤金灿灿的油糖果子和五毛钱花生糖"，车小民的死揭示了乡村生活的贫困。

车小民是乡村贫民，他是属于乡村的，每天的县城往返只是为了拉车赚钱糊口，是游走在城市边缘的最底层人群。小说的叙事在乡村和城乡结合部的县城之间穿插，有点类似于路遥笔下的高加林一类的"城乡交叉地带"❷的人。在随后的一系列小说中，陈武的叙事对象发生了很大变化，叙事空间转移到城市，乡村只是背景和底色而已。《宠物》是一

---

❶ 中国作协《小说选刊》选编：《浮生记〈小说选刊〉：一本杂志和一个时代的叙事》，漓江出版社2012年版，第25页。

❷ 路遥：《路遥文集（第2卷）》，陕西人民出版社1993年版，第401页。

个真正的城市边缘人的叙事，也是一个乡村学子进城叙事。小说中对于大学毕业生孟清的身份虽然没有明确点出，但从字里行间我们仍能发现其进城者的身份。孟清上大学四年，每年才花家里三千多块钱，四年也就一万多块钱。孟清毕业以后没有工作，成为城市寻狗族，租住的小屋是老城区的老平房。小说中以城市外来者孟清介入叙事，由孟清的职业特点介入城市人的情感生活，孟清在小说中承担一个摄影机的作用。小说通过孟清的寻狗叙述了吴老板、跳跳、翠翠之间不正常的男女关系。

小说以《宠物》命名，让人自然想到宠物狗、宠物猫等宠物形象，小说叙述的是一个关于寻找宠物的故事。城市成功人士吴大鹏在两处房子里面包养了桑拿女跳跳和公司内勤翠翠两个女人，并为两个女人买了两只名贵的马尔济斯犬，跳跳的马尔济斯犬叫"翠翠"，翠翠的马尔济斯犬叫"跳跳"，两只小狗先后跑丢后，跳跳、翠翠都求助孟清，由孟清的寻狗而引出了吴大鹏混乱的男女生活，物欲城市中人性的丑恶通过寻狗族孟清得以展现。陈武2006年的小说《报料人的版本》的叙事方式与《宠物》类似，也是由一个城市边缘人——报料人来承担叙事的线索。报料人"我"最初租住在老城区，在这里走动的，都是老人和街头摆小吃摊的乡下人。""我"最初的居住地点名了"我"的进城者身份。小说中的"小曲从前也住这一带。她的许多小姐妹在初出道时都住这里，这里房租低，后来生意做好了，才陆续搬走。"小曲、胡花花、小米就像跳跳一样，是进城从事"性"生意的女性。小说同样以报料人"我"介入城市上流人的情感生活，以此为视角揭露《海城晚报》的总编辑王总、《海城服务导报》的老总朱大宝之流混乱的男女关系，揭露欲望男女的丑恶人性。

《换一个地方》同样讲述的是一个城市边缘人的故事。16岁进城投靠表姐的少女于红红一直在替表姐和表姐夫"弹棉花"，期间像棉花一样任由城市男人"表姐夫"的蹂躏而无力反抗。3年之后表姐离开"表姐夫"，无依无靠的于红红在城市不停地"换一个地方"，一直处于城市的边缘，做着卖辣椒、卖煮花生、卖茶叶蛋等小本生意，靠自己的劳动维持城市的日常生活，但自始至终都无法改变自己的城市生活品质。物质上的贫困和身体上遭受的来自城市和先期进城男性的伤害并未使淳朴的于红红失去城市生活的向往。于红红是一个质朴的乡村女孩，她的愿望就是通过自己做生意在城市里面有一间房子。在得知蔡小菜挣钱时，于红红去苍梧小区找蔡小菜，坐在草地边的椅子上做起了白日梦：

> 于红红没有敢睡，她让一个人带走了。这个面目不清的人，把于红红带到了大街上。于红红走在大街上，寻找门面房，在一个热闹的地段，她看到一条转让店面的消息。这么好的店面，做什么生意合适呢？弹棉花？卖炸鸡？开美容院？对了，她可以把这里开成一间美容院，店名现成的，就叫红红美容美发休闲中心吧。高红她们那个店是三个红，她用两个红。她被她的想法激动了。她开始装修房子了。招牌也竖起来了。两个大大的红字，就像两只红灯笼，把街面都照红了。双红美容美发休闲中心在鞭炮声中开业了。

真是顾客盈门啊，她都忙不过来了。❶

于红红在白日梦中选择开一个"双红美容美发休闲中心"而不是弹棉花，也不是卖炸鸡，其中自有深意，也颇具讽刺意味。于红红清楚地知道"红红红美容美发休闲中心"是做"性生意"的，还是选择开"美容院"，从潜意识里面讲于红红知道这种"女性生意"比起弹棉花和卖炸鸡，来钱快又轻松，这个梦境或许是于红红未来城市生活的一种象征性预示，她到底能坚守多久？城市生活的挤压会不会让于红红变成另外一个"表姐"抑或"蔡小菜"？

与前几部小说不同，《回家过年》叙述的是建筑工人老皮回家过年途中发生的一系列故事。建筑工人是城市中最为常见的进城者，他们从一个建筑工地到另一个建筑工地，在城市之间、城市与乡村之间游走，也是较为典型的城市边缘人。老皮一冬一秋总共赚了七千多块工资，一路回家变得身无分文。回家前夜与老乡喝酒赌输了七百三，被偷了五千九，又花三百块钱高价买一张火车票。最后剩下的钱又被老乡鼻涕虫给坑去。老皮一路遭遇的都是"贼"，他没有了赵本夫《天下无贼》中傻根的好运，傻根一路回家遇到的"江洋大盗"王丽、王博尚有人性的回归，而老皮的老乡鼻涕虫和二赖雕已经没有了传统乡下人的淳朴善良，无论在城市和乡村，他们都吃喝嫖赌，丧失乡村人最传统的伦理道德，其乡村人性在金钱面前已经异化。

---

❶ 中国作家协会创研部编选：《2004年中国中篇小说精选（上册）》，长江文艺出版社2005年版，第343页。

第二节　身体叙事：乡村女性的城市"生意"

乡下人进城依赖资本，男性进城者大多从事与体力有关的工作，靠出卖体力赚钱。女性从体力而言天生不如男人，她们进城以后不能像男性一样靠体力吃饭，多从事一些服务行业，如休闲娱乐场所的服务员、保姆等工作，相对于此类女性，乡下人进城小说中从事"性"生意者不在少数。陈武的乡下人进城小说中的女性进城叙事也大多与身体相关，《宠物》中的翠翠和跳跳是城市男人的宠物、《报料人的版本》中的小曲、胡花花和小米是妓女、《换一个地方》中的表姐、蔡小菜、美容院的苏锦红、高红等、水帘洞大酒店的小姐妹们都是城市灰色娱乐场所的妓女，她们的身体成为城市的消费品，成为男性消费的对象。于红红是城市的小生意者，但她的身体同样成为城市男人和乡村男人消费的对象。

《换一个地方》是一个最为典型的女性进城叙事，于红红是小说叙述的中心，她16岁进城打工，一直作为一个城市边缘人不断受到来自城市和进城乡村男人的伤害。于红红起初住在表姐的棉花房里，跟着表姐弹棉花。期间被城市男人"表姐夫"蹂躏，成为表姐夫发泄兽欲的工具。这所谓的"表姐夫"只不过是表姐在城市傍上的一个男人。在表姐与有钱男人私奔以后，于红红开始了靠小生意为生的城市生活，期间她换了几个地方，先是卖辣椒，后在炸鸡店旁边卖水煮花生，又在美容院门口卖水煮花生和茶叶蛋。期间又被炸鸡店的朱老板强奸，于红红把希望寄托在一起做生意的蔡小菜身上，希望蔡小菜带自己赚大钱，最终在水帘洞大酒店见到了"去海南赚大钱"的表姐，原来表姐根本没去海南，而是水帘洞大酒店的鸨母，蔡小菜所谓的挣大钱的生意就是做妓女。

较之于蔡小菜、表姐和美容院、水帘洞大酒店的小姐妹，于红红是一个质朴的进城女性形象，她身上有很多闪光的品质。在物欲横流的城市，于红红在做生意时始终做到诚实本分，不像蔡小菜那样世俗，不追求物质享受，她的愿望很卑微，就是靠自己的劳动致富，在城市能有一间房，有一个家。表姐一直是于红红的"偶像"，在于红红看来，表姐很"能干"，最后于红红发现表姐原来是一个"老鸨"，是一个"性生意"的组织者。这对于于红红来说是残忍的，于红红一直希望能像表姐一样"厉害"，"水煮花生"不好卖了，于红红会不会成为下一个"蔡小菜"？小说通过于红红串起来一系列女性进城故事，表姐和那些做了妓女的小姐们是城市的消费对象，于红红又何尝不是，她不仅被城市男人"表姐夫"长期消费，而且被先期进城男性炸鸡店的老板强奸。于红红在城市不停地"换一个地方"，但换来换去也无法改变受侮辱受损害的悲剧命运，在物质上一直处于相对贫困的生活状态，租住在老城区的车棚等处。城市和乡村的男性给于红红带来的都是伤害。

《宠物》中的跳跳原是洗浴中心的小姐，后被城市男人吴老板作为宠物包养，最终重操旧业，又做起了小姐生意。《报料人的版本》中的小曲、胡花花、小米几个都是妓女。小说中"我"是《海城晚报》的报料人，与妓女小曲同居。小曲把急于用钱救治受伤男友的好朋友胡花花以五万块卖给了《海城晚报》的总编辑王总，男友死后，胡花花杀死了小曲和王总。这起命案看似是妓女之间的争风吃醋，其实质是一个金钱欲望之下的背叛故事，小曲和胡花花之间的朋友之情在金钱之下变质，二者虽同为城市男人的玩物，却互相伤害，胡花花杀死了小曲，也把自己送上了不归路。小说中的《海城服务导报》的老总朱大宝、王总与《宠物》中的吴大鹏一样，是城市上流阶层男性的代表，他们表面有光鲜亮丽的职业，暗地里的私生活却是糜烂的，他们是进城女性悲剧的制造者，是欲望中人性的丧失者。

第三节　日常差异：居住空间和
饮食中的“城乡”

陈武的乡下人进城小说从城乡两类人群生存空间的建构来展现城乡之间的差异。乡下人进城首先面对的是衣食住行等生存层面的问题，在居住环境上，乡下人一般生活在城市的边缘或灰色地带，老城区的旧房子、车棚、地下室成为乡下人的居住处，与此相对的是城里人居住的高大气派的楼群、宽敞的大房子。我们可以从两组对比中看出二者之间的差异。《宠物》中吴老板和小三跳跳住的房子是三室两厅还带阁楼的大房子，而“寻狗人”孟清“租住的小屋是老城区的老平房，墙砖和地砖上都冒出水珠珠了，屋里房东留下来的一些老式家具还有其他东西都是黏黏乎乎的。在这潮湿、阴暗的小房子里，孟清有点喘不开气。"❶同样《报料人的版本》中"我"住的地方，"到处都是低矮的房屋，灰暗的围墙，破败的街道。在这里闻不到阳光的气息，也闻不到汽车的味道。这里的气味酸腐、腥臭。街道和小巷纵横交错，在这里走动的，都是老人和街头摆小吃摊的乡下人。"❷

尽管于红红在城市不停地"换一个地方"，但所有的居住空间都是一样的，于红红刚进城时住在弹棉花的房子里，表姐走后，于红红在城市的另一端找了一间房子，那是一户人家的车棚。说是车棚，实际上就是一间小屋，用水不方便，要到户主家去提。而城里人"表姐夫"住的房子是苍梧小区豪华而气派的楼群，"这儿也太干净了，干净的让她有点不习惯，绿茵茵的草地，彩色的方砖路面，还有路边的芭蕉树，所有这些都让她感到生疏。"❸进城乡下人居住环境的逼仄是其城市身份和生存状况的隐喻，无论是孟清还是于红红，他们的生存现状就像他们居住的老房子和车棚一样，处于城市的边缘。

陈武的小说也从饮食的角度展开这种差异叙述，《宠物》中的孟清一天吃两顿饭，"有时候，他干脆买二斤油条，卷着煎饼吃一天。由于多天没见太阳，加上营养不良，孟清脸色都发青了"。❹而跳跳家的宠物狗翠翠，"喜欢吃火腿肠，喜欢吃黄瓜炒鸡蛋，喜欢喝牛奶，不喜欢吃鸡肝，

---

❶❹ 陈武："宠物"，载《钟山》2003年第1期，第123页。
❷ 陈武："报料人的版本"，载《钟山》2006年第1期，第119页。
❸ 陈武："换一个地方"，载《青年文学》2004年第4期，第19页。

不喜欢吃海鲜，它一吃带鱼就吐，吃羊肉也吐"。❶进城乡下人和宠物狗在饮食上的差异对比，让我们看到了进城乡下人城市生活的艰辛，他们日常饮食连宠物狗都不如，读来令人心酸。孟清作为进城的乡村学子，通过高考顺利进城，但他始终是一个城市边缘人，过着连城里人的一条宠物狗都不如的生活，知识资本在面对强大的金钱资本逻辑时已经无路可逃。孟清和报料人"我"一样，只能在城市的大街小巷游荡，到处"找钱"以维持生计。

居住空间和饮食差异的叙述之外，陈武的此类小说还关注进城乡下人的工作空间。他的小说中出现最为频繁的空间是城市的灰色地带，如洗脚房、美容美发中心、"大酒店"等，进城女性多靠在这些空间中出卖身体来挣钱。《宠物》中的跳跳在被吴大鹏包养之前是一家桑拿房的小姐，最终跳跳离开吴大鹏重操旧业，到一个叫"红海洋桑拿城"的地方工作。《换一个地方》中的"红红红美容美发休闲中心"、蔡小菜领于红红去的"水帘洞大酒店"都是这样的场所。小说通过于红红这个外来者、闯入者的视角对水帘洞大酒店作了如下描述："于红红小心地跟着蔡小菜，进了电梯，不知上了几楼。于红红走在铺着红地毯的走道里，两边都是一间间带门号的房子，像是宾馆什么的……于红红跟着蔡小菜走进一间不太亮堂的大屋里。大屋里弥漫着浓浓的脂粉香。于红红抬眼一看，当门的一排沙发上，坐着一排女孩子，这些女孩子就像早晨的瓜果蔬菜，鲜鲜亮亮的，一个赛一个漂亮。她们中有抽烟的，打哈欠的，小声说着话的，还有三个

---

❶ 陈武："宠物"，载《钟山》2003年第1期，第122页。

在打牌。包括打牌人，都仿佛在等候什么。屋里很暖和，女孩子们都穿很少的衣服。她们有的看着于红红，面色木然，有的呢，面色呆滞。"❶这些女孩和蔡小菜一样，都是一些"性"生意者，工作环境的隐蔽、私密和昏暗是对她们"妓女"身份的一种隐喻，她们在城市中处于灰色地带，干着灰色的不能见光的职业，其身份也是模糊的。在城市里，不管是像于红红表姐那样的性生意者，还是于红红这样的小本生意者，生活都是艰难的，她们随时会受到来自男性的欺凌。

这些居住场所和工作场所是进城乡下人身份的象征性隐喻，这些处于城乡交叉地带的灰色区域，既不用遵守乡村伦理道德的束缚，摆脱了熟人社会的很多羁绊，又在城市规约的控制之外，因此最容易遭受伤害而又无法寻求保护。于红红虽然不像表姐、红红红美容美发休闲中心的小姐那样在男人之间迎来送往，成为男性消费的对象，但不管于红红如何"换一个地方"，她还是会随时遭受表姐夫、炸鸡店老板的欺凌。于红红在城市的生活一直处在"换一个地方"的状态，但无论她如何换地方，还是朝不保夕，基本的生存困境无法解决，也无法避免男性的侵害。于红红的表姐不让于红红干这一行，于红红理解了表姐的眼泪，她想告诉表姐"水煮花生不好卖了"，于红红会不会成为下一个"蔡小菜"？我们无法预料也无法回答。

---

❶　陈武："换一个地方"，载《青年文学》2004年第4期，第21页。

第四节　乡村溃败：乡村主体的离去
与传统的失落

　　正如评论家张清华在评论鬼子的《篡改的命》所言：
"二十世纪以来的中国，有两个所谓五千年未有之大变局。
一个大变局就是国家体制制度的大变局，就是民国到共和国
的呈现；再有一个大变局就是乡村社会的全面解体，而是所
有文明的全面崩溃。现在真正有良知、有决心、有抱负的作
家一定不能放过一个五千年未有大变局。一定要写，但是
写得好和不好，这是一个问题。"❶陈武的《丁家喜和金二
奶，还有老鼠和屁》和《回家过年》就是尝试在写乡村社会
的解体，这两部小说写出了城市现代化过程中乡村的破败和
乡土文明的全面崩溃，唱响了乡村和乡土传统逝去的挽歌。
在这一点上，陈武的创作与赵本夫的《即将消失的村庄》有
异曲同工之妙。在中国城市化的过程中，乡村的青壮年人口
逐渐进城，20世纪80年代初期的老一代进城乡下人，进城打
工挣钱是为了在乡村盖屋，新一代的乡下人进城之后就不愿
意返回故土，更不要说投资盖房了，因此，乡村的破败是从
老屋开始。

　　赵本夫《即将消失的村庄》是直接从老屋的倒塌开始写

---

　　❶ 张清华："如果只能认命，农民为何要进城？｜东西《篡改的命》"，见
凤凰读书（《篡改的命》北大研讨会）载http://book.ifeng.com/a/20151214/18276_0.
shtml，2015年12月14日访问。

起的，陈武的《丁家喜和金二奶，还有老鼠和屁》没有直接叙述乡村老屋的破败，而是采用了一个较为特殊的叙述对象——老鼠，小说通过老鼠与丁家喜的斗争来展开乡村的破败叙事。丁家喜和金二奶家的老屋和那一堆老鼠一直都在，从几十年前丁家喜小时候就在。先是为了防止老鼠咬他的耳朵，他专门练就了屁功，对抗老屋子里的老鼠，后来为了避免老鼠对孙子造成伤害，他时常逼迫孙子练屁功。老鼠是农村破败的象征，老鼠占据了原先村民居住的地方，与丁家喜和金二奶"平起平坐"，和他们做邻居，甚至想要侵犯他们的土地。后来因为孙子大左误食老鼠药，孙子也离开了，丁家只剩下了丁家喜，最后他也病了。此时的他好像破败的农村，中青年离开了，新生代也远离了，老人们也即将故去，农村也将消失。小说中金二奶和丁家喜的一段对话颇有深意："原来城里的老鼠都被赶到乡下啦？怪不得乡下的男人女人都到城里了，原来是做了交换，这买卖做的，吃没吃亏吧？"❶这段话其实揭示的是现代化进程中城市对于乡村的掠夺。

老鼠某种程度上成为乡村老屋破败的助推，这是城市化给乡村带来的。城市化掠夺着乡村的劳动力，随着乡村人口的逐渐进城，才让老鼠泛滥，老鼠的数量和人口的数量形成鲜明的对比。小说最后，孙子大左也进城了，家里只剩下丁家喜一人，丁家喜的"右耳朵"让老鼠吃了，丁家喜的"屁功"也废了。丁家喜"右耳朵"的被吃和"屁功"的荒废

---

❶ 陈武："丁家喜和金二奶，还有老鼠和屁"，载《翠苑》2009年第1期，第20页。

是乡村破败的象征，丁家喜已经无力阻挡历史的车轮，城市化进程中，伴随着城市的发展，乡村的破败已成定势，无法改变。

与《丁家喜和金二奶，还有老鼠和屁》不同，小说《回家过年》通过铁匠老皮打工返乡被骗的故事来探讨城市化进程中乡村伦理的裂变。小说中的铁匠老皮原来是不想进城打工的，他在家里打铁可以和妻子在一起，照顾瘫痪在床的妻子王明珠。但乡下人大都选择进城打工挣钱，老百姓已经不在需要这些农具了，"老皮的铁匠生意越来越做不下去了"，为了生计，老皮离开瘫痪的妻子进城打工，但一路回家的遭遇让老皮变得一无所有。其间涉及的是一个乡村物质破败过程中传统乡村伦理道德的逐渐崩塌。与老皮一起打工的老乡鼻涕虫、二赖雕和王干成最终让老皮一无所有，他们和老皮在回家途中遇到的票贩子和小偷一样，共同掠夺了老皮一冬一秋的工资。鼻涕虫和喝高了的老皮赌钱，老皮输了七百三。输钱之后老皮才知道上了二赖雕的当，王干成和鼻涕虫也纵容了赌钱事件的发生，这是老皮拿到工资之后"丢的第一笔钱"。赢钱之后，"王干成、鼻涕虫和二赖雕哼哼唱唱出去洗脚了。老皮知道他们干什么去了，什么洗脚啊，就是去搂小姐干脏事的，这帮驴操的，一有钱就烧，拿老子的钱去显摆"。❶进城之后的乡下人会去嫖娼，传统的家庭道德伦理在此被生理的需求所替代。

被骗返乡的老皮首先去找二赖雕，此时的"二赖雕家堂屋里安了赌局，八仙桌子边黑压压都是人头"，由此可见

---

❶　陈武："回家过年"，载《时代文学》2011年第13期，第121页。

乡村赌博之风的盛行。鼻涕虫没有同情老皮的遭遇，反而骂老皮活该、晦气，"你赶快滚回家，别耽误我赌钱？我说今天怎么这样晦气，老是输，原来都是你狗日的惹的……滚滚滚，滚啊，还要我踢你屁股啊？大过年的，别让我添堵"！❶金钱让乡村传统、善良的村民人性沦丧，他对于老皮没有丝毫同情，眼里只有钱。老皮的最后一笔钱是因为老皮撞见了鼻涕虫和二赖雕的老婆调情，反被两个恶人胁迫，强行夺去最后仅有的"二百七十块"。鼻涕虫和二赖雕是老皮同村的村民，他们对待老皮没有传统乡村村民的守望相助，这两个乡下人已经丧失了乡村传统的伦理道德。从这些进城乡下人身上，我们已经很难发现传统乡土文明的残存，有的只是乡村文明的全面崩溃。

---

❶ 陈武："回家过年"，载《时代文学》2011年第13期，第126页。

第九章 "被丢下的"和"被带走的"：胡继风乡下人进城小说研究

　　胡继风是江苏宿迁人，出生于农村，工作在城市，是一个典型的进城乡村学子。胡继风长期关注留守和流动儿童问题，他认为自己创作的"兴趣点和关注点只能是这些被丢下和被带走的孩子"，❶其短篇小说《想去天堂的孩子》2011年荣获江苏省第四届紫金山文学奖儿童文学奖，短篇小说集《鸟背上的故乡》2013年荣获第九届全国优秀儿童文学奖。从2005年的《我要像鸽子那样飞》到2011年的短篇小说集《鸟背上的故乡》，胡继风总计创作了20多篇乡下人进城小说，具体篇目和发表时间、期刊统计如下（有些小说单独发表后又结集出版于短篇小说集《鸟背上的故乡》），如表9-1所示。

　　其中短篇小说集《鸟背上的故乡》收录关于留守儿童和流动儿童的小说18篇，包括《鸟背上的故乡》《和冰冰一起私奔》《楼上的你和楼下的我》《空课桌》《不知要往哪里去》《一封写给妈妈的信》《跟小满姐姐学尿床》《想去天堂的孩子》《忘归》《一个人的城市》《急诊》《像豌豆一样突然消失》《给奥巴马叔叔的一封信》《害羞》《美丽的

---

❶　胡继风：《鸟背上的故乡·序》，黑龙江少年儿童出版社2011年版，第1页。

花衣裳》《最美有多美》《我哪里也不让你去》《大水》。
在这部小说集的封面上写道"中国首部关注留守儿童的现实
主义小说集",这是对这个小说集最准确的定位和褒奖。

表9-1　胡继风乡下人进城小说创作情况统计

序号	小说	发表时间及期刊
1	《我要像鸽子那样飞》	2005年第5期《回族文学》
2	《一地黄花》	2006年第2期《清明》
3	《想尿床的孩子》	2008年第2期《翠苑》
4	《姑苏城的爸爸》	2008年第3期《鸭绿江》（上半月）
5	《想"留守"的孩子》	2008年第4期《北方作家》
6	《忘归》	2008年第11期《少年文艺》
7	《像豌豆一样突然消失》	2009年第5期《翠苑》
8	《鸟背上的故乡》	2009年第7期《延河》
9	《跟小满姐姐学尿床》	2009年第8期《厦门文学》
10	《空课桌》	2009年第11期《少年文艺》
11	《百合》	2010年第3期《凉山文学》
12	《鸟背上的故乡》	黑龙江少年儿童出版社，2011年3月（小说集，收录小说18篇）

　　对于为何关注留守儿童和流动儿童，胡继风自称有两个
原因，一个是自身原因"我是在苏北一个极其偏僻的村庄里
出生和成长的……外出上了几年大学之后，我又重新回到家
乡的集镇上工作……也就是说，从小到大，我从来没有和农
村分离过，而且现在联系还更加紧密了：因为我年迈的父母
还住在农村，我几乎每个周末都要回去看望他们；我的六个
兄弟姐妹中其他没有考上大学的三个人，也都住在农村，我

也会经常回去看他们；另外我也是一名新闻工作者，因为工作的需要，也要时常往农村跑。我对农村太熟悉了。我对农村那些被丢下或被带走的孩子，其中也包括我的侄子、外甥女等至亲的孩子（我的兄弟姐妹也有出去务工的），也太熟悉熟悉了……"，另一个原因是"他们本身"，"他们是真正需要去关注的群体。为什么这样说，看一看他们的生活现状就知道了。相对于父母都在身边的少数农村孩子以及土生土长的城市孩子，被父母丢在农村的孩子以及被父母带进城市的孩子，大多数涉世过早，要面临许多和他们的体力与心志完全不成比例的生存压力和情感困境，作为一个有良知的儿童文学作者，我感觉自己有责任和义务持续不断地关注他们"。❶

第一节　物质贫困：超乎年龄的生存压力

随着进城务工人员的增多，乡村的留守儿童和随着父母进城的流动儿童数量也在不断增多。相比于城市儿童的生活，留守儿童的乡村生活和流动儿童的城市生活充满艰辛，城乡之间在物质生活层面的差距依然很大。短篇小说集《鸟背上的故乡》通过一群来自小胡庄的留守儿童的生活艰辛和流动儿童与城市儿童的生活差异来展示这一群体所面临的物质生活的困境。这些小胡庄的孩子们有的被留守在贫困的小胡庄，物质生活并没有因为父母的外出打工而改善，如《美

---

❶ 胡继风：《鸟背上的故乡·序》，黑龙江少年儿童出版社2011年版，第1页。

丽的花衣裳》中的菱花们。有的被父母带进城市，城市的物质生活也同样是贫困的，逼仄的居住空间和与城市儿童的物质差异让他们的城市生活依然艰辛。

在众多叙写物质生活贫困的小说中，《美丽的花衣裳》是最令人心痛的。小说是一个因"小小而卑微的梦想"而引发的血案，悲剧的起因仅仅是因为这些孩子想通过自己的努力为自己买一个心仪的东西，一件价值20元的花衣裳、一个面包片、一盒蜡笔……小说叙事的焦点集中在一个叫菱花的女孩身上。菱花的父母一直在外打工，家中兄妹三人都在上学，家中一贫如洗。正值花季的少女菱花想跟自己的同学王瑛娜一样有一件价值20元的碎花棉袄。20块钱对于菱花家里来说，差不多是全家一个月所有的开销。菱花只有想方设法赚钱，最终到村里的鞭炮厂裹鞭炮。与菱花一样，还有20个留守儿童也都为了各自不同的"梦想"来到鞭炮厂"打工"。这些"梦想"对于家境富足的孩子来说是不可思议的，它是一个新书包、一小盒七彩的小蜡笔、一把手电筒、用上松软舒服的卫生巾、一片面包……正当大家快要实现"梦想"时，一个顽皮的小男孩取出鹅卵石摩擦，试图给停电的鞭炮屋照亮，在绚烂的火花迸出的一瞬间，菱花死了，想买新书包的小男孩死了，想买小蜡笔的男孩也死了……生活的艰辛使菱花这些留守儿童为了一个卑微的"梦想"而付出了生命的代价。

留守儿童的乡村生活是艰辛的，那么短暂到城里看望父母或跟随父母进城的流动儿童的生活会不会有所改善呢？《一个人的城市》通过一个小男孩丑蛋的视角叙述父母在城市的生活，由孩子的视角展开城乡在物质层面的差异叙述。

丑蛋满心欢喜地在暑假到爸妈打工的城市玩，进城之后才发现，繁华的城市竟然没有自己跟父母的安身立命之所。丑蛋在城里的家位于一条大街背后的一条小弄堂，繁华的城市和富丽堂皇的高楼大厦背后是狭窄、阴暗、低矮、陈旧的小弄堂。一家三口只能租住在即将拆迁一个小院子里的一间小偏房，除了一张床和一张小饭桌，几乎连一根针都插不进去。没有办法，爸爸只能像老鼠般钻到床底下睡觉。

《楼上的你和楼下的我》中两个小女孩丹丹和莹莹因缘巧合成了好朋友，但是她们的出生、家境却截然相反。丹丹来自农村，父母都是进城务工人员，家境困难，是"芝麻花农民工子弟小学"的学生，金融危机使得父母都失业了，爸爸回小胡庄了，妈妈在夜市大排档找了一个零工。为了节省电费，丹丹每天晚上独自在路灯下学习、踢毽子。莹莹是城里的孩子，父母都是知识分子，家境富裕，是贵族学校的学生，每天都会学弹琴、跳芭蕾，出入有汽车接送。但这并未妨碍两个女孩相识成为好朋友，但双方父母和资深网民"会筑巢的鱼"、城市晚报记者的参与让这段友谊结束。其间所透露出的成人世界的世俗和门第观念以及两个孩子的生活差异令人担忧，城乡之间的物质和文化的差异难以弥合。

第二节　情感缺乏：父母亲情的渴望

胡继风的此类小说在表现留守儿童生存困境的同时，也写出了这些孩子的情感需求。儿童正处于身心迅速发展时期，心理比较敏感，对各方面的变化反应强烈，内心难免存在烦恼与冲突，所以他们特别需要倾听倾诉。而对于进城务工人员子女而言，他们与父母长期分离，心理得不到抚慰，比一般的孩子更渴求父母的情感。小说中这些孩子对父母情感需求的表达方式令人啼笑皆非。《一封写给妈妈的信》中的百合想通过写信挽留睡在身边即将离开的妈妈，《致奥巴马叔叔的一封信》中季创业想通过给奥巴马写信赶走金融危机回到爸爸打工的城市，《跟小满姐姐学尿床》中的小米想通过"尿床"留住妈妈，《和冰冰一起私奔》中的桥桥与冰冰打算"私奔"去上海找爸爸妈妈，《忘归》中的胡小榆渴望爸爸妈妈回来打"忘归"的自己，《想去天堂的孩子》中的壮壮盼望去天堂苏州看望爸爸。这些孩子的愿望其实很简单，就是和自己的父母在一起，但如此简单的愿望对于进城打工者的子女而言是一种奢求。

《一封写给妈妈的信》中百合的妈妈跟着爸爸进城打工已经6年了，中间偶尔回来。百合感觉到"妈妈就像不慎脱手的气球一样，距离自己越来越远了"。妈妈对自己不再像以前那样亲热了，变得生疏了。妈妈明天又要回去了，百合决定写一封信给熟睡的妈妈，告诉妈妈自己的想法。有着一颗爱心的百合曾经在田地里救下一只小秧鸡，放到自家的鸡圈里，可是令人意想不到的是老秧鸡竟然在5天后不辞辛苦地找到了小秧鸡，把它带走了。百合写到"妈妈，一只秧鸡都知道要把自己的孩子带在身边，你连一只秧鸡也不如"。当百合在妈妈熟睡的脸上看见了许多条细密的皱纹，在妈妈松散的鬓角上看到了许多根花白的头发时，百合心软了，她知道其实妈妈蛮辛苦的：这些年来，她背井离乡，在那座遥远的城市里，和爸爸一样，每天起早贪黑，做最累的活，拿最少的钱；吃最简单的饭，住最狭小的屋，这样一想，百合犹豫再三，终于狠心将写好的信一点一点地撕碎。《致奥巴马叔叔的一封信》中刘青稻希望"金融危机"继续，这样妈妈就可以留在身边，自己的好朋友季创业却想通过给奥巴马写信结束"金融危机"，这样自己就可以离开小胡庄，和妈妈一起回到爸爸打工的城市。

《和冰冰一起私奔》中的小男孩桥桥差不多两年没见到父母了，心里很想念父母。桥桥知道，父母不能回家，因为一旦回家父母在上海的工作很可能就会被其他进城务工的人员抢走，桥桥知道在上海找份工作是很困难的一件事。如果父母没有工作，自己上学也就没了经济来源。所以桥桥决定与父母同在上海的冰冰一起"私奔"去上海找父母。《想去天堂的孩子》中的"壮壮"是一个品学兼优的好学生，爸爸在苏州打工，妈妈是个弱智，勤快懂事的壮壮小小年纪就承担了许多大人做的事情。市区一家房地产公司的老总资助20个学生到苏州（天堂）去看望打工的父母，壮壮入选。壮壮的爸爸为了省钱，过年没有回家，壮壮已经快一年没见到爸爸了。对于壮壮而言，去苏州看爸爸就等于去天堂。但壮壮没有爸爸的联系方式就无法去苏州，同学强强的母亲云英因自己的儿子没被选上而嫉妒壮壮，没有告诉壮壮爸爸工地的电话。壮壮在村里唯一有电话的德高老爹门外等了爸爸一夜电话，睡着的壮壮梦见自己去了"天堂"苏州，见到了爸爸。此处的苏州之所以为"天堂"是因为爸爸在那儿，父母亲情是留守儿童的"天堂"。

《忘归》中的胡小榆都是这样的一群孩子，他们内心深处最大的梦想就是能见到父母，与父母在一起。胡小榆与丁子龙、王新贵一起打真皮篮球，一起去河里抓虾，忘记回家。丁子龙和王新贵的爸爸找到他们，打了两个人，丁子龙和王新贵没哭，而胡小榆哭了，他羡慕他们被爸爸打，觉得挨打是一种幸福。因为南京打工快两年了一直没有回来。老得有些糊涂的奶奶就是胡小榆一夜不回来也不会找一下。《跟小满姐姐学尿床》中的小米一觉醒来，发现妈妈又梦一样地消失了。当看到小花、小满姐姐的妈妈都在家时，小米有说不出的心痛。当得知小满姐姐的妈妈因小满姐姐尿床而待在家中的时候，小米便想通过尿床来留妈妈。这群留守孩子的很多做法看似幼稚，但小说读来却发人深省，他们父母多是为了给子女更好地未来而进城打工，父母的进城也许会从经济上改善留守儿童的生存状况，但他们的情感需求却被物质的追逐所淹没，一个更好的未来不仅仅需要金钱的保障，心理的健康可能在某种程度上更为重要。胡继风的小说从多个侧面以儿童的视角向我们提出这一命题，在关注留守儿童物质生存状况的同时，父母要更加关注孩子的情感需求，关注他们的心理健康，这更关乎留守儿童的未来。

第三节　城乡两难：流动儿童的身份焦虑

在胡继风的此类小说中，这些孩子们的父母背井离乡，到一座"属于别人的城市里流浪，找活干，挣饭吃，做最脏最累的事，流最多最咸的汗"，但换来的却是"一个被许多高贵的眼神所不屑的——民工"[1]的称呼。与通常进城乡下

---

[1] 胡继风："等待回家的民工"，载《雨花》2003年第7期，第49页。

人小说一样，流动儿童与他们的父母在城市的遭遇一样，同样面临的是一个城乡身份的两难和城乡歧视问题。

《鸟背上的故乡》中的流动儿童胡四海就面临一个身份的尴尬问题。出生在城市的胡四海知道自己是小胡庄人是在上幼儿园入园时，所有的幼儿园都拒绝胡四海入园，理由是没有城市户口。每年过节都要回小胡庄过春节，但是胡四海不想，因为小胡庄不喜欢他，小胡庄的孩子也不待见他，更不承认他是小胡庄的孩子，小胡庄孩子玩的游戏胡四海不会，胡四海的口音"南腔北调"，为此胡四海很伤心。爸爸告诉他："下次再有人这样问，你就说你是城里的孩子。"但这个答案更让胡四海感到难过，假如自己是城里的孩子，自己为什么要去读"农民工子弟学校"呢？城里的小学为何不要我？在胡四海看来："我既不是城市的孩子，也不是村庄的孩子——对于城市来说，我只是一个来自乡村的客人，就像对于村庄来说，我只是一个来自城市的客人一样。城市和村庄都或长或短地容留了我，同时城市和村庄又都或严厉或委婉地拒绝了我。我没有家乡。如果非要给我安一个家乡不可的话，那我的家乡就在不断迁徙的路上。就在鸟一样四处觅食的大人的背上。"❶这种"非城非乡"的境遇是一种身份的尴尬。

进城乡下人子女与他们的父母一样，同样会遭受来自城市的歧视。这在《楼上的你和楼下的我》和《一个人的城市》中都有体现。《楼上的你和楼下的我》中莹莹的妈妈宁大夫反对莹莹和丹丹做朋友，认为莹莹和一个农民工的孩子

---

❶　胡继风："鸟背上的故乡"，载《延河》2009年第7期，第11页。

在一起不会有什么长进，这显然是来自门第观念的歧视。《一个人的城市》中的丑蛋同样遭受了这样的歧视，丑蛋暑假进城看望城里打工的父母，结识了城市中的男孩亮亮。亮亮的妈妈反对亮亮与丑蛋交往。在城市人亮亮妈妈认为农民工的素质很低，没教养，没有良好的生活习惯，不讲卫生。亮亮长期和农民工子弟做邻居不好，在一起玩学不到什么好，最终会不学无术，变成一个像丑蛋爸爸妈妈一样靠出卖体力谋生的农民工，因此决定学"孟母三迁"。这些歧视性的话语和态度是城市给乡村贴下的标签，丑蛋的淳朴善良和热情换来的是城市的拒绝和伤害。

《我要像鸽子那样飞》中的"我"虽然不是留守儿童也不是流动儿童，但却与这些少年无异。16岁的花季少年"我"因家境贫寒被迫辍学进城打工，因为在城市"即使是找一间阴暗潮湿得永远是夜晚永远是雨天的地下室改造的小旅馆，一个夜晚也要花掉二十元的住宿费——约等于我们一天打游击的报酬。"[1]于是我和大贵哥在城市露宿街头，成为"市民投诉的对象以及有关方面围剿的目标"。在给客户送水时，因脚臭而遭到女主人"害了虫的庄稼"般的待遇。女主人"在屋子里和我刚走过的地板上喷来喷去。甚至还朝我站的方向使劲地喷了几下，就像小雷庄的乡亲们给害了虫的庄稼喷农药一样。"[2]这让我羞愧难当，无地自容。内心深处的自卑让"我"在城市始终无法挺起腰杆昂起头颅走路。"我"渴望自己能够像城市的鸽子一样飞起来，飞回自

---

[1] 胡继风："我要像鸽子那样飞"，载《回族文学》2005年第5期，第13页。
[2] 同上书，第14页。

己的小雷庄。小说最后"蜘蛛人"我在清理大厦玻璃时真的"飞"了起来，以死亡的形式回归乡土。

当被问及为何会写得这么集中、这么多的此类小说时，胡继风坦言是"出于一种强烈的不公平感、不公正感——大概从2008年开始吧，我突然刻骨铭心地意识到：现在的农村孩子，并不比过去，比如我们那一代农村孩子，幸福多少。……我们那一代农村孩子的父辈，把他们生产出来的最好的也是大多数的果实全奉献给城市里。……我们那一代的农村孩子，为了城市，奉献了相当一部分的身体。也就是说，牺牲了很大一部分的温饱。现在，也就是20世纪八九十年代以及更晚出生的农村孩子，再不会被饥饿和寒冷折磨了。但是，我感觉他们的牺牲一点也不比我们少，他们的幸福一点也不比我们多。"❶进城的乡下人及其子女对城市建设的贡献与他们所受到的来自城市的不公正待遇形成巨大的悖论，城市的现代化不仅掠夺了乡村的劳动力，也在更进一步的掠夺留守儿童和流动儿童的幸福。

第四节 呼吁关注：问题与正能量共存

在胡继风的此类小说创作中，还触及乡村的教育问题和"重男轻女"的封建思想。《我要像鸽子那样飞》中的"我"因为家境贫寒被父亲剥夺了上学的机会而进城打工，

---

❶ 胡继风："乡村之子，当为乡村而歌——第九届全国优秀儿童文学奖得主胡继风访谈录"，载http://www.sq1996.com/news/minsheng/2013/0730/81774.shtml。

最终命丧城市。《急诊》中的黑妮，在爸爸妈妈带着弟弟临行出门的时候，硬生生地被他们从村小学里拉了回来："女孩儿，有文化没文化将来都不是一样嫁人嘛。还是早点回来吧，也好帮奶奶照应一下家，还有那几亩责任田。"黑妮从小便失去了受教育的权力，她的人生轨迹似乎也已注定。《一封写给妈妈的信》的百合由于经常思念自己的爸爸妈妈，所以成绩像瀑布一样地跌了下来。当妈妈回家的时候百合想到了撒谎欺骗，但最终诚实的百合还是给妈妈看了家庭报告书，但让百合意想不到的是，妈妈说："考好又能怎样呢？得了一百分又能代表什么？上了大学又能怎样呢？现在的大学生到处都是，而且很难找到好工作。百合，书念到初中就足够了，再念不仅浪费钱，还耽误挣钱呢。"❶此时心情很差的百合想到了城生，因为妈妈曾经说过，无论遇到多大的困难、需要花多大的代价，也要给城生上好的学校，要帮助城生以后考上名牌大学，找到体面的工作，过上好的日子。百合和城生是兄妹，但因性别因素在受教育方面父母的做法却有天壤之别。

胡继风通过讲述这些流动儿童和留守儿童的故事，并非单纯为了揭示他们所面临的生存和情感的困境，作为儿童文学，其传递正能量的目标是最不容忽视的。对于此类小说的创作初衷，胡继风说"这些被丢下的，和被带走的，虽然再不会像我们那一代农村孩子为温饱所困了，但是我感觉他们的处境并不比我们好到哪里去——长期与父母分离，或者长期跟随父母奔波，让他们不得不面对那些与他们的肉体和心

---

❶ 胡继风："百合"，载《凉山文学》2010年第3期，第13页。

灵完全不成比例的生存压力和情感困境……但是我的目的并不是要单纯地表现这些困境，而是要表现这些孩子面对压力和困境时身上闪烁出来的那种不仅可以让我们这些成年人为之感动、更会让我们这些成年人肃然起敬的精神光芒。问：你说的这种精神光芒指什么？答：忍耐、坚强；勤劳、善良；勇敢、不逃避；乐观、能担当……简言之，就是中华民族的传统美德。"❶

《急诊》中的黑妮是一个十岁出头的小姑娘。她的爸爸妈妈长年在外面务工，小姑娘很早就被剥夺了上学的资格，只能在家帮助奶奶处理家务。但在生活的长期磨炼下，她将家里的几亩庄稼弄得井井有条，甚至她还能很沉稳很勇敢地处理一些紧急情况。黑妮在黑夜里自己拉着奶奶去卫生室，她忍着害怕经过了恐怖的小树林和雷暴雨，用自己的小身体为奶奶遮挡雨点，终于在雨过之后，把奶奶送到了。但后来因为要在手术书上签字，小黑妮跪下了，她求院长救救照顾她的奶奶。作为一个留守儿童，黑妮过早地承担起了与年龄不相符的生活重担，但黑妮超乎年龄的坚强也同样令人感动。

同样，《空课桌》中的梁巍然，爸爸车祸去世，与妈妈相依为命。妈妈白天在一家服装店打零工，晚上到附近的夜市卖小玩具，生活非常拮据。但当得知自己的好朋友赵伊宁得了重病后，梁巍然害怕了。她怕赵伊宁会跟自己的爸爸

---

❶　胡继风："乡村之子，当为乡村而歌——第九届全国优秀儿童文学奖得主胡继风访谈录"，载http://www.sq1996.com/news/minsheng/2013/0730/81774.shtml。

一样永远离开自己，这样想着，梁巍然不由得一阵彻心透骨
地害怕和难过。当看到别的同学捐出1000元、200元、100
元，自己手里只有七元钱时，他感到非常难过。于是梁巍然
想方设法地去攒钱，"渴望使大劲"。于是，他通过不吃早
饭、到垃圾桶拾易拉罐来攒钱，终于攒够了一大堆硬币和毛
票组成的50元钱，虽然很苦很累，而且为此遭受同学的"非
议"，但他很开心。

　　胡继风的小说真实地再现了这些"被留下的"和"被带
走的"孩子们的心路历程，这些早熟、内心缺乏情感慰藉的
孩子在异于常人的生存环境中成长。他们有的被父母留在了
农村，没人提醒他们在冷空气南下时加衣服、在亲人生病时
没人帮忙、有的因为思念爸妈而"私奔"；有的被带到了城
市里，却因为受到城市的歧视而急于返回故乡、有的在过年
回家途中历经坎坷、也有的在城市因生活环境相差过大而被
迫搬家。小说中对于这些孩子生存现状的描写，让人们不
得不关注这群孩子的生存环境。留在乡村的孩子生活艰辛，
无人看管和照料，缺乏情感抚慰；被带到城市的孩子难以融
入城市，因为没有城市户口而难以入学，居住环境甚至比乡
村更差。小说通过这些孩子表达了作家对这一特殊群体的关
心，也向读者展示了这些孩子对生活的认知和超脱他们年龄
的早熟，表达了他对这些孩子的敬畏，同时呼吁社会关心他
们——进城乡下人的子女。

下　编

第十章　女性书写：城市里的农家女

乡下人进城依赖资本，男性多依赖体力，在城市从事一些诸如建筑工、送水工等体力活，女性因性别的因素较之男性生存更为困难，女性也因此成为乡下人进城小说关注的焦点。女性进城多从事保姆工作，如刘庆帮的《找不着北：保姆在北京》❶和须一瓜《保姆大人》❷中众多形形色色的保姆，也有很多女性进入消费场所如歌厅、发廊、洗浴中心等，如吴玄的《发廊》❸中的发廊女、此类女性叙事多与身体相关。作家通过对这些城市里农家女的生存现状的关注，多传达出对于社会的批判和文化的反思，当然其中也不乏人性的探讨。

新时期以来江苏作家的乡下人进城小说大多与女性相关，有些小说中女性成为叙事的主体，整个进城故事围绕女性展开。其中陈武的《换一个地方》、巴桥的《姐姐》《阿瑶》、李洁冰的《青花灿烂》、余一鸣的《种桃种李种春风》、顾维萍的《水香》都是最为经典的女性叙述文本，此类小说多围绕女性的城市生活为中心展开叙事。更多小说中的女性只是进城乡下人的一个，是整个故事叙事中的一员，

❶　刘庆帮：《找不着北：保姆在北京》，北京出版集团公司2014年版。

❷　须一瓜：《保姆大人》，凤凰传媒出版集团2011年版。

❸　吴玄："发廊"，载《花城》2002年第5期。

虽不能称为女性叙事文本，但又和女性相关。江苏作家乡下人进城小说中的女性书写兼及这两类小说，把小说中所有的进城女性都作为关照的对象，具体作品、发表时间和期刊、进城女性的统计情况如表10-1所示。

表10-1 江苏作家乡下人进城小说中的进城女性统计

序号	作家	作品	女性进城者	发表时间及期刊
1		《寻找月亮》	月儿	2000年第11期《作家》
2	赵本夫	《无土时代》	刘玉芬 文秀	2008年，人民文学出版社
3		《洛女》	洛洛	2010年第5期《上海文学》
4		《城乡简史》	王才老婆	2006年第1期《山花》
5	范小青	《城市民谣》	林红	1995年第12期《长江文艺》
6		《城市之光》	马小翠 荷叶	2003年，江苏文艺出版社
7		《不二》	孙霞	2010年第4期《人民文学》
8		《淹没》	大兰子 刘冬梅 小香	2007年第1期《钟山》
9		《种桃种李种春风》	大凤	2014年第1期《人民文学》
10	余一鸣	《闪电》	潘春花	2014年第6期《创作与评论》
11		《潮起潮落》	杨美丽 范青梅 范家惠	2013年第11期《北京文学》（中篇小说月报）
12		《剪不断理还乱》	大大 小小	2011年第1期《作家》
13		《人流》	小小	2011年第2期《人民文学》

（续表）

序号	作家	作品	女性进城者	发表时间及期刊
14	余一鸣	《放下》	刘清水	2011年第8期《中国作家》
15		《江入大荒流》	小小	2012年第17期《作家》
16	胡继风	《鸟背上的故乡》	翠珍	2011年3月，黑龙江少年儿童出版社
17	李洁冰	《青花灿烂》	青花	2009年8月，作家出版社
18	陈武	《换一个地方》	于红红表姐蔡小菜"小姐们"	2004年第4期《青年文学》
19	顾坚	《青果》	银凤春英	2010年1月，昆仑出版社
20	顾维萍	《水香》	水香桃花桃红	2011年3月，远方出版社
21	徐玲	《流动的花朵》	王弟他妈	2011年1月，希望出版社
22		《幸福的女人》	那个女人	2007年第3期《当代》
23		《结局》	黄小玲	2012年第9期《山花》
24		《断》	"小姐们"	2014年第15期《作家》
25	王大进	《风好大》	李二妻子	2013年第9期《长江文艺》
26		《断》	赵远梅	2014年第15期《作家》
27		《桥》	赵珍贞	2014年7月18日《光明日报》
28		《禅意》	赵小槐	2004年第3期《清明》
29		《姐姐》	阿珍	2001年第4期《收获》
30	巴桥	《一起走过的日子》	小晴	2000年第4期《大家》
31		《请大家保护自己的腰》	王小燕	2002年第7期《作家》

（续表）

序号	作家	作品	女性进城者	发表时间及期刊
32	巴桥	《阿瑶》	阿瑶 小群	2003年第4期《钟山》 2004年第5期 《作品与争鸣》
33	王涌津	《夏萤》	玉萤	2009年7月，《汍光塔》 作家出版社
34		《流浪脚手架》	玉兰	
35		《心碎的青春》	玉琴	
36		《秋千》	玉秀	
37		《乌金泥》	玉芬	
38	徐风	《浮沉之路》	田萌琴 郭慧玲	2004年4月，作家出版社
39		《公民喉舌》	恽晓芙 盛帼英	2003年6月，作家出版社
40	徐则臣	《三人行》	宋佳丽	2005年第2期《当代》
41		《西夏》	西夏	2005年第5期《山花》
42		《居延》	居延	2009年第5期《收获》 2009年第11期 《小说月报》
43		《逆时针》	文小米	2009年第4期《当代》
44		《耶路撒冷》	舒袖	2013年第6期《当代》 2014年3月，北京十月文艺出版
45		《凤凰男》	小嫂子	2014年第2期《天涯》
46	储福金	《S形声音》	黄莺 陈地安 陈天安	2011年6月，时代出版传媒股份有限公司、安徽文艺出版社
47	荆歌	《爱你有多深》	马华	2002年第3期《收获》

　　新时期以来江苏作家的乡下人进城小说中出现了大量的进城女性形象，这些女性形象类型丰富，既有像赵本夫《寻

找月亮》中的月儿、陈武《换一个地方》中的于红红和蔡小菜、余一鸣《闪电》中的春花、储福金《S形声音》中的黄莺、巴桥《阿瑶》中的阿瑶、小群等沦落风尘的女性，也有像余一鸣《不二》中的孙霞和《放下》中的刘清水、徐风《公民喉舌》中的盛帼英、顾维萍一样的靠身体资本在男性之间周旋的成功女性，也有像赵本夫《无土时代》中的刘玉芬、余一鸣《潮起潮落》中的范青梅、范家惠、杨美丽等进城妻子形象，也有像李洁冰《青花灿烂》中的青花、余一鸣《种桃种李种春风》中的大凤等母亲形象，当然这些小说中也不乏像顾坚《青果》中的银凤和春英、徐风《公民喉舌》中的恽晓芙等青春女性奋斗者形象。江苏作家乡下人进城小说在对这些进城女性物质生存状态关注的同时，也不乏对这些进城女性精神层面的关注，较为全面地揭示她们在城市生存的困窘。

第一节 沉沦的女性：被"消费"的身体

乡村女性在进城时所面临的处境比男性进城者更为严峻。因为性别的差异，女性进城者往往在生活的重压和金钱的诱惑之下，在金钱与伦理道德的两难抉择中逐渐沉沦。在江苏作家的乡下人进城小说中，这类沦落风尘的女性形象占据了极大的比例，这些乡村女性的进城沦落的历程几乎相同，曾经淳朴天真的她们怀揣一个共同的城市梦进城，但进城后的生存境遇让她们在万般无奈下沉沦，靠出卖肉体为生，沦为男性的消费品，被城市消费。这些女性没有诸如知识、社会关系等获得体面身份必需的雄厚资本，肉体是她们唯一的资本，为了金钱她们游走在一个个欲望的陷阱里，实现自己的城市梦。

赵本夫的小说《寻找月亮》中的月儿就是一个较为典型的进城沦落女性形象。较之其他作家笔下的此类人物形象，月儿形象较为丰满。小说设置了一个城市男性钱坤的视角来进入对月儿沉沦的叙事。钱坤是南京城里一所中学的数学老师，酷爱"月亮"。"月亮"是一种自然之物，钱坤对于城外"月亮"的喜爱是一种对于大自然的热爱，因此钱坤才会喜爱自然、野性的月儿。月儿是一个来自乡村、野性十足的少女，小说通过钱坤的视角展现了初入南京城的月儿"这女孩美得惊人，长相似一位印度少女，眼睛很大，睫毛密长，皮肤有点棕色，但很细致。个头有一米七，胸部扁平，两条长腿显得结实有力"。❶月儿是一个个体觉醒的乡村女性，她是因为不想结婚而进城打工，她的梦想就是"成为城里的女孩"。为了成为城里女孩，她甚至刮腋毛，胳肢窝里流出血来都不放弃。

"月牙儿休闲中心"是现代城市一个象征性消费空间，在这个消费空间之中，月儿想挣钱成为城市女孩，但城市男人们消费的却是她的乡村性，因为"他们已经恶心那些刮掉眉毛剃掉腋毛甚至刮净全身体毛的女子、现在要看看一个带着山野气的毛绒绒的真女子，就像吃够了美味佳肴的城里人要改改口味吃点野味"。❷对于月儿而言，想成为城市女孩，就需要钱，而要挣钱就必须保持山村的野性，如此的

❶ 赵本夫："寻找月亮"，载《作家》2000年第11期，第41页。
❷ 同上书，第43页。

悖论令月儿的内心备受煎熬。像月儿这样的女性从乡村来到城市，在城市灯红酒绿中迷失自我，以"肉体"为资本来换取城市人所具有的物质优越感。小说不只是停留在"肉体"迷失之后物质的获取上，更多揭示的是他们精神的苦痛，因为这些女性"要克服的并不只是外在生活的重压，更艰难的还是道德观和价值观的嬗变，这是一种巨大的心理挣扎和对抗。只有写出了这种挣扎、撕裂和剧痛，小说在展示苦难的层面上才具备一种精神上的说服力"。❶小说对于月儿内心的展示是通过城市人钱坤的眼睛来发现的，当钱坤在"月牙儿休闲中心"观看月儿跳草裙舞时，钱坤发现月儿每次在跳舞时眼睛中都有泪光，"她看他的目光是深情的幽怨的，当她的目光扫过人群的时候，又是冷漠的凌厉的甚至是仇恨的"。❷月儿的目光中既有对于城市男人钱坤以及成为城市女孩的渴望，也有对城市的仇恨，城市在消费着月儿的身体，也在消费着月儿的城市梦。

在江苏作家中，巴桥也是一个致力于叙写"打工妹"故事的作家，他的"打工妹"叙事大多是21世纪初的叙事，《姐姐》《阿瑶》《一起走过的日子》《请大家保护自己的腰》都是此类叙事。这些小说中的进城女性阿珍、小琴、阿瑶、小群、小晴、王小燕都是沦落风尘的"小姐"。巴桥的此类叙事更为关注的是这些"小姐们"的"身份"尴尬问题。"在《一起走过的日子》《姐姐》《阿瑶》等小说中，

❶ 吴妍妍："近年来女性农民工文学形象考察"，载《福建论坛（社科教育版）》2008年第12期。
❷ 赵本夫："寻找月亮"，载《作家》2000年第11期，第43页。

作者让一位'游荡'于城市的边缘人叙述那些'打工妹'的故事，城市边缘人与城市边缘人在这里交往构成了边缘化故事，'我'的存在与'打工妹'的存在是一体的，他们不仅都是一些城市边缘人，他们的生存方式也惊人地一致，是城市中的'游荡者'，没有定居点，没有居住证，没有生活保障，他们相互说明而又相互依靠。但有意思的是，这些城市边缘人在相互依靠中更多的是建立起一种感情上的依靠，而在生存上却又往往是不能相互说明，甚至于也不能相互依靠。"❶由此我们发现，巴桥的此类女性叙事不只是停留于身体叙事，带有鲜明的"身份"困境的书写特色。

陈武《换一个地方》中的蔡小菜因为家里父母重男轻女从小就辍学了，她一开始跟随父母养猪，可是赚来的钱全都被父母留给哥哥，于是长得并不漂亮的她十多岁就出来摆摊卖菜。在下雨天她冒着雨守摊只为了能够多赚一些钱。可是这样摆摊不仅赚不了多少钱，生机难以为继，也不是长久之计，有随时被城管取缔的风险。蔡小菜羡慕于红红的漂亮脸蛋，她想轻松赚大钱，在金钱的诱惑下选择在"水晶宫大酒店"以身体资本轻松赚钱，同样如蔡小菜一般沦落的还有"红红红美容美发中心"和"水晶宫大酒店"的那些"小姐们"，佘一鸣《闪电》中的春花也是一个由乡村女性而沦落的妓女。储福金小说《S形声音》中的黄鹂也是一个靠身体资本赚钱的乡村女性，但与蔡小菜、春花不同的是，她是一个暗娼，与多个男性保持关系，进城后半年就立足城市，有

---

❶ 周海波等：《最后的浪漫：二十世纪九十年代文学研究》，中国文史出版社2006年版，第356页。

了自己的店面，身体资本迅速转换为物质资本。小说对于黄莺的堕落过程没有介绍，只是陈述黄莺不到半年就实现了邻居陈小冬想要帮她留在城市的愿望，为了这个愿望，陈小冬在建筑工地忙累了一年，最终还搭上了性命也没能实现，因此黄莺的堕落与陈小冬的死、城市资本对于进城乡下人的掠夺有关，是"城市"改变了乡村女性黄莺。

在江苏作家的乡下人进城小说中，这一类形象的女性出现频率较高，比较普遍。小说中这些沉沦的女性大多因为金钱欲望而沉沦，王大进《幸福的女人》中孙克俭包养的"那个女人"原是一个酒吧的陪酒女郎，后成为孙克俭的情妇。王涌津《秋千》中的玉秀进城打工最终沦为卖淫女。她们进城就是为了能够赚钱，能够很好地供养自己乡村的家，但城市生活的物质贫困和"金钱"至上的生存法则让她们逐渐丧失乡村传统伦理道德所建构的价值观，以生存为理由开始堕落。余一鸣《淹没》中的小香和大兰子抱着追求城市新生活的愿望进城，但城市的"欲望"和罪恶最终把她们淹没，只能选择出卖肉体以维持生计。与赵本夫《寻找月亮》相比，这些小说大多流于对此类女性生存现状的描摹，缺乏更为深入的心理剖析，人物存在扁平化的倾向。

第二节 坚守的女性：困境中的自我奋斗

在江苏作家的乡下人进城小说中也不乏一些进城以后始终坚守自我的乡村女性形象，赵本夫小说《洛女》中的洛洛、陈武小说《换一个地方》中的于红红和徐风小说《公民喉舌》中的恽晓芙就是其中最为典型的代表。她们进城之后也像月儿、蔡小菜一样，面临各种生存的困境和城市的各种诱惑，洛洛因拾荒女的身份而受到城市的排斥、于红红不断遭受来自男性和城市的欺凌和侮辱、恽晓芙面临来自官场和金钱的各种压力和诱惑，但她们却能始终坚守做人和道德的底线，依靠自我，不断追逐自己的梦想。

赵本夫的《洛女》是一个关于进城拾荒的"疯老头"和他捡来的弃婴洛洛的故事。小说中有两个女性形象：洛洛和洛女。洛女是"疯老头"进城之前爱恋的乡村女性，洛洛是由拾荒的"疯老头"捡来抚养长大的拾荒女，因此从严格意义而言，洛洛的身份很难界定，但就她与疯老头爷爷（进城拾荒者）的关系、从事的职业以及与城市的关系角度而言，我们还是把她放到进城女性这一角度进行探讨。洛洛的内心和身份是两难的，她喜欢捡垃圾，但同时心底里排斥别人把她当成拾荒者。她每次捡完垃圾回来都要洗澡，把自己洗得干干净净的，然后化身为一个城里人去逛街、结交朋友。因此从洛洛的内心而言，她对自己的"拾荒者"身份的自我认同是有问题的，不停地"洗澡"是试图洗去贴在拾荒者身上的"脏"字标签。这与通常乡下人进城小说中城市人贴在进城乡下人身上的"脏"字标签有异曲同工之意。

身份焦虑是洛洛面临的最大困境，从打扮和与城市朋友相处时的出手而言，洛洛与城里女孩一样，但当城市的那些朋友们发现她只是一个捡垃圾的拾荒女时，他们开始骂她、远离她、不能够接受她这样的人做朋友。尽管如此，洛洛仍然不放弃捡垃圾的生活，自食其力，她认为"这是一件很快乐的事，从一堆垃圾中捡出有用的东西，让她每天都充满期待。"作为一个拾荒女，洛洛虽与垃圾为伍，但不失人性的光辉，尤其是相比疯老头等了一生的爱恋对象——洛女，其对金钱的态度、对自我人生的追求，值得称颂。小说的题目"洛女"是中国古代神话传说中的洛水女神，"疯老头"一生都在等待他的"洛女"，最终等来的洛女拿走了"疯老头"一生的积蓄，却不愿意带走"疯老头"的骨灰。小说通过疯老头"洛女"神话爱情的解构，批判了人性在面对金钱时的丑恶。

与洛洛一样，陈武《换一个地方》中的于红红也是一个传统、自立的进城女性形象。于红红16岁进城跟随表姐打工，刚开始时跟着表姐弹棉花，居住在棉花房内。后来表姐跟随一个男人离开，于红红便开始做些小本生意。尽管经常有人教唆她干些缺斤少两的交易，但是她为人善良，不肯去干这种事，后来听从别人在煮花生的时候多加了水，但是卖给别人时给足了分量，"于红红在卖花生时都把秤称得高高的给人家。就这样，她还是有点不安。"小说中的蔡小菜和于红红同样是来自乡村的女性，蔡小菜已经学会了城市人的"精明"，而于红红始终是一个传统的乡村女性，在被表姐夫、隔壁烤鸭店的朱老板凌辱之后，哪怕生意再惨淡都没有动过做不正当"性生意"的念头。当变得有钱的好友蔡小菜再次出现时，"于红红开始想象着，蔡小菜做什么生意发了财？可她想象不出来，她脑子里的概念太单薄了。她脑子里只出现了冬瓜、辣椒、炸鸡和板栗，她不会是又跟她父母养猪了吧？于红红觉得想象的太简单了，她自己都笑话自己了。"❶此时单纯的于红红根本没有想到蔡小菜会去做"性生意"。

　　小说在于红红的周围设置了一系列进城沉沦的女性形象：表姐、蔡小菜、红红红美容美发休闲中心的小姐们，于红红和这些女性都有交集。表姐是于红红的依赖，于红红进城就是投靠表姐，但表姐最终在"水帘洞大酒店"做了老鸨。和于红红一样，表姐也是一个被侮辱、被损害的进城女性，但她最终在金钱的诱惑之下却成为男性的帮凶，为男性消费乡村女性提供机会。蔡小菜与于红红是进城以后遇到一起的小姐妹，但蔡小菜身上缺少了于红红的勤恳、踏实，一心想轻松赚大钱，没能抵制住金钱的诱惑而沉沦。在红红红美容美发休闲中心对面做卖水煮花生和茶叶蛋生意时，于红红可以说经常与这些风尘女子接触，她不是很鄙视这类人，相反觉得她们挺能干，能赚到钱。于红红坚守自我，坚守乡村传统的价值观，与小说中周围众多沉沦的女性相比，于红红只是一个"少数"，这个"少数"没有沉沦的女性不停地在城市"换一个地方，但生活并没有多大改观，依然很辛苦。小说通过乡村传统女性于红红的城市生存悲剧，既批判了男性对于女性的损害，也批判了城市对于乡村女性身体的消费。

　　徐风小说《公民喉舌》中的恽晓芙是典型的进城乡村女子，高中毕业之后进城打工，家境贫寒，家中有一个多病的老母亲和一个老实无用的哥哥。从某种程度而言，高中毕

---

　　❶ 中国作家协会创研部编选：《2004年中国中篇小说精选（上册）》，长江文艺出版社2005年版，第333页。

业的恽晓芙是一个乡村知识女性，知识文化层次也决定了恽晓芙是一个人主体性高扬的乡村女性，她和贾平凹小说《高兴》中的刘高兴一样，进城之后就决定"改名"，把乡下土气的名字"恽小富"改为城市名字"恽晓芙"，作为送给自己进城的一个礼物，"从进城那天起，她就决心把那个土气的名字和所有的背景留在恽家村"。看似简单的一个更名事件，其实质是一种旧身份的告别和新身份的建构，是对乡村的告别和进入城市的宣言。

与一般进城的乡村女性不同，恽晓芙是一个现代知识女性，她懂得知识的作用，花钱买了一张函授业余大专文凭武装自己，进城之后虽然从事酒店服务员的工作，但她有野心，报名参加电视台主持人的海选，这一切都决定了恽晓芙注定不是一个安于现状的乡村女性。后来，恽晓芙接受书画商人冷显诚帮助到北京进修，最终又在冷显诚的帮助下进入家乡的韵州电视台，成为一个"公民喉舌"。恽晓芙尽管接受了商人冷显诚的帮助，但却能洁身自爱，没有"以身相许"，在母亲自杀、哥哥因工厂污染患病去世之后，恽晓芙始终保有一个乡下人的良知，坚守记者作为公民喉舌的职责和道义，勇敢揭露官场腐败，披露因官商勾结而引发的环境污染，与民间非法集资做斗争，乡村传统道德和人性的美好在这一女性形象塑造中得以彰显。

第三节　"成功"的女性："光鲜"背后的心酸

在江苏作家的乡下人进城小说中，还有一类较为特殊的女性形象，她们表面上是进城乡村女性中的成功者，光鲜亮丽的公共身份的背后却被男性侮辱，是男性的消费对象。她们置身于男性话语占主导的商场和官场之中，通过自身的身体资本而为自己赢得在商场或官场的利益。这类女性在新时期以来的乡下人进城小说中也很少见，通常类似的小说中与乡村男性处于一个性别场域中的女性一般为城市身份，小说大多把城乡关系置换成性别关系进行处理，从这一角度而言，此类女性是江苏作家乡下人进城小说对新时期以来乡下人进城小说叙事的一个贡献。余一鸣小说《不二》中的孙霞、《放下》中的李清水和徐风小说《公民喉舌》中盛帼英就是此类进城女性的典型。孙霞以身体为资本置身于一群建筑工头之中，李清水靠身体上位混迹官场，盛帼英委身市长，通过权、色、钱交易谋取商业利益。

余一鸣《不二》中的孙霞是一个在城市商场中打拼的进城女性形象，孙霞是县城人，大专毕业放弃小城的工作来到省城逐梦。在城里做建材生意，依靠身体来换取生意，在秋生、东牛、红卫几个建筑工头之间周旋。孙霞和其他女人一样，最终未能免俗，以为自己找到了真爱，把感情寄托于东牛身上，但东牛为了贷款把孙霞作为礼物送给了银行行长。孙霞最终的去处在小说中是一个谜，红卫说孙霞去了"桃花村"，小说中的"桃花村"不是陶渊明的桃花源所在地，而是"省艾滋病治疗中心"所在地。小说以行长的一个梦结束，"桃花村"的梦境隐喻的是行长之流接受性贿赂的最终去处，孙霞以彻底消失的方式来对无望的男权社会和权钱交易的商场进行控诉。

刘清水是余一鸣小说《放下》中的一个官场女性形象，

与孙霞一样，这也是一个较为另类的进城女性形象，是一个被官场潜规则的女性，靠身体与男性交易而在官场上位。小说中为刘清水安排了一个人生导师——老师谢无名，刘清水的一步步官场堕落无不得益于谢无名。当刘清水第一次被乡党委书记罗书记潜规则时，谢无名没有安慰受伤的刘清水，而是告诉刘清水"要奋斗就会有牺牲，从你选择到乡政府开始，就注定了你的付出要比别人多。官场有官场的规则，朝中无人莫做官，无人怎么办于是有了行贿，有人用钱铺路，有人用女色搭桥。"❶谢无名的一句"女色搭桥"一语中的，无权无钱的官场女性上位的潜规则就是"女色搭桥"。在官场上步步高升的刘清水逐渐适应了这种女性潜规则，默认这种潜规则并主动迎合，为了权力欲望而逐渐沉沦。作为刘清水的人生导师，谢无名不仅一步步引导刘清水步入官场，当他发现养殖蝲蛄对于环境的危害时，真正充当了人生导师的作用，帮助刘清水"放下"官场的一切，揭露环境污染的事实，最终实现人性的回归。

徐风小说《公民喉舌》中的盛帼英也是一个进城女性，一个女企业家的形象。盛帼英是恽家村村长的儿媳妇，丈夫恽守鑫是个浪荡公子式的男人，做生意欠了一屁股债，还因为玩女人得了脏病，一直躲债不敢回家，也就是说作为女人的盛帼英是一个守活寡的乡村女性，作为女性，她是不幸的。作为一个自主创业的女乡镇企业家，盛帼英是成功的，开始创业之初没有预料到化工厂废水污染的严重性，但当她通过贷款、民间集资一步步圈钱把化工厂做大以后，盛名之

---

❶ 余一鸣："放下"，载《中国作家》2011年第8期，第17页。

下的光环和欲壑难填的对金钱的欲望让其难以收手，加之无法偿还银行贷款和民间集资，失去了道德的底线和最基本的人性，最终陷入恶性循环，明知化工企业会毁田死人，为了一己的私利不惜牺牲父老乡亲的生命，在对金钱的贪恋中逐渐沉沦。作为一个在商场打拼的职业女性，盛帼英深谙为商之道，善于利用各种关系，在与媒体的关系之中，为了利用同村媒体人恽晓芙的"宣传"作用，她把恽晓芙老实无用的哥哥招进工厂，用钱收买恽晓芙，促成与日本的虚假合作、民间集资。在处理与政府的关系中，她利用与市长宋得坤的不正当男女关系，攀附权贵，贿赂官员，寻求官方保护，实现官商勾结，把政府机构作为自己企业的保护伞。

　　小说中的盛帼英与市长宋得坤之间存在权、钱、色的交易。在盛帼英与宋得坤的男女关系中，盛帼英因与丈夫的关系，把情感寄托于宋得坤身上，以为自己找到了一个可以托付的男人。但她没有想到的是，对于贪赃枉法的市长宋得坤而言，自己只不过是"钱袋子"和宋得坤发泄性欲的工具，最终被宋得坤杀人灭口。盛帼英最终的死亡和孙霞最终的不知所踪是一样的，她们的情感和身体被男性消费，错把商场和官场的男女交易当作真感情，所托非人，当男性在面临权力和金钱欲望选择时，她们成为"祭品"。余一鸣和徐风通过孙霞、刘清水和盛帼英这三个女性形象的塑造，揭露了商场和官场的潜规则，批判了男权话语占主导的社会对女性的侮辱和损害。

第四节 "另类"妻子与母亲：无奈的选择

　　进城妻子和母亲的故事也是江苏作家乡下人进城小说中女性叙事的一种。这类女性形象与通常文学中传统的妻子和母亲形象有较大反差，既有较为传统的家庭观念和思想，又表现出较为明显的反叛性。她们大多跟随丈夫或为了孩子进城，为了保全家庭，容忍丈夫对家庭的背叛，甚至接受小三和小三的孩子，有的为了丈夫和孩子甚至失去自我。其中余一鸣笔下的进城妻子形象较为突出，既有像《潮起潮落》中的范青梅、范家惠、杨美丽、《淹没》中的刘冬梅、《剪不断，理还乱》中的大大、小小、范小青《城市民谣》中的林红等进城成功者妻子形象，也有一些进城打工的底层妻子形象，如《淹没》中的小香、大兰子。同样王大进的乡下人进城小说中也出现此类底层进城妻子形象，如《断》中的于二的妻子赵远梅、《风好大》中李二的妻子等。此外，赵本夫《无土时代》中的刘玉芬也是一个较为突出的进城妻子形象。李洁冰《青花灿烂》中的青花和余一鸣《种桃种李种春风》中的大凤则是较为典型的进城母亲形象，青花为了寻找孩子而进城，大凤为了孩子能进最好的县中而进城。

　　余一鸣的小说中有较多的进城妻子形象，其中塑造的较为突出的是一些进城创业成功者的结发妻子形象，如《潮起潮落》中的范青梅、范家惠、杨美丽、《剪不断，理还乱》中的大大、小小、《淹没》中的刘冬梅。《潮起潮落》中的范青梅和杨美丽是两个较为传统的妻子形象，范青梅被自己的亲侄女范家惠抢走了老公，离婚后的范青梅虽然在经济上是独立的，但她思想中有根深蒂固的"三从四德"的思想，总觉得"女人就是女人，钱再多也填不满心里的空洞洞，女人再强大，心里没个男人撑着还是一空壳。范青梅前半生的支柱是张大东，后半生的支柱就是儿子了。"❶ 杨美丽也是这样的一个妻子，为了丈夫祖栋梁的生意牺牲自己的身体去陪汤总。杨美丽"想念固城的日子，可一个乡下女人，嫁鸡随鸡，嫁狗随狗，只能绑在男人的车轱辘上。她杨美丽陪吃陪喝陪牌局，除了这些，她还能为这土匪分担些什么？"❷ 她虽然不喜欢城里的生活，但丈夫就是自己的天，她选择接受现有的生活。

与范青梅、杨美丽相似的是，《淹没》中的刘冬梅和《剪不断，理还乱》中的大大、小小对于丈夫背叛婚姻的行为也采取了容忍，对于男人的经济依附让她们缺乏独立的勇气。刘冬梅的丈夫李金宝在城里做老板，她自己生不出儿子，李金宝便包了个大学生二奶替他生儿子，对于丈夫的行为和孩子，刘冬梅选择接受。同样，《剪不断，理还乱》中的大大在得知自己的老公在外面借腹生子，选择接受孩子。小小在得知自己的丈夫出轨时也选择认命，"一个星期小小占四天那婊子三天。大大想，那根狰狞的东西以后会更加嚣张。小小说，姐，我们能有什么办法，比青春我比不过人家，比文化那婊子还是大学生，只有认命。"❸ 这些女性跟

---

❶ 余一鸣："潮起潮落"，载《北京文学》2013年第11期，第32页。

❷ 同上书，第43页。

❸ 余一鸣："剪不断，理还乱"，载《作家》2011年第1期，第90页。

随丈夫在城市生活，自己没有经济来源，无法摆脱对家庭和男人的依附。林红是范小青《城市民谣》中的进城成功者妻子形象。林红是跟随丈夫吴建荣进城做生意的，在他们准备开饭馆后，林红为了丈夫的饭馆学会了趋炎附势、学会了能说会道、学会了讨巧，甚至为了拿下饭馆被丈夫吴建荣要求去陪客，尽管最后没有成功，但林红为了饭馆、为了丈夫宁愿牺牲自己，突破道德的底线。

　　除了上述进城成功者的妻子叙事之外，余一鸣和王大进的小说中也有一些关于底层的进城妻子形象。《淹没》中的小香"有一天留下一张纸条儿跑了，说她不想守着这种没出息的男人过一世，她要到城里去追寻她的'幸福'"，小香其实是对乡村生活现状不满，带着孩子与人私奔进城。《风好大》中的李二的留守妻子抛下两个孩子，跟邻村一个鱼贩私奔进城。《断》中于二的媳妇赵远梅婚后一直不育，受不了村子里人的异样眼光而选择进城打工，于二听到赵远梅做"小姐"的传闻而进城寻找妻子。这些底层女性进城以后为生活所迫，大多选择出卖肉体为生。小香为了爱情背叛婚姻，忍着流言蜚语，与人私奔。进城之后的小香结局是悲惨的，并没有找到自己的幸福，那个男人抛弃了他，最后却被爱情所欺骗，为了养活孩子只能出卖肉体。更为悲惨的是当丈夫木木找到她希望能带她回去时，她已经无法回去，因为孩子不是木木的。《淹没》中的大兰子在男人坐牢之后也是因生计问题而从事"性"生意。

　　刘玉芬是《无土时代》中较为特殊的一个女性形象，在婚姻层面而言，刘玉芬是不幸的。刘玉芬本是留守妇女，长得非常漂亮，丈夫安中华进城以后以刘玉芬不能生育作为借

口与她离婚，中华本来很喜欢她，虽然没孩子却一直没动过
离婚的念头。但出来打工的中华想法变了，他发现外头漂亮
女孩子多得很，自己完全可以另找一个，他是家中独苗，不
能没有后代。城市生活改变了安中华的传统的家庭伦理观。
为了挽救婚姻，刘玉芬进城找到丈夫安中华，用尽各种方法
也不能打消丈夫离婚的念头。对于婚姻的坚守表现出刘玉芬
传统的一面，但随后刘玉芬试图找村长"借种"怀孕证明自
己的行为又带有极大的叛逆性，这让人很容易想到莫言《丰
乳肥臀》中"借种"生育的母亲，是对传统妻子形象的一种
颠覆。

在新时期以来江苏作家的乡下人进城小说中，还有一些
关于母亲的女性叙事。李洁冰《青花灿烂》中的青花和余
一鸣的《种桃种李种春风》中的大凤是其中最有代表性的两
个。北方小镇的女子青花与丈夫葛建成结婚后，丈夫葛建成
一路走顺，而她自己却形势下滑，失去工作，沦为全职太
太。丈夫李建成事业风生水起，但葛建成只是把青花当成一
件家什，平时扔在角落不管不问，必要时拿出来炫耀一番，
以显示其不可缺少。"我媳妇，葛建成对外人介绍说"。来
客在对房子惊叹后往往顺捎着看她一眼，这样的目光难免让
人犯思忖。与乡联中教师产生婚外情后，酿成一场悲剧，青
花在丈夫变态虐待和世俗舆论的双重压力下带着私生子艰难
度日，后来为寻找私生子远走他乡，在银城只身谋生期间，
与包工头、乡联中教师、美容院老板及基层警察等形形色色
的人物都发生过一段情感经历，青花利用男人的青睐来获取
对自己的帮助，凭借自己的能力打拼出一片天地，可是最后
又回到了原点。青花选择自我堕落，她出卖灵魂获得了体面

的尊严，不再质朴，这种以沉沦为代价的尊严获得是否值得令人深思。

《种桃种李种春风》中的大凤是"陪读"母亲形象。为了儿子能够进县城最好的中学，母亲大凤到县城陪读。大凤是高中毕业生，曾5次参加高考未果，是一个进城知识女性形象。高考进城，知识改变命运是大凤的梦想，她把考上大学的全部希望都寄托在儿子身上，为了儿子能上县城最好的中学就读，她可以说是不择手段，甚至出卖自己的肉体。到退休老干部家做保姆、出卖身体于学校大厨、老师……大凤作为一个母亲，为了儿子未来的前途，为了儿子的教育，所作所为本无可厚非。但小说揭示出的教育资源配置不公问题却发人深省，同样作为初三的升学孩子，来自乡村的大凤儿子和来自县城的小陈书记的儿子海波在资本的拥有上截然不同，城乡之间、阶层之间、代际之间的差异如此之大，在大凤为了儿子就读最好的中学而奔波时，海波的母亲小陈书记却放弃了就读县中的机会，选择出国留学。

"最好的县中"和"出国留学"之间的差异是巨大的，权力和金钱资本的代际遗传参与了教育资源的配置，阶层固化现象已经产生。对于贫穷的乡村孩子而言，通过教育改变自己的阶层、实现向上流动的渠道很狭窄，即使他们成功地进入了最好的县中，进而进入大学，那么我们如何能够保证大学毕业的他们不会像涂自强❶和他的城市同学一样。涂自强一直如西绪福斯般奋斗，"从未放松，却从未得到"，身患绝症却无公费医疗，把母亲托付寺庙而独自消失。而他的

---

❶　方方：《涂自强的个人悲伤》，北京十月出版社2013年版。

城市同学却可以想出国读研就出国读研，想回国就可以很顺利地进银行，一个月的工资赶上涂自强大半年的收入。大凤的努力付出会不会像涂自强一样"徒劳无益"，知识真的能改变乡下人的命运吗？

《水香》在江苏作家的女性书写中是一个较为特殊的文本，之所以这样说是因为水香的复杂身份和人生遭遇，集女儿、妻子、母亲三种女性角色、受害者和沉沦者、传统和现代为一体。水香是一个留守儿童，父亲进城打工，与母亲留守乡村；水香是一个进城学子，通过高考获得城市户口；水香是一个被抛弃者，与镇长儿子李刚相恋，未婚先孕，成为城乡之间和政治婚姻的祭品；水香是一个进城返乡的创业青年，在家乡开设诊所被取缔；水香是一个女性村官，带领桃花村村民进行新农村建设，是官场潜规则的牺牲品；水香是一个在商场女性，委身男人获取资本；水香是一个普通进城打工女性，遭男性领导（王院长）的侵犯而主动迎合；水香是一个进城创业的女性，保健品店开得风生水起，与民工保华恋爱遭到家人反对，遭受工商局稽查队长的侵犯而乐在其中；水香是一个被借腹生子的女性，"丈夫"与孩子同时失踪……水香经历了女性所能经历的一切，在水香作为女儿、妻子和母亲三种不同的人生阶段，遭遇了男性所带来的种种伤害。作为女儿，两次发现母亲为自己红杏出墙，父亲遭遇车祸去世，母亲患癌症去世；作为妻子，两次发现丈夫有外遇，自己被丈夫作为礼物送给当权者，丈夫醉酒溺亡；作为母亲，儿子被所谓"丈夫"带走，被借腹生子，成为城市男性的生育工具。因此我们说这是一个复杂的个体，水香是一个受害者，是男性欲望的发泄对象，水香又是一个沉沦者，在遭受男性侵害以后选择接受，在身体欲望中逐渐沉沦。水香是传统和现代、乡村和城市之间的一个复杂女性，在遭受了来自乡村和城市的各类男性伤害之后，水香一次次跌倒又一次次爬起来，最终选择回到桃花村，在梦开始的地方重构自己的"水上大观园"，表现出一个不屈不挠的女性奋斗者形象。

第十一章　学子书写：知识改变命运?

　　"高考"对于乡下人来说，是"知识改变命运""进城""当干部"等词汇的代称。新时期以来，随着"文革"的结束，中断十年的高考恢复，重新让乡村学子看到了进城的希望，为他们打开了一条体制化的进城通道。20世纪80年代伊始，小说中出现了很多像路遥《人生》❶中的高加林、《平凡的世界》❷中的孙少平这样的人物，他们虽然没有考上大学，只是高中毕业，但在当时而言，他们就是乡村学子，他们一般在县城接受了高中教育，县城的现代文化启迪了他们的心智，当这批乡村学子高中毕业返乡之后，颇有点类似于"五四"时期鲁迅等现代作家进城之后的返乡。当他们反身关照贫穷、落后、愚昧的乡村时，心中对现代城市文明的渴望让他们急于逃离乡村，向城而生。他们共同开启了20世纪80年代乡村学子的进城之旅。

　　真正意义上最早的进城学子（高考进城）应该是路遥《平凡的世界》中的孙兰香和金秀，他们是新时期最早通过高考进城的学子，小说中孙兰香和金秀毕业后顺利在城市找到了工作，路遥还为孙兰香安排了一个与城里高干儿子吴仲

---

❶　路遥："人生"，载《收获》1982年第3期。
❷　路遥：《平凡的世界》，文联出版社1986年版。

平的婚姻，是较为典型的"灰姑娘与王子"的结合方式，小说中对于城乡之间的婚姻关系的描述带有路遥式的"浪漫主义"书写。没有见到孙兰香之前，省委常务副书记吴斌和老伴对于儿子找了一个黄原农村的女孩表示不满，见到兰香，"吴斌和老伴一见儿子带回来的是这么个潇洒漂亮姑娘，而且言谈举止没有一点农村人的味道，高兴得不知如何是好。""漂亮""没有农村味道"是吴仲平父母接受孙兰香的前提，路遥把此处的孙兰香已经写成了城市姑娘，城乡通过联姻的模式完美地融合到一起。

自此之后，文学中出现了大量的求学进城乡下学子形象。新时期以来江苏作家也加入到乡村学子进城的书写队伍。总体考察一下江苏作家的进城学子书写，我们发现，就作家层面而言，徐则臣、王大进、范小青、徐风等几位作家的此类创作最为突出，尤其是徐则臣的"京漂"系列中出现了大量的进城乡村学子形象，陈武、顾坚、顾维萍等作家也有此类作品。在江苏作家笔下的进城乡村学子中，从进城时间而言，从20世纪80年代初期的进城乡村学子朱天宠、黄明娟到当下的"城市新穷人"❶包兰和准备到"耶路撒冷"去的初平阳（具体作家作品及进城学子统计见表11-1）。

---

❶　汪晖："两种新穷人及其未来——阶级政治的衰落、再形成与新穷人的尊严政治"，载《开放时代》2014年第6期，第53页。

表11-1 江苏作家乡下人进城小说中的进城学子统计

序号	作家	作品	进城学子	发表时间及期刊
1		《啊，北京》	孟一明 "我" 边红旗	2004年第4期《人民文学》
2		《三人行》	康博斯	2005年第2期《当代》
3		《暗地》	"我"	2007年第20期《中国作家》
4	徐则臣	《居延》	唐妥 居延 胡方域	2009年第5期《收获》 2009年第11期《小说月报》
5		《小城市》	彭泽	2010年第6期《收获》
6		《逆时针》	段总 秦端阳 文小米	2009年第4期《当代》
7		《耶路撒冷》	初平阳	2013年第6期《当代》；2014年3月，北京十月文艺出版社
8		《凤凰男》	师兄	2014年第2期《天涯》
9		《偶像》	朱平	1995年第4期《小说界》
10	王大进	《地狱天堂》	金建明 郑燕青	2005年5月，百花文学出版社
11		《欲望之路》	邓一群	2000年第5期《当代》 2001年3月，人民文学出版社
12		《兄弟》	大丁	2005年第2期《清明》
13	徐风	《浮沉之路》	田萌琴 田萌生	2004年6月，作家出版社
14		《公民喉舌》	恽晓芙 冷显诚 宋得坤 史冲	2003年4月，作家出版社

（续表）

序号	作家	作品	进城学子	发表时间及期刊
15	范小青	《设计者》	"我"	2015年第3期《花城》
16		《碎片》	包兰 熨烫工 网店 老板 快递员	2015年第7期《作家》
17	顾坚	《元红》	丁存扣	2010年，昆仑出版社
18		《情窦开》	朱天宠 黄明娟	2012年，江苏人民出版社
19	陈武	《宠物》	孟清	2004年第4期《青年文学》
20	顾维萍	《水香》	水香	2011年，远方出版社
21	罗望子	《非暴力征服》	锦标	2005年第3期《小说月报》 2005年第4期《中篇小说选刊》转载
22		《怎样活得好好的》	"我"	2011年第5期《清明》中篇小说专号

从叙事类型而言，江苏作家的这些进城学子叙事中有较为突出的三类叙事类型，第一类是"北漂"系列，主要集中于"北漂"作家徐则臣笔下，主要讲述一群不满现状，致力于"到世界去"的进城学子，这些学子不一定都是源自真正的乡村，有的是来自小镇、小城，这些小镇、小城相对于北京而言仍然是"乡"，在此也作为此类小说叙事考察；第一类是官场叙事，讲述的是进城学子们在城市官场的沉浮之路和欲望之旅，王大进笔下的邓一群和徐风笔下的冷显诚、宋得坤和田萌生是此类叙事的典型，此类小说重在通过他们在官场上的沉浮来探讨城市官场对于乡村人性的侵蚀。还有一

类是"城市新工人"和"城市新穷人"，[1] 以范小青的两部小说《设计者》和《碎片》为代表。《设计者》讲述的是新世纪进城学子的城市就业问题，而短篇小说《碎片》讲述的是一个关于消费的进城叙事。这部小说的特殊之处在于，小说用包兰"在网店买碎片裙子——当旧衣卖碎片裙子——又在网店买回碎片裙子"作为叙事的主线，把四个留在城市的乡村学子和他们辛劳供养他们的进城父母串联起来，碎片化的生活相互勾连，把"城市新穷人"置于家庭伦理之下进行拷问。

第一节　京漂叙事：城市"他者"的无奈

在江苏作家的乡下人进城小说中，徐则臣笔下的进城知识分子最多，这或多或少和作家徐则臣本人的北漂知识分子身份有关。徐则臣笔下的京漂主要有《啊，北京》中的孟一明、我和边红旗，《三人行》中的康博斯，《耶路撒冷》中的初平阳，《逆时针》中的段总、秦端阳、文小米，《凤凰男》中的师兄，《居延》中的唐妥、居延和胡方域，《小城市》中的彭泽，《暗地》等。既然是进城学子叙事就会涉及文化资本、城乡关系、婚姻、身份焦虑等层面的问题，从这些角度入手可以让我们能够更为清晰地考察他们进城的特殊性。

乡下人进城有赖于"资本"，男性进城者在城市多如

---

[1] 汪晖："两种新穷人及其未来——阶级政治的衰落、再形成与新穷人的尊严政治"，载《开放时代》2014年第6期，第53页。

鞠广大（《民工》❶）般出卖"力气"，当然也有像破烂王刘高兴（《高兴》❷）般在城市大街小巷游荡，而女性进城者可以经营女性"生意"（《小姐们》❸），也有一些如小白（《二的》❹）般进城做保姆。与他们进城务工的父兄相比，乡村学子在进城的乡下人中是一个较为特殊的群体，作为乡村中的知识者，知识与受教育使得他们成为有别于祖辈、父辈的"文化人"，他们携带自身的文化资本进城，但因时代场域的变迁，其进城之旅呈现出各异的风貌。布尔迪厄把文化也看成是一种资本，他认为文化资本以三种形式存在，"（1）具体的形态，以精神和身体的持久'性情'的形式；（2）客观的状态，以文化商品的形式（图片、书籍、词典、工具、机器）等，这些商品是理论留下的痕迹或理论的具体体现，或是对这些理论、问题的批判，等等；（3）体制的状态，以一种客观化的形式，"这一形式必须被区别对待（就像我们在教育资格中观察的那样）因为这种形式赋予文化资本一种完全是原始性的财产，而文化资本正是受到了这笔财产的庇护。"❺徐则臣的此类创作开始于2004年的《啊，北京》，这些进城知识分子只是徐则臣小说中"京漂"一族的一员，并没有因为学历层次高而区别于其他人，与通常进城乡村学子叙事不同的是，这些人大多没有因为自

---

❶ 孙惠芬："民工"，载《当代》2002年第1期。

❷ 贾平凹："高兴"，载《当代》2007年第5期。

❸ 艾伟：《小姐们》，春风文艺出版社2004年版。

❹ 项小米："二的"，载《人民文学》2005年第3期。

❺ ［法］布尔迪厄著，包亚明译：《文化资本与社会炼金术——布尔迪厄访谈录》，上海人民出版社1997年版，第192~193页。

身的文化资本而比其他京漂更容易在北京的公开空间立足，他们和其他京漂一样，也会从事一些像贩卖假证等工作，也会居无定所。

在《啊，北京》这部小说中的边红旗就是一个集诗人与办假证的贩子双重身份于一体的一个乡村学子形象。边红旗的文化资本：诗人和学子并未能给边红旗解决衣食住行，反而不如其不法身份。这是一个具有戏谑性的尴尬身份，"一个办假证的，却想着写诗，理直气壮地在谴责战争的时候还不忘亮出自己不法分子的身份。"边红旗的文化资本足以让他在家乡苏北小镇过上舒适的生活，携带这些资本进城之后的边红旗只能做最不需要知识的体力工作——"三轮车夫"，并且是那种无证的三轮车，被警察满大街喊打的那种。在赖以生存的"三轮车"被警察没收之后，边红旗做起了假证生意。不管是假证生意还是三轮车夫，边红旗在北京的身份都是"非法"的，始终是一个城市的"他者"，不被社会和法律所认可，与子午、敦煌、山羊、"我姑父"等普通"京漂"无异。

城乡之间通过婚姻发生关系是进城乡村学子叙事最常见的叙事模式。路遥《平凡的世界》中的进城乡村学子孙兰香与城里高干儿子吴仲平的婚姻，是较为典型的"灰姑娘+王子"的结合方式，这种方式在乡村学子叙事中较为少见，大多为"凤凰男+孔雀女"这样的类型。刘震云《一地鸡毛》❶中的小林是20世纪80年代的大学生，毕业之后留在城里，与城里的姑娘结婚，是典型的城乡结合的婚姻模式，但婚姻中

---

❶ 刘震云："一地鸡毛"，载《小说家》1991年第1期。

的小林和小林媳妇之间的城乡差异决定了二人的家庭地位，乡村学子（凤凰男）在城市女性（孔雀女）面前是无地位的，其乡村的大尾巴会时不时被人揭开。徐则臣的小说《凤凰男》展开的就是此类叙事。

短篇小说《凤凰男》中的师兄是进城乡村学子，出生于贫穷的乡村，集全家之力发奋读书，最终通过高考进城，成为大学里面的副教授。师兄的前两段婚姻都是"凤凰男+孔雀女"式的城乡结合，从知识文化层面而言，大嫂、二嫂和师兄应该说是情投意合，但城乡出身的差异却令婚后的生活无法继续。婚后的师兄像须一瓜《雨把烟打湿了》❶中的蔡水清一样，以城市女方的标准来改造自己，师兄逐渐变成了城市"文明人"，逐渐改掉了一些在大嫂看来的野蛮人的习惯，如吃葱、吃蒜、吃饭吧唧嘴、饭后剔牙、饭后不刷牙、抖腿等，没事不往老家跑。但这并未消除城里的大嫂对于贫穷乡村的恐惧，师兄的乡村出身断送了这段婚姻。第二段婚姻的结束如出一辙，城里的二嫂也是出于对乡村无底洞式的"输出"的恐惧。城乡在婚姻层面的这种不平等是一种代际遗传，是一种因城乡差异而造就的先天不公平。

身份的焦虑是进城知识分子经常面临的困境。对于《小城市》中的彭泽而言无论身处何处，终是"异乡"，一直无法心安。"这些年他在地球上跑来跑去，早觉得即便故乡，也失掉了认同，此心安处是吾乡，他自认为到哪里心都不安，所到之处皆为局外人。"❷这与彭泽非城非乡的尴尬身

---

❶ 须一瓜："雨把烟打湿了"，载《福建文学》2003年第1期。
❷ 徐则臣："小城市"，载《收获》2010年第6期，第130页。

份有关，故乡的人知道彭泽在北京工作，考上研究生毕业后进了报社，在北京有了工作，有了北京户口，有了家，乡里人都羡慕他混得好，在北京生了根。都称他为"彭主编"，奉若上宾。但彭泽自知只是一个临时的编排，于北京而言，自己始终是一个"他者"，"无法让自己像一枚钉子楔入北京这块大木头上"，他喜欢家乡小城的整洁、安静和祥和，但又离不开北京，没来由的喜欢北京。因此尽管"京漂"们的始终"漂着"，但却不愿离去，这种身份和精神的两难令"京漂"彭泽们焦虑和痛苦。

第二节　官场叙事：乡村学子的欲望之旅

乡村学子的官场叙事小说主要讲述的是进城学子们在城市官场的沉浮之路和欲望之旅，王大进《欲望之路》中的邓一群、徐风《公民喉舌》中的冷显诚、宋得坤、《浮沉之路》上的田萌生等就是此类叙事的典型。这类人来自贫穷的乡村，在城市接受大学教育后留在城市，跻身官场，有强烈的上升愿望，但出身乡村的身份所造成的先天不足让他们需要付出比城里人更多的努力，为了权力和金钱，这些人不惜以婚姻、人性为代价，在欲望之路上逐渐沉沦。

仔细考察进城之后踏入官场的乡村学子的乡村背景我们很容易发现，这些学子大多出生于一个权力至上的乡村文化空间，自小就深谙权力的作用，权力欲望自小根植于这些乡村学子的血脉之中，这也是他们进城之后对权力欲望追逐的深层次原因，这也是导致以后他们在权力欲望中沉沦的根本。《浮沉之路》中田萌生出生的田家村就是一个乡村权力空间。生产队长、大队长、会计、村长是乡村的各级权力者，民以食为天，他们掌握全村的资本分配权力，定工分、分口粮全凭他们的一张嘴，在极端饥饿的年代他们尚能吃饱。此外，他们也会掌握一些颇为稀缺的资源，如"招工"名额等，田萌生自小在这样一个权力的王国中长大，深谙权力之道，他的进城就是因为机缘巧合救了乡书记的老母而获得一个招工名额，也就是说他的进城是得益于权力的运作。进城当官之后返乡的田萌生受到乡亲们的"顶礼膜拜"时，更进一步强化了这种权力意识。冷显诚和宋得坤同样是出生于"权力崇拜"的贫穷乡村，冷显诚在告诉恽晓芙自己被同窗宋得坤算计时有这样一段话，"你知道生在农村意味着什么吗？一个人的活动范围就村前村后那么大。一个村长就可以让全村的人趴下。那真是官本位思想的汪洋大海啊。从跳出农门考上大学，奋斗了多少年才弄了个副处级，多不容易啊。他们这代人把仕途看得特别重，因为那时候还没有市场经济，公社干部下来打个喷嚏，老百姓都吓得哆嗦。有抱负的人都在政界拳打脚踢。你可以想象，他被迫离开官场的时候有多痛苦，真可以说是万念俱灰。"❶

宋得坤与冷显诚有着相似的成长背景和权力欲望，从小失去母爱，母亲在他3岁时跟一个货郎跑了，父亲是村里有名的酒鬼，叔叔是个乡村干部，这也使得宋得坤初识权力的重要性。正是因为出生于乡村政治文化空间才会让这些乡村学子对于权力有着与生俱来的崇拜，也是导致他们在权力欲望中沉沦的最根本原因。宋得坤正是在权力欲望之中逐渐沉

---

❶ 徐凤：《公民喉舌》，作家出版社2003年版，第146页。

沦，勾引同窗好友冷显诚之妻、断送冷显诚的仕途、玩弄女企业家盛帼英的感情、贪污巨款、勾结黑道、为了一己私利置国家和人民利益于不够，为了逃命杀死姘头盛帼英……在权力和金钱欲望的诱惑之下，宋得坤彻底丧失了人性，成为一个恶魔。

在进城学子官场叙事小说中，与通常乡下人进城小说类似的是，进城男性学子一般会借助"婚姻"建构自己在城市公共空间和私人空间的地位，邵丽《我的生活质量》❶中的王祁隆就是此类人物的代表，徐风《浮沉之路》中的田萌生和王大进《欲望之路》中的邓一群都是通过与城市有权力背景的女性联姻，帮助自己在城市公共空间建构地位，这对于先天出生不足的乡村学子而言是终南捷径。邓一群和肖如玉的婚姻、田萌生和魏虹虹的婚姻都是这样一种模式，乡村学子借助与城市女性婚姻所带来的政治资本作为自己权利欲望之路上的跳板和阶梯。

《欲望之路》中的邓一群来自苏北平原最贫困、落后的乡村，4年的城市大学生活、城乡之间的巨大差异让邓一群不择手段留在城里。留在城市的邓一群"感到一种重负。一方面，他现在已经是城市人了，他可以轻松地飞扬；另一方面，他却背着沉重的负担，使他不能轻松。他是一个农民子弟，却置身在这个城市。家里要求他有所庇护，却不知他只是一个小小科员。"❷在邓一群看来，"他要尽快弥补城市与农村之间的距离，或者说缝隙。最好的也是最直接的，同

---

❶　邵丽：《我的生活质量》，人民文学出版社2004年版。
❷　王大进：《欲望之路》，人民文学出版社2001年版，第60页。

时又最能证明的，就是和一个城市女子结婚。"邓一群看中的不是肖如玉的长相，肖如玉长相是平常的，与邓一群接触的那些女性无法相提并论，邓一群看重的是肖如玉的社会背景。随后小说对这一段婚姻进行了这样的评述"但婚姻却是有社会性的。恩格斯曾经说过：婚姻是有阶级性的。像他这样的一个青年，进入了城市，呆在省级机关里，默默无闻，正需要一个可以帮助他递进的跳板和台阶。现在，机会来了，就在他眼前。"❶这桩婚姻只是邓一群欲望之路上的一块跳板，肖如玉父兄的资本比起肖如玉的长相更令邓一群倾心，婚姻在此只是一种交易。

邓一群在扶贫结束回到省城本打算与肖如玉离婚，但肖如玉哥哥肖国藩利用关系疏通让邓一群重新得到机械工业厅孔厅长的信任。"他原谅了肖如玉，是的。这像是一种交易。如果不是她的哥哥，那么他不可能那么快地从下面回来。他洗去了下去的耻辱。肖家的作用对他太大了，他要进一步好好利用。与自己的前途相比，他与肖如玉的问题，说到底，不过是人民内部矛盾。"❷为了自己的权力欲望，邓一群选择了屈服，婚姻在他看来始终是一种交易，邓一群无法放弃的不是对肖如玉的情感，而是肖如玉背后的权力。

《浮沉之路》中的出萌生与魏虹虹的婚姻也如邓一群和肖如玉的婚姻一样，是一场无爱的交易。田萌生看中的是魏虹虹背后家庭的资本：城市女子、劳动局副局长的千金、市工商银行行长宫复民的外甥女，这才是田萌生官场的跳板。

---

❶ 王大进：《欲望之路》，人民文学出版社2001年版，第179页。
❷ 同上书，第536页。

在田萌生看来，魏虹虹是一个城市符号，是一种资本。为了这场无爱的婚姻，田萌生付出了沉重的代价，魏虹虹不让小姑子田萌琴进门，田萌生的妈妈进城卖豆芽都躲着儿子和儿媳妇，为了不给儿子添麻烦，从来不到儿子家吃一顿饭，甚至在儿子家歇歇脚。婚姻中的一个微笑对于田萌生来说是一个非常奢侈的东西。在这场城乡婚姻之中，乡村主体完全是以丧失自我为代价的，换取的无非是权力资本。

通过婚姻的阶梯，他们成功地在城市公共空间立足，身体进城但精神却是游离的，小说故事的叙事大半发生在城市，乡村成为背景，可以说这些人是大半城小半乡的，《雨把烟打湿了》中的蔡水清"不知道为什么经常有一种惆怅的感觉劈头盖脸地打来。它甚至不是非物质性的，他能清晰地感觉到这种东西的性状，包括气味、颜色、质地，可是，他表达不出它任何一种的物质特性。"邓一群也"感到一种重负。一方面，他现在已经是城市人了，他可以轻松地飞扬，但另一方面，他却背着沉重的负担，使他不能轻松。"❶王祁隆"左脚的脚踝骨内侧隆起的小骨头"❷永远是小王庄的印记。这些生活在城里的乡村学子，都如邓一群般，"一直生活在岳父母家的阴影里。他感到一种压力，那种压力是无形的，但却无处不在。他感觉在他们眼里，自己永远是个农民。……尽管事实上的他，今天已经成了城里人，但他的根还在乡下。另一方面，他的身上的确也还经常冒出很多农民

❶　须一瓜：《提拉米酥：须一瓜中短篇小说》，北京航空航天大学出版社2007年版，第171页。
❷　邵丽：《我的生活质量》，人民文学出版社2004年版，第25页。

的习气来。"●江苏作家的此类进城学子叙事旨在揭露权力欲望对乡村传统人性的侵蚀，因此此类小说中的进城学子基本上不得善终。《公民喉舌》中的韵州市常务市长宋得坤最终锒铛入狱，被公判处决。小说《浮沉之路》中虽然没有交代田萌生的结局，但等待田萌生的必将是牢狱。《欲望之路》中的邓一群虽说依然在官场上"春风得意"，但婚姻的退让让其在权力欲望的道路上继续沉沦。

第三节　"城市新穷人"："三高一低"的窘境

21世纪以来，城乡差距的进一步加大（"20世纪80年代是1：1.8，90年代1：2.5，现在是1：3.3"●）使来自乡村的学子不愿意回到乡村，他们聚居在城市，成为"蚁族"，21世纪以来此类叙事渐趋增多，方方《涂自强的个人悲伤》●就是此类叙事，大学毕业的涂自强从未松懈，一直如西绪弗斯般努力奋斗，面对城市强大的资本逻辑，涂自强一败涂地，他进城了，有了城市身份，但贫困作为一种印记深深地烙印在其身上，使其自始至终都无法摆脱。涂自强在不停地奋斗，最终连一个卑微的生存愿望（留在城里）也无法实现。江苏作家范小青的小说《设计者》就是此类叙事，他们

● 王大进：《欲望之路》，人民文学出版社2001年版，第291页。

● 任玉岭："国务院参事：缩小'四大差距'比涨工资重要"，载《中国经济周刊》2012年1月3日。

● 方方："涂自强的个人悲伤"，载《十月》2013年第2期。

是21世纪以来进城的乡村学子，因时代场域的转换，他们自身携带的文化资本已经无法让他们在城市立足，他们虽然拥有体制化的文化资本——大学文凭，《设计者》中的"我"和"师姐"都是名校毕业，但依然与自己的父兄姐妹一样干着一样的出卖体力的工作。

《设计者》中的"我""来自乡村或来自边远地区，每天晚上做着在大城市落脚生根的梦，每天早晨醒来面对的是三高一低的现实，高房价高消费再加父母亲朋的高期望，配以连自己都难养活的低收入，就这样，理想和现实，像两条长短不一的腿，支撑着瘸子们奋勇前行。❶城市的生活并不如意，但这些乡村学子为何还是不愿意返乡？我想涂自强的一段自问是对这一问题的最好注脚："我3年不回家难道只是因为省钱？或许就是我根本不想回来？不想面对这个地方？难道我对这个地方全无热爱也无眷念之心？虽然这是我自小生长的地方，是我的家乡，可它的贫穷落后它的肮脏呆滞，又怎能让我对它喜爱？又怎能拴住我的身心？难怪出去的人都不想回来。我也是他们中的一个了。这个地方我是绝不会回来的。"❷也就是说城市化进程中乡村的日益凋敝，城乡差距的逐渐加大让进城的乡村学子再也难以"恋乡"，城市纵然无法生存，他们也绝不愿意返乡。

据2014年中国社科院《社会蓝皮书》调查统计表明"农村家庭本科生就业最难，失业率达到30%"。如果说涂自强

---

❶ 范小青："设计者"，载《花城》2015年第3期。

❷ 北京文学月刊社主编：《2013年当代中国文学最新作品排行榜》，地震出版社2014年版，第43页。

是因为毕业学校不是重点院校，在就业市场面对武大、华科的毕业生自惭形秽，而《设计者》中"我"的母校"是全国甚至在世界上都有名望的高等学府"，却也和涂自强一样，丧失了20世纪90年代邓一群们的精英文化地位，他们成为"城市新穷人"，他们是城市的"蚁族"，租住在城市的城中村，做起了和自己进城的父兄一样的不需要知识的工作，陷入经济的困顿之中，对于城市和乡村而言，他们的身体和精神都是双重游离的，属于无根一族。而他们来自城市的同学（赵同学、马同学）却可以想出国就出国，想回来就进银行，小说文字的背后是对城乡社会资源分配不公、阶层固化的隐忧。

如果说这只是停留在小说层面的虚构，那么《人民日报》的调查给我们敲响了警钟，"农村孩子弃考传递出一个信号：底层上升通道受阻，社会阶层固化趋势加剧，贫穷将会代际传递，一代穷世代穷。"❶改革开放三十多年来，我们的高等教育发展到今天，为何无法成为乡村学子进城的阶梯？涂自强打工所在饭店的老板和大厨的对话颇耐人寻味："我表哥是老大学生，一毕业就是好工作。立马就成了有钱有势的人。哪像现在的大学生，白读了书，出来连工作都找不到，真是可怜。大厨便说，其实我觉得国家根本不需要办大学。穷人的孩子，读了也是白读，四年出来，照样找不到事做。有钱人家孩子，同样也是白读，因为不读书也能找

---

❶ 赵永平："社会底层上升通道受阻　将现一代穷世代穷"，载《人民日报》2013年5月26日。

到好工作。"●老板和大厨的对话揭示的是一个普遍存在的空间资源分配不公和阶层固化问题，这也是当下社会学热议的话题。高等教育是阶层再生产的重要途径，其社会功能是防止阶层固化，为社会底层子女提供向上流动的机会。但事与愿违，中国现有的教育体制已经逐渐无法承载阶层流动的职能，涂自强们的先赋性因素（家庭背景）极弱，后致性因素（个人努力）也无法完成在社会阶层中的流动；其背后的原因是资本的运作，因此，缩小城乡差距，改变农村落后现状，防止阶层固化现象，构建空间正义，实现城乡资源的合理配置，最终实现社会的公平正义是解决"涂自强的个人悲伤"不会成为"涂自强们的共同悲伤"的根本所在。

除了上述"城市新工人"之外，还有一部分进城乡村学子有强烈的消费愿望，是消费时代的"城市新穷人"，"他们同样是全球化条件下的新的工业化、城市化和信息化过程的产物，但与一般农民工群体不同，他们是一个内需不足的消费社会的受害者。他们通常接受过高等教育，就职于不同行业，聚居于都市边缘，其经济能力与蓝领工人相差无几，其收入不能满足其被消费文化激发起来的消费需求。除了物质上的窘迫，学者们也常用所谓"精神贫困"、价值观缺失等概念描述这一人群（即便描述者的精神并不比其描述对象更为富足）。这类贫困并不因为经济状态有所改善而发生根本变化，他们是消费社会的新穷人，却又是贫穷的消费主义者。新穷人遍及整个世界，尤其是那些进入或部分地进入消

● 北京文学月刊社主编：《2013年当代中国文学最新作品排行榜》，地震出版社2014年版，第117页。

费社会的部分。"❶《碎片》中的包兰、快递员、网店店主和熨烫工就是消费时代的新穷人，过着人不敷出的生活，是一群依靠"啃老"而在城市生活的"城市新穷人"。

小说《碎片》是当下关于城市消费新穷人较为经典的文本，小说用一件玫红底色镶嵌着闪亮的彩色碎片的连衣裙为纽带，把四个进城乡村学子和他们进城打工的父母串联在一起。痴迷于网购的包兰和旧衣周转市场洗衣服的妈妈、废品收购老板和商贸公司上班的熨烫工、韩剧迷女儿、卡车司机和快递员"果粉"儿子、收废品的妇女和开网店的"骨灰级"游戏玩家儿子。包兰的妈妈在小地方生活，虽然下了岗，但生活开销也低，日子也不是过不下去，只是为了支持在大城市生活的女儿，她要出来挣钱。"包兰大学毕业后不愿意回老家，其实老家也没有什么不好，地方虽小，但毕竟有父母的呵护，也可以找一个相对体面的工作，可是包兰不愿意回去，回去多没面子。为了她的所谓"面子"，母亲背井离乡、放弃安逸的小城生活来到大城市做洗衣妇。包兰们自己的收入根本不够他们自己的消费，他们消费的是父母的血汗钱，消费的是父母的亲情。

从精神层面而言，"城市新穷人"包兰们是一群"精神贫困"者，家庭道德伦理缺失，缺乏正确的价值观，他们的进城只是物质上的欲望，再也无法拥有路遥《平凡的世界》中的孙少平那样的精神追求，是精神上的"穷人"。包兰与洗衣妇妈妈、收废品的妇女和开网店的"骨灰级"游戏玩家

---

❶ 汪晖："两种新穷人及其未来——阶级政治的衰落、再形成与新穷人的尊严政治"，载《开放时代》2014年第6期，第55页。

儿子、废品收购老板和商贸公司上班的熨烫工、韩剧迷女儿虽然同在一个城市，但却无法享受天伦之乐，手机、银行卡成为维系父母与子女之间亲情的纽带，亲情被物化，这些"城市新穷人"被消费城市的欲望所驱赶，无情地消费着父母的爱。《设计者》中的"我"被进城务工的哥哥"设计"骗去学费和薪酬，乡村传统道德伦理在城市化进程中被金钱所肢解，兄弟、父母、子女之间互相"设计"。

第十二章 儿童书写：穿过忧伤的花季

"儿童文学不再只代表小故事、小情感、小后发，作为文学的一种表现形式，儿童文学同样能担当大手笔展示时代大主题。"❶新时期以来，随着我国城市化建设的日益加快，一群群的乡下人告别乡村到城市打工。这些进城的乡下人或把子女和老人留在乡村，或把他们带到城市，由此产生了留守儿童和流动儿童，他们逐渐成为小说关注的热点。这些儿童普遍缺少父母关爱，大都涉世过早，独自面对他们心智不成比例的生存压力和心理问题。江苏作家乡下人进城小说中也出现了一些致力于讲述进城乡下人子女生存状况的小说。王巨成、徐玲、胡继风、黄蓓佳等都有与此相关的小说，这些小说真实地再现了这一特殊群体的的世界。

江苏作家的此类小说创作不乏精品佳作，其中毕飞宇的《哺乳期的女人》获得1995~1996年《小说月报》奖、1996年全国十佳短篇小说奖、1996年《小说选刊》奖、首届鲁迅文学奖短篇小说奖。徐玲《流动的花朵》2009年荣获中宣部第十一届精神文明建设"五个一工程"奖、"三个一百"原创出版工程奖。王巨成的《穿过忧伤的花季》2011年荣获"第八届全国优秀儿童文学奖"。胡继风的短篇小说《想去

---

❶ 徐玲：《写在前面的话》，见《流动的花朵》，希望出版社2008年版。

279

天堂的孩子》2011年荣获江苏省第四届紫金山文学奖儿童文学奖，胡继风短篇小说集《鸟背上的故乡》2013年荣获第九届全国优秀儿童文学奖。黄蓓佳的长篇小说《余宝的世界》2014年荣获"第三届中国出版政府奖图书奖提名奖"，这是唯一一部获奖的原创儿童文学作品。据不完全统计，新时期以来江苏作家乡下人进城小说中的儿童叙事主要有以下作品，如表12-1所示。

　　通过系统梳理发现，在江苏作家的此类小说叙事中，小说中的儿童总体而言可以分成两大类进行研究。一类是迫于城市消费水平的高昂，留在村庄，或由祖父母监管，或托付给其他亲戚的留守儿童，比较典型的有《哺乳期的女人》中的旺旺，《鸟背上的故乡》中的施大毛、桥桥、百合、王巨成，《穿过忧伤的花季》中的陈军、陆星儿等，他们的生存问题主要是物质的贫困、情感的困境以及教育疏于监督；另一类则是跟随着父母在城市里流离颠簸的流动儿童，《流动的花朵》中的王弟、钱国钱、刘端端，黄蓓佳《余宝的世界》中的余宝、余朵，《淘宝的旋转木马》中的淘宝等都是这类孩子，这类儿童在城市面临的主要是教育问题、身份的两难以及城市的歧视等问题。当然两类儿童也会遇到一些诸如物质生存的困境等方面的共同问题，在此，为研究的方便我们把两类儿童所面临的一些共同问题进行总体探讨。

表12-1　江苏作家乡下人进城小说中的儿童叙事创作情况统计表

序号	作家	小说	发表时间及期刊
1	毕飞宇	《哺乳期的女人》	2000年收录于《毕飞宇短篇小说选集》百花文艺出版社
2	胡继风	《我要像鸽子那样飞》	2005年第5期《回族文学》
3	范小青	《城乡简史》	2006年第1期《山花》
4	胡继风	《一地黄花》	2006年第2期《清明》
5	王大进	《花自飘零水自流》	2006年第4期《上海小说》
6	庞余亮	《小母亲》	2007年第9期《少年文艺》（南京版）
7	王巨成	《穿过忧伤的花季》	2008年11月，明天出版社
8	徐玲	《流动的花朵》	2011年1月，希望出版社
9	陈武	《丁家喜和金二奶，还有老鼠和屁》	2009年第1期《翠苑》
10	黄国荣	《城北人》	2009年3月，花山文艺出版社
11	王一梅	《城市的眼睛》	2009年4月，江苏少年儿童出版社
12	胡继风	《鸟背上的故乡》❶	2011年3月，黑龙江少年儿童出版社
13	黄蓓佳	《余宝的世界》	2013年1月，江苏少年儿童出版社
14	王春鸣	《淘宝的旋转木马》	2013年第1期《少年文艺》（上旬刊）
15	庞余亮	《小鹿，小鹿》	2013年第12期《少年文艺》（上旬刊）
16	王大进	《桥》	2014年7月18日《光明日报》

---

❶　短篇小说集，收录小说18篇《鸟背上的故乡》《和冰冰一起私奔》《楼上的你和楼下的我》《空课桌》《不知要往哪里去》《一封写给妈妈的信》《跟小满姐姐学尿床》《想去天堂的孩子》《忘归》《一个人的城市》《急诊》《像豌豆一样突然消失》《给奥巴马叔叔的一封信》《害羞》《美丽的花衣裳》《最美有多美》《我哪里也不让你去》《大水》（有些篇目在收录前已经单独发表，有些属于初次）。

第一节　物质困境：生活贫困和无人监管

　　生存状况问题是留守儿童和流动儿童都会遇到的问题，无论是留守在村庄还是流动在城市，这些儿童因为父母的底层打工者身份，最终都会遇到物质层面的生存困境。江苏作家乡下人进城小说的儿童叙事首先关注的是农村留守儿童的生存状况。《鸟背上的故乡》中为了一件价值20元的碎花棉袄而付出生命的菱花、《花自飘零水自流》中因被冤枉盗窃而自杀的花季少女大秀和二秀、《穿过忧伤的花季》中的陆星儿、陈军、向华萍就是其中的代表。这些小说文本中留守儿童们的父母都因农村较低的收入水平，而不得不外出打工，留下年迈的老人和稚嫩的孩童守护着家园，他们在长期缺少父母关爱的环境下成长，过早地承担起与年龄不符的生存压力，物质生活的贫困是他们首先面临的问题。

　　菱花是《美丽的花衣裳》中的留守儿童，小说讲述的是一个"由价值20元钱的花棉袄引发的血案"。菱花的父母进城打工，家中生活贫困，兄妹三人都在上学，20元钱是菱花家一个月的开销。为了一件价值20元的碎花棉袄，菱花去到村里一家鞭炮地下黑作坊"裹鞭炮"，和菱花一样去打工的还有村里面的20个留守儿童。他们与菱花一样，为了自己挣个块儿八角的零花钱买一只新书包、一小盒七彩的小蜡笔而付出了生命的代价。这些本应该是父母心尖肉的花季少年，为了一个个卑微的小愿望而去打"零工"，裹1000个鞭炮得到的报酬是三毛五，因为白天要上学，他们就去加"夜班"，晚上从8点一直干到12点，物质的极端贫困让乡村的少年过早地承受了生活的重压。

与菱花一样，《花自飘零水自流》中的大秀、二秀也是留守儿童，这是一个"由一袋饼干而引发的两条命案"。菱花的死是因为对物质渴望和乡村黑作坊的无人监管，而大秀、二秀的死是因为乡村成人世界的侮辱。大秀11岁，二秀9岁，从小跟随年迈多病的奶奶一起生活，父母在外面打工、挣钱，希望能改善两个女儿的生活条件。大秀、二秀平时连最便宜的零食也舍不得买，花季少女大秀独自面对生存的困境。命案的起因是二秀偷偷拿了村里黄桂英小店的一袋饼干，被发现后二秀逃跑，大秀去追，黄桂英误认为大秀、二秀偷钱，从语言和肢体上谩骂羞辱大秀。面对突如其来的来自主流话语权的成人世界的污蔑，好学生大秀无法洗清自我的冤屈，无法面对"被诬陷偷钱的残酷现实"。姐妹二人为了证明自己没有偷钱，留书一封投水自尽。对于尚处于成长期的大秀、二秀而言，她们无法应对来自成人世界的"诬陷"，而奶奶的年迈和父母的缺席让她们无所依赖，只能以死来反抗成人世界的不公。

除了物质生存的贫困之外，这些留守儿童长期处在无人监管的状态之下。《和冰冰一起私奔》中鲍小华老师因为北方冷空气的到来嘱咐全班同学要多加衣服，可是这些留守儿童的"爷爷奶奶都上了年纪，记性本来就差，再加上还要种田，做家务，照顾牲口，头都要忙晕了，哪还有心思想着什么冷空气热空气呢？"所以校长迫于无奈，只得作出提前放学的决定。同样在《害羞》中，新学期班主任王老师让大家互相观察，说出每个人的变化，施大毛嘲笑杨胜利的肚子比放假前更黑，却被大家发现他自己的肚皮和杨胜利一样黑得发亮。这些留守儿童光着上身在太阳底下整整疯了一个夏天，早就晒得乌黑发亮了，他们舍不得穿衣服，因为这样就不用担心衣服被刮坏，也不用担心衣服会弄脏。这些留守儿童的监护人整日忙着农事家务，根本无暇照料他们的生活，孩子们很大一部分都处于自我监管的层面。

江苏作家乡下人进城小说中城市流动儿童的生存状况也同样不容乐观，这些小说从居住环境和物质生活等方面对流动儿童的城市生活展开叙事。《楼上的你和楼下的我》通过"楼下的"流动儿童丹丹和"楼上的"城市女孩莹莹的对比来凸显单丹丹的城市生活现状。丹丹上的是芝麻花农民工子弟学校，爸爸妈妈因为金融危机失业。楼上的莹莹妈妈是专家级医生，爸爸是公务员，上的是贵族学校。莹莹家住在楼上宽敞明亮的大房子里，丹丹家的出租屋非常窄小，为了节约电费，丹丹每晚在路灯下做作业、踢毽子。"楼上的"和"楼下的"形成鲜明的对比，虽然身在城市，这种城乡之间的差异并未消除，对比之下反而更明显。《一个人的城市》则通过小男孩丑蛋原是一个留守儿童，暑假进城到爸爸妈妈工作的城市。小说以丑蛋的视角来看"城里的家"，一个狭窄、阴暗、低矮、陈旧的小弄堂里的一个小院子里的一间小偏房，除了一张床和一张小饭桌，几乎连一根针都插不进去。丑蛋来了，爸爸晚上只能像老鼠般钻到床底下睡觉。如此狭窄的居住空间和繁华的城市、高耸的大楼形成鲜明的反差，令丑蛋费解。《淘宝的旋转木马》中淘宝的爸爸是收破烂的，家住在一个爸爸每个月500块钱租的车库，里面有一半地方堆着没处理掉的废品。车库、地下室、平房是这些流动儿童的家，他们随着父母进城，居住条件并不比乡村有所改善，甚至不如乡村的家。

除了居住条件的狭窄、逼仄、阴暗之外，进城儿童的城市生活也缺乏城市孩子的多姿多彩。淘宝进城3年了，还没进游乐场玩过。淘宝的爹不止一次站在游乐园门口琢磨过票价：成人90元，1米5以下儿童45元。如果带他来玩一次，要135元。那是淘宝在学校一个月的午餐钱，旧报纸8毛钱1公斤，要收多少？淘宝的爹在游乐园门口给淘宝捡来一个废弃的木马，但淘宝想坐真正的旋转木马，睡着的淘宝骑着木马来到了迪士尼。物质的贫困让淘宝的游乐场梦想只能是个"梦"。《流动的花朵》中的王弟一家仅靠父母微薄的工资度日，除了最基本的生活开支加上两个孩子的教育费用，一年下来所剩无几，有时还会入不敷出，王弟因为长期营养不良造成严重的贫血，一碗猪肝排骨汤已经算是饭桌上的奢侈品了。几个小伙伴来到城市几年了却从来没坐过地铁，坐地铁竟成了他们的梦想，更别提王弟去城里同学左伟家做客，面对钢琴、迪士尼玩具、麦当劳这些乡下孩子根本不敢想象的事物时所受的打击。他从小就热爱唱歌，但根本没钱报名去上音乐辅导班，父母也没有闲钱给他买乐器，当姐姐送给他一个半新的口琴时，王弟开心得咯咯直笑，这样一个无比寻常的小礼物却让这个孩子兴奋了很久。

进城乡下人的低工资只能确保家庭的日常开销，没有多余的闲钱支付高昂的辅导班费用，也更没有能力让孩子们享受与城里孩子同等的生活。黄蓓佳《余宝的世界》中的余宝、余宝的大姐余香、二姐余朵都是流动儿童。余香13岁就辍学，一路做小工，后来才成为一个超市的收银员。13岁的花季少女本应该在学校读书，但家庭的重担使得她过早承担了与年龄不相符的压力。父亲的突然失踪更是让这个家庭雪上加霜，余宝一家的生活陷入困境。

第二节　精神困境：情感缺乏和心理问题

对于父母亲情的需求是留守儿童最常遇到的问题，他们由于长期缺乏父母关爱，对父爱母爱的渴求往往会导致他们做出一些超乎他们年龄的一些举动，有的还会造成一些或多或少的心理问题。小说《百合》（注：小说单独发表时是三月《百合》，收入小说集改为《一封写给妈妈的信》）讲述的是留守儿童百合因父母外出打工被寄养在叔叔家，百合有很多的话想对妈妈说，但她却没有勇气将自己的心里话直接说给妈妈听，因为她觉得如今的妈妈就像一个客人，只在过年时才来串门，妈妈变得越来越生疏，也越来越客气，所以她无奈地选择了写信这个方式。她觉得如今父母的心全都集中在城里出生的弟弟城生身上，弟弟城生能跟着父母在城市里一起生活，而她却只得寄养在叔叔家。在给妈妈的这封信里百合写道："妈妈，一只秧鸡都知道要把自己的孩子带在身边……你连一只秧鸡也不如……" ❶ "妈妈，您的心眼好偏！"一个原本天真灿烂的女孩却对自己的妈妈心生嫌隙，她怀疑自己的母亲只疼爱在城里出生的弟弟，因而对母亲和弟弟心怀憎恨。她原本也可以在父母怀里撒娇，但现在却过

---

❶ 胡继风："百合"，载《凉山文学》2010年第3期，第12页。

着寄人篱下的生活，没有家庭的温暖和安全感。

《跟小满姐姐学尿床》中的小米觉得妈妈像个小偷，总是偷偷摸摸地溜走了，小米每次都牢牢搂着妈妈的脖子睡觉，但她早晨一睁开眼，妈妈又突然不见了。她非常想念妈妈，每次都会让自己把妈妈想到怎么也想不起来，她不断地冥思苦想，希望能想出一个把妈妈留下的办法，终于她想到用尿床这个办法来引起妈妈的注意，但结果却换来了妈妈的一顿毒骂。这虽然是一个近乎荒唐的办法，但孩子幼小脆弱的心灵再也想不到别的能把父母留在身边的办法了。《和冰冰一起私奔》中的桥桥的父母一心一意想要孩子好好学习，希望他勤奋学习，将来再找个好工作，过有头有脸的日子，他们夫妻二人将全部的希望都放在了儿子身上。为了能够攒下盖新房子和供桥桥读大学的钱，夫妻二人决定在他考初中之前不打算回家乡了，努力在城里打工赚钱。桥桥思念父母，决定和父母同在上海打工的女孩冰冰一起"私奔"去看望父母。《忘归》中的胡小榆和《小鹿，小鹿》中的小鹿都特别羡慕被父母打骂的孩子。胡小榆的爸爸去南京打工两年一直没有回来，即使胡小榆一夜忘记回家，老糊涂的奶奶也不会找自己。看到丁子龙和王新贵被父母打骂，胡小榆哭了，他羡慕两个有父母打骂的忘归同伴。《小鹿，小鹿》中的小鹿爸爸妈妈出去好几年了，有近一年没有消息了。小鹿爸爸说是出去打工给小鹿赚奶粉钱，妈妈说是出去打工给小鹿赚娶媳妇的钱。可是小鹿从来没有吃过什么奶粉，小鹿并不羡慕那些赚了大钱的人家，他羡慕隔壁的小林，希望有个每天打他的妈妈。

留守儿童都有着一颗渴望父母归来的心，他们时刻担心着在外的父母，希望他们能早日回家，但情感却得不到倾诉，久而久之他们变得焦躁、忧郁，变得越来越孤独自闭。《小鹿，小鹿》中的小鹿有"吃雪"的怪癖，"花开得最盛的时候，小鹿变成了小气鬼。他成了最孤独的孩子，他一个人在操场上的双杠上，像一只孤独的鸟。""小鹿并不羡慕那些赚了大钱的人家，他羡慕隔壁的小林，小林的妈妈没有出去打工，几乎每天都打小林，小鹿听到小林哭，想，有什么好哭的，他也希望有个每天打他的妈妈。"❶留守孩子与父母之间的亲子关系日渐冷淡，小鹿把对母爱的渴望深藏在内心，安安与外婆生活在一起，小鹿与耳聋的爷爷生活在一起，加上与隔代监护人的代沟严重，留守儿童缺少与人沟通交流的机会和能力，他们失去了从小倾诉的对象，将自己的想法深深藏在内心，大部分时间都独自待在自己的世界里。庞余亮的小说《小母亲》中，玉生的父亲进城打工赚钱，与母亲一起留守在家。母亲因为一方面想让父亲进城打工，另一方面又对进城的丈夫不放心。留守的母亲心性大变，经常与邻居胖嫂对骂，无心照顾玉生，玉生从某种意义而言也是一个缺少父母关爱的留守儿童。玉生把感情都寄托在自己养的小母鸡"小长今"身上。当母亲拿着刀要杀母鸡"小长今"时，"光着屁股的玉生抱起小长今，把门打开，像个小母亲，柔声唤出那七只小鸡。等最后一只小鸡跳出门槛外，玉生就跟着它们跨出门槛，头也不回地走了"。❷玉生带着

---

❶ 庞余亮："小鹿，小鹿"，载《少年文艺》2013年12月（上旬刊），第15页。

❷ 庞余亮："小母亲"，载《少年文艺》2007年第9期，第15页。

小母鸡和她的小鸡孩子们暂时逃离了无爱的家。

　　自卑也会以另外一种过度自尊的形式呈现。《流动的花朵》中的王弟在厕所洗手时遭到了同学的讥讽欺负，城里同学嘲笑他们外地生不讲究卫生。面对身强力壮的对手，王弟撩起袖管，扬起拳头，哪怕头破血流，准备用一场搏斗来捍卫外地生的尊严。这些孩子就像头发怒的小羊，一旦受到一丁点委屈，他们就会捍卫自己所谓的尊严，狠狠地用他们稚嫩的"羊角"攻击别人。政府为他们专门设立了绿叶学校，目的是让农民工子女有个良好公正的学习环境，但敏感的他们却觉得自己被赶出了原来的公立学校，去一个陌生的学校扎堆，尽管那里也有课桌椅，但那些看起来旧旧的桌椅在他们眼里就是城里孩子用剩下的，他们一个个叫嚷着："什么新市民学校嘛！什么绿叶学校嘛！连课桌椅都没有！我们站着写字吗？有没有道理？有没有啊？"[1]一向胆小怯懦的他们顿时都变得异常激动，因为他们所谓的自尊遭到了伤害。他们在这个社会融入的过程中，接触到了截然不同的生活环境和事物，这种差异会激发他们迫切地想要改变自己的命运，这种想要改变被歧视现状的自尊心就变得异常强烈。

　　身份的两难也会影响孩子的身心，与进城打工的父母一样，流动儿童也面临一个"非城非乡"的两难身份问题。《鸟背上的故乡》一文中胡四海从小在城里长大，因为长期跟随父母在外漂泊，他们这群孩子的普通话夹杂着全国各地的口音，遭到了城市孩子的嘲笑。而当他回到自己的家乡，理直气壮地说自己是小胡庄的孩子时，村庄的孩子都哈哈大

---

[1]　徐玲：《流动的花朵》，希望出版社2008年版，第167页。

笑起来。原来他对小伙伴熟悉的田地、河畔、偷苹果、捉泥鳅等一概不知。"我既不是城市的孩子,也不是村庄的孩子——对于城市来说,我只是一个来自村庄的客人,就像对于村庄来说,我只是一个来自城市的客人一样。"❶对于胡四海而言,这种城乡两难的身份尴尬也始终困扰着他们,他们因乡村的身份不被城市接受,但也回不到家乡,他们生活在城市的边缘,成为了一个奇怪而特殊的人群。他们既不属于城市,也不属于农村,飘泊不定,居无定所,他们的故乡是在"鸟背上",是在"迁徙的路上"。

流动儿童在面对城乡的物质差异时也会产生心理的变化。城乡之间的生活差异也会给流动儿童的心理带来变化,目睹自我生活环境和城市同学的差距,会让这些孩子心理产生自卑感。《流动的花朵》中的王弟非常讨厌搬家,有一次他甚至借口学校有事,没有回家帮忙。每当他们一家把东西搬到借来的三轮车上,然后沿着街道走时,他觉得行人都在用怪异的眼神打量他们一家,他总觉得抬不起头来。他觉得一家人就像蜗牛似的,背负着很大很大的壳,在路上艰难地爬行,不知何时才是尽头。与城里同学富裕的父母相比,自己的父母却在从事着清洁工、泥瓦匠、服务员这样低层廉价的工作,这令他感到仿佛受到羞辱。

王弟看到同学左伟家漂亮宽阔的房子后,他的内心也由此发生了变化,他非常羡慕那样的生活,回到家后,看着自己家两个拥挤的小房间,他的心情怎么也高兴不起来。他对自己的命运产生了怀疑,一方面他鼓励自己要好好学习努力

---

❶ 胡继风:"鸟背上的故乡",载《延河》2009年第7期,第11页。

奋斗，另一方面他也自我怀疑起来，他担心凭借自己的力量难以改变目前的生存状况，他陷入了深深的自卑当中，觉得自己低人一等。尤其是当他接触到城市同学优越的生活后，他心理的不平衡感越来越强烈了。他迫切地想要接近那样的生活，在左伟的诱惑下，王弟以给同学补习为借口欺骗妈妈，常常出入网吧，迷恋游戏，导致学习精力不集中，上课打瞌睡。

第三节　教育匮乏：家庭和社会的责任

除去生存层面和心理情感层面的问题之外，江苏作家的乡下人进城小说还关注留守儿童和流动儿童的教育问题，小说中这两类儿童的教育问题都不容乐观。此处的教育问题，一方面是学校教育，另一方面是家庭教育。留守儿童通常因为乡村教育资源的匮乏、父母教育意识淡薄、留守老人监管不力造成留守儿童的教育缺失，甚至失学现象。流动儿童面临的教育问题主要是城市上学难的问题，高额的借读费、教育资源的不公让这些流动到城市的孩子同样面临教育方面产生的诸多问题。

家庭教育的缺失对于留守儿童来说是非常常见的。王巨成《穿过忧伤的花季》里的留守少年罗大勇和向华萍也由于缺少必要的家庭教育，导致他们在一次酒醉后偷尝了禁果，结果向华萍却意外地怀孕了。这些留守儿童像野草一样，跟着爷爷奶奶、叔叔阿姨生活，监护人因为繁重的农事家务缺少对孩子的监督教育，一些隔代监护人文化程度较低，根本没有意识到教育的重要性，他们只是负责孩子们的吃饱穿暖问题，缺失必要的家庭教育。稚嫩的孩子们缺乏自控力，他们明辨是非的能力还不够，一旦遇到别有用心之人的挑拨和教唆很容易犯下严重的错误。

很多进城打工的父母认为"读书无用"，子女教育观念较为淡漠。《鸟背上的故乡》一书中的《一封写给妈妈的信》这则故事描述了百合因为偶尔一次考试失误，她担心妈妈会责骂自己甚至想过把成绩单藏起来，可是妈妈看了之后不仅没有责骂百合，令百合想不到的是，妈妈只是很平淡地告诉她女孩子不用念太多书，不仅没用还浪费钱。这让百合的心顿时凉了一截，原来妈妈不想她一直念书，而是希望等她长大一些，就带着她一起出去打工。《流动的花朵》中王弟的好朋友铁蛋也是一个留守儿童，他爸爸也认为上学没什么用，而且还要带着未成年的他到城里来打工，让他也学着挣钱。父母的这种想法无形中就会助长留守儿童的厌学情绪，这就出现了大批年少的孩子跟随父母进城打工的现象。

对于流动儿童而言，"入学"成为大问题。《鸟背上的故乡》一文中的流动儿童胡四海从小在城里长大，可是他却因为没有城市的户口，被多家幼儿园拒绝。这个腿脚利索发育良好，口齿清晰智力正常的流动儿童却被学校拒之门外。那些来自农村的流动儿童因为户籍问题而被拒收或者交借读费，而高昂的借读费使得很大一部分流动儿童回到户口所在地上学，甚至出现辍学现象，而有些孩子即便是解决了户口也难以被学校接受。

《城市的眼睛》中的朱迪跟随着爸爸来到城里上学，但由于乡下和城里学习内容的巨大差异，他跟不上城里孩子的步伐。当老校长问朱迪是否会拼音、外语、应用题时，朱迪和爸爸都只能用摇头来回答，他会的只是爬树、抓蛤蟆、割草。老校长表示只有通过了入学的测验才能接受朱迪，这对于他来说又是一个巨大的难题，城里的孩子从小就接触了各种各样五花八门的补习班，他从一开始就输在了起跑线上。黄蓓佳小说《余宝的世界》涉及的也是一个城乡教育资源的不公问题。余宝原来在农民工子弟学校"白云街小学"上学，学校办学场地的房地产公司设计收回了学校的用地，余宝们被分流到本区范围内的公办小学读书。余宝因为家境原因从来没有上过辅导班，入学测试时面对公办学校实验附小的素质测试卷，在农民工子弟学校连续三年年级第一的余宝几乎交了白卷，小说是这样描述余宝看到试卷的心理活动的："我低头看着卷子，发现题目都很怪，英语、数学、语文、自然、社会一锅烩，跟我们期末考试的卷子完全不一样。英语题目我自然做不出来，因为看都看不懂。小容老师教我们英语课，头一学期教了二十六个字母，第二学期教'爸爸妈妈老师学生桌子椅子黑板'这些常用名词，我们没有正经八百地学过一篇带语法结构的课文。数学部分是一些奇奇怪怪的图形，我猜想是传说中的'奥数题'，可我从来没碰过，不知道从哪儿下手。语文题中问了一个关于'鲁迅'的问题，我马马虎虎能回答，因为丁老师给我们念过鲁迅的《故乡》，我知道这个大作家。还有些题目：大脑中哪一部分用来学习？人类最伟大的发明有哪些？第一次登上月球的是哪个国家的宇航员？为什么说互联网改变了世界？我统统不知道，统统答不出来。"❶对于城市孩子来说看似简

---

❶　黄蓓佳：《余宝的世界》，江苏少年儿童出版社2012年版，第221页。

单的问题，来自乡村的孩子因为教育资源的分配不公而无法接触到这些问题，由此造成的差异带来了新一轮的不公。

小说通过余宝入学的素质测试揭示出城乡儿童在教育资源上享有的不公，城市的孩子在公办学校所学的知识与农民工子弟学校所学的知识本来就相去甚远，城市孩子因为父母手中的经济资本实力雄厚，可以上各种辅导班，代际资本的遗传体现在教育上造成了新一轮的资源占用不公。正如黄蓓佳所言："余宝的故事，是发生在我们这个城市中的另类故事，他的长大，是我们这个光鲜世界里的另一种成长……在那个世界中长大的孩子，假若有一天他张开翅膀，就一定是一只高高飞翔的鹰。"❶但随着这些年政府和社会各界对农民工子弟关注度的提高，城市里也出现了专门为这些流动儿童开办的农民工子弟学校。《流动的花朵》中王弟所在的绿叶学校就是为这些流动儿童提供的一个公平接受教育的学校。校园里树木葱葱，鸟语花香，也有着明亮宽敞的教室，在这个绿叶学校王弟感受到了同学之间的友谊，也被老师的真切关爱所感动。政府部门、企业界代表都对绿叶学校的诞生作出了贡献，他们赞助了学校钢琴、实验器材、图书、电脑、多媒体等，选派了一批优秀的骨干教师来支教，更是"把先进的教育理念和科学的教育方法带到这儿，让流动的花朵享受和本地学生同等质量的教育"，❷在这里他们无须交纳高昂的借读费，也不会受到城里孩子的嘲笑讥讽，他们可以毫无顾虑地专心学习。绿色学校就是一所成功的农民工

---

❶ 黄蓓佳：《余宝的世界》，江苏少年儿童出版社2012年版，第248页。
❷ 徐玲：《流动的花朵》，希望出版社2008年版，第182页。

子弟学校，受到了社会各界的鼎力支持，他们为学校的创办出资捐物，使这些流动的花朵拥有了属于自己的学校，不再因户籍、借读费而失学，也不再受城里孩子的讥讽，更加坚定了他们创造美好未来的梦想。

　　当然我们也在此类小说中看到了很多积极的因素。《城市的眼睛》中的朱迪因未达到入学考试的要求，被迫重新回到幼儿园，这无疑就是浪费一年的学费和时间，邻居沙博士主动送来了自己儿子幼儿园的课本，为朱迪解决了难题。在朱迪爸爸去世后，邻居们也时常给予朱迪母子帮助，经常送来一些日常用品，帮助他们渡过难关。《流动的花朵》中王弟家遭遇了火灾，仅有的几件家什都毁于一旦，而且还要支付房东一笔不小数目的赔偿款。正当他们手足无措时，"政府出面调解，把赔偿金降低到了最合理的程度，而且还承诺支付给我们一笔救济金"，[1]王弟的同学们和父亲所在的单位也组织募捐，帮助他们共渡难关。

　　小说《城北人》中的女教师林佳玲面对遭遇暴雨洪水和一群被埋在瓦砾下的民工学生时，面对民工学生失学无人接收时毅然辞职坚持创办了自己的学校，她为孩子们默默付出着。也正是有了这样无私奉献的优秀老师，才会有孩子们的美好未来，在她眼里没有城里学生和农民工学生之分，那些都是她的孩子，教书育人是她最大的职责。有了政府、社会各界的关心帮助，有了优秀骨干教师的培育，这就更加坚定了孩子们为了未来努力奋斗的梦想。

---

❶　徐玲：《流动的花朵》，希望出版社2008年版，第254页。

第四节　花季的忧伤：封建传统文化的戕害

在江苏作家的留守儿童叙事中，毕飞宇的《哺乳期的女人》和王巨成的《穿过忧伤的花季》是其中较为特殊的篇目，两篇小说为我们建构了两个深受封建文化传统影响的落后乡村，旺旺、向华萍、陆星儿成为这种传统文化的牺牲品。毕飞宇的《哺乳期的女人》中的"断桥镇"是一个传统的乡村文化空间，小说开头对断桥镇有一段描述：

> 断桥镇只有两条路，一条是三米多宽的石巷，一条是三米多宽的夹河……断桥镇的石巷很安静，从头到尾洋溢着石头的光芒，又干净又安详。夹河里头也是水面如镜，那些石桥的拱形倒影就那么静卧在水里头，千百年了，身姿都龙钟了，有小舢板过来他们就颤悠悠地让开去，小舢板一过去他们便驼了背脊再回到原来的地方去。不过夹河到了断桥镇的最东头就不是夹河了，它汇进了一条相当阔大的水面，这条水面对断桥镇的年轻人来说意义重大，断桥镇所有的年轻人都是在这条水面上开始他们的人生航程的。他们不喜欢断桥镇上石头与水的反光，一到岁数便向着远方世界蜂拥而去。断桥镇的年轻人沿着水路消逝得无影无踪，都来不及在水面上留下背影。好在水面一直都

是一副不记事的样子。❶

　　小说中的断桥镇是一个传统的乡村，是中国传统乡村的一个缩影，这是一个城市化过程中"留守的乡村"，是一个相对封闭的自然空间，城市化带走了乡村的年轻人，但乡村固有的封建传统文化并未因城市化而改变。它就像石桥的拱形倒影一样身姿龙钟，千百年来静卧水中。但这样一个相对封闭的乡村也受到了现代化的浸染，年轻的断桥镇青年们纷纷到"世界去"，消逝得无影无踪，但断桥镇人的封建传统性意识并没有因青年们的外出打工而改变。旺旺是一个留守儿童，父母进城打工，每年只回来一次，"旺旺"这个名字本身就是一个现代化的产物，是众所周知的食品"旺旺饼干""旺旺雪饼"，只因七岁的旺旺喜欢手提"旺旺"，因此得名。旺旺自出生起就跟着爷爷，"他的爸爸和妈妈在一条拖挂船上跑运输挣了不少钱，已经把旺旺的户口买到县城里去了。旺旺的妈妈说，他们挣的钱才够旺旺读大学，等到旺旺买房、成亲的钱都回来，他们就回老家，开一个酱油铺子。""断桥镇在他们的记忆中越来越概念了，只是一行字，只是汇款单上遥远的收款地址。汇款单成了鳏父的儿女，汇款单也就成了独子旺旺的父母。"❷此处，"汇款单"成为情感的物化符号，城市化进程中的进城乡下人在物质欲望的追逐中逐渐遗失了亲情。

　　旺旺的妈妈天生就没有乳汁，旺旺没有吃过母乳，"不锈钢调羹和不锈钢碗"是旺旺妈妈的奶子，旺旺是吃碗中的

---

❶　毕飞宇：《哺乳期的女人》，人民文学出版社2015年版，第184页。
❷　同上书，第185页。

"乳糕、牛奶、亨氏营养奶糊、鸡蛋黄、豆粉"长大。惠嫂是小说中的一个母亲形象,刚刚生产,在哺乳期。惠嫂家和旺旺家是对门,哺乳的惠嫂勾起了旺旺的对母爱的渴望,旺旺坚信惠嫂的奶水是天蓝色的,温暖却清凉。对于母爱的渴望让做出了一个出人预料的举动,"旺旺咬了惠嫂的奶子"。旺旺事件出现后,以旺旺爷爷为代表的段桥镇人表现出中国传统文化对性的复杂态度:一方面是伦理的严肃性:"不打骂不成人""都是让电视教坏了"(旺旺爷爷)"要死了,小东西才七岁就这样了""段桥镇的大人也没这样流氓过";另一方面是潜在的羡慕:"惠嫂,大家都旺一下""大伙都笑"。如果我们分析旺旺在缺乏母爱的环境中的举止,就会发现旺旺正处在一个男孩子的成长期,他的无意识举动中透露出一个男孩子性成长的健康状态,但段桥镇的性文化(将性视为邪恶)压抑了他的成长,这是一双邪恶的眼睛,旺旺在这双邪恶眼睛的注视之下精神与肉体遭受着双重的阉割。

与旺旺对于惠嫂母爱的渴望被断桥镇人赋予"性"的邪恶一样,《穿过忧伤的花季》中陈军与陆星儿纯洁、美好的少男少女情感同样遭受陆家庄人的曲解。陆家庄是一个小山村,陆星儿是陆家庄的留守儿童,父母进城打工,与奶奶相依为命,每天要走很远的路到镇上的中学上学。陈军是陈庄的留守儿童,是陆星儿的同学。父母进城打工,把陈军托付给大伯,对于陈军而言,"父母只是电话里的声音,只是邮寄回来的钱和衣服,只是过年时匆匆来了又匆匆走了的身影"。●陆星儿与陈军之间的情感更多的是兄妹之间的纯洁友谊，在父母要带陈军进城读书，陈军不愿意去，父母问陈军是否是因为陆星儿，陈军告诉父母"其实要怪，只怪你们没有给我生一个小妹妹"，作为一个留守少年，陈军渴望有一个妹妹作伴，他愿意给妹妹讲故事，愿意教她读书写字，愿意带着妹妹去玩，让妹妹天天像尾巴一样跟着我……陈军和陆星儿都是独生子女，缺少兄弟姐妹的陪伴，父母又不在身边，因此陆星儿和陈军之间是一种类似兄妹的情感。当陆星儿问陈军："你为什么要这样对我"时，陈军心里的回答是："我喜欢跟你在一起，跟你在一起我快乐。有了你，我不再孤单不再寂寞了，学习成绩也变好了。你可爱，你漂亮，我想帮助你，我要使你天天开开心心。"●

这种纯洁的兄妹之情在陆家庄人的眼中变成了邪恶的"性"，陆星儿奶奶去世之后，陈军在帮星儿家翻完玉米地准备回家时下起了大雨，陈军只好在星儿家留宿。一个被陆星儿叫三婶的人早上起来发现了陈军的车子，陆星儿和陈军被村里的一群大伯、大妈、大婶们堵在家里：你一个小丫头家，真不要脸哪！你胆子也忒大了，敢把野小子带回家过夜"。陆家庄人可以不管星儿一个人在家是不是习惯，但对于"把野小子带回家"却不能熟视无睹。三婶承担了监督星儿的任务：

你可看紧了，不能让那小子占到陆家庄人的便

● 王巨成：《穿过忧伤的花季》，明天出版社2008年版，第19页。
● 同上书，第115页。

宜！要不事情传出去，我们陆家庄人的脸往哪儿搁呀？人家还以为我们陆家庄的女人都是狐狸精呢。那么点大的小丫头啊，丢人现眼哪……

……

村上更多的人围到星儿家的门口。

臭小子，以后再看见你，非打断你的腿不可！

小狐狸精，看你妈回来咋收拾你！

真是不像话！忙挣钱，孩子也不能不管哪！

上梁不正下梁歪，啥苗结啥瓜！

……

没有一个人替星儿说话。他们的意思都一样：陈军占了陆家庄人的便宜，星儿丢了陆家庄人的脸！❶

村里人对于陈军和陆星儿关系的"性解读"方式多是源于传统的封建观念，而外出打工的爸爸妈妈同样是封建的，他们回来之后"什么也不问，劈头盖脸地就打了星儿"，村上人没有阻拦，星儿没有流泪，没有求饶，始终说自己和陈军什么也没有做："我们连一根手指头都没有碰过。你们凭什么污蔑我们？凭什么打我？"听到星儿的辩解，妈妈没有阻拦爸爸，却说："打！打死这个不要脸的！"愚昧的村庄，愚昧的父母，把纯洁的兄妹友情玷污，陆家庄容不下一个小女孩。"村里的人走了，不等于事情就结束了。这件事会一直成为村里人茶余饭后的谈资，陆家庄的人从此看星儿，看这一家人的目光，会不再是过去的目光。以后走

---

❶ 王巨成：《穿过忧伤的花季》，明天出版社2008年版，第219~223页。

在村子里，他们一家人的脊梁骨会直不起来，会发凉"。❶
断桥镇、陆家庄让我们想到了鲁迅故乡中的"鲁镇"，这
就是杀人于无形的封建文化，旺旺对母爱的渴望、陆星儿与
陈军的兄妹感情被愚昧的村民视为"性"，而传统文化中的
看待"性"的邪恶眼睛扼杀了留守儿童、少男、少女的纯洁
情感。

　　通过对江苏作家乡下人进城小说文本的解读，我们可以
看到像百合、小米那样因缺少父母关怀而孤独自卑的留守儿
童，看到像王弟、朱迪那样为能够在城市扎根生存而努力奋
斗的流动儿童，也看到这群孩子面临着的生存压力和情感挫
折。留守儿童在长期孤独难耐的生活中，形成寂寞自闭的心
理，独自承担着生活学习的艰辛，与此同时他们的求学环境
也变得十分恶劣。而流动儿童在面对城市纷繁生活时表现出
自卑、自尊心强、缺少归属感、虚荣的心理状态以及他们在
城里所遭遇到的教育不公平等问题。

---

　　❶ 王巨成：《穿过忧伤的花季》，明天出版社2008年版，第224页。

第十三章 青春书写：徘徊于城乡之间的青春

　　青春一直是作家书写的对象，小说中的青春书写总是和恋爱相关，和成长相关。当青春遭遇进城时，城乡文化的差异、城市文明的召唤、成为城里人的诱惑都会对青春期男女的成长产生影响。在江苏作家的乡下人进城小说中，顾坚的"青春三部曲"《元红》[1]《青果》[2]《情窦开》[3]、储福金《S形声音》[4]和顾维萍的《水香》[5]都是关于青春的叙事，进城对这些青春男女的成长而言至关重要，因此本章把这几部小说放在一起探讨。此处的"青春书写"取一个较为宽泛的概念，指涉的是与青春、恋爱、成长、进城等几个关键词相关的小说创作。顾坚是江苏作家中致力于青春书写的作家，《元红》是他"青春三部曲"的第一部，2009年获江苏省"五个一工程奖"，小说讲述了乡村青年丁存扣由乡村进入城市的青春成长历程，作为一名由高考而进城的乡村学子，穿插期间的是不同女性对丁存扣成长的滋养，2005年

---

[1] 顾坚：《元红》，北京十月文艺出版社2005年版。

[2] 顾坚：《青果》，昆仑出版社2010年版。

[3] 顾坚：《情窦开》，江苏人民出版社2012年版。

[4] 储福金：《S形声音》，安徽文艺文艺出版社2011年版。

[5] 顾维萍：《水香》，远方出版社2011年第2版。

版出版扉页中写道"继《平凡的世界》之后的经典力作"。《青果》是"青春三部曲"的第二部，2011年获首届施耐庵文学奖，小说也涉及高考，但赵金龙没有像丁存扣一样通过高考进城，而是落榜后进城创业，叙事的重心是赵金龙在城市的打工经历和爱情。《情窦开》是"青春三部曲"的收官之作，更着力于叙述的是朱天宠、黄明娟、蒋小平、刘爱军、郑荣健等乡村少年的成长历程，小说中的朱天宠、黄明娟、蒋小平、刘爱军最终也是通过高考进城。《S形声音》是储福金代表江苏参加了起点中文网举办的"全国30省（区市）作协主席小说擂台赛"的参赛作品，参赛是的小说题目为《倾听到什么》，在线的阅读点击量排名第一。小说着重讲述了两个乡村男青年乔耳、田丰收和一个乡村女青年黄莺在城市的青春成长过程，塑造了两个另类进城乡下人形象。顾维萍的《水香》叙述了一个乡村少女水香的青春成长故事，水香由乡村进入城市，再由城市而回归乡村，心境归于平静。

第一节　《元红》：青春·高考·进城

　　顾坚的"青春三部曲"《元红》《青果》《情窦开》都涉及进城，是一代农村青年由乡村走向城市的故事，高考进城成为他们的首选。三部小说故事讲述的时间都是20世纪七八十年代之交，是我国高考刚刚恢复时期，大学成为青春期乡村男女共同的奋斗目标，考上大学在此意味着脱离乡村而进城，端上铁饭碗，走出农门。对于乡村少年而言，"考上了就是中举，鸡子就变凤凰，就是第二次投胎，一世享福受人尊敬，家里人沾光，就是日后子女也沾光"。[1]相同的表达在小说《情窦开》中也有出现，在乡村少年和他们的家庭看来，考上大学就等于拥有了国家户口，就可以和城市人平起平坐了，高考可以彻底改变他们的命运，让他们成为天之骄子。在三部小说中，《元红》《情窦开》的叙述对象大多通过高考进城成为"天之骄子"，在学业和爱情上双丰收，而《青果》中的青年赵金龙却"名落孙山"，开启了另外一种打工进城的模式。

《元红》创作于2005年，是顾坚的第一部小说，故事讲述的是20世纪70年代苏北水乡少年丁存扣从9岁到35岁的成长经历，是存扣从求学到工作的整个青春历程，其间穿插的是他与几位女子的恋爱故事。这部小说带有很强的自叙传性质，顾坚本人1964年出生于兴化市陶庄镇大顾庄。高中毕业后在乡村任教，1991年弃教从商移居扬州，2000年开始业余创作。这与主人公丁存扣大学毕业后回乡任教，后弃教从商，最终又回归文学，创作小说《元红》以纪念自己人生中那些可爱可敬的女性的人生道路非常吻合。

丁存扣的成长史始终贯彻着女性，主要有桂香、月红、梁庆芸、徐秀平、张阿香、王爱香、春妮，这些女性是乡村传统和城市现代性的融合，对于青春个体丁存扣而言，她们具有启蒙意义，正是因为她们才一路陪伴乡村青年存扣一路从乡村进入城市。母亲桂香自存扣5岁时父亲去世之后就外出做"关亡"的营生（走阴差），作为母亲，桂香因生活所迫长期把存扣留在家里，没有尽到母亲的职责。但桂香

---

❶　顾坚：《元红》，北京十月文艺出版社2005年版，第190页。

对于存扣的影响更多的是在于现代观念上，尽管做的是"死人"的生意，但在乡村中是最早做生意的人，因长期走南闯北，见多识广，"心很高"，她对存扣的期望是"考学吃公家饭"，是最早把"成为城里人"的梦想根植于存扣内心的人。当梁庆芸的妈妈、支书老婆春莲提出存扣和梁庆芸的亲事时，遭到了桂香的婉拒，桂香"一门心思想把存扣培养着考学的"，"考上了寻城里的婆娘"。月红是存扣的嫂子，存扣对于月红的依赖是其对于母爱的渴望，某种程度而言，月红在存扣的成长经历中类似于母亲的角色。

在存扣的几段恋爱的对象中，王爱香是属于乡村的，梁庆芸、徐秀平、张阿香介于城乡之间，春妮是属于城市的。王爱香与丁存扣是远亲，是一个最传统的乡村女性，她自小就爱存扣，是她让存扣成为男人，怀孕之后的爱香默默养育存扣的孩子，这是一个最为典型的乡村传统女性。梁庆芸是支书的女儿，这也是存扣成长中最具乡村色彩的女性。乡村是权力的空间，支书是乡村的最高权力者，因此梁庆芸虽然身体残疾，但身价不低，是村里穿得最好的女孩，穿得很时髦，都是村办厂那些供销员从外面大城市带来的。存扣在与梁庆芸的情感交往之中始终认为自己不会娶一个乡村的婆娘，因此这段情感注定没有结局，乡村的梁庆芸只是丁存扣情感链条的一环，丁存扣在于梁庆芸的相处中发现自己"发育"了。梁庆芸最终虽然通过支书父亲的权力运作而读了卫校，但存扣是个"完美主义者"，是不会要一个瘸子做自己的婆娘。梁庆芸的身体残疾从某种意义而言是一种象征性的隐喻，预示着传统文化的某种缺陷。

徐秀平与丁存扣是同班同学，是班里的"金童玉女"。

秀平是班里最漂亮、文化成绩最好、体育最好的女生，也就是说秀平是一个可以和存扣一起考上大学进城的人，是存扣真正的初恋，是姐姐加恋人的角色。秀平患白血病离去，这是存扣最挥之不去的一段乡村情感。阿香是秀平的同班同学、好姐妹，她一直暗恋存扣，秀平死后她与存扣的感情是兄妹式的，阿香学习成绩中等，但是一个非常有主见的女孩，母亲是代课教师，对阿香的期望很高，希望女儿考上大学，吃上商品粮，成为公家人，端上铁饭碗，找个国家户口的丈夫。17岁的阿香自己也知道"一个乡下女子要跳出农门获取幸福只有凭考学这条唯一的出路"，考不上大学，存扣是不会娶一个农村户口的女子的。因阿香父母的反对，存扣选择转学逃避阿香的情感。两年后当拥有"城里女孩模样、城里人工作"的阿香再次出现时，丁存扣心动了，阴差阳错的是阿香被强奸之后被迫嫁给厂长张银富，毁了这段美好姻缘。春妮是一个城市女孩，是存扣的大学同学，喜欢文学，爱好体育，是存扣的最佳伴侣，也正好契合了存扣的城市梦，因此二人走进了婚姻。

《元红》的男女情感模式与路遥的《人生》类似，小说中的男主人公的情感在城乡之间徘徊。由于高加林的高考落榜以及进城的非法性（通过后门进城），路遥让"非城非乡"的高加林无法拥有爱情，小说最终虽然让高加林回到了乡村，但"并非结局"的提示预示着高加林最终还会走出乡村，他的城市梦不会结束。相比于高加林，丁存扣是幸运的，他最终通过体制化的途径进城，因此也就拥有了城市姑娘春妮的爱情。两部小说还有一点是相似的，作为乡村学子，除了自身的男性资本（英俊潇洒）之外，文化资本、体育特长是他们在城乡都受到最优秀女性青睐的原因。

小说《元红》中，这些乡村少年的父母为了支持他们考上大学，不惜砸锅卖铁也要让他们去复读。高考成为顾坚小说中乡村青年的一个"城市梦"，他们和他们的家庭为了圆梦而奋斗，这些乡村少年在圆梦中成长。小说通过丁存扣及其同伴在高考路上的艰难跋涉，反思高考对于乡村少年及其家庭的影响。在20世纪80年代中期的中国乡村，高考进城是无数乡村少年和家庭的梦想，高考承载的太多。考不上大学，你就只能是农民，让人瞧不起，连家人也不能幸免，甚至连自小定的娃娃亲都保不住。小说借助丁存扣之口，对高考提出质疑，"现在的教育全看分数，唯分是举，一纸试卷定终身，个人的包括德美体劳诸方面的综合素质是不重要的。只要会死记硬背，豁出命来多做作业，就有可能考取大学。国家录取了这些急功近利整出来的学生就真能成为社会的栋梁吗？"顾海金就是这样一个急功近利的青年，是全乡勤奋刻苦的典型，用功读书把身体都搞垮了，由父亲背着进了考场。考上大学以后两个月就退了定了8年的娃娃亲。毕业不到一年就患上黄疸性肝炎，跳楼自杀。父亲活生生恨死了，母亲得了间歇性精神病。这就是高考选拔的"人才"，不顾人伦道德，于国家和家庭无益。

较之《元红》，《情窦开》虽然也涉及高考进城的叙事，但叙事的重心在于讲述情窦初开的少男少女故事，故事的背景放到"文革"将要结束至新时期刚刚开始这样一个社会转型期，故事的空间主要放在"朱家桥"这个乡村文化空间，以少男朱天宠和少女黄明娟的情窦初开故事为中心，讲述他们从初中时的情窦初开到大学时的相知相恋、由乡村进入城市的成长经历，作为背景展开的是"乡霸"刘步云的故事。在32章的篇幅之中，"进城"（第29章　鸿雁往来"两地书"）只占了一章，不是叙事的关注点，故事也止于大学。小说中间或出现的是其他一些进城故事，刘步云靠自己手中的支书权力，动用关系把大女儿刘爱华安排到公社畜牧站，二女儿刘爱红安排到公社广播站。公社虽是小城，但较之乡村朱家桥而言也是进城，这是乡村权力运作的进城，这种进城我们在路遥《人生》中的高加林身上也看到，是那个时代乡村权力对进城资源的不合理配置。

第二节　《青果》：青春·落榜·进城

顾坚"青春三部曲"的第二部《青果》讲述的是高考落榜生赵金龙的进城奋斗故事。故事讲述的时间是20世纪80年代中期，稍晚于路遥《人生》中的高加林。同样是高考落榜，因时代因素，赵金龙的进城相对而言就较为容易，高加林的进城更多受制于体制的原因，国家严格控制乡下人进城，因此高加林才会通过"走后门"的形式进城。赵金龙比高加林走得更远，他进了扬州城，没有像高加林一样止步县城最终回归乡村。与《元红》和《情窦开》不同的是，《青果》的叙事空间主要在城市，乡村只是一个远景。

赵金龙出身于兴化县一个闭塞落后的赵家庄，父亲是教师，在赵家庄的小学任教，这样一个家庭在农村而言是知识分子家庭。父母望子成龙心切，在金龙第一次高考落榜后，他们毅然决然地选择让金龙去复读，赵金龙听从了家里的安排。然而，第二年高考再度落榜，这俨然成为金龙一家不可承受之痛，"母亲走进西卧房，一屁股坐在床踏板上，忍不住伤心哭泣。父亲则呆坐在堂屋的门槛上，向着院子抽烟，一支接着一支，神态木然，活像尊泥胎菩萨"。❶此时高考失败，对金龙全家来说无疑是一种刺激甚或是煎熬，成为全家人心目中难以言喻的痛楚。赵金龙身心均受到沉重的打击，面对再度落榜的尴尬，父母的面子在村前村后也难免挂不住，更何况金龙本人。赵金龙走在庄上，为了避免遇到同村的人，他尽量东转西拐，金龙害怕看到村里人，"他们脸上皆浮现出诡谲的神色，相当丰富、复杂"。面对庄上人的异样眼光，面对父母的恳切目光，赵金龙像孙惠芬《民工》中的鞠双元一样，选择了进城打工。"社会正在大变革，外面的世界很精彩，多少走出去的年轻人都在外面找到了机会，我们也会赢得成功，我们会很快替家人争光的"。❷怀揣着这样的梦想，赵金龙以"初生牛犊不怕虎"的精神来到古城扬州寻梦。

　　进城之后的赵金龙很快爱上了扬州，《青果》中频繁出现的并不是赵家庄，而是古老而又神秘的扬州古城，在金龙眼中，这个古城犹如一位温润如玉的少年，美好、不事张扬。扬州这座城市很有历史感和人文底蕴，小说中对扬州进行了多处描写，赵金龙在给家里的一封信中写出他心中的扬州，"扬州是个很安宁很文静的古城，白天看起来真是寻常不过，跟我以前在书中读到的扬州很有距离，并无多少繁华，也不怎么现代化，但我一来就喜欢上了它，它的氛围、

---

❶ 顾坚：《青果》，昆仑出版社2010年1版，第1页。
❷ 同上书，第27页。

它的气质，让人相当舒服"。❶赵金龙对于扬州的喜爱正如高加林对于县城的向往一样，扬州是否会像县城接纳高加林一样接纳这位来自乡村的学子呢？

面对城市明亮的灯火，赵金龙内心深处寂寥无助，他不知道自己的未来在哪里，这个城市能不能接纳他，给他一片生存的空间。他首先选择进工厂做临时工，在金龙看来，这要比街头做小生意体面，乡村知识分子的自尊在作祟。经过一番周折后，赵金龙选择在扬州城里摆摊子做生意，毕竟"钱"才是硬道理。摆摊期间，金龙的同乡高子和城里人发生口角争执，城里人指着高子的鼻子骂"乡巴佬""要饭的"。金龙此时才知道农村人在城里人眼中的形象是如此的不堪、卑微。这种歧视高加林同样遭遇过，小说中高加林为准备种麦，和刘巧珍、德顺老汉去县城拉粪，在加林将粪担过副食公司院子时，"在院子东南角一棵泡桐树下坐着的几个人，连连砸巴起了嘴，哼哼唧唧"，张克南的母亲甚至说"这些乡巴佬，真讨厌"，乡下人在城里人眼中就如同高加林担里的粪便一般肮脏、低下。赵金龙在城里的生活遭遇体现了城乡融合的艰难，进城乡下人想融入城市，但城乡之间的差异以及城里人的身份歧视令进城乡下人多处于城市的边缘。

较之赵金龙，高加林很快依赖自己的文化资本在县城的公共空间，他与赵金龙情况不同的是，虽同为高考落榜，但高加林是依赖体制进城，进入的是体制内，加之时代不同，文化资本（高中毕业）在资本市场贬值，因此赵金龙进城之

---

❶　顾坚：《青果》，昆仑出版社2010年版，第47页。

后的境遇无法与高加林相提并论。但赵金龙的文化资本还是在他立足城市的过程中发生了很多作用。赵金龙的家教工作就是因为他的高中毕业生的文化资本，这也使得赵金龙有机会走近扬州城里人的生活，是他进入扬州城的一个契机，小说最后苗姐和朱老板动用熟人关系帮助金龙在曲江商品城预订了一间服装门面房，金龙和银凤从此告别街头摆摊生涯，金龙的扬州梦正在逐步实现。

青春离不开爱情，与高加林坎坷的爱情之路相比，赵金龙的爱情生活则显得平淡而不失浪漫。《青果》没有像《人生》一样为赵金龙设置两段爱情，因为路遥《人生》中的高加林是"非城非乡"的，其身份在城乡之间徘徊不定，因此爱情也处于城乡之间，高加林对于乡村的刘巧珍和城市的黄亚萍都是有感情的，其人生道路在城乡之间的摇摆让他痛失两段爱情。赵金龙就不一样了，他的乡村底色是注定的，他无法像高加林一样进入体制，进城之后只能是一个打工的，因此顾坚让金龙拥有了一段"两小无猜、志同道合"式的爱情。赵金龙和银凤从小青梅竹马，银凤初中毕业后没有考上高中，而后随着父母举家去无锡做河蚌生意。随后两人因种种原因没有再见过面，在银凤即将要从金龙的记忆中淡忘时，他们却邂逅在金龙的百货摊子前，两个人以这种方式见面，对于金龙而言，必然有许多的尴尬，金龙当时看到银凤的表情后，心里不自觉地认为银凤对自己现在尴尬处境的不可思议。自从再次见面后，银凤理所当然地走回了金龙的记忆，又或者说，金龙的记忆始终就没有将银凤淡忘。他们两个从小相亲相爱，时隔几年后，他们的爱情并没有因时间而消逝，相反却在两人谁都没有触及的地方生根发芽。再次相遇后，两人很快私定终身，而这却遇到金龙父母的反对，金龙的父母一心想让他通过高考成为国家人员，他们的爱情面临着家庭的阻力。但是与高加林不同的是，赵金龙不会背弃他和银凤的爱情，赵金龙在奋斗的道路上，不是只身一人，而高加林则是一个孤独的奋斗者，刘巧珍虽然活在他的心里，但却被他排斥在他的世界之外，而赵金龙在前行的道路上，有他们村一起出来求生活的赵庄人，有相濡以沫的银凤，所以金龙不受社会条件太多的制约，他捍卫了自己和银凤的爱情，最终建立了美满幸福的家庭。

第三节　《S形声音》：另类青年的进城故事

《S形声音》是储福金的一部小说，讲述了乡村青年乔耳、田丰收、黄莺等的城市成长故事。储福金是最早使用电脑写作的江苏作家之一，跟网络有着深厚的渊源。2008年，储福金代表江苏参加了起点中文网举办的"全国30省（区市）作协主席小说擂台赛"，小说《S形声音》当时以《倾听到什么》为题目参赛，在线的阅读点击量在参赛作品中排名第一。小说塑造了乔耳、田丰收两个"另类"乡下人形象，两个租住在一起的进城打工仔，进城后成为朋友。乔耳向往城市生活，戴一副眼镜，文文气气，一副知识分子的外表，实质内心单纯、喜静，听力超长，用心倾听城市的各种声音。田丰收外表粗野，但懂得很多知识，仇视城里一切有钱人，深知城市的各种丑恶现象，不择手段地追求金钱与享乐，单纯的乔耳和物欲膨胀的田丰收形成鲜明的对比。两个人是好朋友，最终因为一个进城女性黄莺反目，乔耳深爱黄莺，眼中的黄莺单纯、美丽、善良，田丰收深知黄莺是一个靠男人在城市立足的"性"生意者，为了避免乔耳受害，出手阻止，但物欲诱惑之下利用黄莺"以恶制恶"，敲诈勒索那些黄莺的"客户"——城市官员。乔耳得知真相阻止田丰收，田丰收拿起枪指向乔耳，警察打死了田丰收，乔耳失去了异于常人的听力，黄莺在城市中消失。

进城之初的乔耳是一个快乐的小伙子，生活中有声音，睡觉无梦。乔耳是个喜欢安静，内心平淡的打工仔。这种性格的形成与爷爷给他的教导有着密切的关系。来到城市，他没有盲目地追逐名利，也没有盲目的跟着别人一样抱怨"资本家对工人阶级的剥削"，而是做任何事情，面对任何人，他都是怀着一颗最原始最安静的心态，化用乔耳爷爷的话就是："一切都是自然的，不用说的。过去了的就过去了。也不用去想未来，只有认认真真地过着当下，一切顺其自然。"❶乔耳不喜欢想，他按自己的感觉去做，什么也不想，做着事，吃着饭，睡着没有梦的觉。乔耳刚来到城市懂得不多，看的书也不多，但是在后期的打工中，他利用空闲时间去看书充实自己。在他租的房子的桌子上，放着一些书，那是乔耳后期在这个城市中的精神粮食。同时在王教授的帮助下，他会在不上班的时间去大学里面听听课。乔耳虽然是一个从乡村出来的打工仔，可是他身上却有着知识分子的气息，更有着文人的气息，是进城之后仍不失乡村特色的城市打工仔形象。

小说《S形声音》从"声音"入手来塑造乔耳这一城市打

❶ 储福金：《S形声音》，安徽文艺出版社2011年版，第42页。

工仔的城市成长。乔耳对声音有着一种与生俱来的喜爱与敏感，身在城市却喜爱倾听大自然的声音，也总能从声音中听出些什么，追求心灵的自由与满足，渴望在这种声音中寻找心灵的慰藉。在他看来，万事万物都有着自己独特的声音，只要用心听，你就会发现它的美妙之处。在这个喧嚣的城市打工，乔耳能够以一颗平静的心去感悟声音，是一种平静的心态，也是一种内心世界的独白。他对声音是有偏好的，来自自然的声音是他的最爱，是一种原始的纯真自然。对于城市繁华聒噪的声音和金属尖锐的声音，他不喜欢。从这一点而言，乔耳是属于乡村的。乔耳对待爱情是纯真而内敛的，充满着乡下人的质朴、单纯。他对男女情感与田丰收不同，与城市人不同，乔耳的爱情简单而纯真，没有城市人的金钱名利的喧嚣，没有田丰收的浮躁和对肉欲的需求与随便。他对黄莺的爱情是从声音开始的，这与他对自然声音的灵敏有关。他觉得黄莺的声音很甜美，而黄莺的店铺所卖的挂件声音也让他喜爱。

随着城市生活的继续，单纯的乔耳开始睡觉中有梦，乡村的乔耳在爱情和友情中逐渐成长，最终乔耳不再拥有独特的听力。"睡觉有梦"和"独特听力丧失"是两个象征性隐喻，是城市让乡村懵懂的少年乔耳开窍，有了男女的情感，因此睡觉有梦，"梦"是人白天真实心境的呈现，也就是说单纯的乔耳开始有心事了。"独特的听力"是乡村乔耳的特征，"独特听力的丧失"是城市的罪恶，城市带走了那个善于倾听的乔耳，把欲望城市造就的虚假的爱情、背叛的友情残酷地呈现在他面前。乔耳看清楚了眼前的城市，但"仿佛一点儿都不认识"。

田丰收是一个外表看上去像一个知识分子样的打工仔，但却深谙城市生存之道。田丰收在城市不断地换工作，炒老板鱿鱼，这一点并非因为他自身没有毅力，不愿意坚持，而是他对城市资本压榨乡村打工者的一种反抗方式。正是在城市这些人生阅历改变着主人公田丰收。在与乔耳去散步的那个早上，他把当下城市生活中的种种弊端和丑陋揭露出来。什么面团里面掺肥皂粉、什么猪肉里面注水、什么霉米充新米、什么咸蛋里面注苏丹红……如果说乔耳是进城之后依然保持乡下人本性的进城者，那么田丰收则是被城市异化的乡下人。对于女人和情感，乔耳与田丰收态度迥异。乔耳单纯、专情，田丰收"随便""滥情"，对于爱情，田丰收没有真正谈过一场恋爱，却跟很多女人上过床。他善于与女人打交道，用温柔的语言，嬉皮的动作，是真心、是假意似乎与他并不那么重要。他喜欢跟各式各样的女孩子打交道，而真正交心的女孩子却很少，滥情却不专情，不择手段追求金钱和欲望。田丰收对于爱情的"随便"是因为感情受创，丧失了"爱"的能力。田丰收在中学的时候曾经喜欢过一个女孩，且两人彼此表现了好感，但是一段时间后，那个女孩跟另外一个男孩好上了，那个男孩成绩差，长得又丑，唯一的优势就是有个当官的爹，自那以后使田丰收对爱情有了防疫力。权力资本对于少年纯真爱情的扼杀让田丰收失去了恋爱的能力，不再相信爱情，因此"滥情"，因此我们说是权力资本阉割了乡村少年田丰收"爱"的能力。

田丰收的女性观是异化的，小说最后田丰收枪击乔耳并不是两个男人之间的争风吃醋，而是因为金钱欲望，乔耳企图劝阻黄莺收手，停止与田丰收一起敲诈勒索，断了田丰收的财路，才招致二人反目。在田丰收看来，"男人要有自己的力量，一切要靠自己。要让女人听命于你，不是你听命于女人。……女人是什么？女人是傍着男人的动物。男人要靠强取豪夺造成社会的不公平；女人呢，社会越不公平，女人越滋润，她就要趴在那些造成社会不公平的男人身上"。❶正是田丰收这种"以恶制恶"的仇视社会、仇视有钱人的报复方式断送了他的生命，田丰收的死是一种此路不通的隐喻。对于城市，田丰收和乔耳的态度是截然不同的，田丰收认为，"这城市不是我们的，不是我的，也不是你的，我们都是流浪在这座城市的"。❷这种自我的"他者"定位也最终决定了田丰收对于城市的敌对态度。与田丰收不同的是，淳朴的乔耳并不在意，"城市本来就是城市，它不是任何人的。它有着许多声音，有今天不熟悉明天就熟悉的声音，不管喜欢不喜欢，那些声音让乔耳有一种相融的感觉，融入了乔耳的内在，成了乔耳生活的一部分"，❸正是乔耳作为乡村主体的这种融入态度决定了乔耳的融入要比田丰收容易。

《S形声音》还有一个女性进城叙事，黄莺、陈地安、陈天安都是乡村进城女性。黄莺出生在一个偏僻的小地方，15岁先后失去父母双亲，邻居男孩陈小冬喜欢黄莺。商店里各种各样的物品让黄莺萌生了进城的愿望。陈小冬为实现黄莺的愿望进城打工，做了一年的建筑工人，工资却被工头扣住变成一张白条，为了尽快完成工期拿到工资，陈小冬加班加点，做最危险的爬高工作，最终从缺乏安全措施的高楼

---

❶　储福金：《S形声音》，安徽文艺文艺出版社2011年版，第143页。
❷❸　同上书，第14页。

工地摔下，黄莺进城见了陈小冬最后一面。陈小冬死后，黄莺留在城市，自己圆梦，只用了半年时间就完成了陈小冬用性命也没有完成的愿望。在乔耳看来，黄莺是纯洁的，在田丰收看来，一个乡下女人在城市开店"不简单"。对于女性而言，在短时间内"致富"的最佳方式就是"性"生意，黄莺是城市中的"鸡"，靠出卖肉体挣钱，是男性的消费品。黄莺在痛失追求者陈小冬之后，选择了沉沦，小说尽管没有交代，但这对于少女黄莺来说是痛定思痛之后的沉沦，是城市的包工头夺去了她的情感依赖，是城市资本造成了她的人生悲剧，因此，她选择用"身体"换取资本，在城市立足，完成陈小冬留在城市的愿望。陈地安、陈天安来自城郊的乡村，她们的村子在城市扩建的规划中，失去田地的她们只有进城打工。她们对城市的感觉是"城市太乱，总有男人骚扰她们姐妹"，小说通过这些女性叙事揭示的是欲望城市对女性的侵害和置身其中的女性自身的沉沦。

第四节 《水香》：一个女人的城乡成长史

顾坚和顾维萍同为泰州兴化人，他们的小说通过水香少男少女的成长展示了水乡的发展。顾坚的《元红》是一个关于乡村少男由乡入城的成长故事，而顾维萍的《水香》则是一个关于乡村少女由乡村进入城市再回归乡村的成长故事，小说叙述了乡村少女水香由13岁到33岁的成长经历。正如《水香》一书的扉页所言，这是"一个女人的成长史""一部村庄的发展史""一曲命运的抗战史"。水香在城市与乡村之间徘徊，其身份是多重的，水香少女、进城乡村学子、镇卫生院女护士、美丽船娘、乡村女干部、女商人、洗头女、被富商借腹生子的弃妇、回归的水香，等等，多重身份呈现出的是一种繁复的文化意蕴。

作为水乡少女的水香是美丽的，水乡美丽的自然长养了这个美丽的水乡精灵。女性的成长离不开男性，在水香的少女成长过程中，出现了一些列男性形象，正是因为这些男性使水香由少女成长为一个女人。在水香的豆蔻年华中，有三位进城男性对水香的成长起了至关重要的作用，一个是桃红的城里上大学的表哥郝健，这是一个进城乡村学子，他教会了水香游泳，和水香一起去听水乡爱情传说"荷叶地的故事"，水香发现自己"成大人了"。第二个男性是水香进城打工的父亲，父亲二槐人老实，在妈妈秀英的催促下跟着同村的狗儿到苏南去"收荒"，自此水香有了对于城市的牵挂。第三个男性网锁是水香的小学同学，喜欢水香，小学毕业以后跟随父母到苏南收废品去了，国庆回来送给水香一套牛仔服。这几位男性对于水香而言，是一种来自乡村之外的"城"的吸引。水香初中毕业，顺利通过中考进入了扬州卫校，完成了体制化途径的进城。

作为镇卫生院的女护士，水香是幸福的，也是悲伤的。水香与李刚之间的恋爱是一段城与乡之间的恋爱，水香虽然通过体制进城，在兴东镇卫生院有一份工作，但仍然是一个乡村姑娘，苏州打工的父亲遭遇车祸而死。李刚是供销社一个部门经理，父亲是镇长。他们的恋爱遭到李刚父亲的坚决反对，一个乡村姑娘，孤儿寡母，与他们家门不当户不对。在父权和政治权利的诱惑和打压之下，李刚背叛了水香，娶了兴东镇张书记的侄女、镇政府财政所会计、公务员小娟，成为政治联姻的牺牲品，水香的恋爱因为她的乡村背景被政治权利扼杀，水香自杀未遂重新回到大顾庄。水香的婚姻是返乡学子与返乡学子结合的模式，是真正的门当户对，朱亚夫家是农村的，家里很穷，上过中专，在镇政府工作，没有编制。婚后的水香是幸福的，但母亲因为炼锌厂造成的水污染而患癌症去世，水香离开大顾庄来到了朱亚夫桃花村的家。

作为美丽船娘的水香是男性马科长的消费品。较之大顾庄，桃花村离镇上近，比大顾庄更现代。城市化的进程给桃花村带来了很大的影响，青壮年男子进城打工，留守的妇女独守空房，外村的男子趁虚而入，桃花村的传统家庭伦理崩塌，"世风日下"。村里引进了许多新鲜的东西，舞厅、网吧，甚至洗头房。现代化的资本逐渐改变着传统的乡村。水香在网上看到了县旅游局船娘招聘的广告，乡村学子的文化资本——中专文凭让水香成功应聘，到江南古镇周庄参加培训，水香再一次进城。水香的古镇周庄之行偶遇了同村进城打工的桃花、桃红姐妹，姐妹俩刚来苏州时在一家私人企业打工，过着包身工一般的日子，姐姐桃花被老板奸污，姐妹两个最终为生活所迫做起了皮肉生意，开了一家洗头房。此处关于桃红姐妹的城市沉沦叙事与水香的沉沦相互补充，呈现出城市化对乡村传统的侵蚀。与旅游局马科长的奸情暴露之后，水香再次回到桃花村。

作为乡村女干部的水香是官场潜规则的牺牲品。水香的丈夫朱亚夫为了自己的前程，把妻子拱手让给杨镇长，水香成功地当上了桃花村的女主人、杨镇长的姘头。在此期间，丈夫两次出轨令水香痛不欲生，当水香最终决定原谅丈夫时，丈夫醉酒溺亡，再一次把水香推向了杨镇长，杨镇长嫖娼被开除公职。水香与杨镇长共同经营船厂，钢板价格的上涨导致船厂濒临破产，被开除公职的杨镇长假借公职骗去银行贷款被告，上吊自杀。水香选择再次远行，踏上了去苏州的旅途。

苏州的水香逐渐地沉沦，由妍头到洗头女，再到被借腹生子。苏州的水香遭遇了多名男性的消费，私人医院的王院长、打工仔保华、工商稽查队的时队长、富商苏洋，在与几名男性的情感纠葛中，水香再一次遭遇背叛，与民工保华相恋，懦弱的保华因为家庭的反对而逃离苏州，与富商苏洋闪婚，本以为找到幸福，却遭遇借腹生子的悲剧，儿子与"丈夫"一起失踪，这些男性造成了水香的悲剧命运。但同时水香也是一个沉沦的女性形象，她的一次次沉沦固然有男性的责任，也和她自己的欲望相关，这是一个在欲望之下沉沦的进城女性。

回归乡村的水香不再是水里盛开的一朵娇艳圣洁的莲花了，而是老屋后一棵苦楝树，在城乡之间徘徊的水香最终属于乡村。新农村生态示范园"天地蓝"是水香的最终归宿，收养的十几个孤儿是水香的精神寄托，水乡的女儿水香在由城市沉沦之后重回水乡的怀抱，在竹园中真正散发出一股水的香气，小说用一个诗意的结尾，象征性地完成了水香个体成长的升华。

第十四章　意象叙事：城乡文化空间的建构

在文学作品中，意象往往是情感的外化物，它主要用来传达人们的价值观念和审美理想。它承载的更多是作家的情感和心理，是作家创作意图的外化。"符号学派学者苏珊·朗格曾经说过：'意象的真正功能是：它可作为抽象之物，可作为象征，即思想的荷载物'"。❶叙事学家杨义提出了意象叙事理论。他认为："中国叙事文学是一种高文化浓度的文学，这种文化浓度不仅存在于它的结构、时间意识和视角形态之中，而且更具体而真切地容纳在它的意象之中。"❷

从某种意义上说，乡下人进城小说是乡土文学的延伸和拓展，是城市化语境下乡下人生存空间的拓展。因此，在江苏作家笔下的乡下人进城小说中，出现了"城市"和"乡村"两类意象，"城市"作为进城乡下人活动的主要生存空间而存在，但"乡村"作为乡下人曾经的家园并没有隐退，而是或隐或现的存在着。城市与乡村在此类小说叙事中已经形成了两个巨大的叙事"意象"，它们已不仅仅是两个不

---

❶　[美]凯文·林奇，项秉仁译：《城市的印象》，中国建筑工业出版社1990年版，第41～46页。

❷　杨义：《中国叙事学（图文版）》，人民出版社2009年版，第278页。

同的自然空间，更是两个不同的社会、文化与情感空间，不同作家笔下的"乡村"和"城市"也呈现出各自不同的复杂表象，这一系列的意象无不从多个侧面透露出作家的创作意图，它们作为作者抒发情感的载体，表象背后隐藏着进城乡下人和作家自身不同的文化心理，蕴含着不同的文化内涵。

第一节　城市意象：乡下人的城市身份隐喻

20世纪80~90年代以来，随着城市化进程的加快，大批的乡下人涌入城市。对于城市来说，进城务工的乡下人不再是"过客"，而是"居民"。许多乡下人进城小说的故事往往发生在城市，城市进入了乡下人的视野，城市意象也随即在乡下人进城小说中大量出现。首先呈现于江苏作家笔下的乡下人进城小说中的是一些现代化的景观意象和空间。这些景观意象和空间主要有两类，一类是极具现代化城市特征的意象构成的城市空间，此类空间是城市高度现代化的象征；另一类是进城乡下人工作的"缝隙空间"，❶包括乡下人工作的灰色空间和居住空间（城中村等），此类空间是乡下人城市身份的象征。

城市通常被作为社会现代化的产物，往往是"干净""快节奏""规则化"等现代性的代名词，赵本夫《无土时代》中夜晚的灯海、高楼大厦、长长的水泥路、汽车、人造草坪，赵本夫《洛女》中的网吧、茶馆、夜店、溜冰

---

❶　童强：《权力、资本与缝隙空间》，见陶东风、周宪主编：《文化研究》第10辑，社会科学文献出版社2010年版。

场，余一鸣《不二》中省城最豪华的东郊宾馆等。这些意象是城市现代化的表征，身处其间的乡下人会像《无土时代》中的方全林、石陀一般憎恶城市的"人造"，试图撬开水泥的路面，寻找一块天然的土壤。也有的会像《洛女》中的洛洛、《不二》中的暴富的建筑工头东牛"师兄弟"一样流连于城市的消费场所，追逐城市的现代化的生活方式，期望能通过这种消费方式来确认自己的城市身份。

赵本夫的长篇小说《无土时代》开篇就以木城的一片"火海"展开：马路就是一条火龙，一簇建筑就是一片火海，整座城市的火光将大自然的黑暗驱逐，这个火海其实就是城市的灯海。星星和月亮在木城人看来是古老的东西，可有可无，自然的都是老土的，他们不在乎星星和月亮，有电和电灯就足够了。在作者的笔下，木城一直在燃烧，大火持续了几十年，不仅没有熄灭的迹象，反而越烧越旺，木城在一篇喧嚣嘈杂之中，木城人生活在火海中，失去了对土地的记忆，他们不在乎土地。夏天冬天有空调，太冷或太热都不会影响正常生活；电脑代替人脑，人们懒得思考、懒得干活，全部依赖电脑；汽车代替了步行，下雨天再也不用走泥泞颠簸的路。在他们为自己的发明感到骄傲的同时，木城人的身体和精神出现问题，很多人患上了厌食症、肥胖症、高血压以及无精打采、心浮气燥、焦虑失眠等。木城的夜晚虽然灯火辉煌，但人们害怕黑夜，害怕孤单。赵本夫通过一系列现代化的城市意象为读者勾勒了木城的"无土"状态，展开了一幅城市现代文明在高速发展的同时与土地、自然、本性渐行渐远的画卷，其中对于城市文明病的批判和对自然逝去的挽歌意味充斥其间，发人深思。

如果说《无土时代》展现的是对城市"不接地气"而唱响的挽歌，《洛女》和《不二》则展现的是城乡文化的对峙和身份认同的艰难。洛洛夜晚出没的网吧、茶馆、夜店、溜冰场，这些都是城市最现代的消费场所，洛洛去这些场所只是想过城里人的生活，变成和城市青年一样的城里人。洛洛每晚出入这些场所之前都会洗澡，洗完澡换身干净的衣服，手上戴着小金表，脖子上挂着翡翠观音项链，去过另一种生活——洛洛认为的城里人的生活。"小金表""翡翠观音项链""时装"这些城市的装束让她认为自己就是城里人，可以去过城里人的生活。洛洛的穿戴让洛洛与城里人没有二致，但这样也无法隐藏她的身份——拾荒女。苏童《米》中五龙初到城市，"转过脸去看墙上花花绿绿的广告画，肥皂、卷烟、仁丹和大力丸的广告上都画有一个嘴唇血红搔首弄姿的女人"。"广告画""肥皂""仁丹""大力丸""搔首弄姿的女人"构成了五龙此后的生存空间——城市，这些意象建构的是一个欲望空间，注定了五龙的沉沦。

在江苏作家乡下人进城小说中频繁出现的城市意象除了上述现代化的意象之外，出现最频繁的是一些意象化的城市空间书写，相对于城市整齐的高楼大厦而言，小说中出现的这些空间大多是城市灰色的边缘地带：臭气熏天的垃圾场《洛女》（赵本夫）、噪声弥漫的建筑工地（余一鸣的《不二》）、嘈杂的歌舞厅（范小青的《城市之光》）、暧昧的休闲中心（赵本夫《寻找月亮》中的月牙儿休闲中心和陈武《换一个地方》中的"红红红美容美发休闲中心""和水帘洞大酒店"）、城郊的洗头店和足浴保健中心（王大进《断》）。这些场所是乡下人进城之后的工作场所，是城市的边缘地带和灰色地带。乡下人从走进城市的第一天起，就一直想努力融入，但他们从事的大都是城市人不愿意做的脏、累、差的工作，也有像《寻找月亮》中的月儿、《换一个地方》中的蔡小菜等"小姐们"一样在这些消费场所成为城市的消费对象。

《寻找月亮》中的月儿工作的"月牙儿休闲中心"隐藏在半山坡一片密林里，不到近前根本发现不了。这是一座四层欧式建筑，楼房上没什么装饰灯。《换一个地方》中的于红红再次找到蔡小菜之后，被蔡小菜带到了"水帘洞大酒店：于红红走在铺着红地毯的走道里，两边都是一间一间带门号的房子，像是宾馆什么的。……于红红跟着蔡小菜走进一间不太亮堂的大屋里。大屋里弥漫着浓浓的脂粉香"。"酒店、宾馆、歌舞厅、桑拿馆、发廊等娱乐休闲场所的大量存在，是当下城市繁荣的标志，是城市物质文明进步的明证……但这些休闲场所的普遍存在与不断扩张也是城市堕落的标志；乡村女性以'身体'为资本与城市进行'交换'或许是一种堕落，但这种堕落却带来了乡村发展必需的原始积累。这种揭示表明，作家们对人们一度翘首以待的现代化疑虑重重，他们有意以'审美现代性'抵制'社会现代性'。"❶

除了乡下人工作的消费空间意象之外，江苏作家的此类小说还着力于进城乡下人居住空间意象的建构。房子对于中国人来说意义非凡，正所谓安居乐业，安居历来被放在首要

---

❶ 周水涛："论乡下人进城小说——关于底层叙事的差异"，载《文学评论》2010年第5期，第65～70页。

的位置，但乡下人进入城市只能租住在城市的边缘地带，他们的居住场所充其量也只能遮蔽风雨而已。《无土时代》中的"苏子村"就是最典型的城乡交叉地带，非城非乡，苏子村离木城有一段距离，又不太远，是一座农家村子，没有高楼大厦，只有一些二层小楼和平房，但上头都用石灰写了大大的"拆"字。房屋损坏严重，保留完整的院房不多。这样的一处住所是天柱带领草儿洼人用拳头和棍棒捍卫来的，对于进城打工的草儿洼人而言，这就是"天堂"。

陈武小说《宠物》中孟清"租住的小屋是老城区的老平房，墙砖和地砖上都冒出水珠珠了，屋里房东留下来的一些老式家具还有其他东西都是黏黏乎乎的。在这潮湿、阴暗的小房子里，孟清有点喘不开气。"❶陈武另一篇小说《换一个地方》中，"于红红在城市的另一端找了一间房子住。那是一户人家的车棚。说是车棚，实际上就是一间小屋，虽然用水不方便，要到户主家去提，但总算有住的地方了。有住的地方就算有一个家了。"❷后来，于红红又换了一个地方"是一家旧平房的小耳房，放下一张折叠床，连屁股都转不开了"。范小青《城乡简史》中自清看到王才一家租住的车库，"堆满了收来的旧货，密不透风"。胡继风《一个人的城市》中丑蛋发现自己城里的家位于一条大街背后的一条小弄堂，繁华的城市和富丽堂皇的高楼大厦背后是狭窄、阴暗、低矮、陈旧的小弄堂。一家三口租住在即将拆迁一个小院子里的一间小偏房，除了一张床和一张小饭桌，几乎连一

---

❶ 陈武："宠物"，载《钟山》2003年第1期，第123页。
❷ 陈武："换一个地方"，载《青年文学》2004年第4期，第5页。

根针都插不进去。没有办法，爸爸只能像老鼠般钻到床底下睡觉。城市居住空间的逼仄书写其实质是乡下人城市处境的象征性隐喻，乡下人尽管进了城，但始终是生活在"他人"的城市。

　　有时候进城的乡下人连逼仄的居住空间也没有，很多人会像赵本夫笔下的毛眼一样如流浪狗一般无家可归。赵本夫《安岗之梦》中的毛眼在"定居"安岗之前"专挑那些新建好还没人住的新楼去住"，因为毛眼觉得"这个城市就像个巨大的建筑工地，到处都在盖楼，只是没有毛眼的份儿"。因此"这个城市所有新盖的楼房差不多让毛眼住了个遍"，这些房子被毛眼住成"旧房"之后，"乔迁"之后的毛眼定居到"我的房子"安岗，他告诉小伙伴们"等大家落下脚，咱们就是这个城市的人了"，他甚至要"把咱们的城市打扮地干干净净"，连买衣服时"深刻地感到他已经是这个城市的一员了"，最终城市还是抛弃了毛眼，遣送回农场的结局其实质就是城市对毛眼身份的否定。《安岗之梦》的姊妹篇《带蜥蜴的钥匙》中的毛眼拿着一把带蜥蜴的防盗门钥匙从农场跑回城市，认为"在这座城市，你拥有一把钥匙，你就能打开一扇门，就说明你有一处房屋，有一个可以安身的家"，他"又重新入住高楼"继续城市梦。毛眼对于"住房"的痴迷其实质是一种身份认同的努力，此处的"房子"就是一种城市身份的象征，进城乡下人认为你在城里拥有一套房子，你就是城里人。

第二节　乡村意象：传统乡村逝去的挽歌

乡下人离开乡村进城，身后的乡村因他们的离去而变化。乡下人进城后的乡村失去了活力，只剩下"386199部队"，乡村一片颓败（此类小说作为乡下人进城背后的乡村叙事，因与进城乡下人的关系最为密切，我们在此也把它们纳入乡下人进城小说系列加以研究）。在江苏作家的乡下人进城小说，此类小说专注于叙述进城乡下人身后的乡村，或专注于整个乡村空间的叙述，或借用大量的乡村意象来呈现城市化进程中乡村的破败。王大进《断》《桥》中萧条而毫无生机的乡村、赵本夫《无土时代》中的草儿洼村几十年甚至上百年的老屋、《即将消失的村庄》中破败的老屋、小溪、老龟。《丁家喜和金二奶，还有老鼠和屁》中的老屋和老鼠等都是此类叙述，大量乡村意象建构起的破败乡村背后呈现的是作家挥之不去的乡土情怀，揭示出的是城市化过程中现代资本对于乡村的形塑。

王大进小说《断》叙述了乡下人于二进城寻找妻子赵远梅的故事。于二担心妻子在城市做"鸡"。于二在城市想起自己乡村的家，"从前的村子是另一种样子，鸡犬相闻。这些年村里的人越来越少了，许多青壮年和年轻姑娘都去城里打工，守在屋里的大多是一些老人和孩子……于二想到了自己空荡荡的家，大门紧闭，也许到处长满了苔藓，黑暗里充满了潮湿的霉味"。❶王大进小说《桥》中的乡村"静得谁家有一声公鸡叫，都显得格外的嘹亮，就像是军营里的号声"。乡村世界的"静"是一种缺乏人气的死寂，是一种没有生命力的死寂，随着青壮年劳力的进城，生机勃勃的乡村已经渐行渐远，新一代进城者大多选择留在城市，这更加快了乡村的破败。

赵本夫的小说《即将消失的村庄》选择"老屋"和"老龟"作为两个主导意象，老屋的倒塌和老龟的被圈养在城市里的动物园象征着传统乡村的消失。回村建房曾经是几代乡下人进城打工的目的，但20世纪八九十年代以来，很多外出打工的乡下人进城之后不再愿意回来，连房子也很少建了。小说开头是这样描写乡下人家园的破败："溪口村的败落是从房屋开始。在经历了无数岁月之后，房屋一年年陈旧、破损、漏风漏雨，最后一座座倒塌。轰隆一声，冒一股尘烟，就意味着这一家从溪口村彻底消失了。"❷小说通过报纸缝隙的消息透露出些许希望，千年老龟从动物园逃跑，但乡村的最后一位守护者村长老乔已经被来自"城里的女人"麦子所诱惑，失去了守候乡村传统的能力，没能注意到老龟的逃脱。

陈武的小说《丁家喜和金二奶，还有老鼠和屁》中丁家喜和金二奶家的老屋和那一堆属于农村的老鼠作为传统的乡村意象，也同样演绎着乡村逝去的悲歌。"丁家喜先把东厢房南边两间屋打开来。屋里冷嗖嗖的，还有一种说不清的异

---

❶ 王大进："断"，载《作家》2014年第15期，第88页。
❷ 赵本夫："即将消失的村庄"，载《时代文学》2003年第2期，第78页。

味。地上覆盖着一层尘土，尘土上密密麻麻布满了爪印。丁家喜知道，这些爪印，都是老鼠留下的。和爪印一样密密麻麻的，还有鼠粪。老鼠太多了，哪间屋里都有，就连院子里多年不用的猪圈和鸡圈，也早就成了老鼠窝。"❶这些老鼠一直都在，从几十年前丁家喜小时候就在。为了防止老鼠咬耳朵，他专门练就了屁功，对抗老屋子里的老鼠，后来为了避免老鼠对孙子造成伤害，他时常逼迫孙子练屁功。老鼠是农村破败的象征，老鼠占据了原先村民居住的地方，与丁家喜和金二奶"平起平坐"，和他们做邻居，甚至想要侵犯他们的土地。后来因为孙子误食老鼠药，孙子也离开了，丁家只剩下了丁家喜，最后他也病了。此时的他好像破败的农村，青壮年离开了，新生代也远离了，老人们也即将故去，村庄即将消失。人类学者严海蓉曾这样描述城市化进程中的中国乡村"在中国当代发展的情景下，农村成为她们想要挣脱和逃离的生死场，而不是希望的田野；希望的空间，做'人'的空间是城市。"❷小说中的乡村已经"虚空化"，成为老鼠的乡村，老鼠取代了人成为乡村的主人，丁家喜那只好的耳朵也被老鼠吃掉了，丁家喜的屁功也废了，小说以一种戏谑化手法一方面传达了作者对即将消失的村中的忧虑和迷茫，另一方面表达作者浓浓的恋乡之情，奏响的是一曲现代化进程中传统乡村消逝和乡村传统文化渐次崩塌的家园

---

❶ 陈武："丁家喜和金二奶，还有老鼠和屁"，载《翠苑》2009年第1期，第17页。

❷ 严海蓉：《虚空的农村和空虚的主体》，见《2005中国年度随笔》，漓江出版社2006年版，第64页。

悲歌。

第三节　城市中的乡村意象：城乡文化的两难

在江苏作家乡下人进城小说的地图上，作为城市对立面的乡村没有退隐，时不时的出现在进城乡下人的世界中，或者隐现在进城乡下人的背后。它们是一个具有纪念意义的地标性建筑群，是忽明忽暗的乡村记忆，或者是割不断的乡思亲情，抑或是城乡差异的对比叙事。但总体而言，乡村意象在乡下人进城小说中已经由显在变成了隐在。

赵本夫的《无土时代》以"木城"为背景，讲述了石陀、天柱、柴门等一群恋土的"城市异乡人"同"现代城市文明"的抗争故事。在现代化的木城，乡村意象出现的频率不亚于城市意象，星星和月亮代替了电灯，马车和驴车代替了汽车，西瓜和玉米等各种水果蔬菜代替了人造草坪。这些意象的出现并不是偶然，实际是作者精心安排的，作家的文化心理有其文化传统的承袭性，且不说"文化制约着人类"，但起码会制约着作家的创作心理。在作者的创作过程中，乡村意象也逐渐取代了城市意象在人们心目中的地位。木城人出台的政策之一就包括拆除霓虹灯、装饰灯等。因为天柱带领他的绿化队，将麦子种进木城后，唤醒了木城人对土地的记忆，还他们心灵一片净土，抚平心中的浮躁之气、不平之气。"满天繁星下的木城，从来没有这么安静过。忙碌了一天的人们，心终于沉静下来。这一夜，几乎所有人都睡得那么安稳、那么香甜。"❶在木城人收割麦子后，水果和蔬菜成了人们最重要的话题，大家都变得异常兴奋，"……以前是说张三道李四，现在是说高粱道茄子……"❷天柱将麦子移植到木城的做法点燃了人们回归自然的热情，也拉开了城市蜕变的序幕。

除了像《无土时代》中这样大规模乡村意象的呈现之外，江苏作家笔下还有很多此类小说会通过一些乡村意象的穿插来表现进城乡下人在城乡文化之间的犹疑。在余一鸣的《不二》中，这帮由泥水匠而成为成功的建筑老板的师兄弟各有嗜好，这些嗜好通过乡村的某个意象传达出的是这群进城乡下人的乡土记忆和乡村身份。红卫喜欢躺在在建楼的顶楼床上看星星，这是对小时候在乡间夜晚爬上草垛看村中灯火的追溯。大师兄东牛选择周日关机在别墅打理草坪，爱吃老家的豆腐青菜草鸡蛋。打理草坪是一种乡村劳作的回归，"豆腐青菜草鸡蛋"是一种乡村记忆。储福金《S形声音》中的乔耳独自一人时，从不觉得闷气，在与田丰收的接触中开始记忆过去的事情，他想起田野中火红的狐狸、褐色的大龟和爷爷，这些属于乡村的意象出现在"无梦"、从不闷气、单纯的乔耳记忆中是一种对于乡村的怀念，乔耳在城市开始成长了，城市的种种丑恶让乔耳开始回忆乡村的单纯，小说用这些源自乡村的记忆传达出的是进城之后的乔耳在城乡文化之间犹疑的文化困境。

苏童的小说《米》在五龙记忆中出现得最为频繁的就是

---

❶ 赵本夫：《无土时代》，人民文学出版社2008年版，第363页。
❷ 同上书，第358页。

枫杨树故乡的"茫茫的大水"和"淹没的稻田"，"黎明时分五龙梦见了枫杨树乡村，茫茫的大水淹没了五百里稻田和村庄，水流从各方涌来，摧毁每一所灰泥房舍和树木。金黄的结穗的稻子铺满了水面，随波逐流"，❶"茫茫的大水""淹没的稻田"是五龙对于乡村的最后记忆，频繁地出现在五龙的梦境之中，构成一种挥之不去的氛围，这是一种"逃命"和"饥饿"的符号，也最终注定了进城之后五龙对于"米"的迷恋和贪婪，五龙在生命走向终点之时带着一车厢米回归故里的举动也是源于这种乡村饥饿的记忆，此处，产米的"枫杨树故乡"成为一种记忆符号，大水和淹没的稻田共同演绎的是饥饿与逃亡的故事。

　　"语言"有时候也会成为一种象征性的符号意象，尤其是"方言""外地话"，它们是进城乡下人难以摆脱的身份特征。范小青的《这鸟，像人一样说话》和《城市之光》都是通过一个象征性的符号"外地话"来判断一个人是否是贼。《这鸟，像人一样说话》由一件小区失窃案引发的关于"外地话"和"本地话"之间的故事。此处的"外地话"是一种意象，它的功能已经不再是交际的工具，而是一种乡村身份的象征，并在此语境之下变成了"小偷"的代名词。要过年了，小区物业出了"一期特大号的黑板报。大标题是这样的：物业业主如一人，严防死守外地人。下面的具体内容，就是提醒业主们，外地人要回家过年了，每年这个时候，都是失窃高峰，所以请业主们备加小心，尤其对外地人，一定要提高警惕，业主一旦发现有可疑外地人等，立

---

❶　苏童：《米》，台海出版社2000年版，第9页。

刻拨打电话×××××××××。"●但严加防范的小区里，还是发生了一件盗窃案，刘老伯媳妇多年来辛辛苦苦积攒的一包金银首饰不翼而飞了。外地人就成了怀疑的对象，区分城里人、外地人的唯一凭证就是"外地话"。保安队长王大栓被开除、收旧货的老王进不了小区、一对外地情侣也遇到了麻烦……看似荒谬的故事却发人深省，语言成了区分好人和坏人的标准，说本地话的本地人是好人，外地人是"贼"，这个无形的标签也凸显了城乡之间的对峙。《城市之光》中在判断田二伏是否是偷车贼时，人们的根据也是外地话。

不是只有成年人会遭遇身份的尴尬，也不只是在城市会有身份的尴尬。流动儿童也会面临身份认同的艰难。胡继风《鸟背上的故乡》中的胡四海的身份认同也是通过"语言"这一意象来呈现的。胡四海每年都要随着父母回到千里之外的陌生小胡庄过年，但是胡四海不想；在城市，他南腔北调大杂烩的方言让城里的孩子嘲笑；在小胡庄，他的大杂烩方言以及对小伙伴们熟悉的田地、河畔、偷苹果、捉泥鳅等一概不知也让小胡庄的孩子不承认他，这让四海很困惑。爸爸告诉四海说他是城里的孩子，这让四海更难过，"难道你们把我推到城市里，我就成了城市的孩子了吗？"作为城市的边缘人，他们渴望融入，但身上的"乡下人"标签却让他们始终无法真正融入。

● 范小青："这鸟，像人一样说话"，载《人民文学》2006年第1期，第85页。

第四节　动物意象：乡下人自我身份的象征

在江苏作家的乡下人小说中，还出现了一些动物意象，余一鸣的小说《不二》和徐则臣《天上人间》《啊，北京》中的蚂蚁意象，苏童《米》中的逃亡的黑鱼意象，苏童《米》中的狗意象，赵本夫《安岗之梦》中的野狗意象，等等，这些意象是进城乡下人的象征，他们游走在城市和乡村之间，却始终无法融入城市。

在《不二》中，东牛的办公室高居在城市的地标大厦上，但当东牛驾车驶入东郊宾馆的林间公路，在城市古树居高临下的俯视之下，他觉得自己渺小如蚂蚁，永远不可能长成城市参天林立森林中的一棵树。"蚂蚁"是微不足道的，以数量多而著称，这一意象经常出现在乡下人进城小说中，徐则臣的小说也常用这一意象，《啊，北京》中"我"和边红旗谈到自己和北京时说："觉得自己像只蚂蚁，和一千多万只其他的蚂蚁一样。蚂蚁太多了，拥挤得我找不到路了，找不到也得找，不然干什么呢。"❶《天上人间》中办假证的周子平很多次闲下来就有同一个感觉，"这样的日子已经过了无数年了，而且还将无数年地过下去。一个人在这浩瀚无边的城市里待了无数年，还将再待无数年。一个人像一只蚂蚁。像沙尘暴来临时的一粒沙子。这种多愁善感的时候我

---

❶　徐则臣：《跑步穿过中关村》，重庆出版社2008年版，第50页。

就特别感谢子午，他在我身边；但同时也为此愤怒，他也待在这里，是一只蚂蚁旁边的另外一只，是沙尘暴中一粒沙子身边的另外一粒。我的表弟，像我一样，早早的被这个城市淹没了"。❶沙尘暴中的"一粒沙子"，无数蚂蚁中的"一个蚂蚁"，这就是进城乡下人，他们是城市中的一粒微不足道的尘埃，一只无人关注的蚂蚁，无论如何努力，他们作为城市"他者"身份都是无法消除的。

苏童的《一九三四年的逃亡》中把"我"的枫杨树父辈的集体逃亡用"流浪的黑鱼"来象征，黑鱼生性凶猛，是肉食类的鱼类，胃口奇大，常能吃掉某个湖泊或池塘里的其他所有鱼类。黑鱼还能在陆地上滑行，迁移到其他水域寻找食物，可以离水生活3天之久。"我"的父辈本是生活在枫杨树的黑鱼，却顽强地逃亡到城市，回不到故乡，小说中逃入城市的"我"有一段诗句描述这种逃亡，"我的枫杨树故乡沉没多年/我们逃亡至此/便是流浪的黑鱼/回归的路途永远迷失"。❷祖父陈宝年、大伯狗崽、小女人环子、我的父亲，家族历史中所有人都在逃亡的途中，是一群流浪的黑鱼，只有"我"、父亲、母亲抵达城市。

小说《不二》中东牛对于自己在城市的打拼经历也是用了一系列体积由小到大的动物来说明，"我二十岁进城时，我是一只蚂蚁，城里人鞋跟一踩，我就变成粉末"。"我二十五岁在城里时，我是一只公鸡，一只被阉了的公鸡。他们一根一根拔光我的羽毛，做成毽子踢来踢去。""我三十

---

❶ 徐则臣：《天上人间》，新星出版社2009年版，第166页。
❷ 苏童：《苏童中篇小说选》，上海社会科学院出版社2004年版，第84页。

岁在城里时，我是一头羊，他们将下我身上的羊毛，做成羊毛衫羊毛被全家温暖。""我四十岁在城里时，我觉得我是一头大象，我亮着我的象牙迈着象步无人敢阻挡。""我现在为什么在这座城市还是一头猪，只配在泥浊里粪堆上打滚？"❶从任人踩踏的蚂蚁到拔了毛的公鸡、拶了毛的羊、泥浊里打滚的猪，东牛貌似一天天再强大，但还是受制于城市强大的经济和政治资本，把自己心爱的女人孙霞作为礼物送给银行一位分管信贷的副行长。在城市的资本链条上，他始终无法成为一头"亮着象牙迈着象步无人敢阻挡"的大象，最终只是一头在泥浊里粪堆上打滚的猪。

　　乡下人进城之后善待城里人，把城市当成自己的"家"，但城里人并不一定领情。《安岗之梦》中的毛眼从八九岁就在城市捡破烂，落脚于一个废弃的治安岗亭——安岗，自此毛眼把城市当成了自己的家，他内心开始筹划建立一个垃圾清理公司，把"咱们"的城市打扮得干干净净。但城市没能接纳他，扶老人过街被诬为小偷。见义勇后被遣送农场，就像"安岗"外的野狗一样，为救一对路遇歹徒的恋人而死，孤独地躺在警车里。最终毛眼发现自己也只不过是城市游荡的一条野狗，"安岗"只是暂时的停留之处，自己并不属于这座自己掏心掏肺想对它好的城市，被遣送回农场的命运契合了"野狗"这一意象。"狗"这一意象同样出现在苏童的小说《米》中，五龙是一名孤儿，爹娘死于20年前的大饥荒中，乡村的五龙就像一条狗。初入城市被阿保欺辱

---

❶　马津海主编：《小说月报　未用稿7》，中国时代经济出版社2011年版，第313页。

的五龙低头看见自己的影子半蹲半伏在地上，很像一条狗。无依无靠的乡下人五龙在城市异乡就像是一条狗，随时会遭到欺凌。五龙知道，大鸿记米店的冯老板和他的女儿知云、绮云只是把自己看成一条狗，冯老板和绮云让五龙娶知云，其实是米店娶一条身强力壮传宗接代的"看家狗"，娶一条乡下来的"大公狗"，小说中反复出现"狗"这一意象，他是城市人（阿保、冯老板、知云、绮云）眼中的五龙，他们根本没有把五龙当成一个人来看待，在他们眼中，乡下人五龙始终是一条狗。

余一鸣小说《城里的田鸡》这篇小说通篇围绕"田鸡"这一意象展开叙事，小说以孩子的视角叙述了一段上一辈的恩怨，讲述了建筑工地上的"炸伤"事件。"田鸡"就是乡下人说的青蛙，到了城里就变成了"田鸡"。小说把"田鸡炸死"这一现象和建筑工地上"炸伤"骗钱这一现象并置在一个故事中进行，田鸡炸死是为了逃命，而建筑工人"炸伤"是为了合伙骗钱，某些乡下人进了城不惜通过自我伤害的方式来制造"事故"，揭示了金钱的诱惑之下人性的裂变。"田鸡"既象征性地隐喻着进城乡下人，那些"炸死"的成年人，也可以说是进城流动儿童王来电，进城以后的王来电已经变成了一只"城里的田鸡"，聪明、机智但又不失儿童的本性。

第五节　文化意蕴：城乡文化对峙的意象传达

作为江苏作家乡下人进城小说矛盾揭示的核心，城乡文化冲突在多层面上呈现出多种表现形式。范小青的《城乡简史》等作品通过生活中一些具体的意象来描绘进城乡下人的生活际遇，使乡下人进城以后所面临的城乡物质生活的巨大差异问题在作品中得到真实的展现。《城乡简史》通过城里人自清的一本账本偶然间流落到西部乡村王才手中而引发的进城故事。小说中王才一家分到了一本城里捐助的账本，账本中关于"香薰精油"的记载引发了王才对于城市的想象：

> 午饭后毓秀说她皮肤干燥，去美容院做测试，美容院推荐了一款香薰精油，7毫升，价格：679元。毓秀有美容院的白金卡，打七折，为475元。拿回来一看，是拇指大的一瓶东西，应该是洗过脸后滴几滴出来按在脸上，能保湿，滋润皮肤。❶

对于王才来说，这瓶"香薰精油""种一年地也种不出来"，一瓶"香薰精油"引起了王才对城里人生活的向往以及对自身生活状况的不满，王才想，"贼日的，我枉做了半辈子的人，连什么叫'香薰精油'都不知道，我要到城里去看一看'香薰精油'"。此处的香薰精油是城市物质文明的象征符号，是一种消费文化，由此展开的城乡物质层面差异是直接诱发王才进城的动因。

在陈武的小说《宠物》中，小说通过人和宠物在饮食方面的差异展开叙事，此处的食物就成为一种意象。大学毕业生孟清有时候一天吃两顿饭，有时候二斤油条卷煎饼吃

---

❶ 鲁迅文学奖评奖办公室选编：《第四届鲁迅文学奖：获奖作品集短篇小说卷》，作家出版社2010年版，第10页。

一天，由于多天不见太阳，加之营养不良，孟清脸色都发青了。而城里人包养的小三跳跳家的宠物狗"翠翠"，喜欢吃火腿肠，喜欢吃黄瓜炒鸡蛋，喜欢喝牛奶，不喜欢吃鸡肝，不喜欢吃海鲜，它一吃带鱼就吐，吃羊肉也吐。煎饼油条和海鲜羊肉，人与宠物形成巨大的反差，进城乡下人的生活竟然不如一条宠物狗，如此的差异让我们窥见了城市文明的堕落。

胡继风的小说《楼上的你和楼下的我》中通过乡村的流动儿童丹丹和城市的富家女孩莹莹的关系来探讨城乡之间的对峙与交融。两个女孩一个住在高高的楼上，一个住在租来的车库。莹莹每天都会学弹琴、跳芭蕾，但丹丹为了省电只能在路灯下学习、踢毽子。高楼与车库、"踢毽子"与"弹琴""跳芭蕾"两相对照，写出了城乡的巨大差异。一种是不需要任何费用的娱乐形式，一种是高消费、高品质的娱乐，两个来自城乡的同龄女孩享受到的是来自城乡代际遗传所造成的生活品质的差异。

在江苏作家的乡下人进城小说中，城市与乡村意象的出现以及书写在此类题材小说中承载着特别的文化意义。两类意象的书写从不同侧面表现了乡村人在城市的际遇，展现了乡土文明和城市文明的碰撞、对峙、交汇的过程，也因此使此类题材小说具有了深层的文化意蕴。"文学是文化的缩影，城乡游走之间的'城—乡'作为结构性的时空在场，文脉上体现的是乡土文化与都市工商业文化的潜在冲突。"❶

---

❶ 许心宏："城乡之间：贾平凹小说的动物与鬼之意象解读"，载《重庆师范大学学报（哲学社会科学版）》2012年第3期，第57页。

在城乡二元文化的对峙中，"城市文化在城市中处于主流位置，控制着城市的资源。相对于城市文化，农村的传统文化处于弱势，影响力很小。随着越来越多的农村人来到城市，他们渴望成为名副其实的城市人，却始终无法融入这个城市，他们试图用自己的弱势文化进行抵抗，却发现遭遇了与城市文化的各种冲突"。❶进城乡下人在这种城乡文化的交融碰撞中显然处于劣势，因为他们始终是城市文化的"他者"。

---

❶　张小飞、郑小梅："城市化进程中城乡文化的冲突与融合"，载《人民论坛》2012年第9期，第118页。

第十五章　城市梦：城市"异乡人"
的梦想与现实

　　"乡下人进城"作为一种现代性社会迁移，肇始于韩邦庆的《海上花列传》，自此之后历经百年，尤其到了新时期以后渐趋成为潮流。由于代际的差异，新一代的进城乡下人大多不愿意回到乡村，留在城里，成为城里人是新时期以来进城乡下人的梦想。理想是丰满的，现实是骨感的，用这句话来形容进城乡下人的城市梦是最贴切不过了。"城市异乡人"由静谧的乡村跻身喧嚣的城市，最初都怀着美好的梦想——"生活得更好""成为城里人"，为自己，为家人，为后代。在江苏乡下人进城小说中，乡下人来到城市这个陌生的环境，从事不同的工作，遭遇不同的境遇。"梦想"与"现实"交织。城市以异于传统文化的现代性冲击着乡下人，新的城市生活也以其特有的方式荡涤着乡下人身上千百年来世代传承的文化传统，城市生活与现代文明影响着进城乡下人。当梦想被残酷的现实击碎，当生活仅仅是为了生存，如何取舍以及如何权衡梦想与现实的矛盾，是乡下人必须面对的人生课题。

　　"城市异乡人"这一称谓从某种意义上说，是对进城乡下人城市身份的一种概括，乡下人来到城市，努力融入城市，但往往事与愿违，或许身体进城，精神依然漂泊，终是异乡人。异乡人要成为真正的城市人，不仅要实现空间的迁移，还要实现时间上从传统走向现代，抑或是后现代。而城里人抑或是先期进城的乡下人的认同，往往是进城乡下人更为看重的。正如丁帆所言，"在农业文明与工业文明、后工业文明的对撞和挤压下，那些进城的农民——城市的异乡者们必须付出肉体和精神的双重代价，他（她）们甚至要用几代人的努力，才能获得进入城市的'精神绿卡'"。[1]抱着一种"城市好活人""遍地是机会""到处是金钱"的美好愿望，进城乡下人来到城市异乡，美好的城市梦遭遇了城市的现实生活，有的进城乡下人一直坚守自我，实现抑或是坚持了自己的梦想，不管现实如何，坚守本身就是一种实现；也有人在金钱和欲望中迷失自我，放弃初衷，成为城市文化的牺牲品。

第一节　梦想与现实的落差：城乡文化融入的艰难

对于进城乡下人而言，最普遍的愿望是成为"城里人"，不同层次的乡下人所要成为的"城里人"也各不相同。《寻找月亮》中的月儿、《洛女》中的洛洛只是单纯想成为一个跟城里城市姑娘一样的城里人。《欲望之路》中的邓一群、《浮沉之路》中的田萌生想成为"人上人"，不想做被城里人瞧不起的三等公民。对于月儿、洛洛、邓一群和

---

[1]　丁帆："文明冲突下的寻找与逃逸——论农民工生存境遇描写的两难选择"，载《江海学刊》2005年第6期，第179~186页。

田萌生而言，与生俱来的出身给他们贴上了一个乡村的标签（洛洛的标签是"拾荒者"，在此等同于乡下人），身份的认同是他们城市梦实现的最大障碍。月儿想成为一个城市姑娘却无奈只能以"原始女性"形象出现为城市男性消费，洛洛选择留在城市继续拾荒却没有男孩愿意接受她的职业，孤独地等待她的姻缘；邓一群在权力欲望的追逐中只能无奈接受无爱的婚姻，田萌生的官场浮沉是以触犯法律和道德的底线为代价，妹妹田萌琴为此失去性命，等待田萌生的将是法律的惩罚和良心的谴责。

城里人与乡下人的区别除去户口因素之外，物质生活层面很难弥补，文化认同则更为艰难。"认同的过程，就是人们通过他人或社会确认自我身份的过程，也就是在自我之外寻找自我、反观自我的过程。"[1]异乡人去城市打工，当物质生活得到基本满足后，他们需要城里人的认同，这是在自我之外寻求自我，确认自我的身份。做个真正的城里人，得到城市人的认同，是进城乡下人的梦想。对月儿和洛洛而言，她们的城市梦想就是做个城里女孩。月儿想和城里的女孩一样"没有腋毛"，做一个真正的城里女孩。而"月牙儿休闲中心"的男人们喜欢的却是"原始"的月儿：

> 一个真正的来自山野的女子，原汁原味，毫无遮掩，毫无伪装。他们痴迷的就是这个，他们离开繁华的南京城来这里就是为了看这个，他们温文尔雅地等

---

[1] 崔新建："文化认同及其根源"，载《北京师范大学学报（社会科学版）》，2004年第4期，第103页。

到凌晨1点为的就是在等她，他们看腻了光滑的葱白
样的女人，现在要看看一个像印度少女似的长着棕色
皮肤的女孩子，他们已经恶心那些刮掉眉毛刮掉腋毛
甚至刮净全身体毛的女子、现在要看看一个带着山野
气的毛绒绒的真女子，就像吃够了美味佳肴的城里人
要改改口味吃点野味。❶

钱坤喜欢的也是来自乡村的月儿，那个喜欢月亮，没有
戒备心，笑得在床上打滚的淳朴、自然、率性而为的月儿，
而月儿认为"等我挣足了钱就能做城里女孩子了"，自己变
成城里人，才能和钱坤在一起，这就是一个文化认同问题。
真如月儿所言，挣足了钱的月儿还会是那个乡村的淳朴月儿
吗？月儿在以城里人这一"他者"之境进行自我确认，确认
自我的身份。

洛洛和月儿遇到的问题是一样的，洛洛是一个拾荒女，
是由拾荒老人疯老头捡回来的弃婴，是一个漂亮的女子。
洛洛一直觉得拾荒也是一项高尚的工作，拾荒不是乞讨，是
在靠自己的劳动谋生，同时也在美化城市环境，她给自己和
爷爷每人买了一套工作服，希望在拾荒时穿着可以体面一
点。每晚洗澡以后，洛洛就会换上一身干净的衣服去逛街，
手腕上戴着那块精致的小金表，雪白的脖子上挂着翡翠观
音，衣着打扮与城里的女孩并无二致。洛洛穿着的"体面一
点""工装"和夜晚出行的"行头"都是按照城市的文化，
这是自我身份确认的一个方面，她的城市身份还需要在那些

---

❶ 赵本夫："寻找月亮"，载《作家》2000年第11期，第43页。

城市朋友的"他者之境"中完成。当洛洛的城市朋友发现她的拾荒者身份时，他们认为洛洛是个"骗子""贱货"，不配和他们做朋友，这是一种以出身论高贵的"血统论"，拾荒者、乡下人在城里人的眼中就是"垃圾"，"脏""低贱"是她们的身份标签。疯老头死后，洛洛还是捡垃圾为生，有人说要娶她，洛洛的条件是必须到古城来捡垃圾，这个条件至今没有男孩答应。

　　邓一群和田萌生是两个进城乡村学子，他们的城市梦不仅仅停留于做一个城里人，而是要成为一个"人上人"。出身于对权力极端崇拜的乡村政治文化空间，让他们深知权力的好处。他们为了能留在城市做"人上人"，选择以婚姻作为上升的台阶，以丧失人格为代价，无条件认同城里妻子家的文化，这里涉及的也是一个文化认同的问题。肖如玉和魏虹虹对于邓一群和田萌生的乡村背景是难以接受的，在婚姻中她们是改造者。邓一群和田萌生选择肖如玉和魏虹虹并不是因为她们二人的漂亮，而是因为他们的家庭，肖如玉和魏虹虹都出身于城市官宦之家，这对于邓一群和田萌生而言是一个阶梯和屏障。肖如玉和魏虹虹选择邓一群和田萌生一来是因为他们是大学生，二来是因为她们失败的感情，是退而求其次的选择。在妻子的家庭中，邓一群和田萌生永远必须用仰视的态度与他们说话，是一种不平等的关系。肖如玉和魏虹虹结婚之后跟着丈夫回过一次他们乡村的家，乡村的贫穷落后让两位媳妇"逃回了城里"。魏虹虹不让进城打工的小姑子田萌琴借住，婆婆进城卖豆芽也是从不在媳妇家歇脚，更不用说吃饭了，婚后的一个微笑对于田萌生来说都是奢侈的。邓一群与肖如玉"老家之行"让邓一群有了强烈的挫败感，他认为，"失败的并不是我的个人，而是我的家庭。它让我有有了挫败感，让我有了耻辱感。我的位置一下在肖如玉心目中变得更低了，甚至低得到了有点下贱的地步。它让我在她面前有点抬不起头"。❶小说把城乡文化的认同放在家庭层面来展开，乡在城的面前无任何主体性可言，以丧失自尊的形式趋同"城"的要求，家庭中的这种不平等进一步激发了男性在官场上的权力欲望。

第二节　"傻根"们的执着：困境中坚守的美好

在江苏作家的乡下人进城小说中，有这样一群进城乡下人，身处异质文化空间，不忘初心，始终坚守自己的梦想，这个梦想或许与成为城市人有关，或许只是一种坚守。其中赵本夫的小说塑造最多的就是这样一群"执念"颇深的乡下人，《无土时代》中热爱土地、致力于拯救"无土"之城的石陀和天柱，《天下无贼》里始终相信"天下无贼"的傻根，《洛女》里拾荒40年、执着等待爱情的"疯老头"，《公民喉舌》中执着于追逐自己的城市梦，身陷官场纷争却不忘"公民喉舌"的职业和道德良知的恽晓芙；《青果》中靠自身努力在城市闯出一片天地的赵金龙和银凤。他们面对城市的现实，无一不选择坚守自己的梦想，坚守乡下人的自我主体性，坚守自身的价值观，是进城乡下人中的希望。

---

❶ 王大进：《欲望之路》，人民文学出版社2001年版，第250页。

赵本夫是一个执着于"寻梦"的人，他为傻根构筑了一个"天下无贼"的美梦，为疯老头构筑了一个爱情美梦，为天柱和石陀构筑了一个长满庄稼、生机勃勃的"木城"，这是赵本夫"对现代人类社会的一次寓言式写作"。[1]打工的傻根决定带着辛苦攒下的6万块钱回家过新年、娶媳妇。傻根出发前，同村的民工都劝他不要把钱带在身上，因为他们知道路途中肯定会有盗贼劫匪。傻根坚信"天下无贼"。同车的王薄和王丽是惯偷，面对傻根的执念，他们达成默契，守护傻根和他的钱。与其说他们保护的是傻根和他的钱，还不如说他们想保护傻根那傻傻的梦想，也许正是傻根那份傻傻的"坚守"，触动了很多人包括这对鸳鸯大盗。他们不想让傻根对自己坚持的梦想产生怀疑，一群人默默守护着傻根的梦想，傻根才得以顺利地带着自己的钱回到家乡。傻根始终坚信世界上没有贼，并以自己的坚守触动很多人，我们可以将小说看作傻根圆梦之旅，也是赵本夫圆梦之旅。

疯老头是《洛洛》中一个以捡垃圾为生的老人，人们叫他"疯老头"，是因为他异于常人，有点痴呆和文气，一个捡垃圾的人却时常坐在垃圾堆旁读废报纸。他的真实身份是一个乡村教师，22岁时因与学生恋爱而相约私奔进城，40年来一直在古城等着他的恋人"洛女"。洛女是神话中的洛水女神，传说与洛伯两情相悦，聪颖俊美，会弹琴，临近村落的河伯贪恋其美色，带人抢走洛女想逼婚，洛女不从，绝望之下跳入洛水。因此洛女是一个坚守爱情的女子，是美好

---

❶ 赵本夫："'无土时代'：一个盛世危言"，载《四川文学》2015年第31期，第111～113页。

爱情的化身，疯老头死后终于等来了他为之终其一生等待的"洛女"，一个已经嫁为人妇的老妇人，拿走了疯老头一生的积蓄和洛洛的首饰，却不愿意看一眼疯老头的骨灰，更不愿意带走。如此的"洛女"竟是疯老头一生的等待，小说中的"洛女"一名极具反讽意味，美好的爱情只是一场虚空。疯老头的等待最终虽为虚空，但这份爱的执着足以令人动容，外表疯痴的拾荒者"疯老头"有一颗金子般的心，执着爱情，收养弃婴与流浪狗，其人性的光辉就如那把锈迹斑斑的青铜剑一样，岁月的锈蚀终究无法掩盖其国宝级文物的身份——战国时期的青铜剑。

《无土时代》是赵本夫"地母三部曲"的第三部，小说构筑的是一个充满乡村韵味的城市梦。钢筋水泥、灯火通明的不夜城"木城"成为一座"无土之城"，离自然越来越远，人们害上了城市病，木城人失去了对土地的记忆。小说讲述了木城一个出版社的老总石陀和进城乡下人、草儿洼村民、木城绿化工程的负责人天柱改造"木城"的故事。石陀不厌其烦地敲击马路，使柏油下面的土地浮现出来，让小草在城市里自由生长；天柱带领他的绿化队在城市绿化带里种小麦。两人的举动不同，却都怀揣着"让城市多一片绿地"的梦想，他们眷恋土地、崇尚自然。石陀以其对土地的奇怪眷恋来获得心理平衡，在市政协会议上屡次提议："拆除高楼""扒开泥地"，孜孜不倦地拿着一把锤子，在人烟稀少的夜晚时分去"敲打马路"，为的是让城市多一份泥土的气息，由此可以看出他对乡土的眷恋之深。天柱孤注一掷地走了一回"麦城"，他把1600人组织得井然有序，各司其职，就这样，木城在一夜之间焕然一新，变成了生机勃勃、绿意盎然的"麦城"。赵本夫在小说题记中写到，"花盆是城市对于祖先种植的残存记忆"，[1]他认为所有人的血脉中都会残存着对土地的眷恋，何况是这些异乡人。正是由于他们的坚持，始终坚守着那份对乡土的眷恋和对自然的崇尚，最终才得以在充斥着现代文明的城市中实现内心深处的梦想。

如果说赵本夫的梦想是一种预言，那么顾坚的《青果》诠释的是那些像赵金龙、银凤一样的青春奋斗故事。赵金龙和宝根高考复读再次落榜，两人相约一起来到扬州打拼。初恋女友银凤初中毕业与父母进城打工，两人在古城扬州再次相遇，一群追梦少年的进城打工故事由此展开。金龙、银凤、宝根、春兰为了实现自己的梦想，他们由农村进入城市，青春活力的他们为了自己的爱情、家庭及事业在城市中勇于尝试、敢于实践，为梦想而打拼。宝根突遭车祸去世为他们的青春奋斗故事涂上了一层悲伤，但这并没有让他们进城的梦想停步，他们背负着父母兄妹的希望，坚定地走向城市。

在江苏作家的进城女性形象中，恽晓芙是较为特殊的一个，一来因为恽晓芙是一个自我主体性很强的进城女子，她进城之初首先改名，为自己买了一个电大文凭、参加电视台的海选，接受冷显诚的资助到北京进修。改名是一种对城市的宣言，彻底告别乡村，以全新的姿态进城。电大文凭、北京进修是一种资本积累，自身的强大是立足城市的根本。她进城之后的一系列行为都带有强烈的自我选择性，这是一个

---

[1]　赵本夫：《无土时代》，人民文学出版社2008年版，题记页。

面对强大的城市主体仍然保持独立的女性形象。还有一个原因就是身份的特殊，恽晓芙是一个电视台记者，公民喉舌的身份赋予了恽晓芙很多其他女性难以拥有的机会，才有可能让恽晓芙接触官场，以独特的新闻视角关注两个进城男性的官场争斗。无论是面对爱情、金钱、权力，恽晓芙都表现出新闻人的清醒，这也是她能成功立足城市的最根本原因。

第三节　梦想破灭之后：欲望之下的迷失

　　进城乡下人作为一个"城市异乡人"，带着梦想和追求进城，与城市里人本无二致，但乡下人的特殊的身份背景注定了他们的"城市梦"会遭遇现实的碰撞。"由于自身条件的限制和城市生活已经形成的既有格局，无论经济考虑还是精神需求，农民工要想获得都必须付出更多的代价尤其是非正常的代价。这往往就导致了进城农民的精神扭曲甚至是灵魂的沉沦。"[1]江苏作家乡下人进城小说中也描写了这样一群"城市异乡人"，面对残酷的城市生存现状迷失自我，最终在城市的现实中沉沦。

　　在这群沉沦者中，有两类人群最为突出，一类是那些在城市中成功的"入流"者，这类人物多为男性，像余一鸣笔下的东牛、秋生、红卫、陈拴钱，王大进笔下的邓一群，徐风笔下的宋得坤、田萌生等，也不乏女性成功者像余一鸣笔下的刘清水、孙霞，徐风笔下的盛帼英等，这类人物在城市

---

❶ 李运抟："文学与民生疾苦——新世纪小说'底层叙事'的社会意义"，载《理论与创作》2007年第4期，第52页。

中逐步"入流"，以自我沉沦的方式获取成功。还有一类人群就是那些为了生计而堕落的底层女性，如《青花灿烂》中在银城挣扎的乡村女性青花、《淹没》中的进城女性小香和大兰子，她们带着自己的城市梦进城，但进城之后的现实状况却不尽如人意，青花的城市绽放是以自身的沉沦为代价；小香抛弃丈夫木木带着儿子与情人私奔，最终被情人背叛、以出卖肉体为生；和小香一样，大兰子在面对城市生活的艰难时也选择出卖肉体，以身体的沉沦获取城市的生存资本。

《不二》中从泥水匠成功成为建筑公司老板的东牛、红卫、秋生们经常在一起挥霍、搞婚外情，以经常换"研究生"（小姐）为荣，东牛为了自己的公司，甚至不惜把自己的女人孙霞献给银行行长，人性在金钱欲望中沉沦。《入流》中的陈栓钱最终成功"入流"，亲手杀死了自己的弟弟，做了船老大，乡村亲情伦理在金钱欲望中消失殆尽。《欲望之路》中的邓一群、《沉浮之路》中的田萌生和《公民喉舌》中的宋得坤都是在权力欲望中沉沦的乡村男性，他们的成功也是以人性的沉沦为代价的，邓一群出卖身体伺候年老色衰的秘书长夫人、借助无爱的婚姻在城市官场立足。田萌生同样借助与城市女性的婚姻在官场立足，并不惜花钱买官。宋得坤比前两者更甚，出卖朋友，占有朋友之妻，贪污受贿，玩弄女人，与黑社会勾结，是官场人性恶的集大成者。

除了上述沉沦于金钱和权力欲望之中的进城者之外，"女性"沉沦者在余一鸣的笔下也有很多。《青花灿烂》中的青花因为丈夫葛建成的性无能而与朋友刘小巧的丈夫郭秉文红杏出墙，被丈夫赶出门，为寻找走失的孩子来到银城。此时的青花也想凭自己的劳动养活自己，她尝试过各种方式，最终选择出卖肉体为生，成为男性的消费品。在充斥着物质欲望的城市，"城市异乡人"特别是那些无所依凭的女性最终大多会选择出卖肉体。"'城市异乡者'中最容易成为随风飘荡的无根的浮萍的，是那些出卖色相的女性。她们从事的职业本身违背了植根于民族文化心理的封建伦理道德。"❶余一鸣《淹没》中的大兰子也是一个很典型的出卖肉体来实现物质梦想的女人，她来到城里觉得自己没有学历没有后台，无奈之下就开洗头店靠出卖肉体为生。当同村的木木目睹大兰子的堕落时，木木质问大兰子为什么选择做妓女，大兰子的回答或许就是这群堕落的乡村女性的无奈："你以为我们乡里女人喜欢做这下三烂的生意，你也不替我们想想，乡下女子没学历、没后台，到工地上做小工都没人要，在这城里立个脚跟容易？我和小香这样年纪的女人，在这城里能做什么活？每天提心吊胆过日子，警察要抓，地痞活闹鬼要敲诈，小姐们还担心要惹上脏病，谁心里不是苦出黄连水。"❷

如果说青花、大兰子、小香是因为生活所迫，那么刘清水、孙霞和盛帼英的堕落就是欲望所致。刘清水是一个官场潜规则的牺牲品，尽管第一次刘清水是被"潜规则"，但之后的刘清水通过"女色搭桥"逐渐从乡政府的普通秘书，进而成为副乡长、乡长。孙霞为了自己的建材生意，不惜利用

---

❶ 王小芹："'城市异乡者'皈依的文学想象"，载《文学评论》2008年第5期，第20~21页。

❷ 余一鸣："淹没"，载《钟山》2007年第1期，第143页。

秋生的初恋情结以身体为资本献身秋生，又处心积虑地接近东牛，把感情托付给东牛，东牛却为了自己的生意把她作为"礼物"献给了银行分管信贷的副行长，最终成为男人欲望的"祭品"。盛帼英是一个成功的女商人，也是一个婚姻不幸女人，选择依附常务副市长宋得坤，结果却成为宋得坤的钱袋子，最终丧命在宋得坤之手。

第四节　虚幻的"城市之光"：城市"他者"的遭遇

　　梦想与现实之间或多或少总是有一定的距离，而这个距离的大小就决定了梦想能否顺利实现。对于江苏作家笔下的进城乡下人而言，现实既包括城市为进城乡下人提供的各种条件，也包含进城乡下人自身的各种条件，梦想则是进城乡下人自己的主观定位，定梦想与现实之间的距离取决于多种因素。乡下人对城市有种天然的向往，他们来到城市，不同的人在面对城乡文明强烈的冲突时，心态不同，行动各异，因而结局也大相径庭。面对错综复杂的城市现实，江苏作家乡下人进城小说为读者呈现了这些"城市异乡人"形形色色的梦想，以及他们为实现这些梦想所做的努力与尝试，其背后皆隐藏着一定的社会因素与自身原因，当然也包括作者的主观创作意图。"乡土中国对现代的想象，就是'到城里去'。但是，乡下人到了城里就是城里的'他者'，所有的陌生不止是环境的陌生，而是遭遇了完全不同的另一种文

化。"❶

　　田二伏、乔耳就是城市文化的牺牲品，单纯得近乎有点"傻"的田二伏和乔耳进了城，两位乡村青年都抱着对"美好城市"的向往进城，田二伏糊里糊涂就成为"绑架犯"，乔耳懵懵懂懂爱上了进城的沉沦女性黄莺最终失去了异于常人的听力。《城市之光》中田二伏是一个比较另类的乡下人，有点像储福金《S形声音》中单纯的乔耳。田二伏上过学，喜欢听收音机。田二伏的进城有几个因素，首先是他通过收音机这个媒介知道了很多城里的事情：诸如劳务市场上有保姆、商品房交易、出售旧自行车、饭店的订座热线、招聘广电工程师、电台热线电话等，在乡下人田二伏看来"城里方便"。其次是一连串事件的影响，家人给田二伏定下的对象马小翠跟进城打工的马子平跑到城里打工，同村的小勇和桂生进城打工，在城里开卡拉OK的二叔田远富回来后像个"干部"，乡村青年田二伏心中充满"城里好"的"城市之光"跟随叔叔进城。和田二伏一样，乔耳也是一个单纯的乡村青年，进城之后的乔耳非常喜欢城市，醉心于倾听城市的声音，城市的一切人和事在他眼中都是美好。

　　如此单纯的一个乡村青年田二伏为什么最终会变成一个"绑架杀人犯"呢？是一个什么样的城市会让这样一个乡村青年走向绝路？同样，如此单纯的乔耳差点无端丧命，最终失去了"异于常人"的听力。田二伏和乔耳对于城市而言就是一个"异类"，他们始终无法清晰地触摸真实的城市，源

---

❶ 孟繁华："'到城里去'和'低层写作'"，载《文艺争鸣》2007年第6期，第47页。

自乡村传统的淳朴让他们始终以一颗善良之心对人对事。我们可以看一下田二伏进城之后的一系列近乎"傻"的行为，进城之后在歌舞厅当保安时看到客人欺负"小姐"替小姐出头，为证明自己不是偷车贼而去抓小偷，想接济从没有保护的脚手架摔下瘫痪的同村民工小勇、妓女田七和做了城里人小三未婚先孕的前女友，等等，由此我们看到的是一个善良、淳朴的类似于《天下无贼》中傻根的乡村青年。乔耳也是如此，来自乡村的无梦青年乔耳内心单纯，爱上了同样来自乡村的黄莺，把最纯洁的爱情放在了一个城市的沉沦者妓女黄莺身上，最终因为拯救黄莺而差点被朋友田丰收杀死。小说中的田二伏和乔耳是乡村传统文化的承载者，淳朴的田二伏无意间杀死了一个孩子，成了杀人犯，单纯的乔耳失去了"异于常人的听力"，两个人物的城市命运预示着乡村文化在遭遇城市时不言而喻的结果。

"城市之光"诱惑着乡下人"像鸟一样飞来飞去"，乡村人把"他城"想象成"城市之光"。但事实上，城市不是他们的"我城"，"城市之光"也只是他们的幻觉。江苏作家乡下人进城小说中对诸多异乡人在城乡之间迁徙流浪的叙写，都蕴含着对现实热点的清醒、敏感和社会责任意识，也是此类小说介入社会现实的一种方式，小说创作也正在通过这样的方式来回归"问题"，介入"当下"。由于作者内心的理想化表达，此类小说中那些坚守并实现梦想的人物反映了作家本人的一种愿景，赵本夫笔下《无土时代》里的石陀和天柱和《天下无贼》里傻根的"梦想"就是如此，这些小说中的异乡人其实已化身为作者本身内心深处的一种精神符号，他们的故事诠释出的是作家的审美理想。

第十六章 生活在他方：城市漂泊与身份焦虑

"生活在他方"是进城乡下人生存状况的最恰当不过的概括，乡下人来自前现代／传统的乡村，背井离乡来到现代／后现代的城市，受到来自城市居民及各种势力的歧视、欺骗和剥削，在"别人"的城市中一直处于漂泊的状态，这种漂泊既是一种物质层面上的朝不保夕、衣食无着、居无定所，也是一种精神层面两难的尴尬。物质层面的漂泊之外，乡下人进城之后即使解决了物质的贫困，精神的漂泊和身份的焦虑还是难以避免。正如丁帆所言"在世纪之交乡土小说'农民进城'的书写中，进城农民无一例外地陷入难以开解的身份焦虑之中。他们流动的生存状态和现实际遇，他们的物质痛苦、精神痛苦和身体痛苦，无不与他们是'农民''农民工'或'民工'的身份密切相关。"❶他们生活在"他人"的城市中，城市外来者的身份以及乡村的底色难以摆脱，无论是普通的打工仔月儿、田二伏，还是"成功的城市征服者"五龙、东牛等，他们始终"生活在他方"。

---

❶ 丁帆等：《中国乡土小说的世纪转型研究》，人民文学出版社2013年版，第34页。

第一节　物质状况：衣食无着

　　乡下人进城之后，身处一个异质的文化空间，多从事一些城里人不愿意干的累活、脏活，居住在城市的边缘地带，伴随物质生活贫困的同时是城里人对乡下人的歧视，他们始终是城市的"他者"，乡村的贫困让这些进城乡下人不愿意回去，进不去的"城"不愿意回的"乡"成为进城乡下人必须面对的生存困境。在江苏作家的乡下人进城小说中，进城乡下人无一例外处在"漂泊"状态，这种漂泊首先是生存层面上的漂泊，在衣食住行层面，乡下人进城小说最常表现的是这些进城乡下人工作上的漂泊不定。

　　·乡下人为了改变贫困的生存现状而进城，他们带着梦想来到城市，想用自己的勤劳来构建梦想，在城市里干着脏活、累活，为城市奉献了自己的一份力量，见证了城市的建设与发展的全过程。小说《城市之光》借几个城里人之口描述了乡下人在城市所从事的职业，"你们算算，一个人说。现在我们从早晨起来，到晚上。一天当中，要碰到多少外地人在做的事情啊。/是呀，另一个人说，早晨出去吃点心，大饼油条都是外地人才做的。/到饭店吃饭服务员也是外地人。/你要买件衣裳穿穿，卖衣服的也是外地人。/小菜场卖菜的也是外地人。/做保姆的是外地人。/造房子的。/打扫卫

生的。/踏黄鱼车的。/修水管的。/……" ❶城市的发展离不
开乡下人，但享受发展成果的城里人却鄙视那些城市的建设
者，城市的一砖一瓦、一钉一铆，都离不开乡下人，在城
市循环系统中，乡下人是城市的一部分，系统梳理一下江苏
作家的乡下人进城小说我们会发现，这些小说中的进城乡
下人所从事的工作基本上是一些"不稳定"、没有保障的工
作，陈武笔下不停换工作的于红红，范小青《城市之光》中
的田二伏，储福金笔下的乔耳、田丰收，等等。于红红（陈
武《换一个地方》）16岁进城，先是跟着表姐弹棉花，表
姐与一个男人私奔以后，于红红先是帮一个中年妇女卖甘
蔗，后来在小街一个拐角处摆摊卖红辣椒，被城管追得满街
跑，后来在街边卖茶叶蛋和水煮花生。田二伏也是这样，进
城之后先是在二叔田远富开的新潮歌舞厅做保安，二叔犯事
被抓，到同村小勇打工的工地干活，被诬陷成偷车贼而被工
头开除，后来又到一个小饭店打工。田丰收在城里也是三天
两头换工作，他们不停地"换一个地方""像鸟一样飞来飞
去"，在城市"漂"着。

　　徐则臣笔下的"京漂"基本上也没有固定收入来源，以
卖假证为生、来自苏北小镇的中学教师边红旗，没有稳定
工作靠写豆腐块文章养活自己、做着文学梦的大学毕业生
"我"、靠在补习班兼职讲课补贴拮据生活的在读研究生孟
一明、为了过上"好日子"而在北京打工赚钱的厨师、热爱
文学的网络诗人小号、高二辍学来北京8年、不停地换工作
的促销员宋佳丽、在北京卖假证的山羊、"我"姑父、周子

---

　　❶ 范小青：《城市之光》，江苏文艺出版社2003年版，第95页。

无、周子平……这些"京漂"的工作基本上可以用"朝不保夕"来概括，尤其是那些卖假证、卖盗版光碟、卖假文物的"京漂"，不仅每天的收入不稳定，还因为工作的非法而随时可能进派出所或监狱。

不仅工作上的朝不保夕，这些人居住的漂泊不定，经常处在"换一个地方"的状态，通常会住在一些城乡交叉地带，如《无土时代》中草儿洼民工的聚居地、随时都会拆迁的"苏子村"、《换一个地方》中于红红租住的没有水的车库、《宠物》中大学毕业的"寻狗人"孟清租住的黏黏乎乎的、墙砖和地砖上都冒出水珠珠的潮湿阴暗的老城区的老平房、《报料人的版本》中"我"居住的气味酸腐、腥臭的低矮房屋、《逆时针》中"我"租的是一间光秃秃的13平方米的、没有水、没有厕所、没有澡堂的屋子……这些居住空间通常是一些城乡结合部或者老城区，卫生条件差，流动性强，是乡下人进城之后的聚居地。和他们在城市的工作一样，这些居住场所有时候也是不稳定的，随时都会被拆迁或者被房东卖掉或转租，因此也是一种"漂"的状态。如果说工作的"漂"和居住的"漂"是一种外在的生活状态的话，对于进城乡下人而言，他们的心始终也是"漂"着的，这种"漂"更多是一种"精神的漂泊"。

第二节　精神状况：身份焦虑

比起物质层面的"漂泊"而言，进城乡下人面临的最大困境是"精神的漂泊"。总体考察一下江苏作家的乡下人进城小说创作，我们不难发现，进城乡下人几乎毫无例外都会遭遇身份认同的困境，只是作家着墨的深浅而已，乡下人进城以后身份的认同危机是江苏作家乡下人小说关注的焦点，这种身份认同的焦虑导致的就是一种"精神的漂泊"的状态。乡下人进城之后，普遍处于经济阶梯的最下层，是城市中"沉默的群体"，[❶]他们对城市的陌生感以及城里人与生俱来的优越感使这群乡下人承受着各种精神压力。他们一直在追求城市人的身份认同，努力变成"城里人"是他们共同的追求。这种身份认同的困境既源于自身的身份认同，也与城市居民对进城乡下人的身份认同有关，"一个人自我观念是在与其他人的交往中产生的，一个人自我的认识是关于其他人对自己看法的反映，在像别人对自己的评价之中形成自我的观念"。[❷]进城乡下人只有在自我身份认同和"他者之境"中确认自我的身份，才能完成自我身份的确认。通常进城的乡下人都会遭遇一些歧视性的话语，"话语是一种权力关系。它意味着谁有发言权，谁无发言权。一些人得保持沉默（至少在某些场合下），或者他们的话语被认为不值得关注。语言系统在情感和思想层面上产生压制；尽管它是一种隐蔽的、表面上无行为人的控制系统，然而它在社会中是一种真实的权力"。[❸]这是造成他们身份认同困境的最大原因。

---

❶ 陈映芳："'农民工'：制度安排与身份认同"，载《社会学研究》2005年第3期，第119～132页。

❷ [美]戴维·波普诺著，李强等译：《社会学》，中国人民大学出版社1999年版，第148页。

❸ [英]约翰·斯道雷著，杨竹山、郭发勇、周辉译：《文化理论与通俗文化导论》，南京大学出版社2001年版，第121页。

这种身份的认同首先源于城市居民对城市"他者"乡下人的歧视。在范小青的乡下人进城小说中，我们很容易发现城市人对乡下人的一些歧视性话语，"乡下人""乡巴佬""外地人"带有很大成分的歧视性，还有一个经常出现的情节模式是"乡下人经常被诬陷为贼"。"方言""外地话""外地人"成为衡量一个人是否是贼的标准，歧视性话语背后潜在的话语是"外地人是贼"。《这鸟，像人一样说话》《城市之光》和《我就是我想象中的那个人》中这种歧视性的行为和话语最为突出。小说《这鸟，像人一样说话》讲述的就是由一件小区失窃案引发的本地人歧视外地人的故事。小说的开头有这样一段叙述：

> 快过年的时候，大家都互相提醒，要过年了，门窗锁锁好啊，自行车放放好啊。其实这句话只说了一半，后面还有半句话没有说出来。而后面的那半句话，根本也用不着说了，意思大家都明白，外地人要回家过年了。这已经成了大家心照不宣的事情，外地人回家过年前，要大量地偷本地人的东西，要不然，他们忙了一年，工钱都没有拿到，也太冤了；或者工钱倒是拿到的，却给花了，现在他们在城里的消费也越来越高，要是有喜欢小姐的外地人，那钱就更不够花了；再或者，工钱也是有的，日子也过得节省，但偏偏家里需要较多一点的钱派用场。总之，种种的理由都让外地人在回家过年前，要在城里捞一票。❶

---

❶ 范小青："这鸟，像人一样说话"，载《人民文学》2006年第1期，第84页。

　　这是一种贴标签式的歧视，外地人被贴上"贼"的标签，他们喜欢钱、喜欢小姐、缺钱，所以会去偷。这是城里人对外地人的一种成见，也是一种"他者"化的赤裸裸歧视。在这段话语的背后至少有以下两层意思"外地人穷""外地人是贼"，"乡下人"被贴上了"穷"和"贼"两个标签。"外地话"和"本地话"成了区分好人和坏人的标准，说本地话的本地人是好人，外地人是"贼"。小说围绕小区业主刘老伯家丢失的金银首饰展开，刘老伯凭借城市原居民的身份怀疑和盘查每一个出入小区的外地人，收旧货的老王、进城乡村学子宣梅和她的男朋友、保安班长王大栓、保安小万等。戏剧化的结局是刘老伯老年痴呆，自己把金银首饰藏了起来。更令人意想不到的是刘老伯也是外地人，来自偏远的山区。刘老伯作为先期进城者来到城市，被改造成功后，以城里人的身份歧视后来者。

　　《城市之光》中单纯的田二伏喜欢听收音机，到小店买电池时路遇一小偷谎称自己老母病重返乡把偷来的自行车卖给了田二伏，当田二伏被冤枉偷自行车时，周围的城里人是这样说的，"外地人贼胚。/乡下贱骨头。/……/偷了东西还赖。/贼骨头要请他吃生活的。/不吃生活下回还要偷。/……/外地人来了，我们就不太平了。/外地人来了，我们就不安逸了。/外地人不来，我们门也用不着关的。/外地人不来，我们不要太定心哦。/……"❶在城市人的眼中，乡下人始终是"他者"，乡下人的供养与城里人对乡下人的歧视形成悖论，"城市之光"诱惑着乡下人"像鸟一样飞来飞去"，乡村人把"我城"想象

---

❶ 范小青：《城市之光》，江苏文艺出版社2003年版，第94页。

成"城市之光"。但事实上，城市不是他们的"我城"，"城市之光"也只是他们的幻觉，城市始终是"他城"。

同样的歧视在《我就是我想象中的那个人》中的老胡也遭遇到，进城以后，先在一处居民区拆迁工地干活，这里的"居民丢失了东西不问青红皂白就怪到农民工头上，他们用当地的方言说农民工的很多坏话"，这使得老胡如"芒刺在背"，后误买赃车被冤枉成偷车贼，却无力反驳，自此以后老胡在城里手足无措。老胡拿到厨师结业证找到一份厨师工作后，仍如坐针毡，如贼一般，心理产生扭曲。不仅是老胡，"老胡的一些老乡在建筑工地做小工，风吹日晒的苦不说，走到东走到西，都是在别人怀疑的目光中，像夹着尾巴的过街老鼠。"城里人处处像防贼一样防着乡下人，这种歧视性的态度是造成乡下人身份困境的原因。

洛洛是赵本夫短篇小说《洛女》中来自山区的拾荒者"疯老头"收养的一个弃婴，她在城市同样遭遇的是一种身份的困境。洛洛是一个弃婴，其身份很难确定城乡，但拾荒者的身份是确定的，通常在城里人看来，只有乡下人才在城里拾荒，在这样一种潜在的话语体系中，洛洛的遭遇也就等同于乡下人的遭遇。洛洛和爷爷捡垃圾的收入可观，多年积攒下来，疯老头积攒了七八十万元。从经济层面而言，洛洛是富足的，她喜欢花钱，洛洛的衣着打扮和街上的女孩子并无二致，她在街上交了一些年龄相仿的朋友，结伴逛街、跳舞、泡茶馆、玩网吧，基本都是洛洛掏钱请客，这些朋友不知道洛洛是个拾荒者，只知道她是一个有钱又性格豪爽的女孩，但洛洛的"拾荒者"身份被一个女孩无意发现时，"女孩把这个发现告诉了洛洛所有的朋友。于是他们愤怒了。那天晚上他们把洛洛带到一个溜冰场，不由分说就把她打了一顿，骂她是个骗子、贱货，说以前吃过她买的东西恶心，现在想起来就想吐，说你根本就不配和我们做朋友"。❶

　　在洛洛的城里"朋友"看来，洛洛是"捡垃圾"的，身份卑贱，不配做城里人，也不配做他们的朋友，这是贴在洛洛身上的无形标签，尽管洛洛每天都会"洗澡"，但标签却无法去除。胡继风《鸟背上的故乡》中《楼上的你和楼下的你》《一个人的城市》中进城的孩子同样遭遇这种身份的歧视。《楼上的你和楼下的我》中两个小女孩丹丹和莹莹因缘巧合成了好朋友，但是她们的出生、家境却截然相反。丹丹来自农村，父母都是务工人员，家境困难，但是莹莹却生活在城里，父母都是知识分子，家境富裕。莹莹的妈妈反对莹莹和丹丹一起玩，怕莹莹被丹丹带坏了，其中的歧视自不待言。《一个人的城市》中的男主人公丑蛋，暑假期间离开村庄满心欢喜的到爸爸妈妈打工的城市看望他们。缘分之下结识了城市中的小朋友亮亮。但亮亮的妈妈却反对自己的孩子与丑蛋交往，因为他是一个来自农村的孩子，担心亮亮会"近墨者黑"，亮亮妈妈看似语重心长的话语却充满了歧视性，让丑蛋很受伤害。

第三节　生存状况：一直在路上

　　除了城市人对于乡下人的歧视造成乡下人身份认同的困

---

❶　赵本夫："洛女"，载《上海文学》2010年第5期，第48页。

境，进城乡下人对自我"乡下人"身份的认同问题也是其中一个重要原因。月儿是赵本夫《寻找月亮》中的一个来自乡村的逃婚女孩，一直努力想变成"城里人"，当钱坤在月牙儿休闲中心找到月儿时，月儿给钱坤一个纸条："钱老师，你不要再来了，我还没有变成城里的女孩子，他们不让我做城里的女孩子。说这样才好挣钱，我一定要做城里的女孩子，等我挣足了钱就能做城里女孩子了，还有二年，我去找你，你还会喜欢我吗？"钱坤喜欢的月儿是来自乡村的"月儿"，而月儿认为只有挣足了钱，自己才能成为"城里人"，才有资格被喜欢。这是一种身份自我认同的危机，钱坤喜欢的是那个来自乡村的自然、淳朴的月儿，而月儿急于变成"没有腋毛"的"城里姑娘"。月儿对自己的乡村身份是不认可的，她要彻底抛弃这样一种身份，才能和城里的老师钱坤在一起，这是对自我身份的一种彻底否定。月儿急于否定自我的乡下人身份，而月牙儿中心的那些来自城市的男性消费者喜欢的正是乡村的月儿，他们不让月儿成为城里女孩，由此产生的两难是月儿无法摆脱的。

　　进城乡下人的身份认同困境除了城市人对他们身份的"他者"定位以及他们自己对自我身份的定位之外，"还深深地受到与生俱来的乡土记忆的影响"。❶对于王大进《偶像》中的朱平而言，身处城市的朱平其身份始终处于两难之间，精神上一直处于漂泊状态，这种身份的困境与他的乡土记忆不无关系。小说中多次出现城市和乡村两种场景并置的

---

❶　丁帆等：《中国乡土小说的世纪转型研究》，人民文学出版社2013年版，第46页。

画面：

> 每当鸽群"扑啦啦"地从头顶上飞过，朱平老是忍不住要想：我也飞走吧。我需要一副翅膀，可以自由地飞翔。这是一种失败的宿命的想象。这些可怜的鸽子能飞到哪里去呢？它们都飞不出这六月的城市烟雨。飞越崇山峻岭，鸟瞰下面是河汉交错的绿油油的平原。铁器叮叮作响。羊群在草地上吃草。父亲老了，满脸的皱纹，星夜里萤虫乱舞，湖荡里槽声晰呀，嫂子把父亲的一只青花海碗摔个粉碎……这样的一种思乡情绪偶尔就会涌上他的心头。❶

朱平是一个进城乡村学子，华南理工大学毕业以后分配到这座城市，谁知两年后机关改革，好多人调走，大家以为朱平也一定会走，但朱平不走，只是无奈，乡村的背景让他无所依凭，只能接受目前无所事事的状态。他就像城市"动物园"的鸽子，无法飞出城市的法则。他毕业之后很多年没有回家过年，"进不去的城"和"不愿意回的乡"是造成朱平精神漂泊的根本所在。

余一鸣的小说《不二》讲述了一群乡村进城的建筑工头的城市奋斗和沉沦故事，东牛和红卫是两个来自乡村的建筑工头，在城市摸爬滚打多年之后逐渐成功，但成功之后的他们对自己的身份认同依然是两难的，正如东牛所说，40岁之后感觉自己是一头"亮着象牙迈着象步无人敢阻挡"的大

---

❶ 王大进："偶像"，载《小说界》1995年第4期，第127页。

象，最终发现自己只是一头在泥浊里粪堆上打滚的猪，这种身份的困境一个源自城市人的歧视和城市国家权力机构及其权力的执行者（银行管信贷的副行长）的打压，也与他们的乡村记忆有关：

> 红卫喜欢把自己的床放在在建楼的顶楼楼板上，只要不刮风下雨，红卫都要扯掉活动板房的顶，躺在床上看满天的星星。打小红卫就喜欢露宿，夏天的夜晚嬉戏累了，湖滩上找条船往船板上一仰就躺到日出。冬天的夜晚爬到草垛顶上，看村上人家的灯火一盏盏灭了，自己往草垛里越陷越深，醒来时已在垛心。❶

东牛星期天上午会关掉手机，在自己的别墅劳作，别墅依山傍水，仿佛回到乡村，自己修剪草坪，仿佛乡村的下田劳作，自己动手做饭，吃着老婆老家自种的青菜、同村乡邻做的豆腐，这是一种典型的前现代乡村记忆的城市重现。对于红卫和东牛而言，他们身在城市，拥有了自己的建筑公司，在城市购买了别墅，但其精神依然是乡土的，天空的星星、豆腐、青菜、草鸡蛋……这些前现代故乡的东西才是他们心灵的栖息地。

同样的情况对于苏童《米》中的五龙也是一样，他虽然身处"城市"，但从未忘记"枫杨树"，五龙曾这样说过"我是这米店的假人，我的真人还在枫杨树的大水里泡着，

---

❶ 余一鸣："不二"，载《人民文学》2010年第4期，第103页。

我也不是真的"，这就是五龙的身份焦虑，一方面与城市人的歧视和侮辱有关，另一方面也与五龙自己的前现代乡村记忆有关。五龙时刻想着归乡，我们来看一下五龙设想的"衣锦还乡"画面：

> 五龙设想了有一天他衣锦还乡的热闹场景，枫杨树的三千亩土地现在已经属于他的名下，枫杨树的农民现在耕种的是他的土地。堂弟将带领那些乡亲在路口等候他的到来。他们将在树上点响九十串鞭炮，他们将在新修的祠堂外摆上九十桌酒席，他们将在九十桌酒席上摆好九十坛家酿米酒……❶

五龙所有的想象都与故乡"枫杨树"有关，与城市没有任何关系，这种前现代的乡村记忆使得五龙身处城市，但精神依然属于遥远的枫杨树故乡，因此才有了最后死也要叶落归根的归乡之旅。但五龙最终也没有回到故乡，而是在"火车"上，欲望之中沉沦的五龙再也无法回到精神的原乡"枫杨树"了，他已经不是那个当初逃离枫杨树的五龙了，对于城市的欲望追逐和对于乡村的留恋背道而驰，因此五龙注定无法回归，只能一直在路上（火车上）。

从某种意义上说，乡下人进城小说是乡土小说的延伸，它们"将叙事视域与叙事空间向城市拓展，将"进城农民"

---

❶ 苏童：《米》，台海出版社2000年版，第273页。

及其流寓的城市作为重要的书写对象"。❶如果我们将江苏
作家乡下人进城小说的创作放在20世纪乡土小说发展的历史
坐标系中审视，其对进城乡下人精神世界的持续关注，显示
了它独特的视角（本文是从广义的角度采用视角这个概念，
即看问题的角度）。"从'五四'新文学启蒙运动开始，
以鲁迅为代表的一批作家最早描绘了中国农民的形象，从民
族文化历史时代的高度对'农民意识'进行无情的揭露鞭
挞。"❷鲁迅更关注的是《故乡》中的闰土精神上的麻木，
而非物质上的贫困，这种文化视角是"五四"时期小说观察
农民的主要角度。20世纪90年代出现的乡下人进城小说，在
现代乡土小说发展的谱系中以其对乡下人精神世界的关注显
示了其独特的审视眼光，江苏作家的乡下人进城小说创作也
不例外。从上述对于江苏作家乡下人进城小说的系统梳理我
们也可以发现，这种"内部"叙事特征也尤为明显，文化视
角也是江苏作家最为常用的观察角度，作家们在驻足进城乡
下人物质贫困的同时，也更为关注这群"生活在他方"的人
群的精神状态。

---

❶ 丁帆，李兴阳："中国乡土小说：世纪之交的转型"，载《学术月刊》
2010年第1期，第112页。
❷ 肖佩华："中国现当代文学农民形象流变轨迹"，载《江西社会科学》
2000年第6期，第32~36页。

参考文献

一、译著

1 [英]雷蒙·威廉斯著.乡村与城市.韩子满等译.北京：商务印书馆，2013

2 [英]克里斯·巴克著.文化研究：理论与实践.孔敏译.北京：北京大学出版社，2013

3 [英]齐格蒙特·鲍曼著.流动的时代.谷蕾、武媛媛译.南京：江苏人民出版社，2012

4 [英]安东尼·吉登斯著.现代性的后果.田禾译.南京：译林出版社，2011

5 [德]马克斯·韦伯著.非正当性的支配.康乐、简惠美译.桂林：广西师范大学出版社，2011

6 [法]阿尔弗雷德·格罗塞著.身份认同的困境.王鲲译.北京：社会科学文献出版社，2010

7 [英]斯图亚特·霍尔，保罗·杜盖伊著.文化身份问题研究.庞璃译.开封：河南大学出版社，2010

8 [美]理查德·利罕著.文学中的城市：知识与文化的历史.吴子枫译.上海：上海人民出版社，2009

9 [美]刘易斯·芒福德著.城市文化.宋俊岭等译.北京：中国建筑工业出

版社，2009

10　[英]迈克·费瑟斯通著.消解文化——全球化、后现代主义与认同.杨渝东译.北京：北京大学出版社，2009

11　[澳]杰华著.都市里的农家女.吴小英译.南京：江苏人民出版社，2006

12　[英]阿雷恩·鲍尔德温等著.文化研究导论.陶东风等译.北京：高等教育出版社，2007

13　[法]孟德拉斯著.农民的终结.李培林译.北京：社会科学文献出版社，2005

14　[美]爱德华·索亚著.第三空间——去往洛杉矶和其他真实与想象地方的旅程.陆杨等译.上海：上海教育出版社，2005

15　[美]乔纳森·弗里德曼著.文化认同与全球化过程.郭建如译.北京：商务印书馆，2004

16　[英]卡罗尔·帕特曼著.性契约.李朝晖译.北京：社会科学文献出版社，2004

17　[美]詹明信著.晚期资本主义的文化逻辑.陈清侨等译.北京：生活·读书·新知三联书店，2003

18　[美]马泰·卡林内斯库著.现代性的五副面孔.顾爱彬、李瑞华译.北京：商务印书馆，2002

19　[加]查尔斯·泰勒著.自我的根源 现代认同的形成.韩震等译.南京：译林出版社，2001

20　[英]约翰·斯道雷著.文化理论与通俗文化导论.杨竹山，郭发勇、周辉译.南京：南京大学出版社，2001

21　[德]哈贝马斯著.公共领域的结构转型.曹卫东等译.上海：学林出版社，1999

22 [英]英安东尼·吉登斯著.现代性与自我认同.赵旭东等译.北京：生活·读书·新知三联书店，1998

23 [俄]巴赫金著.小说理论.白养仁、晓河译.石家庄：河北教育出版社，1998

24 [美]戴维·波普诺著.社会学.李强等译.北京：中国人民大学出版社，1999

25 [法]布尔迪厄著.文化资本与社会炼金术——布尔迪厄访谈录.包亚明译.上海：上海人民出版社，1997

26 [美]凯文·林奇著.城市的印象.项秉仁译.北京：中国建筑工业出版社，1990

27 [美]吉尔伯特·罗兹曼著.中国的现代化.陶骅译.南京：江苏人民出版社，1989

28 [美]亨廷顿著.变化社会中的政治秩序.王冠华等译.北京：生活·读书·新知三联书店，1987

二、中文著作

1 陈一军.生命迁流与文学叙述——当代农民工题材小说研究.长春：东北师范大学出版社，2015

2 徐德明.俗雅文津.芜湖：安徽师范大学出版社，2014

3 詹玲.改革开放以来小说视域中的城乡问题研究（1978~2012）.北京：中国社会科学出版社，2014

4 朱立元.当代西方文艺理论.上海：华东师范大学出版社，2014

5 丁帆.中国乡土小说的世纪转型研究.北京：人民文学出版社，2013

6 令狐兆鹏.作为想象的底层：当代乡下人进城小说研究.北京：中国文

史出版社，2013

7　孙惠芬.城乡之间.北京：昆仑出版社，2013

8　施晔.近代小说的城市书写与社会变革.桂林：广西师范大学出版社，2013

9　杨索.我的赌徒阿爸.台北：联合文学出版社股份公司，2013

10　汪民安.现代性.南京：南京大学出版社，2012

11　《文史知识》编辑部编.近代中国的历程.北京：中华书局，2012

12　逄增玉.文学现象与文学史风景.北京：商务印书馆，2011

13　王光东主编.中国现当代乡土文学研究.上海：东方出版中心，2011

14　王德威编.中国现代小说的史与学：向夏志清先生致敬.台北：联经出版公司，2010

15　周水涛，轩红芹，王文初.新时期农民工题材小说研究.北京：社会科学文献出版社，2010

16　贾平凹.我是农民.合肥：安徽文艺出版社，2010

17　陆学艺主编.当代中国社会结构.北京：社会科学文献出版社，2010

18　刘俐俐.文学如何：理论与方法.北京：北京大学出版社，2009

19　周水涛，轩红芹.新时期农民工题材小说研究.北京：社科文献出版社，2010

20　陶东风，周宪主编.文化研究（第10辑）.北京：社会科学文献出版社，2010

21　孙立平.重建社会：转型社会的秩序再造.北京：社会科学文献出版社，2009

22　杨义.中国叙事学（图文版）.北京：人民出版社，2009

23　徐德明.中国现代小说叙事的诗学践行.北京：社会科学出版社，2008

24 薛毅编.乡土中国与文化研究.上海：上海书店出版社，2008

25 包亚明主编.现代性与都市文化理论.上海：上海社会科学出版社，2008

26 蔡昉.中国流动人口问题.北京：社会科学文献出版社，2007

27 汪政，何平编.苏童研究资料.天津：天津人民出版社，2007

28 汪民安.身体、空间与后现代性.南京：江苏人民出版社，2006

29 吴义勤.长篇小说与艺术问题.北京：人民文学出版社，2005

30 孙立平.现代化与社会转型.北京：北京大学出版社，2005

31 王晓明主编.二十世纪中国文学史论（修订版）.上海：东方出版中心，1997

32 王德威，陈平原，宋伟杰.被压抑的现代性：晚清小说新论.北京：北京大学出版社，2005

33 陆学艺主编.当代中国社会流动.北京：社会科学文献出版社，2004

34 包亚明.现代性与空间的生产.上海：上海教育出版社，2003

35 高秀芹.文学中的中国城乡.西安：陕西人民教育出版社，2002

36 费孝通.江村经济——中国农民的生活.北京：商务印书馆，2001

37 夏志清.中国现代小说史.香港：香港中文大学版，2001

38 汪晖，陈燕谷主编.文化与公共性.北京：生活·读书·新知三联书店，1998

39 金耀基.从传统到现代.北京：中国人民大学出版社，1999

40 王德威.想象中国的方法：历史.小说.叙事.北京：生活·读书·新知三联书店，1998

41 王德威.如何现代，怎样文学.台北：台北麦田出版社，1998

42 李银河主编.妇女：最漫长的革命.北京：中国妇女出版社，2007

43 丁帆.中国乡土小说史论.南京：江苏文艺出版社，1992

44 孟悦.历史与叙事.西安：陕西人民教育出版社，1991

45 季红真.文明与愚昧的冲突.杭州：浙江文艺出版社，1986

46 费孝通.乡土中国.北京：生活·读书·新知三联书店，1985

三、中文期刊

1   崔新建.文化认同及其根源.北京师范大学学报（社会科学版），2004（4）

2   徐德明.乡下人进城的文学叙述.文学评论，2005（1）

3   丁帆.文明冲突下的寻找与逃逸——论农民工生存境遇描写的两难选择.江海学刊，2005（6）

4   苏奎.永远的异乡人——论"农民工"主体小说.当代文坛，2005（3）

5   徐德明."乡下人进城小说"的生命图景.文艺报，2006年12月28日

6   徐德明.乡下人的记忆与城市的冲突——论新世纪"乡下人进城"小说.文艺争鸣，2007（2）

7   徐德明."乡下人进城"叙事与"城乡意识形态".文艺争鸣，2007（6）

8   徐德明，黄善明."乡卜人进城小说"：现代化背景下的城乡迁移文学研讨会综述.文学评论，2007（4）

9   徐德明，刘满华.乡土中国的历史与现实的文学探勘——"乡下人进城小说"：现代化背景下的城乡迁移文学研讨会侧记.中国现代文学研究丛刊，2007（4）

10 陈军."乡下人进城小说"影像中的文学叙述——论贾樟柯的《小

武》与《世界》.文学评论，2007（4）

11 张光芒.废墟之上的绽放抑或枯萎？——读李洁冰长篇小说《青花灿烂》.文学报，2007年6月28日

12 王小芹."城市异乡者"皈依的文学想象.文学评论，2008（5）

13 汪政，晓华.天工开物——范小青短篇小说札记.当代作家评论，2008（1）

14 孟繁华."到城里去"和"低层写作".文艺争鸣，2007（6）

15 苏奎.论中国现代文学中的"城市外来者".文艺争鸣，2007（1）

16 吴妍妍.近年来女性农民工文学形象考察.福建论坛（社科教育版），2008（12）

17 周水涛.新时期农民工题材小说研究现状及特征考察.小说评论，2008（6）

18 逄增玉.现当代文学视野中的"农民工"形象及叙事.兰州大学学报，2008（1）

19 孟繁华.乡土文学传统的当代变迁——"农村题材"转向"新乡土文学"之后.文艺研究，2009（10）

20 林虹."京海派"笔下的"进城"与"下乡".河南社会科学，2010（5）

21 周水涛.论乡下人进城小说——关于底层叙事的差异.文学评论，2010（5）

22 丁帆，李兴阳.中国乡土小说：世纪之交的转型.学术月刊，2010（1）

23 詹玲.融入城市的忧思———从"十七年"到"改革开放30年"文学中的"乡下人进城"叙事考察.杭州师范大学学报（社会科学版），2010（2）

24 徐刚.“十七年文学”中的“乡下人进城”.文艺争鸣，2012（8）

25 廖斌.新时期小说“乡下人进城”形象的社会学解读.中国现代文学研究丛刊，2011（10）

26 王彬彬.余一鸣小说论.当代作家评论，2012（4）

27 冯波.“乡下人进城”文学叙事的政治伦理遮蔽与还原——以《我们夫妇之间》《霓虹灯下的哨兵》为中心.中南大学学报（社会科学版），2013（1）

28 汪晖.两种新穷人及其未来——阶级政治的衰落、再形成与新穷人的尊严政治.开放时代，2014（6）

29 景娟.乡下人进城——以六七十年代台湾文学为中心.华文文学，2015（1）

30 岑灿.爱恨交织的悲悯救赎——论黄春明笔下的“乡下人进城”书写.对世界华文文学论坛，2014（1）

31 游迎亚，徐则臣.到世界去——徐则臣访谈录.小说评论，2015（3）

四、相关优秀博士论文

1 轩红芹.向城求生——论90年代以来乡土小说的现代性焦虑.中国知网优秀硕博士论文库，浙江大学2006年

2 吴妍妍.作家身份与城乡书写——二十世纪后二十年小说中城乡形象的一种阐释.中国知网优秀硕博士论文库，苏州大学2006年

3 苏奎.漂泊于都市的不安灵魂——中国现代文学中的“城市外来者”研究.中国知网优秀硕博士论文库，东北师范大学2006年

4 范耀华.论新时期以来“由乡入城”的文学叙述.中国知网优秀硕博士论文库，华东师范大学2007年

5　梁波. 城乡冲突——新时期小说的一种叙事模式. 中国知网优秀硕博士
　　论文库，兰州大学2011年

6　陈一军. 农民工小说叙事研究. 中国知网优秀硕博士论文库，兰州大学
　　2012年

7　令狐兆鹏. 九十年代以来"乡下人进城"小说的修辞与意识形态. 中国
　　知网优秀硕博士论文库，苏州大学2012年

8　戴哲. 从农民到农民工——论1990年代以来的乡村书写. 中国知网优秀
　　硕博士论文库，上海大学2013年

后　记

　　2010年一个偶然的机会，江苏作家乡下人进城小说的一些文本进入了我的阅读视野，并于当年申报了江苏省哲学社会科学的一个研究项目，自此开始了对于江苏作家乡下人进城小说创作的持续关注。在此期间除了完成上述课题的研究工作之外，我还带领我的2012届的18位学生完成了18篇与此相关的毕业论文，其中由卢银、江晓方、赵云蕾、高鑫宇四位同学组建的论文团队荣获2012年度江苏省优秀毕业设计团队，在此，我要感谢我的学生，他们的文本梳理工作为本书的研究奠定了基础。

　　又是一个机缘巧合，我于2014年进入扬州大学，师从恩师徐德明先生攻读博士学位。徐先生是乡下人进城小说研究的肇始者，是先生首先发现了"乡下人进城叙事"这一研究领域，先生的知遇之恩让我没齿难忘，这更加坚定了我对于江苏作家乡下人进城小说的研究，先生的谆谆教诲让我醍醐灌顶，时刻鞭策着我。在先生的指导下，我先后主持申请了校级科研培育项目"新世纪'乡下人进城'的文学想象与新型城镇化"和2016年度江苏省普通高校学术学位研究生科研创新计划项目"现代化的一种文学表征——百年乡下人进城小说研究"。正是这两个课题的开展，才确保了本书写作的顺利进行。如果没有先生的鼓励和支持，也不会有本书的付梓，在此我要再次感谢先生的知遇之恩。

单位各位领导和同事们对于我的支持、理解和帮助是我坚强的动力与后盾，家人的默默关心和爱护都是我感激不尽的温暖。尤其是王为生、高秀川两位师兄在本书写作过程中对我的帮助和鼓励更是让我感动，我的学生洪晶晶对本书文字的认真校对也同样让我感动，你们是我一生的良师益友，也是鞭策我不断前行的动力。

盛翠菊

2016年8月于徐州